Coleção MELHORES CRÔNICAS

Ignácio de Loyola Brandão

*Direçã*o Edla van Steen

Coleção Melhores Crônicas

Ignácio de Loyola Brandão

Seleção e Prefácio Cecilia Almeida Salles

São Paulo
2004

© Ignácio de Loyola Brandão, 2004

Diretor Editorial
JEFFERSON L. ALVES

Gerente de Produção
FLÁVIO SAMUEL

Assistente Editorial
ANA CRISTINA TEIXEIRA

Revisão
RINALDO MILESI
SOLANGE MARTINS

Pesquisa de Texto
JOÃO BOSCO L. BRANDÃO

Projeto de Capa
VICTOR BURTON

Editoração Eletrônica
ANTONIO SILVIO LOPES

Dados Internacionais de Catalogação na Publicação (CIP)
(Câmara Brasileira do Livro, SP, Brasil)

Brandão, Ignácio de Loyola, 1936-
Ignácio de Loyola Brandão / seleção e prefácio
Cecília Almeida Salles. – São Paulo : Global, 2004. –
(Coleção melhores crônicas / direção Edla van Steen).

Bibliografia.
ISBN 85-260-0920-6

1. Crônicas brasileiras I. Salles, Cecilia Almeida.
II. Steen, Edla van. III. Título. IV. Série.

04-1770   CDD–869.93

Índices para catálogo sistemático:
1. Crônicas : Literatura brasileira 869.93

Direitos Reservados

GLOBAL EDITORA E
DISTRIBUIDORA LTDA.

Rua Pirapitingüi, 111 – Liberdade
CEP 01508-020 – São Paulo – SP
Tel.: (11) 3277-7999 – Fax: (11) 3277-8141
e-mail: global@globaleditora.com.br
www.globaleditora.com.br

 Colabore com a produção científica e cultural.
Proibida a reprodução total ou parcial desta obra
sem a autorização do editor.

Nº DE CATÁLOGO: **2418**

Melhores Crônicas

Ignácio de Loyola Brandão

PREFÁCIO

A publicação de coletânea de crônicas é uma espécie de convite para uma nova leitura de textos veiculados pelo jornal semanalmente. Matérias, um dia marcadas pelo tempo jornalístico, mesclam-se em uma inevitável hipertextualidade, em que a determinação temporal se esvai. Daí a opção, no caso desta publicação, pela apresentação das crônicas sem seguir cronologicamente a datação original. A periodicidade constante que separa uma crônica da outra é substituída, assim, por uma aproximação ou montagem que propicia o estabelecimento de conexões gerando alguns possíveis agrupamentos. Foi nesse contexto que surgiram os grandes temas responsáveis pela organização desta coletânea de crônicas publicadas por Loyola no Jornal *O Estado de S. Paulo* semanalmente, entre 1993 e 2004: Presente da memória, Araraquara como foi, Nas ruas de São Paulo, Um modo de olhar, "Acasos" do cotidiano, Inteiramente pessoal, Caderno de anotações, Alguns personagens e Ficção ou quase.

Apreendemos também, nas antologias, certas tendências no modo como cada cronista narra o cotidiano. O que é selecionado? Como é relatado? Que tipo de texto é produzido? As respostas a essas perguntas nos fazem compreender a crônica de cada escritor. Ao nos defrontarmos com as diferentes maneiras como as transformações que os olhares diversos realizam, entramos em um outro aspecto bastante interessante que envolve a crônica: sua dificuldade de definição.

Todos bem sabemos quanto esse gênero jornalístico encontrou campo fértil em nosso país. Pelo que consta nas pesquisas sobre crônicas, trata-se de uma singularidade brasileira. Um gênero que nasceu e continua a existir até os dias de hoje neste âmbito da indeterminação de delimitações. Um tipo de texto que só existe no ambiente de rupturas tão marcante na América Latina: sobrevive, portanto, de sua incapacidade de ser gênero.

Tente demarcar o campo de ação da crônica e imediatamente encontrará uma série de exceções. Somente algumas propriedades bastante gerais sustentam aquilo que pode nos satisfazer como uma possível definição: texto assinado, publicado em um espaço determinado no jornal com periodicidade definida. São bastante frustradas as tentativas de descobrir pontos em comum relativos àquilo que é abordado e os instrumentos de elaboração desses assuntos. As coletâneas oferecem a possibilidade de vislumbrarmos a crônica assim como é praticada por um determinado escritor.

Sabemos que a percepção é naturalmente seletiva: envolve recortes, enquadramentos e angulações singulares. Seria o poder de reconhecer os fatos em certas direções e não em outras. A criação, em sentido amplo, pressupõe a realidade do conhecimento, escolhas de determinados elementos que são recombinados, correlacionados, associados e, assim, transformados de modos inovadores por meio de procedimentos criativos, responsáveis pela concretização das obras. Esses recursos são, em outras palavras, os modos de expressão que envolvem manipulação e, conseqüentemente, transformação da matéria marcadas pela singularidade de cada artista.

Nesta perspectiva, nos defrontamos, aqui, com as formas como Ignácio de Loyola Brandão vem fazendo uso do jornal, que, por sua vez, refletem seu modo de olhar o mundo. De maneira ainda bastante geral, poderíamos dizer que a crônica de Loyola é um espaço para extravasar indignações, com uma ironia que paira no ar. Vamos tentar entender isso em mais detalhes. Dois eixos parecem ser chaves que podem nos conduzir na tentativa de compreensão da textura da crônica desse escritor: cidade e memória.

Quanto ao grande tema cidade, São Paulo é, sem dúvida, catalisadora de muitos dos fatos narrados. Uma cidade com todos motivos para provocar a exasperação de seus habitantes diante de seus maus-tratos, que geram dificuldades de nela viver; paradoxalmente, é também a cidade que acolhe aqueles que sabem perceber o que nela há de atraente. Tudo isso é dito naquele tom que nós paulistas temos no sangue: "Veja lá! São Paulo é uma cidade sedutora por sua enlouquecida diversidade. Tem seus defeitos mas deles só nós podemos falar". Loyola comenta os estranhos hábitos paulistas, a falta de silêncio e as calçadas inóspitas; mas, de modo emblemático, dedica uma crônica para tentar descobrir as razões para gostar de São Paulo e outra descrevendo um amanhecer inesperadamente comovente. Outras grandes cidades também são focadas pelo olhar do cronista em suas viagens; no entanto, na maioria das vezes, os aspectos registrados servem de referência para aquilo que São Paulo poderia ser.

Em contraponto constante, aparece Araraquara que Loyola usa quase sempre como desencadeadora para o relato de suas lembranças. Podemos sentir que a relação São Paulo e Araraquara parece conter uma tensão de opostos que mantém esse escritor. As recordações que essa cidade suscita nos levam a outra constante de suas crônicas: memória. Esta, no entanto, vai bem além daquilo que deixou em sua cidade natal e chega a uma São Paulo já quase esquecida. Ele oferece, em muitos momentos, retratos de um passado que não se conhece mais. É curioso porque tudo isso é contado sempre em um tom nostálgico carregado de menos saudade e mais uma necessidade vital de, simplesmente, recordar.

Poderíamos dizer que o presente, em muitos momentos, serve como ativador da memória desse tempo perdido. Aquele das coleções de santinhos, da Vera Cruz, dos almanaques, de Brigitte Bardot, Colé, Abílio Pereira de Almeida e do Gigetto. Em meio a esse clima de recordação, Loyola flagra-se, muitas vezes, acionando termos que fazem parte desse tempo passado e o texto absorve a sua reflexão sobre a idade de tais palavras, que sempre lhe parecem "anacrônicas". Araraquara, por sua vez, aparece como o lugar que guarda dos doces pecados carnavalescos até a tristeza profunda das semanas santas. Tudo isso no tempo em que ele, como coroinha, conheceu o poder de perto.

As cidades revelam-se em sua força de envolver seus habitantes por inteiro e determinar muito de seu comportamento. Tudo isso surge a partir de uma observação aguçada de pequenos detalhes, que são transformados em texto por meio de minuciosas descrições. Essa observação é veículo das denúncias resultantes de sua marcante e permanente revolta diante de fatos que tornam nossas vidas indignas. A mesma percepção crítica produz relatos de curiosidades que recebem um tratamento textual específico: exacerbação de determinadas peculiaridades. É nesses momentos que surgem homens e mulheres como personagens da cidade. Pessoas com as quais podemos topar em qualquer esquina de nossas vidas, como o Dom Juan do Frevinho, o homem que não sabe o que é *réveillon* ou aquele que sabe assinar.

Esse recurso nos remete aos textos de natureza literária que invadem muitas vezes a crônica de Loyola. Essas crônicas que são "ficção ou quase" parecem servir como mais um instrumento para falar do absurdo do cotidiano. Em uma espécie de enlouquecimento da imaginação, rápidos fluxos associativos reforçam, com grande intensidade, a hipérbole que vai sendo construída. Nesse ambiente, idiossincrasias de um personagem são exacerbadas e hipóteses improváveis são levadas adiante transformando-se em um absurdo, que flerta com o surrealismo. Esse procedimento fica bastante claro em crônicas como: "Qualquer lugar não é um lugar qualquer" e "Quem são os que dizem".

Ao observar a utilização desse recurso, me fez lembrar de uma anotação do diário que Loyola manteve enquanto escrevia *Não verás país nenhum*. Esse apontamento deixa transparente a invasão da imaginação sobre a realidade: "Relembrar o caso da mulher de Lourenço Ferraz, cujo sonho era pintar os cabelos brancos. E ele não deixava. Quando ele morreu, apenas deu o último suspiro na cama, ela procurou pela casa. E a única coisa que encontrou foi uma lata de graxa de sapato. Quando os filhos vieram, no dia seguinte, encontraram a mãe de cabelos pretos, a velar o pai em decomposição. Claro que já acrescentei parte de ficção na história real".

Nestes diferentes jogos com a realidade, nos defrontamos com crônicas que já abrem com uma proposta instigante como "Amava o vazio". E somos levados a conhecer homens que penetraram o vazio, outros que desejavam um sonho ou os que não souberam ser felizes.

Muitos desses textos lembram alguns de seus contos publicados em *Cadeiras proibidas, Cabeças de segunda-feira* e *O homem que odiava a segunda-feira*. Vale apontar a recorrência do modo como somos introduzidos a alguns desses personagens sem nome: "o homem que...". A identidade desses personagens se instaura em algum traço distintivo do modo de ser ou agir, que passa a designá-los. É inevitável associar esse procedimento àquele utilizado em muitos contos e romances de Loyola.

Como se pode perceber pela própria crônica, estamos nos aproximando da literatura deste escritor. Na dificuldade de determinar os limites desse tipo de texto publicado em jornal, nos deparamos muitas vezes com a constatação de que jornal e literatura para muitos cronistas atuam como vasos comunicantes. Na literatura de Loyola pode-se observar algumas características da agilidade e economia do texto jornalístico, assim como a ficção pode ocupar, como acabamos de ver, o seu espaço no jornal. Ao mesmo tempo, muito do que vem sendo discutido aqui como marcante em suas crônicas, está também presente em sua literatura: da força da cidade até as palavras que envelhecem, sempre com a denúncia implícita de que não podemos suportar as coisas do jeito que estão.

Há ainda um outro elo que vincula a literatura e a crônica de Loyola: o processo de criação. O texto semanal preserva, para aqueles que têm um olhar atento, muito do trabalho de construção da literatura.

Esses vestígios da criação literária nos fazem perceber quanto o ato criador envolve os artistas. O processo é um tempo permanente, não vinculado a relógios, nem a lugares determinados. A criação é resultado de um estado de total adesão e envolvimento; como conseqüência, o espaço da criação não é limitado ao veículo de divulgação daquilo que está sendo produzido.

No caso de Loyola, podemos observar em suas crônicas embriões de idéias que mais tarde foram transformados em romance. São possibilidades de obra que vão sendo lentamente desenvolvidas e testadas. Vejamos um exemplo. Em 1994, comentando as eleições do passado, ele menciona que "havia anônimos que se infiltravam e eram especialistas em se colocar ao lado do candidato, como papagaio de pirata". No ano seguinte, ao lembrar a dor dos anônimos, ele fala que tem um personagem obcecado com o anonimato. No ano 2000, Loyola dedica uma crônica ao anônimo que ele registrou e em outra dá destaque aos inventores também desconhecidos. Como vemos, o anonimato, que mais tarde recebeu especial atenção do escritor em seu livro *O anônimo célebre* (2002), era um tema que o instigava bem antes dos tempos do alvoroço dos *reality shows*. As crônicas, nesses momentos, agem como uma espécie de canteiro de obras.

Em outros textos do jornal, alguns de seus procedimentos de criação tornam-se aparentes. Em "Segredos das janelas", suas reflexões são ativadas por uma reportagem de jornal que passou a pertencer ao mundo de suas anotações, ao ser colada em seu caderno. Algumas notas, de época diferente, são transcritas em outra crônica. Deste modo, conhecemos um pouco desses documentos (apontamentos ou anotações), que cumprem a função de armazenar aquilo que o atrai, talvez porque guarde obras de modo potencial. Nessa mesma perspectiva, em uma crônica feita em Paris, uma garçonete desastrada desperta a hipótese literária de transformá-la em um conto "em que não houvesse ruídos informáticos, celulares, vídeos, mas apenas um coração em sobressalto".

Loyola deixa rastros de outro mecanismo responsável pelo estabelecimento de relações que tornam possível a construção de obras: apropriação de lembranças feita por alguns de seus romances. Uma memória plástica e flexível adere ao novo contexto que a obra oferece. O fato lembrado, com o auxílio de procedimentos transformadores, deixa assim de pertencer a seu ambiente aparentemente mais biográfico.

Por outro lado, ao falar do que ele admira na obra de Hemingway e Fellini, conhecemos alguns princípios estéticos que regem a literatura de Loyola. E assim passamos a compreender um pouco do pensamento desse escritor em criação.

Como vimos, o leitor das crônicas de Loyola, em alguns momentos, é convidado a embarcar nos delírios de uma imaginação desenfreada, sem qualquer expectativa de confronto com o cotidiano jornalístico; em outros, é levado a se identificar ou se posicionar diante das indignações que sustentam sutilmente todos os relatos.

Algo é certo: as cidades, os encontros e as viagens, assim como as imagens da memória e os jogos da ficção atuam todos como argutos instrumentos críticos.

Cecilia Almeida Salles

CRÔNICAS

PRESENTE DA MEMÓRIA

DESESPERO DOS GATOS, ALEGRIA DOS BARBEIROS

As campanhas se encerravam 48 horas antes das eleições com o grande comício do candidato a governador ou presidente. São Paulo e Rio eram deixados para o final, melhores palcos para as apoteoses. Jânio, antes de ser eleito, fez o seu na Vila Maria, na época o mais famoso reduto eleitoral do País. O palanque era pequeno para tanto correligionário, filiado e puxa-saco. Havia anônimos que se infiltravam e eram especialistas em se colocar ao lado do candidato, como papagaio de pirata. Apareciam em todas as fotos e jornais cinematográficos. Para os mais novos que não viveram este momento: existiam os jornais da tela, exibidos semanalmente em todos os cinemas. De sete a dez minutos de notícias, a maioria paga, para driblar a lei que proibia publicidade em cinema. Bendita lei que nos evitaria aquele saco de hoje em dia, antes do filme!

Consultem os arquivos dos jornais, olhem fotos daqueles comícios. Identificarão uma série de políticos, mas também encontrarão desconhecidos que ninguém tem a mínima idéia de quem são. Anônimos famosos, como eu os chamo. Havia alguns que os jornalistas sabiam que iriam aparecer, igual a certos tipos que estão em todos os coquetéis, *vernissages*, estréias, lançamentos de livros. Nas paredes de muitas casas deve haver cópias dessas fotos, com o avô explicando aos netos: "Aqui estou com meu amigo o doutor Juscelino, o doutor Porfírio da Paz, o doutor Carvalho Pinto". Essa gente só chama os outros de doutor.

O último comício era o mais concorrido, comparecia a fina flor do partido. Discursos intermináveis para encher o tempo, porque o candidato não tinha chegado, estava muitas vezes em outra cidade, a maratona era exaustiva e na base do automóvel. Não havia, para animar, shows com artistas, ninguém cantava ou dançava, segurava-se o público na base da palavra e havia grandes profissionais. Carlos Lacerda foi um deles, fazia o que queria. O público estava ali porque acreditava no partido, gostava do político ou não tinha o que fazer: ia namorar, paquerar, encoxar, o aperto era enorme.

No dia da eleição, os eleitores compareciam de paletó e gravata. O presidente da seção não deixava entrar se não se estivesse "decentemente trajado", como impunham as normas. Era festa, feriado, dia cívico. Falo da São Paulo dos fins dos anos 50, começos dos 60, quando, como repórter da *Última Hora*, jornal que desapareceu, percorria a cidade para levantar histórias e descrever o clima. Acho que numa e outra eleição, os ônibus eram liberados, não se pagava. Não existiam carreatas, trios elétricos ou carros de som.

O que havia nas campanhas era muita faixa de algodãozinho, o comércio têxtil faturava barbaridade nas campanhas. Nem poste ou árvore escapava. Quem lucrava eram os pobres, que arrancavam para fazer roupas, era comum ver na rua uma camisa com letras vermelhas ou azuis, resto de eleição. Depois, descobriu-se que, por causa do vento, era melhor furar as faixas, acabou-se a alegria. A moda de calças ou camisetas furadas, pobre-chique, demoraria três décadas a chegar.

Nos bairros (e cidades do interior), candidatos locais alugavam todos os táxis de todos os pontos, para conduzir eleitores mais velhos, deficientes, família e amigos. Rodavam o dia inteiro sob comando dos cabos e cobravam adiantado. Ninguém paga ninguém depois, principalmente se perde. A boca-de-urna é tradição antiga, mas só podia ser praticada a partir de 100 metros do local de votação. As cédulas eram individuais, retângulos com o nome do candidato, o partido e o cargo que disputava. Era o que se colocava no envelope e se depositava na urna. A missão dos militantes era tentar trocar as cédulas (trazidas de casa) dos incautos ou convencer indecisos.

Não se vendia bebida alcoólica como determinava o Tribunal Regional Eleitoral e os cartazes estavam afixados em todos os bares. Na véspera, todo mundo se prevenia, comprava a cerveja casco escuro, para a macarronada do domingo. Eleição era no domingo. Os camelôs da alimentação igualmente vêm dos velhos tempos. Vendia-se cachorro-quente de salsicha ou lingüiça com molho de tomate e cebola. Não tínhamos sido colonizados pelo hambúrguer e *ketchup*. Disponíveis também o pernil de aparência duvidosa e o churrasquinho. Gato odiava eleição. Sem esquecer raspadinhas, paçoquinhas, melancias, algodão-doce, gelatinas amarelo-vermelhas e doce-de-leite.

No mais, era igual. O candidato e sua corte votando, rodeado pela imprensa. Todas as ruas, de todos os bairros, todas as cidades, coalhadas de papel. Cédulas, santinhos, cartazes, programas de governo, *slogans*. No dia seguinte, desespero dos lixeiros, alegria dos catadores de papel. Felicidade dos barbeiros que recebiam pacotes dos comitês. Durante meses, os que freqüentavam as barbearias podiam ver a navalha ser limpa da espuma nas cédulas de vencedores e derrotados. Última utilidade do pedaço de papel com aparência inocente, mas que pode mudar a cara de um país. Não, não me esqueci dos banheiros. Cédula virava papel higiênico.

Outubro de 1994.

MEMÓRIAS E REFLEXÕES SOBRE TÁXIS E TAXISTAS

Quando eu era criança, tomar táxi, aliás, carro de aluguel, era acontecimento viável apenas em três condições: casamento, ida ao hospital ou viagem. Um banco, um dia, me caiu sobre o dedo do pé, esmagou a unha e o farmacêutico achou a coisa feia, mandou para o hospital. Para chamar o táxi, minha mãe pediu o auxílio de dona Alzira, a única que tinha telefone, porque o marido trabalhava na empresa de Força e Luz. No carro, a caminho da Santa Casa, eu me dividia entre a dor no dedo e a alegria de andar de táxi, ainda mais que dois amigos me tinham visto entrar.

Cada família usava um ponto e tinha preferência por determinado motorista. Chofer, como se dizia. Era igual médico, um homem de confiança. Se havia viagem marcada, podia-se combinar a hora, na madrugada, que o chofer estava lá, pontual. Viajava-se nas férias e, para aproveitar, apanhava-se o primeiro trem, que saía de Araraquara às 6h05. Pontual o chofer, pontualíssimo o trem, era verdadeira a "lenda" de que o povo acertava os relógios pelos apitos da Companhia Paulista.

Uma de minhas surpresas, aos 10 anos, quando vim para São Paulo pela primeira vez com meu pai, foi presenciar um gesto que existia somente em filmes americanos: o de acenar e o táxi parar. Tão emocionante que Luís, meu irmão, e eu, disputávamos ferozmente o privilégio do gesto. Para evitar brigas, meu pai decidia, "agora é você". A rivalidade ficava por conta de quem chamava o carro mais bonito. O que era uma loteria, os táxis paulistanos eram todos pretos, Chevrolets 1938, acho eu, que nunca fui bom em marcas.

Finalmente vim morar nesta cidade em 1957. Mal andava de táxi, não tinha dinheiro para isso, era ônibus mesmo. De vez em quando o lotação. Carros que faziam o mesmo circuito, recolhendo passageiros por um preço pouco superior ao dos ônibus. Cabiam cinco pessoas, se bem que ninguém quisesse ir no meio, no banco da frente, ficava prensado junto ao chofer, digo motorista. Não sei a razão porque sumiram os lotações, era uma forma dos carros não circularem vazios. No jornal *Última Hora*, jornal onde eu trabalhava, o chefe dava o dinheiro para o táxi quando saíamos para reportagens. Preferíamos apanhar o ônibus e engordar o salário. Dividia-se a sobra com o fotógrafo.

Por muitos anos, existiu uma tarefa impossível. Conseguir táxi depois das cinco e meia da tarde. Iniciado o *rush*, pronto! Quem deu sorte, deu! E nas festas de fim de ano? O pessoal no centro, região das ruas Barão de Itapetininga, 24 de Maio, Ipiranga, Praça da Sé, onde se localizava o comércio (era remota a idéia de *shoppings*), bem o pessoal do Centro, cheio de pacotes, disputava no tapa e as mulheres usavam as sombrinhas como arma. Hoje, basta levantar a mão, param cinco carros. Se você tiver azar, se tiver sorte, dez!

Durante um período, os pontos desapareceram, os motoristas saíam à caça dos passageiros. Em anos recentes, a instituição retornou, pontos foram reativados, outros cresceram. Por cinco anos, na Aclimação, usei o da Rua Machado de Assis com a Rua Paula Ney. O ponto é um pequeno mundo, pessoas diferentes convivendo. Por algum tempo, voltou o conceito antigo de ponto e família. O passageiro acaba se dando melhor com certo motorista ou o motorista com o passageiro. Eles também escolhem, não pensem que não. Tem passageiro chato que ninguém quer, um empurra para o outro. Seu Chico, com 78 anos, é o mais velho do grupo, há quase quarenta anos no ponto. E há o Arlindo, o Oscar, o Alex, o Amleto, o Joãozinho, o Sérgio, o Vanderley, o Américo, o Anselmo, o Antonio Matias, o Francisco e o Julião. Aos poucos foram se tornando amigos. Sabiam o dia em que eu estava para conversa ou não. Conheciam minhas manias de veterano usuário. Detesto, por exemplo, motorista que, ao perceber o sinal verde na esquina, começa a frear no meio da quadra, para ver se ganha um vermelho e tempo parado. Tem o que discute política, o que odeia futebol, o que conta casos de sua vida (quantas vezes o mesmo), o que adora uma vantagenzinha, o confidente. Quantas vezes não telefonei e pedi: apanhem minha filha e levem para a escola. Chegavam no horário, como os choferes de minha infância. Penduravam a conta, aceitavam cheque, me davam conselhos, alertavam sobre certos tipos que rondam o bairro. Vendo-me descer a pé, para casa, saído do metrô, me davam uma caroninha.

Conhecem a vida de cada um. Sabem quem mora em cada casa. Eles têm o domínio de um vasto setor. E me forneceram muito assunto para crônicas, com seus casos. Hoje baixei o taxímetro da crônica para eles. Agora, preciso conhecer e me habituar com meu novo ponto, na esquina da Rua Artur de Azevedo com a João Moura. Ao menos, há um ponto em comum. Tanto o da Machado de Assis como este, ficam diante de uma farmácia.

10 de junho de 1994.

PEDAÇOS DA INFÂNCIA REVIVIDOS NO ALMANAQUE

Quando Geraldina me estendeu o envelope, foi como se eu passasse as mãos sobre a lâmpada de Aladim. Os almanaques caíram sobre a mesa e a minha infância foi retornando. Esta foi uma semana de encontros e reencontros. Mágica. Ligações se estabelecendo. Alguma coisa aconteceu e talvez tenha sido mais do que coincidência. Caminhos que se cruzam. E voltam.

Tudo começou na segunda-feira, ao terminar uma participação maluca no ciclo Cinema e Literatura, no Centro Cultural São Paulo. Falei como desatinado sobre o ritual das sessões de cinema nos anos 50. Geraldina se aproximou com uma crônica do *Estadão*, naquela em que falei de Hércules, o farmacêutico. Ela tinha assinalado o trecho em que me referi aos almanaques e me entregou o envelope: "Aqui está um presente. Parte de minha coleção. Queria dar para alguém que gostasse, curtisse e soubesse o que representa".

Abri e fiquei deslumbrado. Do envelope saíram uma *Revista Almanach de Ross*, com oráculo, de 1934; um *Almanach d'A Saúde da Mulher*, de 1935; um dos Laboratórios Raul Leite, 1935; o *Almanaque Nestlé*, 1936 (ano em que nasci); o *Almanack Cabeça do Leão*, de 1938;

as *Seleções Farmacêuticas Arlo*, de 1944 e, finalmente, o *Almanaque Capivarol*, de 1959. Preciosidades. O tempo dos almanaques se foi. Com o número de publicações que existe em bancas, eles perderam utilidade, tornaram-se desnecessários. Mudaram-se e se modernizaram os processos de promoção e *marketing*. A espera do almanaque começava nos primeiros dias de dezembro. Passávamos todos os dias na farmácia, perguntando: "Chegou?" Principalmente nós, os mais pobres, que não tínhamos dinheiro para os gibis. Os almanaques supriam a ausência. Quase todos os grandes laboratórios editavam os seus, sendo que, na minha infância, os mais famosos eram os do *Biotônico Fontoura, Capivarol* e *Saúde da Mulher*. A fórmula era invariável: calendário agrícola, o que plantar, o que colher. O tempo. Os feriados, dias santos, o horóscopo, charges, piadas, conselhos úteis, receitas, poesias, pensamentos. Trinta páginas no formato padrão 18,5 por 13,5 centímetros. E, é claro, anúncios de medicamentos. Guaraína, o bálsamo do corpo; Enterobil, para urticária; Peitoral de Cereja do Dr. Ayer, contra a tuberculose; Óleo de Ovo, para os cabelos. Nenhum desses remédios existe mais. Fizeram parte do cotidiano de nossos pais, estavam nas caixinhas que ficavam em cima dos toaletes e dos "pichichês".

Os anúncios? Duas mulheres iguais. O texto: "Elas enganam todo o mundo. Sim, porque todo mundo, vendo-as tão lindas e mimosas na frescura de sua eterna mocidade, diz entusiasmado: 'São duas irmãs'. Entretanto, uma é a mãe e a outra sua filha. Vinte anos de diferença que a ação protetora das Pílulas de Vida do Dr. Ross desfez". Tempos ingênuos, em que a publicidade começava a engatinhar. As piadas eram todas familiares. "Cobrador: Venho receber a prestação da máquina de costura que lhe vendi o mês passado. Costureira: Mas o senhor não me disse que ela se pagaria por si mesmo?"

Outra: "Se eu morrer e tu tentares te casar outra vez, será em vão que procurarás uma mulher como eu. E o marido: E quem te disse que vou procurar igual?" Os pais folheavam o almanaque primeiro. Depois passavam para os filhos, com a recomendação para não rasgar. Consultava-se o almanaque o ano inteiro. Em minha casa havia também o *Ecos Marianos*, editado na Aparecida do Norte, um almanacão católico, grossíssimo.

Naquele fim de palestra, Geraldina Fustarska chegava ao lado do marido, um ex-piloto da RAF, um inglês, para me entregar o envelope que me devolveu, a cada dia desta semana, um pedaço da infância, um período da história brasileira, capítulos dos usos e costumes. Porque ainda quero falar de outro reencontro, agora. Com o dia em que nasci. Está no Almanaque Nestlé: 31 de julho. Dia de Santo Ignácio de Loyola. Uma sexta-feira em que o sol nasceu às 6h28 e se pôs às 17h31. Inverno, escurecia cedo. E a lua crescente surgiu às 15h12 e atingiu o alto do céu às 22h6, exatamente quando eu completava 12 horas de vida.

28 de agosto de 1994.

MUNDO SEM SACOLAS

Em 1955 meu pai conseguiu realizar em Araraquara o projeto de sua vida, depois de ter trabalhado durante 35 anos na estrada de ferro, sem uma única falta. Chovesse, ventasse, estivesse doente, ele saía de manhã e ia para a Contadoria, escritório central. Uma imagem que guardo até hoje é a do velho Antonio de galocha, capa e guarda-chuva, chegando do trabalho, tomando banho e desfrutando uma gemada quente. Ao deixar a ferrovia, ele recebeu uma boa quantia, relativa à licença-prêmio, e com esse dinheiro abriu sua fábrica de sacos de papel, a primeira da cidade. Ele tinha percebido que nos armazéns (estava distante ainda o primeiro supermercado) e quitandas, os fregueses reclamavam da mercadoria embrulhada em jornal. Os donos respondiam: "Então, tragam suas sacolas, vou fazer o quê?".

A fábrica Brandão foi bem-sucedida. Começou na garagem de um médico tradicional, o doutor Aufiero (hoje pronto-socorro), cresceu, mudou para a Rua Cinco, a mais bela da cidade, com seus oitis que sofrem, constantemente, a ação impiedosa de podadores da prefeitura que os mutilam. Depois, outro pioneirismo, a fábrica se mudou para o bairro de Quitandinha (por que se chama assim? Influência do velho hotel de Petrópolis?), num tempo em que ninguém construía nada por ali. Meu pai acreditava nos sacos de papel e tinha em mente, no futuro, criar sacolas com alças. "Um dia vão ser de plástico", garantia. Porém o comércio reagia contrariamente à idéia, alegava custos.

Mais tarde, quando meu pai já tinha vendido a fábrica ao sócio (na altura dos seus 75, 76 anos), as mentalidades mudaram, chegaram os supermercados, adotaram-se as sacolas, veio o plástico e hoje não há quem o dispense, em Araraquara, no Brasil e no mundo. Meu pai e seus sonhos envolvendo sacos de papel e sacolas de plástico me vieram à cabeça quando fui morar em Berlim. Passei a notar forte relação entre alemães e suas sacolas. Via amigos guardando cuidadosamente as sacolinhas sempre que chegavam de alguma compra. Até que fui apanhado desprevenido num supermercado. A caixa perguntou se eu queria sacola, disse que sim e ela me cobrou. Aprendi então que, sempre que a sacola não trazia publicidade, era vendida. Se trazia anúncio, era de graça. Alemão se recusa a ser objeto de *merchandising* e ainda pagar por isso (como essa gente que paga para usar camiseta da Coca-Cola, por exemplo). Porém, o que eu mais notava é que 9 entre 10 alemães andavam com sacola na mão. Feliz, considerei que tinha feito uma grande observação. Até o dia em que, aqui no Brasil, meu filho me olhou e perguntou: "Pai, por que o senhor está sempre com uma sacolinha na mão?".

Era verdade. Mais do que isso. Não somente eu. Passei a observar as ruas, contar o número de pessoas que carregam sacolas, sacolinhas, sacoletas. Podia ver o que algumas continham: verduras, revistas, remédios, filmes de vídeo, livros, roupas, presentes, cosméticos (esta é uma das palavras mais feias da língua portuguesa). Portanto, não só na Alemanha, é no Brasil, no mundo. Somos todos sacoleiros. Universais. Pois não existem até os "sacolões" de frutas e verduras? Que tanta coisa temos a carregar? Eu já me senti estranho ao perceber que estava de mãos vazias. Quantas vezes não voltei a algum lugar para ver se tinha esquecido alguma coisa? Não tinha. Houve época, anos 70, em que os homens usaram bolsas. Um horror. Aquele "apêndice" pesado, pendurado no ombro que a gente ia enchendo de coisas. A capanga, das coisas mais bregas deste século, era indispensável. Havia nela carteiras, agendas, canetas, cigarros, isqueiro, lenços e uma tralha inútil, poucas vezes usadas pelos homens. Desconfio que o hábito era apenas brasileiro, porque uma vez, em Toronto, riram de mim, ao me ver com a bolsa no ombro

E me veio, subitamente, a imagem de que no mundo moderno é impossível viver sem a sacola. Mais do que necessidade, a sacola é o novo membro do corpo humano. No futuro, teremos uma raça humana diferente anatomicamente. As pessoas vão nascer com a sacola do lado, grudada ao ombro por uma alça, ou presa à cintura, uma raça prática.

14 de maio de 1995.

BRIGANDO PELO SACY

Há poucos dias, a classe teatral homenageou Décio de Almeida Prado o decano da crítica e que há 26 anos se afastou do ofício. Ele recebeu aquilo que costumava entregar, um Sacy. Quantos da nova geração ali presentes terão idéia do que representou o Sacy? As escolas de arte dramática falam dele? Por que está na história? A estatueta criada por Vitor Brecheret a pedido deste jornal figurava nas estantes de diretores, atores, cenógrafos e fotógrafos. Era o Oscar brasileiro.

Filmes ou peças premiadas ostentavam o Sacy nos anúncios. Décio, um dos instigadores do prêmio e um dos principais votantes, sempre foi nas estréias a figura mais esperada. Por trás das cortinas se aguardava a entrada deste homem alto, sorridente, educado, distintíssimo, sempre num terno cinza de excelente corte. Era um elegante. Nas mãos, apenas o programa. Não me lembro de ter visto Décio anotando durante a representação. No final, ele saía direto para o *Estadão* (a redação era no centro, podia-se ir a pé dos teatros até ela) para redigir uma pequena coluna com suas primeiras impressões. Dias mais tarde vinha uma grande crítica, mais abrangente, análise profunda do espetáculo. Boa ou ruim, a peça era dissecada com respeito. Imitando filmes americanos, atores e pessoal técnico ficavam à espera do jornal. O ponto era o *Gigetto*, então na

Rua Nestor Pestana, em frente ao Teatro Cultura Artística, onde hoje está o Hotel Brasilton. Alguém ia buscar o *Estadão* nas bancas da Avenida Ipiranga, as únicas que ficavam abertas a noite toda.

Outro suspense se iniciava nas semanas anteriores à entrega do Sacy. O prêmio era para teatro e cinema em todas as categorias: direção, texto, roteiro, atores, atrizes coadjuvantes, revelações, fotografia, cenário. Não havia, como no Oscar, indicações. Todos concorriam a tudo. Havia favoritos, claro. Apostava-se, roíam-se unhas. A maioria mandava fazer roupas, outros alugavam. Ainda que naqueles anos (final de 50, início de 60) não existissem, como hoje, tantas casas de aluguel. O Sacy exigia rigor. Mulheres de longo, homens de *smoking*. As mulheres mais elegantes, porque os figurinos femininos podiam ser diversificados e coloridos. O homem, não. O *smoking* tinha o corte tradicional. No máximo, a faixa podia ser vermelha, mas estava escondida. Éramos um bando de pingüins. Ou garçons.

Havia disputa pelos convites. O jornal convidava um número certo de pessoas. Não era muita gente, para não tumultuar. Ninguém faltava. Diferente de hoje, quando se enviam 3 ou 5 mil convites para se ter a presença segura de 10%. Eu trabalhava no *Última Hora*, jornal rival, inimigo do *Estadão*. Portanto, não recebia convite. Tinha de me virar por meio do Fernando de Barros que conhecia não sei quem, amigo de alguém. O Rubem Biáfora, um dos coordenadores do prêmio de cinema, também não gostava de mim, eu defendia o cinema novo (considerado de esquerda) e era contra o chamado grupo sueco (alienado, dizíamos). Tudo era ideologia, patrulhava-se, engalfinhava-se, agitava-se. Era divertido. Erramos todos!

A entrega do Sacy era no Cine Marrocos, imponente, com um grande saguão e vários balcões. O que cabia de gente ali! Abria-se o envelope e se revelava o premiado. Vinha depois a exibição de um filme especial. Certo ano, vimos *Um corpo que cai (Vertigo)*, em versão original. O filme era tão recente que nem tinha sido legendado. A maioria não entendeu nada, mas fingiu que sim. Em seguida, descia-se a pé até o Automóvel Clube na Rua Formosa. Desfile de celebridades e encantamento. Vaias mesmo, vi quando, em 1963, se esnobou *O pagador de promessas,* de Anselmo Duarte, que recebeu incompreensível prêmio especial, enquanto o melhor filme foi *Os cafajestes,* de Ruy Guerra. *O pagador de promessas* não foi apenas o único filme brasileiro (até hoje) a receber a Palma de Ouro de Cannes, como tinha vencido também todos os outros festivais. No Brasil, recebeu prêmio-consolação. Anselmo Duarte apanhou sua estatueta e jogou-a no lixo de onde? Do jornal *Última Hora.* Moraci Du Val, um colunista de teatro, apanhou-a e foi levá-la ao *Estadão,* ninguém quis recebê-la. Os jornais aproveitaram o escândalo, malharam o prêmio. Afinal era um belo prato para a concorrência, invejava-se o jornal, sua tiragem, seus salários, combatia-se sua linha política. Parece que, irritado com tudo, Júlio Mesquita acabou com o Sacy de cinema. Quanto ao de teatro, foi cancelado por causa da não compreensão de editoriais, quando se acusou o jornal de apoiar a censura. Na verdade as linhas de leitura eram ditadas pela ideologia exacerbada ao extremo naquele ano pré-golpe militar. O maniqueísmo era absoluto. Todavia, havia cinema, havia movimento, havia crítica, havia um prêmio respeitado e cobiçado. Seria bom que o Sacy voltasse. Ao menos agora eu não teria que me virar tanto para conseguir convite. Estou dentro do *Estadão.*

15 de outubro de 1995.

AH, SE A GENTE ENVELHECESSE COMO VOCÊ

Como não tinha figuras, aquela revista me interessava pouco. Depois, a descobri. Fez parte de minha infância e juventude. A minha curiosidade residia em torno do mistério. Por que meu pai gostava tanto, a ponto de se irritar quando ela não chegava no prazo? E irritar o Antônio Maria Brandão era difícil, eu devia ter herdado aquela paciência, a calma que o conduzia, mesmo em situações-limite. Podem alegar que ele viveu em uma época tranqüila, sem a loucura do trânsito, sem a violência, sem a miséria, sem a população de marginalizados que hoje domina as cidades. Digo que ele trabalhou na estrada de ferro enquanto a ferrovia era organizada e funcionava, antes que o Carvalho Pinto a destruísse com a estatização, antes que os políticos favorecendo rodovias, transportes por caminhões e por ônibus, num *lobby* formidável, fizessem dela sucata pura. A ferrovia era um emprego duro, regime totalitário, com regulamentos semelhantes a açoites. Antonio Maria Brandão não faltou um único dia, sob sol, chuva, doente. Ele amava a EFA.

A grande alegria de meu pai era aquela revista de textos, lombada canoa (revistas que têm dois grampos no meio), tamanho confortável. Todos os meses íamos à banca do Nelson Rossi, junto ao Cine Paratodos, buscá-la. Meu pai apanhava *Seleções*, olhava o índice, colocava-a debaixo do braço e caminhávamos de volta. Sempre achei fantástica a idéia de uma revista com o índice na própria capa. A imprensa modernizou-se (??) e hoje é uma batalha para se fazer a foto mais atraente, gastam-se horas para escrever uma chamada que convença o leitor a comprar a revista. Meio século atrás, *Seleções* simplesmente mostrava ao interessado tudo o que havia lá dentro. Entre 20 ou 30 matérias, duas ou três seriam fortes para conquistar o comprador. Era a modernidade.

As capas dos anos 40 não tinham também a preocupação de se mostrar atraentes. Sóbrias, o que diferenciava cada mês era a cor. Durante anos, a coleção completa teve lugar destacado nas estantes de Brandão. Lembro-me que até os anos 80 não faltava um único exemplar. Quantas vezes ao visitar meu pai estendia um colchão no escritório e varava a madrugada lendo velhos exemplares. A fórmula de *Seleções* é um achado raro na imprensa. Apanhar aquilo que a imprensa nacional e mundial publicou de mais interessante e reunir num só volume foi uma tacada rara. Claro que esse interessante passava pelo filtro e pela filosofia particular dos fundadores. Mas, e daí? Quem resistia aos livros condensados? Aos *Flagrantes da vida real,* aos *Retalhos do drama cotidiano,* ao *Meu tipo inesquecível,* às *Piadas de caserna,* ao *Rir é o melhor remédio?*

Eu lia as *Piadas de caserna,* sem ter a mínima noção do que era caserna. Perguntei. Meu pai deu a resposta que sempre dava quando perguntávamos significados: consulte o dicionário. O dicionário era a Enciclopédia Jackson, 20 volumes, gordos, quadrados, azuis e dourados que ocupavam lugar de honra. Ali estavam todos os segredos das palavras. Ali descobri que uma palavra podia ter o mesmo sentido que três, quatro ou cinco outras. Ali penetrei nos sinônimos e na variedade de palavras existentes. Ainda hoje, a velha enciclopédia, desatualizada em centenas de itens, objeto de museu e estimação, está no escritório, sob a guarda de meu irmão Luís. No fundo, a minha modesta carreira literária teve na Jackson uma aliada em seu início. Como era gostoso ler *Seleções*. Só podíamos apanhá-la durante o dia (ele lia à noite) com a condição de deixarmos no mesmo lugar, não folhearmos com as mãos sujas ou engorduradas. Eu adorava o cheiro da revista nova, do papel couchê. Descobri uma vantagem. Com o tempo, passei a ler os artigos que desprezava ou não me interessavam quando criança. Ainda hoje, leio ou releio matérias de 1942 ou 1948 com o mesmo entusiasmo. Mais do que isso, admirado: o texto da revista parece que continua a ser escrito pela mesma pessoa, com o mesmo estilo, economia de palavras, uma lógica encontrável apenas em *Seleções*. E pensar que centenas de pessoas *(copy-desks)* passaram por ela. Entre outras o admirável José J. Veiga e o bem-sucedido biógrafo Ruy Castro.

Nos anos 60, era de bom-tom criticar, desancar *Seleções*. Foi tachada de agente do imperialismo, divulgadora do *american way of life* (o terror da esquerda era *american way of life*), do conformismo, do puritanismo, e não sei quantos outros epítetos. Epítetos? Vamos à Enciclopédia Jackson! Um dia, a revista foi embora do Brasil, passou a ser editada em Portugal e nos chegava em uma linguagem mista que podemos chamar portobrás, assim como existe o portunhol. E agora ela voltou a ser editada aqui. Continua quase com a mesma cara e tamanho. Lombada quadrada, renderam-se às fotos na capa, a às chamadas. Afinal, é preciso curvar-se ao "modernismo". Porém, o índice continua no mesmo lugar. Seções como *Enriqueça seu vocabulário* permanecem. Se antes era o Aurélio Buarque, hoje é o Ricardo Sales, autor de dois livros deliciosos para quem gosta de palavras, *O legado de Babel* e *Passeando por Babel*. Comecei com as palavras de Jackson, passei pelo Aurélio, adoto o Sales. Velha *Seleções*. Digesto dos Leitores, como diz seu título em inglês. Se a gente envelhecesse como você.

4 de maio de 1997.

O BRILHO QUE SE FOI COM
O HOTEL JARAGUÁ

Celso Jardim, o chefe de reportagem, me chamou:
– Corra para o Hotel Jaraguá. Quatro chapas. Tony Curtis está chegando!
– Quatro chapas? Tony Curtis merece mais. Além disso, a Janet Leigh está junto!
Janet ainda não tinha feito *Psicose,* com o Hitchcock, mas andava no auge. No jornal *Última Hora,* quando saíamos para uma reportagem, o fotógrafo sabia quantas fotos poderia tirar. Na gíria do jornal, chapas. Até quatro, levava-se a *Speedgraphic,* câmera enorme, trambolho. Mais de cinco, era reportagem nobre, usava-se a *Rolleiflex.* Não tinha aquela de chegar e clicar 30 fotos, para escolher a melhor.
O Hotel Jaraguá era o epicentro das personalidades. Famosos chegavam a São Paulo, iam direto para lá. Reinava sozinho, na Major Quedinho, no vértice da São Luís, com a Consolação e a Martins Fontes. Construído por José Tjurs, responsável por alguns ícones, como o Conjunto Nacional na Paulista e o Hotel Nacional em Brasília. O Jaraguá era impecável. Modernidade e luxo. Em noites da entrega do Prêmio Sacy, muita gente se reunia ali, no bar antes de descer, todos vestidos a rigor, para o Cine Marrocos. Coquetéis ocorriam no terraço. Almoços de políticos. Milionários man-

tinham apartamentos permanentes para amantes eventuais (não existiam motéis, nem *flats*).

Ali, a atriz Linda Christian isolou-se e recusou-se a receber a imprensa, magoada com seu ex-namorado, o industrial-playboy Baby Pignatary. Baby, cansado da atriz, que se revelara uma chata, promoveu no Rio de Janeiro uma manifestação, cartazes diante do Copa: "Linda, go home!" Porteiros e gerentes do hotel ligavam para os jornais, dando exclusividade para um e outro. Certa madrugada, a *Última Hora* recebeu o aviso: "Peter Townsend está no hotel, vai sair cedo". Era o plebeu, ex-namorado da princesa Margareth, que rompeu o *affair*, pressionado pela família real. Curtiu a dor-de-cotovelo com uma volta ao mundo, de jipe.

Pensei estar sozinho, mas encontrei Cláudio Abramo na porta do hotel, o temível Cláudio, mítico chefe de redação de *O Estado de S. Paulo*. Tremi. Como competir com um jornalista daqueles? Ao afastar-me, percebi Townsend saindo sorrateiramente por uma porta lateral. Corri. O inglês foi para uma garagem na Rua Martins Fontes, aproximei-me o suficiente para trocar meia dúzia de palavras. Já era uma "exclusiva". Quando olhei, Abramo, atrás de mim, ria sarcasticamente do meu inglês. Sempre fui travado para línguas, apesar dos esforços do professor Pimenta (pai do jornalista Pimenta Neves), em Araraquara. Só dei a reportagem na frente do Cláudio porque a *Última Hora* tinha uma edição vespertina, às 2 da tarde. Dei sorte com Giulietta Masina, mulher do Fellini, em 1959. Depois de uma coletiva, quando veio para o Festival do Cinema Italiano de 1959, ela me puxou para um canto na recepção, sentou-se em cima da mala e deu-me uma exclusiva.

O bar do Jaraguá funcionava ininterrupto para *happy hours* e *after hours*. Os cronistas sociais Alik Kostakis, Tavares de Miranda e Mattos Pacheco ali alimentavam suas colunas. Ali, faziam-se negócios, marcavam-se encontros. Mulheres lindas, homens descolados. Algumas atrizes bem (gíria de cronistas, síntese de bem-nascidas) podiam aparecer. Tipo Eliane Lage, Ana Maria Nabuco, Eva Wilma, Tônia Carrero.

Alain Delon, uma vez, ficou enciumado, porque a imprensa preferiu muito mais a mulher dele, Natalie, doce figura. Ginger Rogers apareceu com o novo marido, Jacques Bergerac. Mandou-o dar entrevistas, mas ninguém queria saber, era um conhecido gigolô hollywoodiano, ruim de tela, bom de cama. Caterina Valente, no auge do sucesso de uma música chamada *Istambul,* não desgrudou do marido, um alemão careca e de óculos.

Tudo acontecia no Jaraguá. Sua equipe (a maioria tinha 35 anos de casa) poderia contar mil histórias de uma época brilhante. O hotel acabou-se. Fechou esta semana, deteriorado e triste. O bar que abrigou tanta mulher bonita, tantos porres divertidos, morreu indigno, transformado em escuro e melancólico escritório.

15 de março de 1998.

OS SANTOS PERDIDOS

Preparava-me para escrever sobre aquela noite em que pessoas decentes sentiram nojo da elite brasileira, na inauguração do *Credicard Hall*. Felizmente, desviei-me. Em lugar daquelas peruas emperiquitadas, correndo babando atrás dos fotógrafos e a vaiar João Gilberto, vou falar de santinhas. Fiquei comovido quando abri um jornal de Minas Gerais e deparei com uma página repleta de santos. Nossa Senhora, São José, Santo Antônio e crucifixos em diferentes concepções. Acima, o título: Procura-se. Eram reproduções de imagens roubadas das igrejas mineiras. O diagramador inspirado me fez recuar, lembrei-me de 30 anos atrás, quando cartazes como esse inundavam o País, enchiam delegacias, estações ferroviárias e rodoviárias. Em lugar dos santos, estavam os que a ditadura considerava "subversivos".

Contemplava os santos, tentando identificar uma Nossa Senhora. E aquele barbudo que aponta a lança contra o demônio das profundezas? E a mulher que brande o cajado, disposta a repelir tentações? Ah, são precários os meus conhecimentos hagiográficos. Também, ao longo de milênios, a Igreja produziu santos a granel, como saber todos? Procura-se o MG 89 070 028. Ou o MG 688 059 0050. Pronto. Ninguém escapa da deformação profissional. Até os santos, na polícia, são fichados, perdem a identidade. Foi então que o passado remoto chegou. O da infância. Pelo tamanho, os procurados me pareciam santinhos, como aqueles que colecionávamos, ganhando nas missas e aulas de catecismo.

Meninos de hoje, envolvidos com a internet, curtindo heróis de histórias em quadrinhos ou de videogames, certamente não colecionam santinhos. Se algum deles ler isto, vai rir, me considerar jurássico. Santinhos? O que vêm a ser? Falar em santos numa época em que a possibilidade de eles existirem é tão remota quanto a de uma CPI levar corruptos à cadeia. Os santos eram pessoas que se retiravam para o deserto, a fim de orar, praticar o jejum e a abstinência. Não participavam do *establishment* de suas épocas. Eram a contracultura, viviam na contramão. Claro que o conceito de santidade varia conforme o tempo. A história hoje é outra. Quando escrevia *Veia bailarina*, andei dando uma olhada na vida de santos, porque buscava a biografia de Santa Catarina de Alexandria. A vida dela é um romance realista fantástico. Quando a degolaram, jorrou leite de suas veias. Não é lindo?

Vivíamos atrás dos santinhos. Havia de primeira comunhão, crisma, batismo, casamento, bodas, festas de Nossa Senhora e de santas menores, do Coração de Jesus, São José. Santinhos que não acabavam mais. E eram belas as santas. Existiam ilustradores especializados, faziam apenas rostos bonitos. Como eram bonitas as santas. Beleza incentiva a fé. Ganhávamos santinhos, colecionávamos, fazíamos álbuns, assim como montávamos álbuns de futebol. Crianças de hoje colecionam figurinhas de jogadores? No nosso tempo, difíceis eram as carimbadas. Hoje, em lugar de carimbo, deve valer o valor do jogador. Ronaldinho? Dificílimo. Custa 80 milhões de dólares. Os santinhos tinham tamanho-padrão, algo por volta de 8 x 5 cm. Em torno da igreja havia algumas pessoas que vendiam. Só que em pacotes de cem. O que iríamos fazer com cem? Pensar que outro

dia mandei fazer mil Santos Expeditos, por uma graça recebida. Estou distribuindo até hoje.
Colecionávamos por nada, não por brindes ou prêmios. Havia um ideal estético, certa religiosidade intrínseca, o prazer de em um dia de chuva alinhar sobre a mesa os santos todos. Podíamos presentear as meninas, as Filhas de Maria. Colávamos nas capas dos cadernos. Trocávamos, porque o comércio sempre existiu, mesmo com os santos. São Roque era complicado encontrar, não sei a razão. Só o Zé Celso, que dirige o Teatro Oficina, tinha um São Roque, a mãe dele era catequista. Sou um guardador de papéis, no entanto não sei onde foram parar meus santos. Desapareceram com o tempo, à medida que minha fé inicial se atenuou? Terei jogado fora nos anos 60, quando nós, intelectuais, deveríamos nos proclamar ateus e existencialistas? Qualquer dia, eles aparecem por aí, numa caixa, ou em envelopes. Espero ter ainda memória suficiente para relembrar o que cada um significa. E recuperar instantes perdidos. Para que recuperá-los? Já se foram. Só se eu desenhar mentalmente um cartaz: Procuram-se os instantes perdidos. Porque andamos perdendo coisas demais.

10 de outubro de 1999.

(Publicado originalmente com o título *As peruas vaiadoras e os santos perdidos*)

ADOLESCENTES DO ANO 2000

Elas se telefonam, se bipam, marcam encontros e se reúnem nervosas diante da escrivaninha, cadernos e livros abertos e espalhados. Não devo dizer escrivaninha, é termo da minha adolescência e entre a minha e a de minha filha se passaram 47 anos, o Brasil mudou, as palavras mudaram. No entanto, alguma coisa permanece imutável. Percebo ao passar pelo corredor, vendo-as no quarto, deitadas no chão, sentadas à escrivaninha, livros e cadernos compulsados sofregamente. Não, não se diz caderno, e sim fichário. Elas estão ansiosas, inquietas. São dias de prova. O clima é o mesmo da minha adolescência. Na aula a atenção se dirigia pouco ao professor. A menos que fosse criativo e soubesse segurar a classe. Se houvesse, como hoje, jovens professores, as meninas gostariam mais. Por que nossos professores pareciam velhos e sisudos? Nas vésperas das provas, os estoques de Pervitin esgotavam-se nas farmácias. Era preciso passar a noite acordado. Podíamos comprar Pervitin sem receita. Mas ninguém se viciava, pois era apenas para as provas. A ansiedade que essas meninas sentem é a mesma que sofríamos. Uma angústia que as deixa desatentas, irritadas. Viram e reviram páginas do livro, apostilas, pulam de um ponto ao outro, sem concentração. Como todos fizemos, menos os cu-de-ferro, conhecidos como CDFs. Esses sabiam e sabem tudo. De que matéria orgânica são feitos? Chegava um momento, na véspera da prova, que cada um decidia aprender bem um único ponto e jogar na sorte. Era a Mega Sena educacional. Agora, ali no quarto, as meninas fazem a mesma coisa. Desespero de última hora. Há diferenças. Eu contava com meu caderno e um livro, o indicado pelo professor. Não existiam pesquisas nem onde pesquisar, a biblioteca municipal era pobre. Agora, elas dispõem de apostilas, xerox (um roubo), fascículos, enciclopédias, revistas. Comunicam-se por fax, modem, celular. E internet. Tem prova igualzinha no site.

Há uma igualdade. A pouca vontade de estudar nessa idade. Santa preguiça. Divina ausência de concentração. Elas falam dos rapazes (em geral, preferem os mais velhos, os da mesma idade são lesados; quer dizer bobocas; cada grupo tem sua gíria), telefonam, combinam a balada, escolhem um bar (na nova Faria Lima ou na Vila Madalena) e passam os olhos por um ponto. Está difícil, voltam a discutir uma tática, uma forma original de, talvez, colar. Mal sabem elas, nos seus 16 anos, que a estratégia de colar é arte aperfeiçoada por séculos. Afinal, a desonestidade progrediu e, no Brasil, elas estão cheias de exemplos de fraudes que dão certo. O professor nem desconfiará. Enfim, desistem, há nelas, felizmente, decência. O curioso nessas meninas que vão passar noites insones é que nenhuma recorre a um estimulante ou *flash-power*. Nem sequer ao café. Suportam, sem nada. Pela manhã, sairão para a prova com os olhos quase fechados de sono. Mas não se esquecem de passar meia hora experimentando saia, blusa, sandália, vários tons de batom. Querem estar bonitas. Como sofreriam se fossem obrigadas a usar uniforme. No Ieba, em Araraquara, o temível Alvarenga, inspetor de alunos, não deixava passar nem sapato desamarrado.

Há uma diferença entre essa geração e a minha. A atual não recorre aos poderes superiores. Nunca as vi rezando. Nem pondo sobre a mesa santinhos de Santo Expedito ou São Roque. Contam com elas mesmas. Na minha época, dia de exame final, era uma romaria à igreja. Findos os estudos, a vida seria leve. Como supor que o coração jamais descansa? Os santos recebiam com olhar complacente as promessas que, sabiam, seriam esquecidas. As mães protestavam: sem estudo, o santo não ajuda. Nossa lógica: estudando, dispensamos os santos! A igreja era poderosa, catalisadora! Hoje, precisa das aeróbicas do padre Marcelo. Ah, que bom, que mau! Chegamos ao ano 2000 e nada mudou! Mesmo tudo tendo mudado. A adolescência será sempre uma e indivisível! Sofredora e feliz. Assim, carregamos a vida toda um coração adolescente, dolorido um dia, sorridente no outro.

19 de dezembro de 1999.

O ISQUEIRO DE
UM SEDUTOR

No dia 18, antes de embarcar para os Estados Unidos fui a Salvador organizar uma pauta para um número especial da revista *Vogue*. Andando pelo saguão do aeroporto, procurei um telefone público. Tentara entrar na sala do *Diners,* mas a fresta da fechadura da porta, onde passamos o cartão magnético, estava lacrada com uma fita crepe. Havia um aviso: as recepcionistas abrirão. Mas havia tanta gente em frente das recepcionistas que elas não me viram. Descobri que Congonhas possui poucos telefones públicos, pelo movimento que tem. E eles devem desaparecer. Em aeroportos, todos parecem possuir celular. Na sala de embarque, contei. De cem passageiros, 45 falavam ao telefone. Um *showroom* de celulares. Homens e mulheres tomando café, fumando, lendo jornal e falando. Conversando um com o outro, cada um com o fone pendurado, mantendo falas paralelas. O que as pessoas têm tanto a dizer? Como faziam para viajar quando o celular não existia? Não deram todas as ordens, deixaram instruções, mensagens, recados? Não ligaram antes para as pessoas com quem vão se encontrar? Não se organizam, não têm secretárias, assessores, não confiam nos outros?

As pessoas chamavam e eram chamadas. Fui me aproximando, tentando escutar trechos. Tinha gente escondida atrás de colunas, gente de costas olhando os aviões na pista, falando baixinho. Um estava irritado: "Um dia vão se acabar os papéis. Não vou querer ver um só papel nesse escritório. Tudo vai estar nos monitores. Chega de papel". Outro: "Os documentos que deixei com um clipe amarelo, você assina. Com o clipe azul, arquiva. Com o clipe vermelho, atire no dilacerador. Leia e destrua. Destruaaaa!". Uma senhora de brincos de argola, descomunal: "Qual a razão para ficar andando de bicicleta? Existe? É inteligente? Não! Um desprezo! Achincalhe". Daria meia vida para conhecer a história. Um publicitário (se vê pela forma de vestir, pela gravata): "Você não se incomoda com a minha dor... Nosso romance foi dor e mágoa... Por que começamos?" Um senhor de sapatos mocassim e sem meias: "Me dê o outro número. Tem de dar! Estou indo para aí! Quero o número. Tem de me receber, estou entrando no avião. Vai me receber, vai sim. Não me conhece".

Fui percebendo naquela gente sínteses de nossa vida: isqueiros, relógios de pulso, chaveiros, canetas, maletas executivas, calculadoras, laptops, bips, celulares, agendas eletrônicas. E me vi, mais ainda, um outsider. Não possuo laptop, não uso calculadora, guio-me por relógios públicos, existem tantos. Minha agenda é de papel, gasta. Em lugar de maleta executivo, utilizo uma sacola de butique, só tenho uma chave, a de casa, fica no bolsinho, e a caneta é qualquer Bic preta. Não fumo, portanto não preciso de isqueiro. Ah, o gesto de acender o isqueiro, tão bem representado por alguns!

Quando tinha 20 anos e cheguei a São Paulo, freqüentava boates. Como jornalista podia entrar sem a obrigatoriedade de consumação. Provinciano e deslumbrado (qualidades que nunca perdi) achava o gesto de tirar o isqueiro e acender o cigarro de uma mulher chique, elegante e másculo, referencial de um cavalheiro. Romântica, minha geração idealizava o cavalheirismo; hoje parece que conta ponto o ser cafajeste, durão. Ou não? Preconceito? Bem, a cena era linda. Na penumbra da boate, a chama do isqueiro refletia-se nos olhos da mulher, que me contemplava embevecida e se predispunha à entrega.

Influências do cinema, claro. Tinha tantas teorias sobre o processo de sedução e, no entanto, quando deixava a fantasia de lado e caía na realidade, era um desastre. Comprei um isqueiro Zippo e ensaiei longamente no quarto da pensão o gesto que me afirmaria. De pijama, colocava o paletó de casimira azul (o único), enfiava a mão no bolso, com vagar, retirava o isqueiro, acendia e aproximava a chama de lábios visíveis apenas para mim.

Lábios rubros, entre os quais via dentes brancos, provocantes. Sorria para ela, que me agradecia, com um aceno. Eu fechava o isqueiro com um estalido e guardava. O estalido fazia parte do ritual, praticado com ar *blasé* e *fairplay*. Colegas acharam que eu estava louco, pediram minha expulsão, mas a dona, a loira e exuberante Nina, compreensiva e irônica, disse: "Deixem o menino em paz, desde que não me ponha fogo na pensão". Um dia, no Teatro Oficina, emprestei o isqueiro ao Augusto Boal, para ser usado por Stanley Kowalski, vivido pelo Mauro Mendonça em uma cena de *Um bonde chamado desejo*, com Maria Fernanda. Noite após noite, lá estava o isqueiro em cena. Depois, nunca mais o vi. Também, não me ajudara a conquistar ninguém.

8 de outubro de 2000.

O ANÔNIMO QUE REGISTREI

Algum de vocês já pensou em momentos que ficaram no passado, sem muita significação em nossas vidas, mas que podem ter marcado ou afetado o outro? Palavras ditas, gestos perdidos. Ao voltar dos Estados Unidos, percorri a pilha de jornais que a empregada amontoa. Tive a sensação de que não tinha se passado nem um só dia entre a partida e a chegada. Os fatos pareciam os mesmos. O mundo é repetitivo. Então, num canto de página, dei com a morte de Colé, comediante que andava esquecido, a não ser por esporádicas aparições na Globo. Colé morreu aos 82 anos. Era tio do Dedé Santana, aquele dos Trapalhões.
Da minha geração, muitos lembram-se de Colé. Ele estava em todas as peças importantes do teatro de revista. Não teve a estatura de Oscarito ou Grande Otelo, mas equiparou-se a Ankito, Brandão Filho, Manoel Pera (pai de Marília), Walter D'Ávila. Esteve com Walter Pinto, o Ziegfeld brasileiro, e mais tarde montou sua própria companhia. Viajava pelo Brasil divertindo as pessoas e deslumbrando os homens com as *girls* maravilhosas em seus biquínis reduzidos (estou falando dos anos 50/60). Na minha cabeça, ainda o vejo, nos anos 60, casado com Lilian Fernandes, vedete lindíssima, de pernas longas.

Colé percorreu a história do musicado, do Teatro Recreio, no Rio de Janeiro, ao Santana, em São Paulo, aquele da Rua 24 de Maio, inexplicavelmente derrubado para ser transformado em centro comercial. O episódio que me liga a Colé não está relacionado com estrelinhas seminuas. A história é curta e está ligada a um batizado e um registro. Nem sei se tem interesse. No começo dos anos 50, Colé e sua companhia estiveram em Araraquara. Eu era um garoto de 17 anos, escrevia para *O Imparcial* e fiquei alucinado com as estrelinhas, as vedetes, os cômicos, tudo. A temporada durou uma semana e quando terminou, a companhia foi para São Carlos. Corri atrás fingindo fazer reportagens. Nessa altura, era íntimo de Colé e de algumas *girls*, como eram chamadas. A intimidade não atingia o ponto que eu desejava. O que seria da vida sem fantasia?

Certa tarde, andava pelas ruas do centro da cidade – o espetáculo seria no Cine São Carlos – conversando com Colé, contente por estar ao lado de alguém famoso, quando ouvimos uma pessoa chamando: "Por favor, por favor!" Da porta de um cartório, um senhor acenava. "Por favor, podem perder um minuto?"

Perder um minuto? Com o quê? "Estamos com um casal registrando o filho. Depois, vão batizar a criança. Todavia, não conhecem ninguém, não têm testemunhas. Será que vocês podem testemunhar?" Entramos no cartório, assinamos os papéis, seguimos para a igreja, assinamos novos atestados. No cartório, Colé aproveitou, perguntou ao tabelião: "E o senhor, vai ao teatro hoje à noite?". O funcionário encabulou. "Gostaria, tem umas mulheres bonitas e o comediante é bom. Só que minha religião não permite. Dizem que tem indecências e um homem precisa disso, de vez em quando."

Dessa maneira, talvez exista hoje, em São Carlos, um homem, um anônimo para mim, com cerca de 45 ou 47 anos, em cujos registros de nascimento e de batizado existem duas assinaturas de gente que essa pessoa talvez não tenha idéia de quem sejam. Ou tem e se pergunta como e por quê? A de Colé, que na verdade se chamava Petrônio, e por isso o cartorário não desconfiou, e a minha. Na verdade, quantos de nós olhamos para os que foram testemunhas de nossos nascimentos? Como se chamava aquela pessoa? O que ela é hoje? O que faz? Tem família? Filhos? Vão ler esta crônica? O cartorário está vivo?

Lembra do episódio? O outro tabelião terá tido um momento de audácia e ido ao teatro aquela noite, ver e ouvir indecências? Enigmas do passado.

5 de novembro de 2000.

A VERDADEIRA
VERA CRUZ

Muitos vão ler com prazer o livro que acaba de sair sobre a Vera Cruz (*Imagens e história do cinema brasileiro*), cinematográfica que, nos anos 50, despertou paixões, curiosidade e sinalizou que outro tipo de cinema brasileiro podia existir, mais técnico, mais profissional, com maior envergadura. Minha geração foi profundamente cinematográfica e a Vera Cruz representou um pólo, sonho. Conhecer os estúdios em Jardins do Mar (achávamos lindo este nome) em São Bernardo do Campo era uma utopia. E trabalhar nele, então? Havia dois araraquarenses na Vera Cruz. Camilo Sampaio, diretor de produção, e Tony Rabatoni, fotógrafo, que se celebrizaria depois com *Os cafajestes*. Os do interior, como eu, metidos em clubes de cinema (por que desapareceram?) pensavam na Vera Cruz como o momento máximo, estávamos cansados das chanchadas incipientes, repetições de uma mesma fórmula precária e fácil.

Lembro-me que, em Araraquara, nenhum filme da Vera Cruz foi fracasso. As comédias do Mazzaropi estouravam a boca do balão e *O cangaceiro* e *Sinhá moça* provocaram filas nunca vistas na Rua 3, onde se localizavam os dois cinemas principais da cidade. *Sinhá moça* teve até sessões à tarde, num feriado, acontecimento invulgar, uma vez que, tirando as matinês para a criançada, aos domingos, cinema se via à noite.

Milton Ribeiro se tornou personagem odiado, como o sádico Capitão Galdino, ao passo que as mocinhas babavam pelo Anselmo Duarte, pelo Mário Sérgio, Miro Cerni e Alberto Ruschell. Anselmo teve no Brasil uma popularidade que nunca mais outro ator teria, mesmo com toda a mídia que existe hoje. Curioso é que a Vera Cruz foi buscar Anselmo no Rio, mas não trouxe Cyl Farney, o único galã que conseguia fazer certa sombra ao homem que viveu Zequinha de Abreu em *Tico-tico no fubá*. Coisa de não poder andar na rua, sem ser assaltado pelas fãs.

Os homens sonhavam com Eliane Lage, Marisa Prado, Tonia Carrero, Leila Parisi (espécie de Joana Prado dos anos 50), Liana Duval, Silvia Fernanda, Leonora Amar (que depois se casou com um ex-presidente do México) e Ilka Soares. Além de Eliane Lage eu tinha paixão pela Gilda Nery, que fazia o tipo mocinha ingênua, romântica. Mandava cartas para a Gilda, esperando respostas e recebia fotografias autografadas, porque o departamento de publicidade da Vera Cruz era perfeito, no melhor estilo de Hollywood. Mas eu queria mesmo é me corresponder com a Gilda que só conheci quando vim para São Paulo e me transformei em repórter. A admiração continuou igual, eu era fiel.

Quantos a Gilda encantou como eu, nesse Brasil? A Vera Cruz sabia promover... Talvez por isso tenha tido tanta mídia. *O Imparcial*, em Araraquara, recebia pacotes de releases, fotos, cartazes, pastas. Eu tinha uma parede cheia de fotos das minhas amadas e descobri, mais tarde, em minhas andanças pelo Brasil, que gente como Roberto Drummond, o escritor, ou o Roberto Cimino, que fundou o Cine Clube de Marília, também se babavam pela Eliane Lage e pela Gilda.

A Vera Cruz era profissionalismo. Em seus filmes, tudo tocava a perfeição. Fotografia (Chick Fowle, Ray Sturgess, Bob Huke), montagem, cenografia. Vejam os figurinos de *Tico-tico no fubá* ou *Sinhá moça*. O fraque que Anselmo Duarte vestia no baile era feito sob medida, nada catado em lojas de aluguel. Eliane Lage parecia saída de ...*E o vento levou*, lembrava Vivien Leigh ou Olivia de Havilland.

Dizem que, um dia, Fernando de Barros, dirigindo *Apassionata*, olhou com desprezo para uma jóia trazida pelo produtor: "Mas, isso é bijuteria, não é ouro". Renato Consorte, o produtor, argumentou que era a mesma coisa, o efeito seria o mesmo. E Fernando: "E o efeito psicológico sobre a atriz? Ela será outra, ao ver que está usando ouro e diamantes".

Assim era a Vera Cruz. Mitos e lendas, boatos e notícias que não se sabia se verdadeiras ou produzidas para alimentar jornais e revistas como *Cinelândia, Carioca, Manchete* e *O Cruzeiro,* ícones da época. Lima Barreto, cabotino (termo dos anos 50) e talentoso assombrou o Brasil e o mundo com *O cangaceiro*. Por mais de duas décadas o filme renderia filhotes, quase todos sucessos de bilheteria. Simbolizavam o nosso western. Lima se julgava Orson Welles, se proclamava Eisenstein. Sei disso, eu o entrevistei muitas vezes e o achava um gênio intuitivo do *marketing*, antecipando em meio século fórmulas hoje corriqueiras de autopromoção. Mas enquanto agora se admira egotrips e megalomanias, naquele tempo se criticava. Eu me divertia com ele, adorava entrevistá-lo e provocá-lo. Foi por meio de uma matéria minha, nos anos 80, que Carlos Augusto Calil o localizou, no final da vida, doente e alquebrado, meio cego e na miséria, no Lar dos Velhinhos, em Campinas, onde passava as tardes vendo desenhos animados pela televisão. Pensar que ele deslumbrara Cannes com a violência e plasticidade de *O cangaceiro*.

Agora, o mito Vera Cruz ressurge em um livro maravilhoso, álbum para ter, guardar, dar de presente. E agradecer. Porque finalmente se tem a verdade. Organizado por Sérgio Martinelli, que a vida inteira cultuou o estúdio, o volume, projeto de vida, resgata uma memória que foi, pode-se dizer, avacalhada e conspurcada pelos ideologizantes que cultivaram o cinema novo. Está bem, o Cinema Novo teve seus grandes momentos (*Vidas secas, Deus e o diabo na terra do sol, A grande cidade, Rio, 40 graus, Os cafajestes* etc.). Mas o patrulhamento em cima da Vera Cruz acabou sendo tremenda injustiça, atrasou o cinema brasileiro em anos. Essa recuperação de memória é feita agora pelo Martinelli neste volume de 196 páginas, com fotos emocionantes, editado pela A Books e patrocínio da Qualix. Resgata-se uma verdade e se faz justiça a muita gente, principalmente Franco Zampari. Uma geração, a minha, recupera a memória perdida. Outra, a nova, conhece o instante em que o cinema brasileiro poderia ter tomado rumo em direção ao futuro. Travado, é verdade, pela indústria de cinema americana que nada permitia, avançava sobre tudo como um míssil Tomahawk. A Vera Cruz é uma história de amor. Do Zampari, dos que trabalharam lá, dos irmãos Khoury, de Amir Labaki, Carlos Augusto Calil, Renato Consorte. E de Sérgio Martinelli.

4 de abril de 2003.

(Publicado originalmente com o título *Finalmente a verdadeira Vera Cruz*)

A NOITE EM QUE
REENCONTREI ABÍLIO

Por momentos, no domingo à noite, o Canal Brasil me devolveu Abílio Pereira de Almeida. Figura esquecida num país que não cultiva a memória, principalmente de quem cria arte. Lembrei-me dele, de sua voz característica, levemente metálica, forte, voz que impunha. E do riso (às vezes, gargalhada irônica) zombeteiro, o mesmo riso que transferia para seus textos, peças ou filmes, mostrando a sociedade dos anos 50 e 60, quando ele esteve no auge. Era um grande conversador e gostava das coisas boas da vida, das emoções fortes. Tanto que foi um jogador, paixão que mostrou em sua primeira peça, *Pif-paf,* e em um filme, *Ângela*, com uma atmosfera opressiva, dostoievskiana.

Conheci Abílio por meio do Fernando de Barros, em cuja casa se reunia um grupo descolado em cinema e teatro: Abílio, Odete Lara, Maria Della Costa, Dalia Palma, Rubens de Falco, Anselmo Duarte, Osvaldo Massaini, Irina Greco, Robertinho Ribeiro, um diretor de produção de cinema, além do mundo da moda, com Dener e suas modelos, a maioria da célebre equipe de estrelas da Rhodia.

Eu sonhava ser escritor e recebi, um dia, do editor Caio Graco, uma dica preciosa: "Se quiser aprender a fazer diálogos, leia Abílio Pereira de Almeida". Poucos como

Abílio manejaram tão bem a fala, em camadas diversas. Tinha o ouvido apurado e o olhar aguçado. A convivência com aquele homem generoso era uma aula a cada instante e eu estava disposto a não deixar escapar nada. Ele tinha paciência com o aprendiz pentelho. Até me admitia na sua mesa, nas vezes (poucas) em que era visto no Gigetto, uma instituição da classe teatral.

Peça de Abílio era sucesso garantido. Elas foram dirigidas por Ziembinski, Adolfo Celli, D'Aversa, Antunes Filho e Fredy Kleeman, entre outros. Interpretadas por atores da estirpe de Cacilda Becker, Walmor Chagas, Sérgio Cardoso, Nydia Lícia, Jaime Costa, Armando Bógus. Abílio era um advogado e ex-piloto que descobriu o teatro, como ator, em 1936, na peça *Noite de São Paulo*, sob direção de Alfredo Mesquita, o criador da Escola de Arte Dramática, maior mola propulsora do teatro brasileiro. O estreante tinha 30 anos. Nos 41 anos seguintes não sairia de cena, como ator, dramaturgo, cineasta e produtor. Nas décadas de 50 e 60 ele era o teatro paulista.

Suas bilheterias sustentaram (e salvaram, muitas vezes) o grupo de Cacilda Becker ou o de Maria Della Costa, quando não o próprio TBC. Ao longo dos anos nos acostumamos a ver em Abílio o sinônimo de sucesso: *Pif-paf, Paiol velho, A mulher do próximo, Santa Marta fabril, São Luís 27, 8º andar, O comício, Moral em concordata, Em moeda corrente do país, Alô... 36-5499*. O teatro levou-o a outra paixão, o cinema. Não satisfeito por ter participado da fundação do TBC, ele esteve à frente da Vera Cruz não apenas como ator e roteirista, mas também como o inventor de um cômico que representou, mais do que ninguém, a brasilidade: Mazzaropi.

Cansado de ver a Vera Cruz ser devorada pela distribuição da Colúmbia, ele criou a Brasil Filmes e continuou a fazer cinema por muitos anos, dando chance a um sem-número de diretores estreantes, entre eles Walter Hugo

Khoury, a quem devemos a preservação da Vera Cruz até hoje, e Carlos Alberto Souza Barros, morto recentemente.

Em uma manhã de 1977, a notícia da morte de Abílio Pereira de Almeida chocou amigos e surpreendeu o mundo teatral e cinematográfico brasileiro. Aos 71 anos, com um tiro de revólver, numa estrada isolada de São Paulo, se me lembro direito, ele terminou com uma vida dedicada ao teatro e ao cinema.

Além da tristeza provocada por mortes em família, havia o medo da velhice, o pavor do esquecimento, do sentir-se superado, de não ser mais capaz de retratar, como tinha feito até então, o Brasil e a sociedade paulistana – microcosmo do País. Amado pelo público e incompreendido pela crítica, Abílio percorreu o purgatório do criador que tem sensibilidade, intuição, põe o dedo na ferida e avança em seu tempo. Ele expunha a moral hipócrita e cínica que atingiu o clímax nos dias de hoje.

Passaram-se 26 anos desde a morte de Abílio e ele parecia (injustamente) esquecido, porque a memória brasileira é breve, superficial e insidiosa. No entanto, no domingo, o Canal Brasil deu o primeiro sinal de que pode haver uma reavaliação do papel de Abílio no panorama do teatro e do cinema. Esse resgate estava iniciado, de certa maneira, no livro de Sábato Magaldi, *Cem anos de teatro* em São Paulo, no qual Pereira de Almeida vem citado em 20 páginas, contra 18 dedicadas a Nelson Rodrigues. No Canal Brasil, tivemos um documentário dirigido por Kiko Mollica. Durante 45 minutos vimos os depoimentos de Antônio de Pádua, o Padu (lembro-me da mulher dele, tinha um andar esvoaçante que eu achava lindo), e Maisa, os filhos; da sobrinha Ceiça Parahyba Campos; e de Sílvio de Abreu, Paulo Autran, Nydia Lícia, Renato Consorte, Dercy Gonçalves, Galileu Garcia, Anselmo Duarte, Rosamaria Murtinho e Mauro Mendonça.

Esboça-se um retrato de Abílio Pereira de Almeida, a ser completado, porque falta muito a dizer. Mollica poderia ter ouvido, por exemplo, Sábato Magaldi. Voz autorizada a situar o dramaturgo em relação à eterna incompreensão da crítica. Abílio viveu o problema dos marginais geniais: a esquerda o via como de direita, em tempos de patrulhamento. A direita o via como de esquerda e até comunista. E ele foi, no fundo, o crítico ferino, o homem que incomodou e provocou, porque revelou a fraude, a imoralidade e a hipocrisia de uma sociedade. Faltaram ao filme cenas das peças, facilmente encontráveis em arquivos de jornais; faltaram trechos das críticas. Quando Maisa relata que muitas cenas foram filmadas em frente da casa deles, porque não mostrar as cenas ou a casa, se ela ainda existe? O documentário ganha sabor quando revela momentos de bastidores nas falas dos filhos, na de Consorte ou de Anselmo Duarte. Tanto Abílio quanto Anselmo eram grandes contadores de casos. Mas Mollica teve o mérito (e a coragem) de dizer: aqui está um homem que precisa sair do inferno dos criadores, para retomar seu lugar. Deste documentário, uma constatação de Abílio me deixou fascinado. Ela foi dita a Paulo Autran: "A gente sabe que ficou velho, Paulo, quando as mulheres deixam de nos desejar".

17 de maio de 2003.

E DEUS CRIOU
A MULHER

*B*rigitte Bardot atualmente é um personagem incongruente. Abandonando o cinema, o que fez no momento exato, dedicou-se à defesa dos animais, ao mesmo tempo que assumiu posições racistas em relação aos imigrantes dentro da França. Na verdade, somente Greta Garbo conseguiu o impossível. Retirou-se, entrou em reclusão e ponto final. Evitou constrangimentos e manteve intacto o status de mito. Marilyn e Brigitte foram os últimos grandes símbolos sexuais do cinema. Tudo o que veio depois é, digamos, meia-boca, por mais exuberantes que sejam como Sharon Stone e Monica Belucci.

 Brigitte me veio a propósito de um DVD que acabou de sair na coleção Classic: *E Deus criou a mulher*, a primeira versão, a verdadeira, a de Roger Vadim. Verdadeira, porque depois houve uma refilmagem tenebrosa pelo próprio Vadim, no final da vida. Lamentável e incompreensível.

 Quando *E Deus criou a mulher* foi exibido no Brasil, a minha geração tinha 20 anos. Para quem cultivava o cinema de Marcel Carné, Julien Duvivier, René Clair, Jacques Becker, Jean Renoir, Marc Allegret, Clouzot, René Clement, André Cayatte, o primeiro filme de um desconhecido chamado Roger Vadim era chocho (como se dizia) cinematograficamente. Incipiente como narrativa, descosturado quanto à edição, primário nos enquadramentos. Mas tinha Brigitte Bardot e não precisava mais nada. Vadim, um ex-ator e jornalista do *Paris-Match,* tinha o faro dos fazedores de estrelas e nisso era bom. Lançou Brigitte, uma jovem bailarina que tinha feito 17 filmes classe B, tipo *A moça sem véus (Manina)*, uma besteira, e se apaixonou por ela. A história está aí, cineastas (não sei se podemos chamá-lo de cineasta, é uma palavra importante) apaixonados transformam mulheres em estrelas e mitos. O que se deu é que com aquele filme Brigitte Bardot se tornou uma celebridade internacional, *sex symbol* que ofuscou tudo a sua volta, uma paixão, doença, loucura, paranóia. Isso em um tempo em que a mídia não tinha um décimo do volume esmagador de hoje. Brigitte, ou BB, foi produzida por jornais, revistas e telejornais (aqueles semanais que eram exibidos em cinemas e as gerações de hoje não conhecem). BB foi um vulcão antes da televisão e das conexões imediatas entre o mundo todo. BB foi desejada e possuída solitariamente em todos os cantos da terra. Concorria com Marilyn em sensualidade. Mas, enquanto MM era vigiada pelos códigos de decência de Hollywood que permitiam até certo ponto, BB gozava de total e irrestrita liberalidade, era a "safadeza" personificada, fazia na tela tudo o que homens e mulheres sonhavam fazer na vida real.

Seu personagem em *E Deus criou a mulher* mostra uma jovem inquieta, ardente, sufocada no ambiente restrito e moralista de uma aldeia à beira-mar. Vigiada, pressionada, ela contudo é livre, não se deixa aprisionar. Termina aprisionada na teia do conformismo, porque a sociedade dos anos 50 não permitia grandes vôos às mulheres. Inconscientemente, Vadim, ainda que machista, abriu uma pequena brecha para o que viria a seguir, os grandes movimentos femininos. Ao criar Brigitte fez o mundo respirar, havia ares novos, frescos. A nudez, natural e poética, era a de uma mulher que podia ir para a cama com quem desejasse, sem ser puta. BB desconcertava com sua ternura, rosto ingênuo e ar cândido mascarando extrema voluptuosidade. O que desconcertava em meados dos anos 50 (o filme é de 1956) era esse novo comportamento. Havia um mundo que mudava e BB era um dos símbolos, Elvis Presley outro, James Dean o terceiro. Tudo começava a se transformar. O mundo no futuro seria uma festa e os anos 60 confirmavam isso, a felicidade e a prosperidade. *E Deus criou a mulher* foi um assombro. Chocou e espantou e, hoje, com o relançamento do filme em DVD – já que é um clássico e deve ser visto – nos permite avaliar como o mundo avançou e o comportamento de duas épocas se distanciou. Uma novela das seis, na Globo, é mais permissiva do que esse filme que se tornou marco de liberação. As perguntas de minha sobrinha Helena, de cinco anos, são mais contundentes do que a "moral" dos anos 50 permitia.

Se formos exigentes, *E Deus criou a mulher* é filmezinho para a sessão da tarde. No entanto, tem Brigitte. Ela antecipou o físico das *top models* de hoje. Provocava, era uma *sex-symbol*, sem ser carnuda, coxuda ou peituda, como as italianas da época (Gina Lollobrigida, Sofia Loren, Silvana Pampanini, Yvonne Sanson). Magra, enxuta, seios belíssimos, poderia ter sido a Claudia Schiffer ou a Gisele Bündchen de seu tempo. Mas quem provocava desejos eram as estrelas de cinema e não as modelos. O mistério Brigitte reside aí, nessa inversão do físico. É a sua modernidade. A sensualidade estava no rosto, no beicinho, no olhar abismado, na atitude desabusada, no desprezo às convenções, no abandono da moral vigente. Ela fazia o que lhe dava na cabeça, não aceitava regras, normas.

Roger Vadim teve uma carreira marcada pela superficialidade. Evitei a palavra medíocre em respeito ao homem que colocou nas telas a mulher que povoou os sonhos de uma geração. Ou duas. Medíocre foram suas memórias, ressentidas, raivosas. Mas o que interessa é Brigitte que esteve ligada ao Brasil. Se ela lançou Saint-Tropez no cenário internacional, aqui ela deflagrou o fenômeno Búzios. Brigitte, segundo sua autobiografia, nunca teve sorte com homens. Quando escreveu o livro ela assumiu que foi usada por todos, de Vadim a Jean Louis Trintignant, de Jacques Charrier a Guther Sachs e Bob Zaguri. Do Zaguri os brasileiros mais velhos se lembram, ele apareceu com Brigitte no Brasil, exibiu-a à mídia, exibiu-se e depois sumiu. O que teria sido feito de Bob Zaguri? De Brigitte os cariocas se lembram, porque ela aparecia tanto e em todos os lugares que começou a virar a "chata". Bastava ela apontar na porta, com o Zaguri do lado, e as pessoas murmuravam: "Chegou a chata!". O problema é que no Brasil nem o papa escapa de ser chato, se ficar muito por aqui, exposto aos holofotes. O pessoal fica inquieto quando alguém aparece muito. Incomoda!

30 de maio de 2003.

KHOURY VAI SER CULT. AGORA?

Quando, na manhã de sábado, o corpo de Walter Hugo Khoury passou por nós, deixando a Cinemateca, onde tinha sido velado, Edla van Steen murmurou: "Saiu da vida para se tornar *cult*". Dois dias antes, Ruy Afonso tinha partido. Os dois significavam um pouco do velho *Gigetto*, o restaurante mito da Rua Nestor Pestana, que esteve para São Paulo como o *Sardi's* estava para Nova York. O ponto de encontro, a ligação, a união das classes teatral, cinematográfica e televisiva. Ruy Afonso, um dos atores bases do TBC, foi o criador dos Jograis, um grupo que reativou a paixão pela poesia e desencadeou, a partir dos anos 50, uma proliferação de jograis pelo Brasil inteiro, reaproximando público, poemas e poetas. Ele andava esquecido, enquanto Khoury, apesar de uma das mais brilhantes e coerentes carreiras no cinema brasileiro, injustamente estigmatizado em um período crucial, que ele venceu com talento, circulava ultimamente pelo terreno pantanoso do limbo. Uma das prováveis razões de sua depressão, porque ele era inteligente e lúcido. E com certeza um dos cineastas mais cultos e lidos de quantos estão na enciclopédia do cinema nacional.

Lamentavelmente, na arte, para se tornar *cult*, ou ser mitificado, você precisa ou morrer cedo ou ter descido ao inferno do ostracismo. O processo de Khoury de mitificação acelera-se agora, ainda que recentemente tenham acontecido três indicações que sinalizavam para o *cult*: o troféu Bandeira Paulista, a ele concedido na 22ª Mostra Internacional de Cinema de São Paulo; o livro de Renato Pucci Jr., *Filosofia e imagens no cinema de Walter Hugo Khoury*, e a mostra promovida por Eugênio Puppo no Centro Cultural do Banco do Brasil, em que se fez um revival e uma reavaliação dos 25 filmes realizados entre 1952/1953 (*O gigante de pedra*) e 1997 (*Paixão perdida*). Livro e mostra trouxeram, sem preconceitos, o olhar de novas gerações, contemplando a obra de um diretor que foi massacrado pelos ideologizantes de um período, aquele em que o cinema novo dominou e predominou. Alienado, burguês, Bergman brasileiro, o apólogo do vazio, o distanciamento do que é Brasil e ser brasileiro, a arte pela arte, a ausência de provocação e questionamentos eram os epítetos (nunca pensei em usar esta palavra) normais, comuns, avassaladores que se lia a cada filme lançado por Khoury. Ele era o cineasta do nada, da crise existencial, quando o país fervia na busca de uma idéia na cabeça para acionar a câmera na mão.

Fui dos poucos, se não o único – com toda a certeza – que se atreveu a se instalar na mesa, na Mostra do Centro Cultural, para fazer um mea culpa. Quando disse, ali atrás, lia-se, deveria ter escrito que eu também escrevia. Porque nos anos 60 fui crítico de cinema, alinhado na posição político-ideológica e pedia a Khoury: olhe o Brasil, faça a revolução conosco, vamos colocar tudo de ponta cabeça. Ele, sete anos mais velho do que eu, com cinco filmes no acervo pessoal, mostrava-se imperturbável e sorria condescendente. Mais do que isso, sentava-se comigo no *Gigetto* ou me deixava assistir suas filmagens no estúdio e fortalecia a amizade, olhando-me ironicamente e saudando-me com um risinho mordaz, ainda que suave. Fui um daqueles que escreveram sobre a alienação e o bergmanismo de Khoury, mas reconheço que me faltaram na época a clareza e a isenção para olhar seu cinema como cinema e não como ato político. De qualquer modo, consegui dizer isso a ele ainda em vida, o que me deixa não consolado nem com a consciência aplacada, porém um pouco mais leve. Bergman podia, Antonioni também. Falavam da solidão e da incomunicabilidade. Khoury falava das mesmas coisas, mas estava no Brasil. Ele não podia. Precisava falar da fome, da miséria, da favela, da opressão política, do imperialismo, da revolução que viria. Veio, mas foi outra. Não a pretendida. Veio aquela que mergulhou o país nas trevas. Como teria sido a outra? Como saber? Khoury prosseguia isento, fazendo o mais pessoal de todos os cinemas que vimos neste meio século. Devia ferver por dentro, xingar, ficar louco da vida, mas exibia impassibilidade irritante. Aquela fleugma desarmava e irritava. Ele mostrava que nunca mudaria de lado, havia determinado um caminho e uma visão. Assim se manteve, ainda que adotando diferentes maneiras de narrar, mostrar, focar. O curioso é que, quando olho para trás, descubro nos anos 50, em Araraquara, um rapazinho de 16 anos, eu, inteiramente fascinado com a mídia que um jovem cineasta estava obtendo com um filme chamado *Gigante de pedra*. Interessante ver também como Khoury se colocou na mídia já com seu primeiro filme. E como a sua linguagem se solidificou e seu estilo se fixou. Amanhã esse criador certamente será *cult*, ele que foi o maior cultivador de estrelas, belas e boas atrizes, de Lilian Lemmertz a Eva Wilma, de Odete Lara a Norma Benguell, e a dezenas de outras, sem falarmos das que construiu ou ajudou a mudar o rumo da carreira. Quando o cortejo, curto, porque foram poucas as pessoas a estar – vejam só – com ele no sábado passado, atravessou a Avenida Brasil, em silêncio, os transeuntes que olhavam não tinham idéia de que o homem que ia naquele carro fúnebre criou um mundo, alimentou sonhos, despertou desejos, fez cinema do bom.

Um PS intermediário, se isso existe: devo a Khoury um de meus momentos encantados. Desde o filme de Anselmo Duarte *Absolutamente certo*, eu era fissurado na bailarina Lyris Castelani, dona de coxas monumentais que me levavam aos tempos das rumbeiras cubanas. Quando Khoury filmava *A ilha*, fui a Guarujá fazer uma reportagem. E dei de cara com Lyris de biquíni. Uma visão deslumbrante!

Por outro lado, o velho *Gigetto* viveu, no dia seguinte, domingo passado, um dia de festa, com um *brunch* no Grande Hotel Hyatt. Mais de 500 pessoas se reuniram para abraçar John Herbert que completou 50 anos de carreira. Johnny fez teatro, cinema (muito cinema) e televisão. A convocação daquela gente toda, que mais parecia uma festiva assembléia de classe, foi feita durante semanas pela mulher de Johnny, Cláudia, num esforço monumental que valeu a pena. Rubens Ewald Filho fez uma curiosa comparação, saudada com palmas. "John é o nosso Gary Grant. Um bom comediante, que se sai bem igualmente nos dramas – vejam *O caso dos irmãos naves* – elegante, simpático, cheio de carisma". Dos poucos que manteve a fama intocada e sempre no alto, desde 1953, o que é um feito digno do Guinness, neste Brasil que adora derrubar seus ídolos. Quando me sentei ao lado de Ariclê Perez, Vânia Toledo, Pedro Herz, Laura Greenhalg, Leilah Abramo e Rute Escobar, olhando em volta senti-me no *Gigetto* antigo, porque ali estava uma grande parte de seus freqüentadores, aqueles que assinavam notas e queriam ser servidos pelo Giovanni Bruno: de Juca de Oliveira a Renato Consorte, de Paulo Autran a Eva Wilma, Karin Rodrigues, Raul Cortez, Lima Duarte, Nicole Puzzi, Giba Um, Carlos Armando Fiorino Rodrigues, Aníbal Massaini, e... John Herbert naquela tarde juntou a classe e reativou proustianamente nossa memória afetiva.

4 de julho de 2003.

COM A NAVALHA NO ROSTO

Num destes dias quentes, vi a barbearia e entrei. Mandei tosar a juba, quase raspar. Perdi o aspecto leonino que faz amigos de meu filho mais novo me chamarem de Einstein e amigos de minha filha me apelidarem Doc, o cientista louco do *De volta para o futuro*. A foto que vocês vêem na coluna mostra um cabelo comportado, nada habitual. Imagino como as mulheres sofrem e entendo aquelas que usam a cabeça raspada. É tão confortável.

Barbeiro é instituição que ameaçou desaparecer, mas conseguiu se recompor. Quando nos anos 60 e 70 os homens decidiram deixar o cabelo crescer, vi muita barbearia fechar as portas. As giletes descartáveis já tinham tirado boa parte da freguesia da barba.

Muita gente nunca conheceu o prazer de sentar-se numa cadeira, o corpo solto, pedindo: barba e cabelo. A toalha quente no rosto, o pincel espalhando a espuma, fazendo uma pré-massagem, depois a navalha raspando suave. Coisa relaxante. Um pouco da tensão do mundo moderno poderia ir embora com meia hora de barbeiro. No entanto, se decidiu pela pressa, pela autobarba.

Ninguém parece ter tempo de se abandonar numa cadeira, envolvido pelo cheiro de talco e loções, ouvindo o chiar monótono da navalha. Quem não conhece a velhíssima piada do barbeiro que indagou: Arco ou tarco? E o freguês respondeu: Verva.

O ritual do álcool trazia outra intenção, além da esterilizante. Mostrar que o barbeiro não tinha feito um único talhozinho. O álcool num corte, mínimo que fosse, arderia, o talco era refrescante, mas a gente saía da cadeira limpando o rosto. A Água Velva, amarelada, cheiro de todo jovem aos sábados, nos anos 50, era para quem podia, um luxo. Ainda existe ou deixei de prestar atenção nela? As navalhas cederam lugar a aparelhinhos, nos quais se encaixa uma gilete. Outro dia, disse ao barbeiro: se fosse para fazer com gilete, faria em casa. A navalha conferia a sensação de perigo iminente. Não há quem não pense que a mão do barbeiro poderia resvalar e dar um talho que nos deixaria como Scarface.

Se bem que jamais soube de um profissional que tivesse ferido um cliente. Os bons, inclusive, conseguiam fazer a nossa barba de maneira tão delicada que mal sentíamos a lâmina tocar a pele. Era o símbolo de habilidade, demonstração de orgulho. Igual a garçom que anota o pedido de memória e não erra prato, tradição que desaparece.

Ali, naquele barbeiro que tinha uma tabuleta anunciando unissex, revivi as conversas. Banco de táxi e cadeira de barbeiro: o País desfila por elas. Sabe-se de tudo: notícias, fofocas, opiniões.

Se eu fosse o Carlos Mateus, do Instituto de Pesquisas Gallup, mandaria meus técnicos andarem o dia inteiro de táxi e fazerem a barba o tempo todo, ouvindo a voz do povo. Não teriam nada de científico, mas haveria poesia. O Carlos Matheus que freqüentou o Teatro Oficina em seu começo – sabiam disso? – ainda deve ter um pouco de poesia em seu interior, mesmo manobrando friamente os números. Atento ao plec-plec da tesoura, ruído que não se alterou em décadas, quase dormindo, ouvia os fregueses comentando: "Esse Sarney é mesmo um caronista da história. Foi presidente por que o Tancredo morreu. E agora, como papagaio de pirata, desceu a rampa junto com FHC e Itamar tirando casquinha".

Aliás, na quinta-feira, o Pérsio Arida teve a coragem de fazer o que poucos fizeram. Contou a verdade. O Plano Cruzado fracassou pela incompetência e ânsia eleitoreira do Sarney, a sarna. Essa mesma ânsia que o levou a mudar o domicílio eleitoral para poder se eleger. Mas, do mesmo jeito que gente como o Quércia foi rejeitada e alijada, chegará o dia do Sarney ser expulso pelas portas do fundo. E o Itamar? "Está lá, namorando sua menininha, contente da vida depois de deixar o povo contente. A imprensa foi injusta com ele (concordei, também fui, deveria me retratar). Depois de tantos anos de presidentes carrancudos, estávamos desacostumados com bom humor, sorrisos, a irreverência, gozação. A história da Lilian Ramos? Quer coisa mais brasileira? Acabou a hipocrisia dos ditadores, os maus bofes..." E assim continuaram desabafando e, com este lado generoso que às vezes esquecemos, absolvendo tudo e todos. Porque a beatitude paira no ar, fazendo bem às pessoas. Tomara continue. Para que cadeiras de barbeiro sejam lugares para piadas e conversas jogadas fora, em vez de destilarmos irritação e teorias econômicas. Que alívio não ter de falar, todo dia, de inflação, aplicação, taxas. Que alívio!

15 de janeiro de 1995.

(Publicado originalmente com o título *Absolvendo o Brasil com a navalha no rosto*)

QUEM CONSERTA GUARDA-CHUVAS?

Por três dias, o pão chegou escuro, gosto diferente, massa pesada. Como a empregada não veio na terça-feira – devia ir ao médico – fui apanhar o pão de manhã, debaixo de uma chuvinha fina. Aproveitei para perguntar: "Mudaram o padeiro?" Ao que o João, magro e de óculos, que fica na caixa e conversa sobre Brasil sem os chavões habituais, me informou: "Mudou a farinha. Recebíamos a da Argentina e esta é canadense, dá esse tipo de pão". Naquele momento, minha memória afetiva foi acionada e me vi na fila da padaria Palamone, de Araraquara, na madrugada, ao lado de meu pai. Era uma longa fila para uma cidade pequena e cada um levava seu cartão de racionamento. Tínhamos direito a certa quantia de pão, não mais que isso. Tempos de guerra, estávamos distante dela, porém acabávamos envolvidos, de uma forma ou de outra. O pão era escuro, massa pesada, a farinha vinha do estrangeiro. Como agora. Não estamos em guerra, não há racionamento, e o pão é igual àquele de minha infância.

Já que a memória foi acionada, continuo. Ao apanhar o guarda-chuva para ir trabalhar (moro perto, vou a pé para a *Vogue*) vi que havia uma vareta quebrada. Mesmo assinado Pierre Cardin, revelou-se uma porcaria, quebrou em quatro meses, com pouco uso, e ficou um ano encostado. O jeito era sair assim mesmo, com a seda parecendo lona de circo pobre.

    De tarde, decidi comprar um guarda-chuva. Estava na Avenida Paulista e desci a Rua Augusta inteirinha sem encontrar uma só loja que o vendesse. E sem conseguir dos comerciantes a informação de onde comprá-lo. Ou me diziam simplesmente não sei ou me enviavam para esses cubículos coreanos de traquitanda importada. Nem mesmo as lojas tradicionais (poucas hoje) que vendem tecidos a metro para ternos ou vestidos souberam dizer.

    "Guarda-chuva, guarda-chuva". Coçavam a cabeça, intrigados, como se nem soubessem do que se tratava. Aliás, não posso dizer que não encontrei. Havia sim em duas lojas os tais guarda-chuvinhas automáticos que se encolhem todo, transformando-se em um bastonete grosso, feio e pornográfico, que se abrem com estrondo, assustando. Não era isto o que eu queria. E sim um guarda-chuva verdadeiro, de seda preta, impermeável, com um cabo bonito. Um guarda-chuva de cabo bonito dá uma certa distinção, chega a conferir um porte aristocrático. Confesso que me sinto ridículo carregando os bastõezinhos automáticos. Preconceito? Pode ser. Mania de grandeza? Cada um tem seus defeitos, um dos meus é detestar guarda-chuva vagabundo. Pensando bem, estava no mato sem cachorro. O prático era brega, O que tinha grife se mostrou bela porcaria. O jeito era mandar consertá-lo.

    Onde? Procuro que procuro, indago que indago, consulto as páginas amarelas. Estarão no centro velho os consertadores de sombrinhas e guarda-chuvas? Ou será que a profissão desapareceu? O zelador do prédio me informou que não, de vez em quando passa um velhinho, senta-se no salão de festas e faz o necessário. Em geral, trocar varetas. Deve andar com um monte às costas, como um arqueiro carrega suas flechas ou um golfista seus tacos.

Tive um tio, o Franscisco, que fez sua vida fabricando e consertando guarda-chuvas, em Araraquara. Ele odiava o tempo seco! Era só garoar e faziam fila diante da casa dele, na Rua 8. Ele sorria e esfregava as mãos, satisfeito. As pessoas só lembram de consertar telhados e guarda-chuvas na hora que chove.

No quintal do Francisco, era uma cena curiosa contemplar os guarda-chuvas abertos, à espera da seda que ele comprava em Indaiatuba. Pareciam esqueletos de animais não-identificados. Francisco aposentou-se, mudou radicalmente. Hoje detesta a chuva que o impede de sair para jogar truco numa pracinha. Todavia, o trabalho vinha escasseando, as pessoas andavam utilizando objetos descartáveis. Jogam fora, perdem, esquecem, compram outro. Além do mais, os tais bastõezinhos automáticos exigem uma tecnologia que os consertadores tradicionais não possuem.

Agora, quem sabe a profissão ressurja, com as idas e vindas da moda. Pode ser que um dia as mulheres voltem a usar sombrinhas para se abrigar do sol, como faziam antigamente nos dias de verão. Assim como não se via homem sem chapéu, não se via mulher sem a sombrinha, tão necessária como usar véu na igreja. Só que naquele tempo a sombrinha era auxiliar do recato. Servia para esconder o rosto afogueado, quando passava um rapaz desejado. Ou para ocultá-lo, quando se estava numa situação incômoda e se cruzava com um desconhecido.

22 de outubro de 1995.

AS TELEFONISTAS
SABIAM DE TUDO

Quinta-feira passada foi o primeiro dia em que acordei quase normal, me sentindo bem, sem desconfortos e indisposições. Como todos são "entendidos" em medicina me avisavam: "O efeito de uma anestesia, numa cirurgia de oito horas como a sua, vai levar semanas para passar". Sobre a mesa uma batelada de cartas, telegramas, cartões e recados anotados. Uma coisa dessas tem uma vantagem, redescobrimos amigos desaparecidos há muito. A solidariedade existe e forte. Para não falar de leitores que são amigos sem rosto e estão ali, fiéis. Outra, nunca recebi tantas frutas em cestas que competiam em criatividade. Hoje, imaginação ajuda a criar negócios baseados em coisas bem simples. Luto contra minha incapacidade de manejar um termômetro. Parece banal, mas tentem ler a temperatura nas dezenas de modelos diferentes que estão no mercado. Uns usam o velho mercúrio que aterrorizava nossos pais, quando éramos crianças. Quebrar o termômetro era uma delícia, para ficar brincando com a substância cremosa, prateada e brilhante. E perigosa. O povo antigo tinha sua sabedoria.

Outros termômetros são coloridos, contêm líquidos verdes, amarelos ou vermelhos que nos indicam o grau de febre. Mas é necessário segurar o instrumento com precisão. Desajeitado, seguro o termômetro pela ponta que ajuda a medir, de maneira que a minha temperatura sobe; assusto-me. Outras vezes, leio ali 34 graus, ou seja, tenho febre a menos, estou devendo.

    Já que estou bem, aproveito para dar telefonemas. Sou atendido por vozes eletrônicas que depois de me comunicarem para onde chamei pedem para discar o ramal desejado. Como saber o ramal se meu amigo não me comunicou? Uma voz fria, ainda que cortês, tenta ajudar: disque o sete para o menu de opções. Menu. A terminologia do segmento culinário invade setores diferentes, é uma forma da língua evoluir. O menu de opções é tão chato quanto recepcionistas que nos perguntam: "Quem gostaria?" Disco o 7 e a voz fornece uma lista que vai do faxineiro ao departamento de pessoal. Descubro o pouco que sei do trabalho do amigo: o que ele faz na firma? É do pessoal, do *marketing*, das comunicações, do almoxarifado? Arquiteto, mas há tanto arquiteto fazendo suco em lanchonete. Daqui para frente, quando alguém me der o telefone, pergunto logo o ramal. Mas tem gente que se ofende: "Este é o meu direto". Ter uma linha direta significa status, posição. Nossos cartões terão de ostentar, diante do telefone, o código da cidade, o número do fone e o ramal. Quem viaja necessita acrescentar o 00 do internacional, mais o código do país. Ou seja, os cartões de visita vão parecer extrações da Sena, jogos de bingo e outros. Aliás, é uma boa idéia. Apanhar o cartão de amigos bem-sucedidos e jogar na Sena. Pode dar sorte.

    Não que eu seja contra o progresso das telecomunicações. Não tenho nostalgia daquele sistema arcaico dos anos 50, quando cheguei a São Paulo e na velha *Última Hora* ficava pendurado horas em enormes telefones pretos, esperando linha. Podia ter me tornado monge budista, pela paciência e concentração. E um interurbano São Paulo-Rio? Anos antes, em Araraquara, para fazer interurbano íamos ao Cine Paratodos, havia uma agência da telefônica junto com a banca de revistas do Nelson Rossi. Era pedir a ligação, comprar uma revista, ou pegar uma emprestada e esperar. Quanto? Só Deus sabia. Ontem, em Santa Bárbara d'Oeste, foi lançado um livro que escrevi, um projeto especial, a biografia de Américo Emilio Romi, figura interessantíssima do empresariado brasileiro. Filho de imigrantes italianos, ele produziu arados, fez o primeiro trator brasileiro, criou a fábrica de tornos que hoje é um império gigante e acreditou que era possível fazer um carro brasileiro. Montou o Romi-Isetta, um carrinho simpaticíssimo que caiu no gosto do público, mas foi vencido pela burocracia do governo e pelos *lobbies* internacionais. Pois Romi, um dia, irritado com o sistema telefônico local, simplesmente reuniu amigos e abriu uma empresa, modernizou tudo, em Santa Bárbara foi possível telefonar. Tivéssemos mil Romis no Brasil.

Houve tempo em que as telefonistas eram "importantes" nas cidades, peças fundamentais da sociedade. Delas dependiam as comunicações. Conhecê-las ou namorá-las eram trunfos. Mais que isso, sabiam de tudo e de todos. Se alguma fosse indiscreta, decidisse escrever um livro, muitas cidades tremeriam, tornar-se-iam a caldeira do diabo. Todos os segredos passavam pelos seus ouvidos. Porém, telefonistas eram como padres, subordinadas à ética inviolável da confissão. Tínhamos um amigo, Sílvio, promotor, ex-marido da atriz Maria Alice Vergueiro, que foi transferido para uma pequena cidade do interior. Uma tarde, um juiz de São Paulo ligou para ele, era coisa urgente, a chamada caiu na telefonista central. Ela informou: "Posso ligar, mas ele não vai atender". Perplexo, o magistrado indagou: "Ah, é? E você pode me dizer por quê?". Ao que a moça, tranqüila, respondeu: "Porque são cinco da tarde e nesta hora ele toma um bom banho, demorado". Informavam, prestavam serviço. Saberão as vozes eletrônicas de hoje?

23 de junho de 1996.

BAZARES DE
FIM DE ANO

No fim de ano, com os cartões de boas festas chegam os convites para os bazares. Não sei quando o costume começou, só sei que se intensificou nos últimos anos. Um grupo de pessoas aluga uma casa ou junta-se a alguém que tem espaço para expor e vender. Em geral, gente criativa. É quando nos deparamos com um mundo oculto, que fascina. Ali está gente que faz bolos e *chutneys*, bolachas, doces bordados (aqueles em que, com um alfinete, se faz um desenho sobre a casca) e bordados em tecidos, toalhas de crochê, de renda, vagonetes, vestidos, blusas, cintos, fitas para cabelos, almofadas, jóias, cerâmicas, vidros jateados, bandejas, xícaras pintadas, cortinas, tapetes, panos de pratos, objetos de madeira, esculturas, livros encadernados, blocos e agendas, aquarelas, objetos reciclados de todo tipo, antigüidades sem grande valor comercial no mercado, mas que se mostram simpáticas e gostosas de se adquirir.

Como um copo solitário de cristal que sobrou da antiga loja Prado da Rua Augusta. Ou um vidro de perfume Coty, daqueles redondos feitos bola. Falei deste porque lembrou minha mãe. O dela durou anos em cima do pixixê. Assim se escreve essa palavra antiga como o móvel? Nem o Aurélio nem o Houaiss registram o termo. Maria do Rosário, mulher humilde, não sabia que perfumes têm validade. O dela durou anos e posso dizer que ainda perfumava. Ela gostava de sair arrumadinha, era dona de uma elegância sóbria. Não deixava os filhos saírem desarrumados, "feitos uns Judas", segundo a expressão da época para alguém mal-ajambrado. Tínhamos de pentear os cabelos, acertar o vinco das calças e erguer as meias de algodão que viviam caídas ou comidas pelos sapatos. Sapato não come mais meia?

Se ela visse as gerações de hoje com jeans furados, tênis que chegam às canelas, bermudões que batem nos tornozelos, haveria de exclamar: pintos calçudos! Como a moda atual é mal interpretada e como as tendências deixam as pessoas horrendas, verdadeiros Judas. Antes todos lessem Glória Kalil!

Esses bazares que proliferam no fim de ano dão vazão a uma criatividade submersa que não encontra vazão no comércio normal. Há muita coisa de baixa qualidade, mas há surpresas encantadoras. Coisas úteis e inúteis. Como desejamos coisas inúteis, que não servem para nada! Há, principalmente, o fascínio de ver como o ser humano necessita inventar, imaginar, criar e como descobre caminhos variados para iluminar vidas prosaicas, mergulhadas no tédio do cotidiano. Ali, a fantasia corre solta. Coisas incríveis, bem-humoradas, malucas. Você olha a pessoa, olha o que ela produziu e não acredita. Nada a ver. No entanto, aqui estão os mistérios do cérebro, da alma, da loucura e da doçura. Nos bazares, sou consumista, compro coisas de que não vou precisar, ficarão guardadas, ou que, em dado momento, estarão expostas por curiosidade mostradas como exemplos do *kitsch*, do brega, da loucura ou de gênios inesperados. No entanto, tudo isso faz parte de nós.

Quem sabe eu tenho esse lado *kitsch*, adoro o brega e não confesso, disfarço criticando? Durante anos, tive um sonho. Montar uma segunda casa com toda a traquitanda que se encontra pelas ruas e que o povo consome: quadros de asas de borboletas, bolas de cristal com Nossa Senhora Aparecida, bolas de cristal cheias de águas e que se transformam em nevascas ao movimento, poltronas cobertas por curvim azulão, abajures exóticos. Uma casa para dar festas e assombrar amigos com o meu "mau gosto", ao mesmo tempo questionando: o que é gosto? Mau gosto? Bom gosto?

Bom gosto é o que me impõem "bíblias" como essa cultuada *Wallpaper*, que muitos compram e admiram e querem copiar e lêem aos domingos nos restaurantes da moda, para mostrar que são pessoas elevadas? Ou aquele outra, *The world of interiors?* Que a designer Andrée Putnam ironizou como *The world of inferiors* para o antiquário (anos 50 é seu campo maior) e dublê de jornalista João Pedrosa.

Bazares podem provocar surpresas. Dia desses fui convidado para um lugar chamado Letras & Formas. Uma livraria/sebo ali em Pinheiros. Diferente dos sebos normais porque é um espaço claro, arejado, bem-arrumado, catalogado e com os preços à vista. Freqüentador de sebo é raça rara. Gosta de fuçar, de encontrar um livro e pensar que o livreiro não sabe o valor. E os livreiros dos sebos – gente feita de amor e paixão por livros – gostam do jogo. Deixam o cliente pensar que descobriu, quando foi ali colocado para ele encontrar, imaginar-se um arqueólogo encontrando o túmulo de Tutancâmon. A desordem dos sebos é aparente, porque seus freqüentadores querem jogar tempo fora, querem se perder no labirinto que representa a mistura de Machado de Assis com Camacho (um doce para quem se lembrar), de Cassandra Rios (onde anda minha amiga?) com O'Donnel, de Somerset Maugham com Cornélio Pena. Durante anos, percorri sebos em busca de exemplares de *Mistério Magazine* de Ellery Queen, até conseguir completar a coleção.

A primeira surpresa no Letras & Formas foi descobrir que pertence às Machados, parentes do Leão Machado. Esse é figura histórica na família, um orgulho, uma lenda.

Foi um notável chefe da Casa Civil de Garcez, membro da Academia Paulista de Letras, autor de *Espigão da samambaia*, entre outros. Os aparentados o tomam sempre como referência. Os Machados, os Brandões, os Xavier de Mendonças, os Lopes são parentes, se misturam, adoram falar de árvores genealógicas, quem é primo de quem. As cidades surgem, míticas.

Corguinho, Cedral, Tabapuã, Itápolis, Matão (pensar que até hoje o Jaime Gimenez não me entregou a camiseta que o Matonense me enviou!), Tabatinga. Agora, surgiu mais uma no cenário machadiano-brandão. Brotas. Quando criança, era um deslumbramento passar ali pela estação ferroviária, encravada entre rochas negras que minavam água. Mantiveram como lugar histórico? Brotas de onde veio também a Eliana Tranchesi.

Pois esse sebo é das Machados e claro que o Leão veio à tona, assim como também surge outro parente intelectual, o Amaral Gurgel, que em sua época foi o Gilberto Braga das novelas na Rádio Nacional, um pioneiro, homem que fez muita gente chorar. Meu sonho ainda será realizado. Escrever um livro melodramático, desses que provocam lágrimas, tipo *Em cada coração um pecado*, ou *A leste do éden*. Tenho os gens para isso. Ali, no Letras & Formas, descobri pequeno tesouro. Um clássico de Julia Lopes de Almeida que foi disputado com outra prima, a Tarsila, filha de Leão. Porque não se pode, em uma época como esta, deixar de ler o *Livro das donas e donzelas*. Sobre tal delícia falarei em breve. Na primeira crônica de 2002. Puxa, acabou! Quem diria. Dezembro se foi. Mês das cigarras e das flores de flamboyant, como diria Fradique Mendes. Assim Julia começa seu livro.

28 de dezembro de 2001.

ARARAQUARA COMO FOI

O MENINO E A MOÇA DA PAPELARIA

O porteiro me entregou a correspondência no começo da noite, quando voltei do trabalho. Entre as cartas e as dezenas de malas diretas (inúteis) veio um pacote grosso, pesado, enviado pela Editora da Unesp. Livros, pensei. Que bom! Quando abri, dei com *A gramática, história, teoria e análise, ensino e a gramática de usos do português*. Preciosidades. A autora é Maria Helena de Moura Neves. Formada pela Unesp de Araraquara. Neves. Araraquara. Algo ressoou dentro de mim. Abri os livros. Em um deles, a dedicatória (sou dos que lêem dedicatórias, vício profissional). Um dos dedicados era o Geraldo.

Geraldo? Geraldo Neves? O invejado? E tudo ficou claro. Aquele livro com mais de mil páginas teve o mesmo efeito que o biscoito de Madeleine para Proust. Acionou a memória afetiva.

Porque para o menino – não tão menino – não havia nada mais excitante do que ir à Papelaria Neide, na Avenida 7 de Setembro. Buscar um lápis, uma borracha, papel de seda ou impermeável, manilha, pardo, crepom ou almaço pautado, e ainda o celofane. E o carbono que permitia fazer cópias? Incrível magia. Na época das festas juninas, havia os fogos Caramuru. Às vezes, era o caderno Colegial, que tinha o mapa do Brasil na contracapa e os versos de Olavo Bilac, "Criança, não verás país nenhum como este." Ou então, goma-arábica, régua, esquadro, transferidor, compasso, esfuminho, bolinha de gude, imagens para presépio, tinteiro, apontador, penas para canetas. O menino não tinha caneta tinteiro, apenas a caneta comum, de madeira, com um dispositivo onde se encaixava a pena de aço. Existiam penas para diferentes tipos de escrita, já que uma das aulas era de caligrafia, o que não impediu o menino de ter mais tarde uma letra tenebrosa.

Na vitrine do balcão estava exposto o objeto inacessível do desejo, uma Parker 51, de base azul clara e tampa dourada. Ah! O que se poderia escrever com uma caneta daquelas? Imagine, uma caneta que não precisava ser molhada no tinteiro, que trazia a tinta dentro da barriga, numa borrachinha! A gente podia colocar tinta azul, preta ou vermelha, ainda que o pai dissesse que não se escrevia uma carta com tinta vermelha, era coisa de mal-educado.

A Papelaria Neide era uma região encantada, tomada por um cheiro particular que vinha do quê? Do papel, da tinta, das borrachas, da cola, dos cadernos, das fitas coloridas para amarrar presentes, dos livros de atas (e o que era uma ata?), dos gordos volumes negros chamados Livros-Caixa, dos bloquinhos para rascunho, das aparas de madeira, porque o dono da papelaria, Geraldo Neves, nos apontava os lápis graciosamente.

A Papelaria Neide era um pedaço da cidade à parte, fascínio e deslumbramento, deleite e sedução. Quem sabe nela tenha se iniciado o ofício que o menino exerceu mais tarde? O primeiro conto foi escrito em folhas avulsas de caderno e o primeiro romance, *Os imigrantes*, em parceria com José Celso Martinez Corrêa, aconteceu em um caderno escolar. Cada um escreveu um capítulo, até que chegaram a um impasse quanto ao nome da personagem.

Zé Celso queria Paola e o menino queria Gianella, encantado com uma maestrina prodígio da época. A criação foi abandonada. Mas, estou me antecipando, esse era o futuro e quando o menino lavava os pés, calçava meias e sapatos e corria pressuroso e inquieto à Papelaria Neide é porque havia nele a esperança de ver a mulher do dono. Ele não sabia o nome dela. Apenas a via diáfana, frágil, dotada daquela beleza que se encontrava somente nas heroínas dos contos de fadas, algo etéreo, celestial. Nem sempre ela estava na papelaria. Na verdade, quase nunca. Onde se escondia? Ou era o marido que a escondia, não permitia que fosse contemplada? Corria que ele era ciumento, no que dávamos razão. Principalmente porque eram recém-casados.

Recém-casados se viam envolvidos, aos olhos do menino, por uma dose de mistério e erotismo, ainda que ele não conhecesse as palavras erotismo e sensualidade.

De vez em quando se dava a revelação, aquela que Manuel Bandeira chamou de alumbramento. A mulher estava na papelaria e a boca secava, o menino ficava nervoso, engasgava, esquecia a que tinha ido, olhava o balcão e ficava ofegante. Ela o atendeu um dia:

– O que você quer?

Não queria nada, apenas vê-la. Afobado, engasgado, conseguiu perguntar:

– Só queria saber o que é clava?

– Clava? E por quê?

Saiu correndo. Será que ela imaginava que no futuro mexeria também com palavras? O menino, que lia muito, estava dominado por figuras como ogros, duendes, gigantes, feiticeiros. Andava impressionado com a história dos *Contos de fadas ingleses* em que havia uma garotinha chamada Molly Whuppie – nome estranhíssimo naquela Araraquara – que tinha ido dormir na casa de um gigante que matava meninas a golpes de clava. E se Geraldo aparecesse com uma clava nas mãos? O que era clava? Viver era uma coisa boa, já que havia sempre a expectativa de vislumbrar a mulher do Geraldo Neves. Como ela se chamava?

2

O casal, dono da papelaria, um dia, mudou. Deixou a casa da Avenida 7 e foi viver na Avenida XV, junto da alfaiataria do Lucílio Correia Leite, que era também fotógrafo, radioamador e gozador. Certa vez, ele montou na alfaiataria uma "cadeira elétrica". Mandava as pessoas sentarem, começava a conversar e de repente ligava, vinha um choque ligeiro, a pessoa se assustava. Então, o menino descobriu o nome da mulher do Geraldo por meio do Lucílio. Porque ouviu: "Bom dia. Como vai dona Maria Helena? A casa é boa? Está gostando? Ajeitadinha, não?" A casa pertencia ao alfaiate que a tinha alugado. De vez em quando, o menino tinha sorte, porque ficava à espreita na esquina, na ânsia de ver a mulher. Ela voltava de uma aula, de um curso, do quê? Era professora, ainda estudava? Casada e estudando? Um mistério. A verdade é que a via pouco. Chegou um dia a se encarapitar no muro da casa em frente, que pertencia ao Gurgel, que se tornou político. Porém, a janela da frente da casa dela tinha vidros foscos, nada se via através deles, senão vultos. Como viviam recém-casados?

Não se sabe quanto durou aquele platonismo, admiração exacerbada. Os anos passaram, a papelaria continuou, depois fechou, ao menos não a vejo mais na Avenida 7 e os Neves, tanto Geraldo quanto Maria Helena, se diluíram no espaço. De vez em quando lembrava aquele tempo – e quanto tempo foi? Tudo envolto em neblina. Teria acontecido ou criei uma história em minha cabeça, a partir da figura suave de Maria Helena, símbolo do mundo aprazível que era a papelaria? Depois, aqui e ali, fui recebendo referenciais e descobri que ela se tornou especialista em língua portuguesa, lingüista das melhores.

Esta semana o pacote foi entregue em casa por um motoboy. Abri e dei com o logotipo da Editora Unesp, dirigida pelo José Castilho Marques Neto, também diretor da Biblioteca Mário de Andrade. As coincidências começavam, ainda que eu reitere que não existam, são acasos que a vida provoca com intuitos determinados, nem sempre esclarecidos. Daí o sabor. A Unesp me remete à Araraquara, ali está um de seus braços fortes, ela foi a responsável pela cidade se abrir universitariamente. Décadas atrás, se você não podia sair da cidade, tinha de se formar dentista ou farmacêutico. Aí veio a Unesp, onde estudou e se formou Maria Helena de Moura Neves, autora dos livros que me chegaram às mãos: *A gramática, história, teoria e análise, ensino e gramática de usos do português*, esta um alentado volume de 1.037 páginas.

Que se somam ao *Guia de uso do português*, também de Maria Helena. Três trabalhos acadêmicos da maior energia e profundidade saídos de minha cidade que, ao correr dos anos, se "libertou" do mito de ter abrigado Mário de Andrade, que ali escreveu *Macunaíma*. Daqui para a frente não mais ouviremos apenas:

"Araraquara? A cidade onde foi escrito Macunaíma?" Gerações que vêm vindo vão compulsar as gramáticas de Maria Helena, assim como outras consultaram (e consultam) Silveira Bueno, Napoleão Mendes de Almeida, Eduardo Carlos Pereira, Evanildo Bechara, Celso Luft. Pensar que, para esses trabalhos, Moura Neves percorreu um continente de 80 milhões de ocorrências vigentes no português contemporâneo.

Na gramática descobri que um romance meu foi citado, *O beijo não vem da boca*, e no guia, dois: *Zero* e *O beijo*. Vaidade e curiosidade me farão atravessar as 2 mil páginas em busca da citação. Como resistir a procurar que "ocorrência" minha foi pinçada? Saber se a minha citação é um exemplo que está em aposto cumulativo, ou na análise do valor semântico do E, se está numa construção condicional, numa referenciação analógica, em algum exemplo de sintagma partitivo ou numa admissão lexicalizada. Será que Maria Helena podia supor que o autor que tem dois livros citados na *gramática* e no *guia* – ambos dedicados ao Geraldo, que nunca foi um ogro – é o mesmo menino que um dia perguntou: "O que é clava?" O mesmo que calçava meias e, todo arrumadinho, ia comprar cadernos para contemplá-la? Podia imaginar que de um caderno Colegial saltou o verso de Olavo Bilac de onde extraí o título de *Não verás país nenhum*, meu livro mais vendido, mais traduzido, mais bem criticado e mais adotado até hoje, 22 anos passados da primeira edição? Como esquecer a Papelaria Neide?

25 de julho de 2003 e 1º de agosto de 2003.

A TRISTEZA DA
SEXTA-FEIRA SANTA

Sexta-feira Santa, dia lúgubre. Caía sobre a cidade um silêncio absoluto. Ninguém saía de casa a não ser para as cerimônias da igreja. Não se tocavam sinos e Bepe Gaspareto, o sacristão da Matriz, travava o som do relógio. As horas ficavam perdidas. As locomotivas da Companhia Pauiista e da EFA chegavam e partiam sem apitar nem tocar sino. A Rádio Cultura transmitia apenas notícias, nenhuma música, a não ser clássicos soturnos ou os diversos réquiens existentes. Não se podia cantar nem assobiar sem levar uma severa repreensão da mãe. Dia de melancolia e luto. Famílias católicas ortodoxas chegavam a cobrir as imagens dos santos em casa com panos roxos, da mesma maneira que na igreja os altares estavam vedados e não se via uma só imagem.

No começo da tarde, todos se dirigiam à igreja para o Sermão das Sete Palavras. Espetáculo grandioso. Teatro puro, superprodução. Muitas vezes me pergunto se o teatro do Zé Celso não tem a ver com aquelas encenações, uma vez que ele ia à igreja, a mãe dele era católica apostólica. A igreja ficava superlotada e o povo que não conseguia entrar se juntava na praça, ouvindo por alto-falantes colocados pelo Saturno, o primeiro especialista em som de Araraquara, ao menos na minha época de garoto.

As paróquias ricas convidavam ou contratavam os padres grandes pregadores. Verdadeiros Vieiras. Nunca soube se eram pagos, se havia cachê. Superstars da oratória que comoviam e faziam chorar, narrando as sete frases de Cristo antes de morrer. Sobre cada frase, longas considerações. Nos momentos mais tediosos, procurávamos nos aproximar das Filhas de Maria, associação que congregava somente virgens que usavam uniforme branco e fita azul. Mulheres casadas não faziam parte das Filhas de Maria, transferiam-se para a Associação de São José, como a minha mãe, ou para a do Coração de Jesus.

Também, por causa da atmosfera pesada ou embaladas pela oratória do pregador, as meninas não ligavam muito para as paqueras (chamados flertes), concentravam-se na fé. A igreja era um cenário bem produzido, com luzes baixas, cheiro de incenso, muitas velas acesas. A imagem de Cristo carregando a cruz, o rosto contorcido pela dor, a testa sangrando sob a coroa de espinhos, ficava à vista de todos, enquanto o pregador verberava, acusando os pecadores por tantos sofrimentos causados ao filho de Deus. Mulheres choravam, às vezes havia o desmaio de uma devota mais impressionável. Desmaio verdadeiro ou encomendado? A liturgia da Semana Santa era megaprodução bem cuidada, com detalhes de arrepiar.

A igreja era quente, não havia ar condicionado nem ventiladores. Jamais me esquecerei da frase de Cristo: "meu Pai, meu Pai, por que me abandonaste?" Clímax do sermão. Jesus desamparado, sozinho, ia morrer. Quando éramos crianças, não entendíamos por que Deus não interferia, salvando o filho e punindo os que o crucificavam. Nos seriados, quando o herói estava próximo da morte, acontecia alguma coisa que o salvava. Na Sexta-feira Santa, não! Cristo morria, o padre parecia estertorar no púlpito, o público chorava.

À noite, viria a procissão do enterro. A cidade agora estava não apenas silenciosa, mas também escura. Chegava-se ao largo da Matriz porque se sabia o caminho, mas era um breu temível. Organizada a procissão, partiam os cortejos. Milhares de pessoas orando pelo Cristo morto, cujo caixão seguia debaixo de um pálio negro. O largo era a concentração. Parecia uma confusão, mas de repente, à esquerda, saía a procissão das mulheres, acompanhando a Virgem Dolorosa, vestida com manto negro. À direita, a procissão dos homens, conduzindo o Senhor morto. Tão organizado quanto uma escola de samba, descobri mais tarde. Cada pessoa com uma vela acesa na mão, jamais esquecerei o espetáculo de luz.

Em lugar da campainha, o coroinha batia a matraca. Macabro. Mas eu adorava a encenação. Caminhava ao lado da Verônica com um banquinho na mão. De tempos em tempos parava, colocava o banquinho, Verônica subia nele e cantava, desvelando o véu com o rosto de Cristo impresso em sangue. Dizia-se que foi o primeiro retrato do mundo. Este véu ficava escondido ninguém sabe onde, talvez na casa de Zilá Borges que fazia o papel de Verônica, dona de uma voz triste de doer. Sempre procurei em todas as gavetas e armários da igreja, para saber se era sangue mesmo ou tinta. Nunca encontrei. A cena de Verônica acabei colocando em meu romance *O beijo não vem da boca*. Nunca soube se a Zilá leu, se gostou.

As procissões seguiam por caminhos diferentes, encontrando-se diante do Largo da Câmara. Momento culminante. O encontro doloroso de Nossa Senhora com seu filho morto. Nenhuma telenovela repetiria tal clima. Mais um sermão lacrimoso, com o padre falando em plena praça, em pé sobre um tamborete. Verônica exibia pela última vez o rosto de Jesus para Nossa Senhora e as procissões seguiam, unidas, para a Matriz, onde mãe e filho ficariam até o dia seguinte, hora da ressurreição.

De manhã, havia a missa do Sábado da Aleluia. Começava com a igreja na penumbra até o momento do Glória. No que o padre rezava o Glória, eu devia tocar a campainha. Abandonava a matraca e soava a campainha vigorosamente. Momento mágico. Tudo acontecia, a partir de minhas mãos. O imenso pano negro que cobria a capela-mor caía. As luzes se acendiam. Os sinos começavam a tocar. Anjos dispostos no altar soltavam dezenas de pombos brancos. Os carros, nas ruas, buzinavam. As locomotivas no pátio ferroviário apitavam. A molecada caía de pau em cima dos Judas espalhados pelas ruas, destroçando os bonecos de pano.

Cristo estava vivo, a alegria voltara. A cidade se rejubilava, nessa noite haveria cinema, baile, a música estaria na Rádio Cultura e no sistema de alto-falantes do centro, a Araraquara Repórter, com o José Mariottini, o dono e sumidade na língua portuguesa, lendo uma crônica dele. Por anos tive certeza de que fui a figura mais importante de todo esse cerimonial. Se eu não tocasse a campainha no Glória, nada aconteceria. Foi o meu momento de maior poder na vida.

18 de abril de 2003.

MOMENTO DE PODER

Domingo de Páscoa, só alegria. O final de uma semana soturna que se iniciava com o Domingo de Ramos. Sete dias de luto e teatro. A cidade se via envolvida pelos acontecimentos, a Semana Santa absorvia as famílias, tudo girava em torno dela. Um silêncio enorme dominava. Os sete dias entre Ramos e Páscoa eram marcados por um tom sombrio. Nas casas cobriam-se os espelhos e os quadros, profanos ou sagrados. Profanos eram as pinturas, sagrados, os corações de Jesus e de Maria que todos entronizavam na parede da sala principal. Na sexta-feira os rádios permaneciam desligados, acho mesmo que a PRD nem funcionava, Quirino, o dono, dispensava a turma. Não se ouvia música, não se cantava, não se assobiava, não se falava alto, não se gargalhava, não se assobiava.

Para as crianças, uma chatice. Para os mais velhos, tempo de recolhimento, vivia-se em função da igreja. Menos os protestantes, seres à parte. O ideal para o católico era não tê-los como amigos, não falar com eles, não passar perto da igreja durante o culto dos domingos. Como podia uma igreja não ter cruz e nem imagens?

Quando coroinha, eu adorava – e o José Celso Martinez Correia também – a liturgia da Semana Santa. Nas encenações do Oficina há muito daquela liturgia (atenção exegetas das coisas do Zé). Era uma grande produção. A procissão de Ramos atravessava as ruas da cidade, o chão coalhado de folhas, de ramos de palmeiras. Hoje, seria uma procissão não politicamente correta, agressão ao meio ambiente. Vinha a bênção dos ramos, depois guardados em casa, para serem queimados em dias de chuva. Bastava queimar a palma benta para as águas pararem de vez!

A igreja sabia montar espetáculos. Dons hollywoodianos envolvidos. Grandes momentos. A humildade de Cristo, na cerimônia do Lava-Pés, levou para a igreja um bando de velhinhos do asilo e os padres se curvavam para lavar pés enrugados. O coroinha ia com a bacia de água ao lado. Eu achava nojento o Lava-Pés. Por que usavam aqueles velhos? Por que os padres, se tinha sido Maria Madalena quem lavara os pés de Cristo? Ficava tudo confuso na cabeça da gente. Havia tantas filhas de Maria lindas como a Beza, a Leonice, a Rosinha Gonçalves, a Margarida Troncon! Por que não elas a lavar os pés dos coroinhas?

O Lava-Pés era na quinta-feira, dia da última ceia. A sexta era a instalação do trágico, instantes de tristeza maior. Pela tarde, todos ouvindo o sermão das sete palavras. A igreja contratava pregadores. Havia *superstars* da palavra. Ganhavam cachês. Padres que faziam chorar. Jamais uma frase me impressionou tanto quanto: "Meu pai, meu pai, por que me abandonaste?". *Eli, Eli, Eh, lama sabactani.* Fiz uma paródia no meu livro *Zero,* quando José diz: *EUA, EUA, lama sabactani.* Nenhum crítico percebeu o referencial, talvez não fossem católicos!...

Na sexta, Cristo morria. Vinha o encontro doloroso. Duas procissões saíam para lados opostos, todos de roxo e preto. Não, nada a ver com Collor e FHC! Eram as roupas. Uma, com os homens, levava o Senhor morto. A outra, com as mulheres, acompanhava Nossa Senhora. Num ponto da cidade as duas se encontravam. Ápice do drama: a mãe e o filho morto, frente a frente. Por anos e anos aquilo acontecia e, mesmo na reprise, as pessoas se emocionavam, estavam tomadas pelo espírito. Era a telenovela com um elemento a mais, a fé, a religiosidade.

No sábado, Cristo ressuscitava. A liturgia sabia promover os clímax. A missa da Aleluia era o grande momento. Quando o padre rezava o Glória, o coroinha tocava a campainha (na sexta-feira, era a matraca, o ferro contra a madeira, som de morte), Bepe Gasparetto, sacristão, tocava os sinos, os carros buzinavam, as locomotivas apitavam, a meninada saía malhando Judas, o traidor. Costumava-se colocar um rosto no Judas. O dos políticos, dos desafetos. Hoje seria FHC por todos os lados, o Judas de nossos votos.

Cristo ressuscitado, era o final feliz. Pela madrugada se encenava a procissão do encontro glorioso. Mudavam o manto de Nossa Senhora. O roxo substituído pelo azul claro. Só alegria. A mãe encontrava seu filho vivo, antes de subir aos céus. Como ele subia era um mistério! Ali tive a primeira revelação do realismo fantástico. No largo da Câmara, as procissões se encontravam, ao alvorecer. E então vinha a Páscoa, o riso e um belo almoço. Nada mais. A tradição dos ovos era reservada para os ricos.

7 de abril de 1996.
(Publicada originalmente com o título *É só alegria?*)

CARNAVAL E
MULHERES LIVRES

O bom do carnaval era que as mulheres se esqueciam dos princípios férreos das mães e avós e saíam às ruas com vestidos curtos, blusas decotadas, sem medo de mostrar as pernas, sem receio de que víssemos o pequeno vale entre os seios. Entre a minha adolescência e a tesoura com que Mary Quant reduziu as saias a um micropedaço de pano se passariam 15 anos.

Tempo de muita ansiedade. Nos salões do Clube 27 de Outubro, podia-se vislumbrar, aqui e ali, alguma jovem sem sutiã, seios entremostrados pela blusa molhada de suor. Logo, um avisava o outro, ficava aquele bando atrás da despudorada, como as classificavam nossas mães. O que nos deixava frustrados é que as despudoradas nunca estavam sozinhas. Assim que chegavam, algum bonitinho já apossava.

Ficávamos andando para lá e para cá, enquanto a banda se esfalfava (para usar termo daquela época) e o Nabor cantava as músicas de carnaval com o mesmo empenho e a voz soturna com que cantava boleros. Era o maior cantor da cidade, chegou a participar de programas no Rio de Janeiro e em São Paulo. *Maria bonita, Noche de ronda, Quizas, quizas, quizas, Siboney, Quien será* faziam a delícia de namorados, porque no bolero havia chances de dançar agarrado. No carnaval, não. Dançava-se separado, cada um na sua, com os braços para cima ou com os dedinhos apontados para a Lua, como chinês. Os bailes de carnaval foram antecessores das danças modernas em discotecas, onde você entra, dança e vai embora, sem olhar para ninguém, sem ter parceiro. Até na dança nos individualizamos.

O bom do salão é que, com exceção dos casais tradicionais (namorados, noivos, casados), o resto era de ninguém. As mulheres entravam na pista, jogavam confete, lançavam serpentinas (coisa mais boba), recebiam nas coxas e nas costas jatos gelados de lança-perfume, dançavam com quatro, cinco, seis, e não eram malfaladas, mesmo que se tivessem dedicado a alguns agarros. Quem dava sorte ia para os fundos do clube, para os cantos do Teatro Municipal (se estivesse no Tênis), para as árvores da Portugal (se estivesse no 22 de Agosto). Algumas concordavam em dar uma chegada ao Jardim da Independência. O problema é que, ali, podia-se não encontrar banco vazio, em plena madrugada.

Os mais ousados (ou as mais ousadas) procuravam nas alamedas um arbusto desenvolvido, enfiavam-se debaixo. E se alguém pensa que apenas cheiravam lança-perfume está errado. Muita peça de roupa era encontrada pelos jardineiros, ao varrer os canteiros. Dos lanças, o preferido era o Rodouro, menos fulminante que o Colombina. Este era perigoso, de vidro, a gente podia se esquecer e sentar em cima, uma vez que ia no bolso de trás. Por essa época, início dos 50, apareceram as camisas esporte. Camisa sem colarinho para gravata. Uma sensação. Finalmente inventaram a roupa para uma cidade quente como esta, pensávamos. O único inconveniente é que o Graciano não deixava entrar nos cinemas usando camisa esporte.

No carnaval, valia camisa esporte, bermuda, sandálias, sapato sem meia, descalço, valia tudo. Nem se distinguiam os ricos dos pobres, o carnaval democratizava. Tinha gente que, depois de certa hora, tirava a camisa e sambava diante das mesas onde as mães se postavam vigilantes, para evitar deslizes das filhas, frustrando futuros casamentos. Cães de guarda, ferozes, comandando capatazes, os filhos. Ou seja, os irmãos que avançavam como *buldôzers* para os engraçadinhos que tiravam casquinhas das irmãs. Quantas vezes vi, errando pela madrugada, perdido, apavorado, olhar esgazeado, um irmão à procura do objeto de sua vigilância.

Pedaços de coxas guardados avaramente o ano inteiro eram desnudados e oferecidos fartamente naqueles quatro dias. Cessavam os limites, as normas severas. Por isso, os fiéis reuniam-se nas igrejas, orando quatro dias seguidos, a fim de empurrar os demônios para fora das portas da cidade. Na Quarta-feira de Cinzas, os demônios retiravam-se, prometendo voltar.

22 de agosto de 1998.

DOCES PECADOS CARNAVALESCOS

*L*embranças mais antigas associam o carnaval com a Hora Santa, vigília que se fazia na Matriz de Araraquara, durante quatro dias, com o Santíssimo Sacramento exposto. Destinada a evitar que o diabo dominasse a Terra. A igreja se enchia de devotos orando em conjunto, vozes soturnas: "Senhor, esta é a hora três vezes santa pela venturosa presença de Jesus junto às nossas almas miseráveis. A ferida de seu peito, sempre aberta, lembra-lhe a terra..." Venturosa. Teria relação com a aventura? Tremíamos ao pensar em "nossas almas miseráveis". Nos víamos pobres, esquálidos. O que me impressionava era aquela "ferida de seu peito sempre aberta." Ferida que me impedia de dançar, olhar as matinês, sequer podíamos passar em frente do clube.

Atravessei a infância associando carnaval e pecado. Era o demônio solto, possuindo as pessoas para conduzi-las ao fogo eterno. Na adolescência, começamos a nos libertar, ainda que atormentados pela culpa. O domínio paternal era absoluto, a obediência cega. Então, aprendemos a mentir, enganar, trapacear. Nem sei como não nos transformamos em políticos.

Durante a Hora Santa, ajoelhados, olhávamos as Filhas de Maria. Dali fugíamos para o clube. Não entrávamos no

Araraquarense, Lolo Arena era feroz na portaria, conhecia todos os sócios. Conseguíamos "furar" no 22 de Agosto, clube classe média, preferido pela animação. Fascinantes eram os lança-perfumes Rodouro e Colombina, o primeiro de metal dourado, o segundo de vidro. Comprava-se no Rosário, o cabeleireiro, na confeitaria do Chafih (o único Rei Momo magro) e na Charutaria Paratodos.

Usos primitivos, e ingênuos, mostram o lança-perfume sendo gasto para "congelar" seios de moças decotadas, costas seminuas e coxas. Como gritavam! Que desperdício, concluímos depois, ao descobrir o segredo do lança-no-lenço, das "viagens" e alucinações. Encostados nas janelas do Araraquarense – eu entrava com a carteira do jornal *O Imparcial* – o que se via era aquela fila deslizando para o chão, lenço na mão, a cabeça ressoando, tum-tum-tum. Logo surgia Lyzanias, o maestro do coral, professor de música. Implacável, colocava todo mundo para fora. Carnaval aqui é festa de família, advertia. Paradoxo: pecado e festa de família?

Jovens, naqueles três dias, varávamos a noite, não se trabalhava. A cidade paradona ficava animada o tempo inteiro, havia fantasias por todo lado, vinha gente de São Paulo, as mulheres se mostravam predispostas ao pecado, os vestidos encurtavam, seios se ofereciam, entremostrados. Nos salões todo mundo se encostava, se apalpava, se encoxava.

Antes, com a aproximação das festas, as chanchadas da Atlântida chegavam nos cinemas, arautos dos sucessos musicais para o ano. Eliana, Emilinha Borba, Marlene, Francisco Carlos, Jorge Goulart, Ivon Cury, Linda e Dircinha Batista, Blackout, Marlene, Marion, toda a Rádio Nacional desfilava na tela. O grande momento para a juventude excitada eram as rumbas dançadas por Cuquita Carballo (coxas esplendorosas), com a orquestra de Ruy Rey.

Terminados os bailes, o sol nascendo, saíamos pelas ruas cheias de confetes e serpentinas. Perto do Largo da

Câmara funcionava um pasteleiro japonês, a casa se enchia de foliões cansados, os cômodos tomados pela fumaça da fritura. Certa vez, depois dos pastéis, fomos para a piscina do Tênis, pulamos o muro, começamos a nadar, pelados. O vigia apareceu, alertado pela gritaria. Saímos voando, para vestir as roupas na praça. Com exceção do Ricardo Amaral que teve problemas, não encontrou as calças, um sacana escondeu.

As delícias continuavam nas semanas seguintes com a revista *O Cruzeiro*. Era disputada, acabava rápido. Ah, as fotos dos bailes do Rio! Capital da luxúria. As mulheres em biquínis exíguos, belas pernas, traseiros ondulares, seios quase de fora (Deus meu! Nélia Paula, Luz Del Fuego, Elvira Pagã). Que delírio, doces pecados! *O Cruzeiro*, proibidíssima, condenada, queimava, no fogo do inferno. Não entrava em minha casa. Eu via na biblioteca (logo roubada por um espertinho), filava do Gilberto Suppo ou do Hugo Fortes que escondia da mãe, dona Zizi. Emprestava-se por dois, três dias, comprava-se no câmbio negro. Jamais, em minha vida, voltei a ver revista tão erótica quando a *O Cruzeiro* de carnaval. Assim, passei várias fases de carnaval: agora, para completar o ciclo, falta um sonho. Ver, cara a cara, um desfile no Sambódromo do Rio.

18 de fevereiro de 1996.

A SESSÃO DE
CINEMA SE REPETIU

Para Suely Marchezi

Noite quente e enluarada, sábado, Araraquara, fevereiro, 2002. Quarenta anos depois, sem ninguém ter marcado nada, numa coincidência, ou acaso tramado pela vida brincalhona, fomos chegando, vestidos para o ritual de fim de semana, esquecidos que as convenções se acabaram. Fomos nos encontrando, rindo, brincando: "Será que Bela, a temível porteira que não deixava entrar com carteira de estudante vencida, estará a postos?"

Quarenta anos depois, entregamos nossos bilhetes, compramos pipocas e balas de goma, entramos na sala, sentimos ainda os perfumes da sessão anterior dispersos pelo ar, brincamos uns com os outros: "Guarda lugar para mim!"

Guardar lugar significava sentar-se ao lado, encostar o braço no braço, pegar nas mãos, dar amassos furtivos, porque os pais estavam na sala, atentos e preocupados. As mulheres riram: "Vamos ao banheiro". Porque no banheiro elas se reuniam em bandos, antes da sessão, para fofocarem, dar um retoque na maquiagem e entrarem gloriosas na sala.

Parecia os velhos tempos. Nem tão velhos, tudo se passou há pouco, tudo está perto. Envelhecemos. Com os anos, desenvolvemos uma incrível magia, a de cancelar a existência do tempo, fingir que ele não passa, foi anulado.

Quando nos encontramos na porta do cinema, os olhos e sorrisos eram os mesmos daqueles dias. Muita gente diz: "Bons tempos". Nenhum de nós pensa assim. Bons tempos são estes que estamos vivendo. Todos passamos por momentos ruins, difíceis. Vivemos decepções e frustrações, sofremos as dores da paixão e da morte, nos casamos e casamos nossos filhos, eles foram felizes ou infelizes, muitos perderam filhos.

No entanto, o encontro na calçada do cinema restaurou o mesmo clima daqueles dias em que a programação febril se estabelecia logo de manhã, no colégio, com as combinações secretas, os contatos, os bilhetes entre classes, a escolha das roupas, a preocupação com unhas e cabelos.

Jovem não ia ao cabeleireiro com a facilidade de hoje. Eles eram poucos, caros, e serviam às senhoras de "certa" idade. Leia-se mulheres de 35 ou 40 anos para cima, casadas e com filhos criados ou em fase adiantada de criação. Não passava pelas nossas cabeças que seríamos, um dia, aqueles senhores e senhoras circunspectos. Na verdade, não somos. A informalidade derrubou os ternos e gravatas, a liberdade de conversas e atitudes desfez as hipocrisias e solenidades, fazemos exercícios, passamos cremes, fizemos implantes de dentes (alguns de cabelos), algumas colocaram botox ou silicone em pontos estratégicos ou enfrentaram a lipoaspiração.

Uns fracassaram (o que é isso?), outros deram certo (o que significa?).

Alguns (algumas) enviuvaram, se separaram, se casaram de novo, ou simplesmente estão namorando. Tem duas namorando rapazes mais novos, estão satisfeitas e os rapazes também. Agora elas sabem mais da vida, estão soltas, sacanas e descontraídas. Uma e outra reclamam que os homens andam escassos, pouco potentes ou desinteressados de sexo, mas tudo é comentado entre risos e gargalhadas, entre ironias e gozações (a palavra agora é zoar).

Os homens do grupo se auto-ironizam, afirmam que pelos testes das revistas estão cinco anos abaixo da idade real e todos aceitam as doces mentirinhas.

Porque a vida está aí, estamos na fila do cinema, como naqueles tempos.

Ansiosos por chegar à bilheteria, comprar o ingresso.

Há quantos anos não entrávamos no cine Capri, que foi Paratodos, então uma sala barroca, meio hollywoodiana? Íamos ao Odeon (Bela, a porteira, era do Odeon), porque a sessão das 19h30 era *point*, reunião social, lugar para se ver, ser visto, ser cobiçado, sonhar, seduzir, ser seduzido. Todos ansiosos pelos olhares e desejos, por saber quem era aquela jovem loira deslumbrante (perua, certamente), visitante, ou o rapaz alinhado que tinha descido do Chevrolet 54 reluzente.

Agora, no entanto, não há mais aglomeração, como naqueles tempos. De repente, chega gente informando: "Viemos do *shopping*, a fila para o cinema está um inferno, desistimos". Naquele momento percebemos que o eixo da cidade tinha mudado. O centro estava escuro, bares fechados, até a Nosso Sorvete baixou as portas, a sede do clube mudou. E eram apenas 21h30. O centro tinha envelhecido como nós e a diferença é que ainda rimos, e vivemos, e brincamos, e temos projetos e sonhos, e mantemos o físico, e os centros das cidades ficaram decadentes, sombrios, tristes, sem vida e sem futuro. A agitação, agora, está nos *shoppings*, fenômenos da vida moderna. O *footing* tradicional se transferiu para eles. Ali os jovens andam, paqueram, namoram, vêem filmes, compram, comem, bebem, se exibem, fazem tudo. Guetos do consumo e prazer. Quem estudou os *shoppings* do ponto de vista da sociologia urbana? Existe essa matéria?

Agora, os pais estão mortos, ou não saem mais de casa, paralisados diante da televisão, vendo novelas ou a Casa dos Artistas. E, emancipados, estamos livres para fazer o que queremos, e como queremos. E, apesar de tudo o que passamos, felizes por estarmos vivos e podermos, no meio de risos, festas e abraços, comemorar essa inesperada sessão de cinema que provou: a vida se repete.

E quando se repete, é melhor, porque temos conhecimento, experiência, vivência e os mesmos desejos, ânsias, prazeres e esperanças. Tudo num plano mais real!

1º de março de 2002.

A LIVRARIA EMBAIXO DO RELÓGIO

*D*epois de matar o porteiro do cinema, o personagem principal de *Dentes ao sol,* um romance meu, caminha por uma Araraquara coberta de areia. Lentamente o vento soprou trazendo (de onde?) a areia que terminou por sepultar a cidade, como se ela fosse uma civilização perdida. Arrastando-se o personagem sem nome chega ao mostrador do relógio da fábrica de meias. Rompe o vidro do relógio e penetra na torre, vendo os ponteiros por trás, caminhando com as horas ao contrário, buscando uma época em que ele viveu feliz e cheio de sonhos.

Os mostradores doavam as horas para a cidade. De qualquer ponto de Araraquara se podia vê-los quadrados, iluminados por dentro. A mim indicavam a hora de ir para para a primeira sessão do cinema, a das 19h30. A fábrica de meias Lupo sempre foi um símbolo da cidade. Os Lupo estavam também ligados a mulheres belas como Alda e Maria Ernestina, além de Sonia, que era imbatível na lindeza e no *aplomb*. Sonia povoou o sonho de gerações. Fascinante, nos deixava boquiabertos, enleados. Junto à fábrica ficava a PRD-4, Rádio Cultura, onde fiz centenas de programas de cinema ao lado do Araken Toledo Pires, Pedro Schiavon, Laert Elzio de Barros. Araken faleceu; Pedro vive em Ribeirão Preto; Laert dedicou-se à odontologia em Araçatuba, manteve a vida inteira uma preciosa coleção da revista *Cinelândia*. Perdi a minha coleção, choro até hoje. No auditório da rádio realizávamos as sessões do Clube de Cinema com os filmes selecionados e enviados por Paulo Emílio Salles Gomes, Caio Scheiby e Rudá de Andrade.

Tudo isso para dizer que o território em que se localiza hoje a Livraria Nobel, embaixo da torre do relógio do Lupo, esteve ligado a minha formação, aos meus anos de adolescência e juventude, lincado aos meus sonhos de criar alguma coisa na vida. De ser e não apenas estar ou possuir. De alguma forma, aquele é uma espécie de território sagrado. Foi nele que as coisas aconteceram, de maneira emocionante. Só que, ao contrário do meu personagem, não precisei recuar no tempo para voltar a ser feliz. Continuei em tempo normal, os ponteiros girando para o futuro.

Segunda-feira, 18 de agosto. Menos de dez dias atrás. Quatro dias antes da cidade fazer aniversário, 186 anos. A cerimônia na Livraria Nobel, adiada por um ano, deveria ser simples e breve. Fazia parte dos festejos, assim como fez o lançamento do livro *Para uma história de Araraquara (1800-2000)*, de Rodolpho Telarolli. No entanto, ele morreu antes de ver seu livro editado. Na página 189, estão os cines Odeon e Paratodos, dentro dos quais cresci, inundado por filmes. Rodolpho foi meu parceiro em *Addio Bel Campanile,* sobre a saga dos Lupo e da fábrica de meias e, ao mesmo tempo, história de minha terra. Dentro do material, havia também outra história não inteiramente aproveitada que deve ser recuperada, a da PRD-4, que, mesmo tendo mudado de comando, merece um livro, já que é das mais antigas do Brasil, anterior à Rádio Nacional.

Desde que abriram a livraria, Silvana Rashed Elias e João Carlos Carneiro me diziam: você é o patrono, só queremos nos organizar. Então, para comemorar o primeiro aniversário, os dois deram a partida. Assim, me vi numa noite de segunda-feira, diante de mais de 200 amigos, tendo na primeira fila minha professora de francês do ginásio, Fanny Marracini, e perto a minha segunda professora do primário, a Lourdes Prada. Nesta idade, poder contemplar o rosto das pessoas que nos educaram é privilégio raro. Na minha frente, em pleno esplendor, a Sonia Lupo, tendo ao lado a neta que provou se tratar de uma dinastia de beleza.

A Nobel, com a cerimônia, inaugurou em Araraquara as sessões-autor-lendo-texto-inédito e conversando com a platéia, hábito comum na Europa. Fiz muito na Alemanha, lendo em português, porque as pessoas queriam ouvir o som da língua e a entonação que o escritor dá aos seus textos. Depois, um tradutor lia em alemão. Em Roterdam, o sistema era sofisticado. Lia-se um texto inteiro em português, enquanto um telão às minhas costas exibia o texto em holandês. Nessa noite, em Araraquara, tendo como mestre de cerimônias Rodrigo Brandão Blundi, descerrei uma placa. Descerrei? Que palavrinha! Bonita placa na parede da livraria. Glórias quentes, disse Rodrigo em sua fala. Porque glórias frias, comenta sempre a Lygia Fagundes Telles, não são as melhores. Ser placa de rua ou de praça significa que já há outra plaquinha. Sobre seu túmulo. Gostei (estou gostando) de ser placa em livraria, nada mais sangüíneo para um escritor que uma livraria. A minha paixão por livrarias começou no dia em que, levado pelo meu pai, entrei na Livraria São Bento, na Rua 3, comandada pelo Totó e pelo Abelardo para comprar *Os mais belos contos de fadas ingleses*. Estava descoberto o mundo que se apossou de mim. Mas teve mais. Junto à placa, há uma foto enorme, de 1 metro por 1,5 metro. Escolhida em segredo pela Márcia, minha mulher, e pelo Rodrigo em meu arquivo. Foto feita por Isolde Ohlbaum em Berlim, retrato de uma época em que me apaixonei pela cidade, em que fui feliz e escrevi dois livros, *O verde violentou o muro* e *O beijo não vem da boca.* Isolde é uma fotógrafa especializada em fotografar escritores, talvez a única da Europa no "setor".

Para terminar, li dois textos. Um trecho de provável romance em fase inicial, começado em um caderno amarelo, capa dura, da Tilibra. Quando começo em cadernos amarelos sei que é romance. E um conto erótico, *O atirador de facas,* parte de um próximo livro a ser editado pela Global. Confesso, o conto erótico foi provocação. Lembrava-me que, nos anos 50, havia, nas ruas próximas, trechos escuros, onde namorados e sacanas se divertiam. Naquela noite, no clima cálido e amigável da livraria, divertiu-se o público. Alguém terá ficado incomodado?

29 de agosto de 2003.

NAS RUAS DE SÃO PAULO

AS PIORES CALÇADAS
DO MUNDO

Há pessoas que gostam de caminhar. Estou entre elas, mas isso é mera auto-referência. Não falo da caminhada obsessiva, ritmada, em que a pessoa não pode parar, segue sempre em frente e, diante de um sinal, continua a se movimentar no mesmo lugar, como se dançasse ao som do trânsito. Falo sobre o caminhar despreocupado em que os olhos podem relaxar e contemplar, coisa que pouco se faz em São Paulo. Em geral, o olhar é fixo, determinado, de quem olha para o nada. Talvez se pense nos problemas do dia, na reunião do escritório, no encontro do almoço. Não se deixam as coisas para o momento em que vão acontecer. Antecipa-se, organiza-se a cabeça, reflete-se sobre o que discutir, falar, e com isso se perdem detalhes do cotidiano: a mulher que rega plantas; o vendedor de bilhetes que, com os olhos ansiosos, tenta convencer um comprador; o motorista de ônibus que toma café sem tirar os olhos de uma empregada doméstica (O que pode nascer desse olhar?); a mulher cheia de dúvidas que apalpa, cheira e namora um tomate vermelho; o pastel tornando-se crocante no óleo fervente; a disputa dos feirantes pelo freguês; as vizinhas que jogam conversa fora; um gato miando sem conseguir descer da árvore; uma pessoa regando o jardim.

Não é fácil caminhar em São Paulo. Para fazê-lo, temos de manter os olhos baixos. Não podemos nos distrair, é preciso vigiar a calçada. Claro que corremos o risco de dar encontrões. No interior dizia-se trombada, o termo ficou para carros; hoje, nem para carros. Quando dois batem, é acidente. Se não olhamos para baixo podemos cair, enfiar o pé num buraco, topar num montinho de entulho, escorregar no lixo, pisar em bosta de cachorro. Se estiver chovendo, tire o cavalo da chuva. Ou saia você da chuva. São poças, pocinhas, lagoas, igarapés, nos quais vamos metendo os pés.

Conheço poucas cidades grandes com calçadas tão ruins quanto São Paulo. Há 37 anos moro aqui. Nunca vi prefeito que se preocupasse com o problema. Que pensasse: calçadas são feitas para andar, partes de um projeto urbano, necessidade. Nenhum administrador parece ter andado pelas calçadas. Saem nos carros oficiais e, quando caminham, são uns poucos metros, entram nos prédios pela garagem.

Não estou falando da periferia, dos subúrbios, onde nem calçada há, o que existe é um pedaço de terra, delimitado pela água que corre constantemente. Não, não é um riachinho. São águas de serventia, vêm da lavagem de pratos e panelas, das urinas e fezes. Em São Paulo, periferia é sertão, território aonde a civilização não chegou. Vamos para a Avenida Paulista, símbolo da cidade. Ande por ela em dia de chuva. Como não há inclinação da calçada, as águas não descem para o meio-fio, não escorrem junto às sarjetas, a não ser em grandes chuvas.

A Paulista tem vários tipos de calçamento. O mais comum é o *petit-pavé*, pedrinhas também conhecidas como portuguesas, que, em todos os lugares, são colocadas cuidadosamente por profissionais, sob orientação de técnicos. Aqui, não! Peões da Prefeitura, sem qualificação e arte, fazem um trabalho que deveria exigir especialização, orientados por um fiscal apanhado às pressas. Você anda pela Paulista e observa aqui uma depressão, ali um morrinho. Diante de certos edifícios, há buracos. Desde que uma pedrinha escape, outras vão acompanhando. Até hoje nenhum urbanista encontrou a solução ideal para a Paulista. Um vem e constrói canteiros com paralelepípedos, num design monstruoso. Outro retira os canteiros. Há trechos em que o cálculo de nível e desnível ficou por conta do Afrânio. Quem é o Afrânio? Diante do esqueleto do edifício incendiado Center 3 – aquilo vai ficar daquele jeito, com os plásticos azuis apodrecendo? – há uma escadaria incompreensível. Caminhar pela Paulista, sob sol ou chuva, é tormento. Saia de lá. Desça a Rua Augusta, outrora imponente, elegante, sofisticada. Pobre Augusta! Dentro de um ano estará coalhada de estacionamentos. Suplício dos maiores andar por ela. Por que não obrigam cada comerciante a cuidar do seu pedaço? Como podem os lojistas conviver com os passeios detonados? E o respeito pelo freguês? Esqueçam a Paulista, a Augusta. Passem pelo bairro da Aclimação. Corram ao Centro. Andem pela Rua Heitor Penteado. Não, em São Paulo não se pode ser pedestre sem estar ameaçado por tombos, distensões, dedos quebrados, pés torcidos, sapatos encharcados, quando não enlameados. E a feiúra dos remendos? Andar pela rua? E os buracos da Sabesp, Comgás e não sei o que mais? Ficar em casa? Vendo TV, Raul Gil e seus calouros, pilotando fogão, programas de *teleshoppings*. Aaaaaaaaahhhhh!

30 de janeiro de 1994.

VONTADE QUE PODE
LEVAR AO DESESPERO

Maria Eugenia, velha amiga, pessoa educadíssima, daquelas que, antigamente, eram chamadas de recatadas, levantou, dia desses, um problema. Que se é complicado para um homem, que dirá para uma mulher? É um assunto prosaico, tem gente que vai dizer: isto não é coisa que se aborde em jornal. Já acho que exatamente coisa que se deve abordar em jornal. Talvez alguém se toque e tome providências. Ainda que as providências neste sentido demandem tempo. Porque abrangem duas etapas: mudar a consciência e construir.

Mas, que tipo de coisa é? Parece bem complicado. E não é. Eu me refiro à vontade de fazer xixi. Estar na rua, em São Paulo, e sentir aquela vontade urgente que pode levar ao desespero. Não há como resolver. Como? Então, não há centenas de bares, lanchonetes, restaurantes? Não basta entrar, pedir licença, usar o banheiro? Aparentemente as coisas deveriam se passar assim. Os leitores de São Paulo vão me entender. Os de fora ficarão estarrecidos diante da cruel revelação: não há como fazer xixi nesta cidade.

O assunto se divide em duas partes: xixi para homem e xixi para mulher. Por razões físicas, anatômicas, ou seja lá como se defina, o homem tem muito mais facilidade do que a mulher, quando se trata do assunto. Vai ver, a famosa "inveja do pênis" levantada na psicanálise – que tanto pano para manga deu com o movimento feminista – não passe disso: o homem se arranja melhor que a mulher na hora do xixi.

Basta entrar no bar e pedir licença. Esta, às vezes, é complicada, porque o homem atrás do caixa deixa, mas só se você consumir alguma coisa. Digamos, um refrigerante. Ora, o aperto compensa o gasto. O melhor é pedir antes, tomar e depois ir ao banheiro. Existem, todavia, os comerciantes que simplesmente negam. Não pode, porque não pode. O banheiro é apenas para os funcionários. Não nos esqueçamos o grande número de bares que simplesmente – contrariando as leis – não possuem sanitários.

Há outras dificuldades. Dado o consentimento, surge novo problema, o da limpeza. Contam-se nos dedos os banheiros limpos dos bares e restaurantes populares desta cidade (alguns caros também pecam gravemente). Se você entra num banheiro sujo, acaba não ligando, aumenta a sujeira, faz de qualquer jeito. E há os mal-educados que têm prazer em bagunçar. Sujeira e cheiros, combinação que prejudica.

Chegamos ao problema feminino. O homem fica em pé e se ajeita. Mas a mulher precisa sentar. Não há como! Nem o maior desespero justifica ter o pé no meio da água (o chão está sempre inundado), tentando se equilibrar para não encostar um milímetro de pele em vasos tenebrosos. Precisa ser acrobata olímpica. Pé na água, nádega a meia altura, dedo tampando o nariz. Difícil, não é minha senhora? Não está aqui uma prova de que as cidades estão preparadas para os homens?

Durante algum tempo usei o esquema cinemas. Sabia que os banheiros dos cinemas eram razoavelmente limpos. Comprava o ingresso – houve tempo em que o bilhete equivalia a um refrigerante – entrava, usava tranqüilo e saía, sob o olhar admirado da bilheteira que perguntava: "Não gostou do filme?" Tentei as lojas e me deparei com o mesmo problema: uns deixavam, outros não. Só se consumisse. Mas eu não ia comprar um terno ou um jeans por causa do aperto. Os *shoppings*, espalhados por toda a parte, facilitam, têm banheiros enormes, limpos. E, por enquanto, gratuitos. Virá o dia em que há de cobrar, cobra-se tudo nos dias de hoje! Banheiro público, nem pensar. Ou é sujo ou tem aquele sujeito do lado que fica olhando para você, e você olha para ele e recebe uma piscadela.

Lanchonetes tipo McDonald's são igualmente um alívio. Você entra, finge que vai para a fila, desvia, vai para o banheiro, usa, volta, finge que saiu da fila e vai embora. Se houver fiscal por perto que olhe feio você tanto pode sair com maior cara-de-pau, como ir ao balcão e pedir um *milk-shake*, para comemorar a solução do desespero. Nesta hora você está leve, solto, de bom humor. Porque um bom xixi, na hora certa, é a melhor coisa do mundo; ou das melhores.

Alguém há de perguntar: e a mudança de consciência? Ah, é preciso conscientizar o poder público para que construa sanitários, aos montes, nesta cidade de vinte milhões de habitantes.

E o povo – porque deve haver ao menos cinco milhões de pessoas andando nas ruas que, de repente, precisam fazer xixi – deve ser mais educado e saber se comportar no banheiro, pensando que outro virá usar em seguida. Não é só o chamado povinho que é mal-educado. Nas viagens internacionais, a qual somente uma elite tem aceso, os banheiros, no final, estão praticamente inundados, o papel e o sabonete acabam, tudo vira porcaria. E os donos de bares e padarias devem estar atentos aos sanitários, para que não se transformem em chiqueiros. Mas já é querer demais!

17 de abril de 1994.

A MISSA DO
PAULISTANO

*E*stou intrigado. Gostaria de saber se a Sabesp tem um levantamento de quanta água se gasta aos domingos em São Paulo, nos bairros da classe média. Andem pelas ruas para notar uma constante, novo hábito, ritual, tão importante, quanto a célebre macarronada (hoje comprada pronta em rotisseria) ou o frango assado de televisão de cachorro – aquelas máquinas, elétricas ou a carvão, em que os frangos rodam no espeto, dourando, à espera dos clientes que chegam por volta do meio-dia. O frango é trinchado, envolvido em papel alumínio e pode ou não ser acompanhado de uma farofinha de miúdos e azeitonas. O cheiro toma a calçada, formam-se filas.

Domingo é dia de lavar carro na rua. Quem não vai para a padaria, sai de manhãzinha com baldes, panos, esponjas, detergentes, ceras. Os mais felizardos contam com uma torneira próxima e usam as mangueiras. No Interior eram chamadas esguichos. Abrem as portas, retiram tapetes, estendem sobre a calçada.

Depois, fecham o carro e dão a primeira demão de água, para se usar linguagem de pintor de parede. Então, com as esponjas passam, suavemente, o sabão ou detergente. Deve haver um detergente especial. A esponja é passada com delicadeza infinita para não riscar a pintura. Esta gente tem horror a qualquer risquinho na pintura. Desvaloriza o carro. Há uma neurose em relação à desvalorização do carro. Um amassadinho é suficiente para deixar o sujeito maluco, porque, na hora de vender, aquilo significa uns reais a menos, se o real ainda for a moeda, no momento da venda. Assim, com ternura e carinho ensaboam o carro, que fica todo espuma. Vem novo esguicho para tirar tudo. Não se deixa a espuma secar ao sol, porque mancha a pintura – é o que dizem os fanáticos. Esta esguichada é lenta, cuidadosa, para não ficar um pingo de espuma em parte alguma.

Enquanto o bichinho vai secando, cuida-se dos tapetes e das rodas. Atenção às calotas! Calota é outra mania, existem de todos os tipos, formas, desenhos, materiais. Tenho um amigo que pagou nada menos que R$ 2,5 mil pelas calotas de sua perua. Isso mesmo! Com este dinheiro dá para ir à Europa – passagem e dinheiro de bolso – e ficar em Paris, mesmo porque Paris anda mais barata do que São Paulo. Terminadas as calotas, hora de passar aspirador. Há aspiradores de mão, a bateria, que são uma gracinha, para se limpar o estofamento e o chão do carro. Tem gente que não tem aspirador dentro de casa, mas tem para o carro.

Terminada a operação, que é feita sem pressa – é dos poucos momentos em que o paulistano não tem pressa –, pode vir a segunda etapa, demorada. Passar a cera e dar polimento. Antigamente, a gente engraxava os sapatos em casa, aos sábados. Era um meio de economizar. Hoje, encera-se carro aos domingos. Não é fácil, tem de passar a quantia exata, nem demais nem de menos, deixar um tempo e tirar com uma flanela. Tirar tudo, não deixar sinal, senão pode manchar a pintura. E lá está o sujeito inclinado, catando aqui e ali, um monge tibetano, cheio de paciência.

Muitos cuidam dos frisos e cromados. Terminada a manhã, acabada a lavagem, eles contemplam orgulhosos o carro a brilhar. Não importa se é um zero quilômetro ou um velho companheiro de batalhas pelas ruas esburacadas da cidade. Não interessa se a ferrugem começou a comer pedaços – já vi tanto carro carcomido acariciado pelo dono. Por que deixam chegar a esse estado?

Quando morava na Aclimação, tinha um amigo que executava o ritual da lavagem – lembrei-me da Bahia, do Bonfim, daquelas cerimônias e me veio que existe religiosidade nisso, é a nova missa do paulistano moderno –, lavagem demorada e cheia de afetos e afagos. Contemplar aquele homem cuidando do seu carro era ver a meiguice, o desvelo, o namorico apaixonado. Ele se envolvia, de tal modo absorto que, um dia, sua mulher, lá da janela do segundo andar, não se conteve e exclamou para a amiga que entrava no prédio:

– Se ele passasse a mão em mim como passa nesse carro, eu seria a mulher mais feliz do mundo!

9 de abril de 1995.

PASTÉIS DE FEIRA

O ritual do "pastéis" nos Jardins é na quinta-feira. Cada bairro tem um determinado dia. Quando morei na Aclimação era na terça. O paulistano se completa com o pastelzinho de feira. Ele faz parte de nosso cotidiano, assim como a pizza, o "chopes", o churrasco-rodízio, o cachorro-quente de carrocinha, o quibe e o caldo de cana, o ovo empanado, o rabo-de-galo, a cerveja em padaria aos domingos, a caracu com ovo, o restaurante chinês que entrega em casa, o Bauru do Ponto Chique, a dobradinha, a feijoada de sábado, o ser assaltado em farol...

A barraca do pasteleiro nos Jardins tem características um pouco diferentes, por causa da clientela. Além daquela normal, os próprios feirantes, donas de casa (muitas são freguesas, compram massa pronta para fazer pastéis domésticos), motoristas de táxi e meninos de rua pedindo trocado ou um "pastéis", na Barão de Capanema com a Padre João Manoel; os pasteleiros deparam com bancários (do caixa ao gerente), publicitários, mídias e contatos comerciais, funcionários de consulados ou das butiques chiques, de donas de grifes, moradores de *flats*, manequins, produtores de moda, cabeleireiros, maquiladores, mauricinhos (ainda existem com essa denominação?), peruas perfumadas e peruas em fase de arranjo para a noite, respeitáveis senhores de terno (quem serão?), jornalistas, escritores, produtores de tevê, designers, eventualmente algum arquiteto de interior (como são conhecidos, agora, os decoradores), livreiros, editores, donos de vídeos.

O movimento maior é entre o meio-dia e 14 horas. Todos se misturam e hesitam entre as duas barracas, ambas de japoneses. Se uma está lotada demais; vira-se para a outra. As duas têm a mesma qualidade. Os experientes sabem que devem evitar a proximidade do tacho onde o óleo ferve, sob pena de voltarem ao trabalho sentindo-se engordurados. Existe coisa pior do que cabelo e camisa cheirando à gordura? No entanto, às vezes, o vento vira e não tem escapatória. Qualquer que seja a barraca, o cardápio é igual; "pastéis" de carne, queijo, pizza, palmito, bauru, frango e o especial (carne, azeitonas, tomate e ovo, mede 30 centímetros, é um almoço). Este custa R$ 2,00 e os comuns, R$ 1,00. Com três pastéis, você "está comido".

"Pastéis" que se preze leva uma pitada de molho de pimenta. Mas há quem coloque molho vinagrete; mostarda, *ketchup*. Dia virá em que teremos recheio de hambúrguer, não duvidem. Na hora do almoço, famílias dos apartamentos da região mandam buscar pacotes com cinco, dez pastéis. Certamente vão comer com arroz e feijão. Os patrões ou os empregados?

Barraca de pastéis não vende refrigerante. Não se preocupe, estarão sempre ao lado, como um irmão siamês, o caminhão ou a perua com a moenda de cana. O ritual se completa. Caldo de cana gelado. Puro, com limão ou abacaxi. Copo pequeno, médio, grande e em litros. Geladinho, dulcíssimo. Amigos estrangeiros não entendem esta paixão do brasileiro pelo caldo de cana (garapa, no Interior). Tomam, gostam, enjoam e têm uma boa dor de barriga, suportam tudo, passam pelo torresminho de bar, terminam no mocotó ao vinagrete.

Assim como a barraca do caldo de cana, também os meninos de rua não se desgrudam do pasteleiro. Ficam nas imediações, se aproximam, pedem, saem, dão uma volta, abrem espaço para os outros, retornam, se enfiam entre as pernas da gente e pedem. Poucos de nós, os bem situados, dizem não, de maneira que, quando a feira acaba, eles devem estar empanturrados. Ao menos nesse dia se alimentam bem. Mesmo assim, muita gente vira a cara e recusa gastar R$ 1,00 com um molequinho desses. Muquirana não falta. São os que dizem que é problema do governo. Esta gente é que vigia aplicações, com medo de perder 0,002% na renda. Em geral, cada menino é adotado por um cliente, você vai chegando, o "teu" menino de rua te vê e se aproxima, sorridente. Muita gente fala mal do "pastéis" de feira. Mas há 30 anos como, nunca tive problemas, é comida honesta, para usar linguagem do Saul Galvão ou Josimar Mello, bons gourmets, cronistas de gastronomia.

    Afinal, que história e essa de "pastéis"? Linguagem de paulista. O singular é plural: um pastéis, assim como se diz um chopes!

28 de maio de 1995.

INFERNO DE
UMA CIDADE

*P*or que não se proíbe?
1. Carros que param sobre a faixa de pedestres.
2. Carros que estacionam sobre as calçadas.
3. Motoristas que não respeitam o sinal para pedestres e atiram seus carros sobre eles, principalmente quando entram à direita.
4. Motoristas que fecham cruzamentos.
5. Entupimento de bueiros.
6. Buracos nas ruas.
7. Calçadas aos pedaços.
8. Colocação de faixas de algodãozinho entre postes e árvores comunicando festas, promoções, e outras, num festival de poluição visual.
9. Caminhões de entregas, principalmente de bebidas, fora dos horários, atravancando ruas, indiferentes aos congestionamentos.
10. Carrocinhas que despejam entulhos por toda a parte, emporcalhando a cidade.
11. Filas duplas diante das escolas grã-finas.
12. Ônibus clandestinos, semi-arruinados, trafegando lentamente, mais do que isso, arrastadamente.

13. Os célebres flanelinhas, os guardadores de carros, nas proximidades de restaurantes, estádios, cinemas, teatros.
14. Cambistas explorando o público em qualquer espetáculo de sucesso.
15. Bares que, ao lado de residências, promovem badernas, impossibilitando o sono das pessoas. Ou igrejas.
16. Praças e jardins sem o mínimo cuidado, terras arrasadas.
17. Cinemas com péssima projeção e péssimas cópias, como o *Vitrine*.
18. Cinemas sem condições de oferecer, pelo preço que cobram, serviço de boa qualidade. No *Belas Artes* se ouve o som dos filmes nas salas contíguas.
19. Bares vendendo cafezinho de quinta em xícaras imundas.
20. Restaurantes e bares com sanitários que fedem, sujos e tenebrosos.
21. Ausência de sanitários em boa parte de bares e lanchonetes.
22. Gente que serve em balcão manipulando dinheiro e comida ao mesmo tempo.
23. Construções que atravancam as calçadas com seus tapumes, obrigando o pedestre a dar uma volta, andando pela rua, em meio ao trânsito.
24. Terrenos baldios, sem muros, cheios de lixo, ratos, mato.
25. As peruas vendendo pamonhas aos domingos de manhã, anunciando o puro creme de milho.
26. Os caminhões de entrega de gás que ainda insistem em nos brindar com *Pour Elise*.
27. O mundo de tampões de ferro escondendo buracos nas ruas e que, soltos pelo movimento contínuo, provocam o maior barulho.
28. Os ônibus e caminhões com escapamentos laterais que nos enchem de fumaça, quando estamos num táxi ou no carro.

Não sou fumante. O cigarro de outro na minha cara me incomoda. Mas temos de conviver em sociedade, fazendo concessões. Todas as questões já foram discutidas. O tema complexo é liberdade. Os 28 itens acima também me incomodam muito. Por que o prefeito não toma providências contra eles?

Fumantes existem, eles gostam, assim como existe quem gosta de álcool, de carne. Há uma compulsão que leva certas pessoas a proibir, proibir. Esta compulsão vem daqueles anos que se iniciaram em 1964 e continua ainda entranhada em muita gente. Já se deletou (termo que vem da informática, é o apagar) da política o Quércia e o Brizola. Mas faltam ainda muitos. Disse bem o Zezé Brandão, meu primo, aqui no *Estadão:* que se proíba a fabricação dos cigarros. Por que o prefeito não investe contra os fabricantes e não contra os fumantes? É que o consumidor é o lado mais fraco da corda, sempre. Imagine se o prefeito tem cacife para enfrentar os grandes monopólios do fumo: fumantes, lembrem-se destas coisas na próxima eleição. Seu voto pode garantir o seu direito de fumar.

PS.: Além da irritação, minha amargura vem do fato de que minha gata Nina, mestiça siamesa, caiu do apartamento e morreu na porta da garagem do prédio. Ia fazer sete meses. Não tive coragem de vê-la.

19 de janeiro de 1995.

(Publicada originalmente com o título *Vinte e oito itens para o prefeito proibir*)

SÓ QUERO UM POUCO DE SILÊNCIO

Várias coisas irritam no mundo moderno e o som permanente é uma. Tem sempre um som ligado. No carro, no ônibus, no avião, no aeroporto, na rodoviária, na farmácia, no bar, no restaurante, na loja, no rádio portátil, na quitanda, na padaria, na praia, no estádio, no elevador, no consultório, na sala de espera. Não me concedem um minuto de silêncio. Para que eu possa ouvir o silêncio. Não mais o ouvimos, fugimos dele, há um terror generalizado. O silêncio incomoda, talvez porque nos deixe sós, nos libere o pensamento. O som está aí para auxiliar na fuga e nos entorpecer. Não há democracia nesse som. Somos obrigados a ouvir o que querem os técnicos das rádios AM e FM, os *disc-jóqueis*, os produtores de programas, de fitas. Quem gosta de clássico recebe música *techno*. Quem gosta da *techno*, tem *heavy metal*. O fã do chorinho ouve o *rock* pauleira.

Nunca o som certo chega na hora certa, a menos que a gente carregue o próprio aparelho. Entendo pessoas que caminham pelas ruas com os ouvidos tapados por um *walkman*. Estão fugindo da barulheira em que as cidades se transformaram. Sou um amante da natureza? Sim, na escala necessária, porque já me corrompi, sou urbano. São Paulo me corrompeu mais. Sou um urbano habituado à favelização crescente que corrói, aceitando a erosão da qualidade de vida desta cidade. Sete da manhã. Estou acordado, concentrado no escrever ou no ler. No entanto, súbito, cem metros acima de mim estaciona um helicóptero. Helicópteros estacionam? Como se chama essa paralisação da aeronave acima de nossas cabeças? Aeronave?

Sete da manhã e o helicóptero se imobiliza acima de minha casa, o motor roncando. A imagem é bonita, como se fosse um beija-flor gigante, desarvorado pela ausência de flores para beijar. Quando o helicóptero pára no ar, o barulho do seu motor aumenta. Vai-se ampliando nos meus ouvidos. Adeus, calma matutina. As hélices giram e o ruído surdo penetra em meu cérebro. As pessoas começam a acordar no prédio. Não dá para dormir. Todavia, não é um só helicóptero. Logo surge outro, passa baixo. Ao longe posso ver um terceiro e se correr para a janela da frente, haverá outros.

Durante o dia, verei uma infinidade. São centenas a sobrevoar a cidade. Uma praga. Tenho medo deles tanto quanto o agricultor tem medo dos gafanhotos vorazes. Os helicópteros também são vorazes, destroem a minha paz, a calma.

Roncam dia e noite sobre nossas cabeças. O ronco é o som do cotidiano, síntese de todos os sons que a cidade produz. Concentra o som das businas, motores, berros, apitos, urros, dos gritos dos camelôs, música de todos os gêneros, brecadas, tiros, sirenes, sinos, as músicas dos entregadores de gás, os chamados dos vendedores de pamonha. Com todos eles, misturados no ar, o céu tornou-se inferno.

Não posso ser injusto. Tem o lado bom. Helicópteros resgatam pessoas. São maravilhosos para casos de vida e morte. Outro dia um apanhou na estrada uma mulher grávida que tinha entrado em trabalho de parto dentro do congestionamento. Criança e mãe foram bem atendidas. Isso é lindo. É o "humanismo" da máquina. Aqui, a tecnologia avançou. Helicópteros irritam quando param sobre minha casa, como um se acostumou a fazer, todas as manhãs e todas as tardes. É invasão de privacidade. Por que em minha rua? O que tem aqui de tão bonito? De melhor, mais atraente? Conheço um sujeito que de vez em quando aluga um helicóptero, no verão, e sobrevoa prédios com piscinas para ver se dá com alguma mulher tomando sol de *topless*. Como se para isso fosse preciso alugar helicóptero. Sei também de um piloto que, no dia dos namorados, sobrevoou a casa de sua amada Catarina, com quem brigara, e despejou sobre o jardim centenas de rosas. Reconciliaram. Flores do céu fazem milagres. É o lado poético.

Os helicópteros são bons para executivos se transportarem de suas casas para os escritórios. Enquanto 100 ou 200 executivos fogem do trânsito pesado, milhões de pessoas sofrem embaixo. O céu deve ser para todos, portanto, helicópteros para todos. Lá em cima vai congestionar um dia. Então, os executivos estarão aqui embaixo, nos carrões blindados, com vidros fumê.

Leram outro dia a entrevista do assaltante homicida? Ele diz que teme uma coisa: vidro fumê. Nunca sabe se de dentro do carro vão saltar seguranças atirando. Assim, vamos colocar vidros fumê em tudo. Seja no ônibus, seja na Brasília amarela caindo aos pedaços. E estaremos salvos. Boa notícia para o ano-novo.

5 de janeiro de 2001.

FASCÍNIO POR MONSTRENGOS

A Avenida Paulista. Pode-se percorrê-la em 3.818 passos. Quantos sabem que foi planejada por Joaquim Eugênio de Lima, arquiteto uruguaio. Eugênio de Lima esteve envolvido também na construção do Viaduto do Chá. Outro símbolo. Quantos sabem que não existe o número 1, a Paulista começa no 7? A numeração ímpar corre pela esquerda e a par pela direita, indo-se na direção da Osvaldo Cruz-Pacaembu. Pela esquerda são 19 cruzamentos contra 15 da direita. Algumas ruas não cruzam: Leôncio de Carvalho, Padre João Manoel, Alameda Rio Claro, Itapeva, Frei Caneca, Angélica. A maior quadra é a que fica entre a Praça Oswaldo Cruz e a Rua Teixeira da Silva. 391 passos. A mais curta está entre Angélica e Minas Gerais. Apenas 94 passos. Mario de Andrade chamou a Paulista de "boca de mil dentes". Um milhão de pessoas passam por ela, diariamente. E ali circulam, por ano, 70 bilhões de dólares, metade do PIB industrial do Brasil.

Há 38 anos mantenho com a avenida uma relação que começou com o fascínio. Atravessei fases diversas, dos casarões da aristocracia cafeeira até a concentração de bancos que é hoje. Os lugares em que aqui morei sempre foram próximos à Paulista. Nunca me afastei de sua vizinhança. Ia, voltava. Acompanhei suas transformações.

No final dos anos 50, costumava, na madrugada, ficar andando pela avenida, conversando. Admirando os casarões, alguns bem conservados, outros decadentes, vários fechados. Era uma delícia contemplar o delírio arquitetônico, cada um tinha construído sua casa de acordo com sonhos e fantasias e o rebuscamento era total. A casa que despertava mais curiosidade era a do Matarazzo, na esquina da Pamplona. Arrogante, feia, ali morava o homem mais rico do Brasil. Lembro-me que os carros dos Matarazzo tinham chapas 1, 2, 3 e assim por diante. Hoje, os antigos jardins bem cuidados por um batalhão foram invadidos prosaicamente pelos carros dos remediados da vida. É um estacionamento para escritórios e bancos. Naquele tempo havia tranqüilidade, ausência de violência. À noite podia-se sentar no bosque do Trianon (48.624 metros quadrados de verde e sombra) ou nos bancos da Praça Oswaldo Cruz. Nesta havia uma padaria aberta 24 horas, com um misto-frio especial: pão crocante, quentinho, manteiga, presunto e queijo fresquíssimos.

Nos anos 70, começou a batalha imobiliária. Bastava uma pequena notícia anunciando que um casarão seria tombado, para ele amanhecer semidestruído pelos tratores. Deste modo, se conseguiu colocar no chão todas as mansões e palacetes construídos pelos "nobres" do café. Uma que resistiu bravamente foi a Vila Fortunata, de René Thiollier, na esquina da Ministro Rocha Azevedo. De repente, caiu, sobraram as árvores de um jardim que ocupa meia quadra. O metro quadrado mais caro do mundo. A avenida tinha uma ilha central e os ipês nas calçadas. As árvores foram retiradas, ficou uma desolação. Os bondes percorriam-na inteira. As linhas principais eram a Avenida 3 e a Avenida Angélica 36. A primeira com carros abertos, a segunda, com os camarões, fechados.

Quando morava na Alameda Itu, eu costumava subir até o Trianon para apanhar o Avenida 3. O ponto era diante de um muro semidestruído, que mal escondia as ruínas do antigo Belvedere. Ali se ergueu o Masp. Em 1991, numa eleição promovida pelo Banco Itaú e pelo *Jornal da Tarde,* a Paulista foi eleita símbolo da cidade. O banco está identificado com a avenida. De qualquer ponto da cidade se vê o seu relógio luminoso instalado sobre o Conjunto Nacional,

Tradicional, majestosa, imponente, paradoxal, contraditória, a avenida é orgulho do paulistano que a chama de Quinta Avenida ou *Wall Street.* Movimentada, congestionada, torta, dá uma sensação de grandiosidade, ainda que, embaixo, esteja ocupada por sem-tetos, pedintes e repleta de camelôs. Esta avenida amada tem sido muito maltratada.

Cada prefeito deixa marca pior que a outra. Agora, querem implantar os malfadados corredores de ônibus, idéia fúnebre de Mário Covas que destruiu avenidas como 9 de Julho e a Santo Amaro (devem estar no Guinness como as ruas mais tenebrosas do mundo). Parece que há ódio, uma vendeta entre a Prefeitura e a Paulista.

Resistir. É preciso que os paulistanos se mobilizem. Vamos pedir que as luzes (nem que sejam as da Eletropaulo) iluminem o Maluf e ele não perpetre outro Minhocão. Um já arruinou a São João. Por que nossos administradores insistem em ter o nome ligado a monstrengos? Que deformação é essa?

6 de agosto de 1995.

(Publicada originalmente com o título *Por que odeiam a Avenida Paulista?*)

A MAGIA DA
MÚSICA NA RUA SE FOI

Mania de fuçar as ruas em que morei, contemplando a maneira de viver das pessoas, o comércio, os tipos, as casas. Quando cheguei a São Paulo, vindo de Araraquara, fui morar numa esquina da Bresser, exatamente onde o bonde virava. Acordava cedo com as rodas rangendo nos trilhos e aquilo, para mim, era barulho de cidade grande. Mas um dia, alguém considerou que bonde era transporte caipira e o tirou de circulação. Eram limpos, agradáveis. Se bonde é caipirismo, Zurique ou Munique devem ser muito caipiras. Enquanto em Araraquara eu tinha tido um único endereço e ainda tenho, a casa onde nasci continua no mesmo lugar, pertence à família – aqui comecei a zanzar. Da Bresser para a Alameda Itu, bem atrás do Dante Alighieri. Aos sábados, pulávamos o muro para jogar futebol no colégio. Em dias de semana olhávamos as meninas fazendo ginástica. Da Itu para a Alameda Santos, 93, hoje estacionamento dos carros da churrascaria Dinho's. Dali para a Rua Silvia, 171. Jogávamos futebol na rua e quando a bola escapava, descia a ladeira até a Rua Rocha. Da Rua Silvia para a Praça Roosevelt, 128, depois para o 168, onde fiquei 10 anos e acompanhei a praça mudando. Da janela do meu apartamento, num sábado de manhã, Paco Rabanne e Leila Gicquel, então seu braço direito, se encantaram com a feira. Eu trabalhava na *Claudia* e, com a Glorinha Kalil, a Carola Whitaker e a Maria Ignês Alves de Lima, estava encarregado de mostrar a cidade ao Paco, um estilista politizado.

Da Roosevelt fui para a Antônia de Queiroz, em frente do Chico Santa Rita, do Celso Nunes e da Regina Braga, no mesmo prédio em que morava o Ivan Ângelo. Estava na Antônia de Queiroz quando o primeiro iogurte Danone, de morango, foi colocado no mercado, comprávamos caixas. Começavam os anos 70. Dali para a Cardeal Arcoverde, depois Homem de Melo, Ministro Godoy – era impossível convidar amigos para jantar, a PUC ocupava todas as vagas da rua –, Bela Cintra. Então Berlim, para Keithstrasse, e, na volta, Alameda Santos, com minha prima Rita, Ministro Rocha Azevedo, Batista Cepellos e agora João Moura, onde pretendo me assentar. Se é que consigo fazer isso na vida. Para que assentar? Não entendo quem passa a vida inteira num só lugar. A mudança contínua excita. Conhecer lugares e pessoas diferentes, para descobrir que lugares e pessoas acabam sendo iguais.

Estava abrindo uma caixa e descobri uma carta recebida em junho. De Moema, leitora que me escreveu assim que saiu a crônica sobre a CPL, célebre padaria desta rua. Moema devia me conhecer, ou sempre leu o que escrevi. Ela disse: "Não venho pedir que ame seu novo endereço, isso não se pode pedir. Peço apenas que o conheça. Já experimentou caminhar pela rua de manhãzinha? Senhoras de bobes sob o lenço indo à padaria, outras de penhoar e chinelo acompanhando o cachorrinho. O pessoal das vilas sai, todos se cumprimentam. E, pasme, as antigas fofoqueiras-de-cidade-do-interior, cotovelos calejados de se apoiar na janela, continuam prestando atenção à vida alheia. Os sobradinhos ainda atraem gerânios charmosos nas sacadas e a Rua Alcides Pertiga é calçada com paralelepípedos. Já encontrou a Vila Cândida? Ah, que sonho! E tudo isso a dois passos dos Jardins".

    Moema poderia ter dito que existe um sapateiro, ofício que vai desaparecendo, à medida que os sapatos se tornam descartáveis. Que qualquer casa desocupada ou terreno se torna, logo, estacionamento para os carros dos que vêm às churrascarias. Que existem oficina mecânica e farmácia – mais gradeada que uma prisão. Que na Pertiga mora um professor de literatura da USP, o Jorginho Schwartz. Não é mais interessante uma rua assim movimentada que aquelas dos condomínios fechados, desertas, assépticas, sem nada em volta? Como é possível viver sem botequim, quitandinha, supermercadinho, jornaleiro? Coisas que dão vida. A prisão dos condomínios, um dia preciso falar dela. Moema protesta, com razão. "Houve tempo em que era famosa. Era a Rua do Choro. Algum administrador insensível tirou-nos a única alegria de domingo. Sem mais valia ou revoluções, dançávamos juntos, patroas e empregadas, executivos e motoristas, jornaleiros e estudantes. Todos unidos, por um momento, pela magia da música na rua. Era uma espécie de embriaguez, onde as pessoas se fartavam de ritmo e harmonia, tinindo seus corpos sem raça e sem classe social, para festejar o dia do Senhor Jeová ou Dionísio – que nos permitia esquecer a segunda-feira" Em tempo: João Moura foi juiz, deputado, jornalista em Pindamonhangaba – onde fundou a Escola de Farmácia e Odontologia – e abolicionista. Liderou, em fevereiro de 1898, a liberação dos escravos em sua cidade. Uma bela figura, portanto.

8 de dezembro de 1995.

CORAGEM DE NÃO SER CARNAVALESCA

*E*ste carnaval me deu uma certeza que me fez admirar São Paulo. Pode até parecer arrogância mas a cidade é suficientemente segura de si, consegue ficar na dela, tranqüilona, indiferente a falatórios, críticas e lamentos. Acho que foi a única do País na qual se andou tranqüilamente pelas ruas, se foi aos cinemas, restaurantes e bares, sem ouvir um samba, sem ver um bloco, um fantasiado, uma serpentina. Quase disse, sem receber na boca um punhado de confetes, mas isso é coisa tão antiga que ia denunciar minha idade. Alguém ainda brinca jogando confete? Sabem o que é? Era uma coisa inocente, a poeirinha do papel entrava nos olhos, fazia coçar a garganta. E lança-perfume nos olhos? Ainda bem que algum dia alguém se lembrou de jogá-la no lenço, ela valorizou, pouquíssimos passaram a utilizá-la nos outros, era um desperdício.

Mas, o que é isso? Uma crônica de carnaval na quaresma, tempo de recolhimento? Nem é de carnaval, é sobre o não-carnaval. Nem a quaresma é mais tempo de recolhimento. Na Bahia e no Recife devem estar ainda pulando. Ontem, em vários sambódromos teve o desfile da apoteose. Em Brasília, os parlamentares sambam o ano inteirinho. Eles e as famílias que empregam. Alguém viu a desfaçatez de um homem chamado Gilvan Alves, entrevistado pela *Globo*? Ele disse que emprega a mulher porque é pedagoga e porque dorme com ele. Se o parlamento tivesse vergonha pedia o impeachment do homem. Existisse justiça eleitoral, Gilvan perdia o mandato por ser desaforado e cínico. Por cinismo, perdiam todos.

Adorei São Paulo durante o carnaval. Não vai na frase nenhum cinismo parlamentar, falo sério. Com exceção daquela "ilha", do território situado às margens do Rio Tietê, chamado Anhembi, onde a prefeita Luisa Erundina construiu o sambódromo, no resto da cidade se encontrava recolhimento, paz e descanso. Era estranho ligar a televisão e ver multidões suarentas pulando e se esfregando atrás de caminhões de som. Aqui, o máximo que tivemos foi alguma dona de casa correndo atrás da musiquinha irritante do caminhão de gás. Eles foram permitidos outra vez. Deviam ir para o Jardim América, tocar perto da casa do prefeito. No mais, era andar relaxado, o tráfego fluindo, as ruas desertas, os cinemas cheios.

A personalidade de São Paulo se revelou aí. Admitiu, de vez por todas, que não é do carnaval, que ele é um corpo estranho à estrutura da cidade. Poderia fazer promoção disso: quem não gosta de carnaval que venha para esta calma, fuja da agitação, do pula-pula. Mergulhe nesta quietude e desfrute coisas que a cidade tem como nenhuma outra: boa comida, bons cinemas e teatros. É preciso muita firmeza para ignorar o que deixa o Brasil em total estado de excitação, fora de si. É necessário ser forte, porque se colocou na cabeça e nas almas que somos o país do carnaval (com licença, Jorge Amado). Porém, entre 160 milhões de habitantes (ou somos mais?) têm alguns milhões que não querem nada com o Momo e não acham graça em vestir fantasia, levar cotoveladas em ajuntamentos, ou cantar musiquinhas cada vez menos imaginativas. Tem milhões que consideram um abuso ir para uma praia, sofrer com a falta de água, encarar a desfaçatez de comerciantes inescrupulosos, enfrentar filas para comprar pão e leite, se debater nos supermercados por cervejas e refrigerantes. Aliás, nossos sociólogos – com o FHC eles estão em alta de novo – deveriam estudar esse aspecto sadomasoquista dos divertimentos: o sacrifício que se faz para se obter "prazer". Coisa de cristão que sofre para ir aos céus?

Adorei São Paulo de sexta-feira à noite até a manhã de Quarta-feira de Cinzas (alguém ainda "toma" cinzas? Aquela cruz na testa que nos redimia). Foi tempo de silêncio, contemplação, andar a pé sossegado, comer em paz, sem telefones celulares. A cidade, sem vergonha, remorso, indiferente ao que digam, aos slogans tolos que foram criados, tipo é o "túmulo do samba", talvez a coragem, ou personalidade, repito, de ignorar o carnaval. Talvez por não ter jeito, ou índole, talvez por não querer mesmo. Por falar em frase feita, não conheço nenhuma mais falsa e boba que aquela que diz que "quem não gosta de samba, bom sujeito não é/ou é ruim da cabeça ou é doente do pé". Lugar-comum mentiroso. Conheço tanto pentelho que adora o samba, fica maluco com pagode (tem coisa mais chata que praia ou bar com aquela turma fazendo um pagode?). E existe tanta gente boa que nem pode ouvir falar num sambinha!

5 de março de 1995.

PASSEANDO NA TERÇA-FEIRA

Terça-feira de carnaval desço para o centro da cidade, no final do dia. Ruas desertas, comércio fechado. Em frente do Mappin, o jovem magro, uma flor de pano costurada nas calças esgarçadas, toca castanholas e dança ao som de *Nunca aos domingos,* antigo sucesso, trilha sonora de um filme com Melina Mercouri nos anos 60. Pessoas desinteressadas acompanham, o moço dança mal, se esforça. Não agrada, a assistência se desfaz. Sozinho, olha para mim, dou um sorriso, atiro uma nota na sua caixa. Vale pelo esforço de estar tentando dançar música anacrônica.

Não há gente, porque no Centro não há o que fazer, nenhum divertimento. Nestas ruas vazias, quando a multidão compacta que a lota durante os dias comuns se dissolve, quem aparece toma conta, são os vagabundos, os sem-teto, os malandros. Imundos, roupas ensebadas, cheirando azedo, andam sem rumo, remexem lixos, se acomodam em soleiras. A cidade é deles.

Diante do Cine Marrocos, um casal, melado de sujeira, executa um ritual de higiene. Deve ser o que restou para eles. O homem tem uma garrafa de refrigerante de dois litros, cheia de água. Despeja sobre a cabeça da mulher e ela ensaboa delicadamente a carapinha endurecida. Ele está concentrado. É como se estivéssemos assistindo a um comercial, só que a moça não é loira, nem jovem, nem tem um daqueles sorrisos brilhantes que nos envergonham de tão brancos. Essa mulher que lava seus cabelos no final da tarde de terça-feira de carnaval é mulata e tem a boca crispada, não dá para ver se tem dentes ou não. No entanto, dos dois emana poesia. Há ternura nesse homem que passa a sensação de estar batizando sua mulher, diante do cinema que foi glória da cidade, estrelas de Hollywood desfilaram ali em 1954.

Caminho em direção ao Paiçandu. A noite começou. Sou envolvido por uma luz amarelada, melancólica. Não são os luminosos, hoje eles estão apagados. Então percebo que agora os postes no centro ostentam lâmpadas amarelas, ou cor-de-abóbora, na verdade. As ruas se tornam depressivas. Quem inventou esse tipo de iluminação? Em sua decadência, com os prédios envelhecidos, alguns abandonados, a sujeira por toda parte, as portinholas de um comércio miserável, o centrão é triste, tudo mergulha numa penumbra de filme *noir*. Minha atenção se volta para enormes embrulhos azuis, largados pela calçada. O que serão? Presentes? Para quem nesta época? São as bancas dos camelôs fechadas. Elas dormem envolvidas num plástico azul-escuro, enlaçadas por cordas grossas que dão muitas voltas, como se fossem pacotes gigantes à espera de transporte.

Dentro deles imagino o pechisbeque: balas, chicletes importados, ferramentas, lanternas, pulseiras, correntes, relógios, capas para celular, calculadoras, chaveiros, jóias de fantasia, meias, chinelos, sandálias, bonecas, revistas pornôs, cortadores de unhas, brinquedos, um mundo infinito de coisas desnecessárias, mas as pessoas compram, amontoam em suas casas. Imagino os chocolates (Prestígio, Sonho de Valsa, Diamante Negro e Suflair, os mais vendidos) se derretendo ali dentro, na quentura do plástico abafado pelo mormaço.

Muitas vezes pensei que, talvez um dia, num acesso de lucidez, os homens possam atirar pelas janelas toda a tranquitanda que guardam em gavetas, armários, estantes, em cima de guarda-roupas, em caixas debaixo das camas. Que montanha formidável de inutilidades. Que espaço imenso seria preciso reservar para esse lixo que fornece apenas minutos de prazer, não mais. Será que cada pessoa que compra uma tralha dessas usa, gosta, revê, cultua?

Que impulso nos faz parar diante de bancas de bugigangas? O que nos leva a escolher um objeto de que não necessitamos? O brilho, a cor, a curiosidade, o gostar de atirar fora uns tostões, a sensação de estar comprando barato, o gosto por coleções? Certo dia, observei um boneco que, movido por corda, atirava a cabeça para trás e caía. Feio, mal-acabado, grotesco. Quem compra um traste desses? Fiquei meia hora perto do camelô, ele vendeu sete. Desejos e gostos são imponderáveis, enigmáticos. Há quem compre, sempre. Ou não existiriam *shoppings*, galerias, Paraguai, sacoleiros, contrabandistas, Miami, Rua 46, a Ka De We, *free shops*. O homem moderno é consumo. Mercadorias, o deus. Tudo isso porque, solitário, fui passear no Centro na terça-feira de carnaval.

25 de fevereiro de 1996.

SOLIDÃO DE NATAL
NO BEXIGA

Vindo do interior, trabalhava havia nove meses em jornal e estava ansioso para, no 24 de dezembro, apanhar o trem e voltar a Araraquara, a fim de passar o Natal em família. Aos 21 anos, tendo morado a vida inteira no interior, movia-me por São Paulo sem desenvoltura, sem muitos amigos, a não ser os da pensão da Nina, onde morava. Vinte e um anos? Vida inteira? Nem se começou a viver, dirão muitos. Acontece que ao completar 21 tive um ataque de desespero, considerei-me velho, a vida acabada: "O que vou fazer depois?" Não que tivesse feito muito, não tinha feito nada, porém me via dominado por um grande sentimento de tragédia. No começo do mês, os amigos da pensão, todos estudantes, tinham ido embora, eram do interior do Paraná, de São Paulo. Foram curtir as férias, passar o Natal com as famílias. E eu a rondar solitário pela pensão deserta.

Comprei passagem antecipada na Estação da Luz, para o trem azul, de luxo, com poltronas numeradas. Enfrentava-se longa fila na bilheteria, dávamos gorjeta aos funcionários e descobríamos, no interior do trem, que o nosso lugar não existia. Impossível viajar de trem na época de Natal e ano-novo. Tudo lotado, gente em cima da cabeça e dos ombros. Pura farra, demorava-se cinco horas para fazer o percurso que o automóvel faz hoje em menos de três. No dia 20, Celso Jardim, chefe de reportagem da *Última Hora*, e o homem que me ensinou jornalismo, me chamou: "Você vai cobrir o Natal".

Não havia folga, a UH tinha três edições diárias, de manhã, à tarde e no começo da noite. Suávamos, ganhávamos mal e adorávamos o Samuel e o jornal. Masoquismo puro, mas valeu. Cada um tinha uma missão no Natal. Alik Kostakis, por exemplo, cobria as ceias grã-finas, Salvio Correia pedia histórias emocionantes à turma de política, o Paes Leme botava sua turma atrás dos jogadores. Celso me enviou ao Bexiga, então o bairro dos teatros e da boemia. Elegância com cultura, tradição e povão. Fui à Luz e revendi a passagem. A minha missão era fazer chorar. Como já escrevia razoavelmente (escrevia-se mal em jornal, mas não tanto quanto hoje) eu teria de levantar histórias para comover. "Faça o Natal dos solitários", comandou o Celso.

Assim, um solitário saiu à rua à cata de outros solitários. Os teatros estavam fechados. As cantinas cheias. Pelo barulho e agitação, concluí que nas cantinas não encontraria solidão. Grande parte das casas estava com as portas escancaradas, havia música, gritos, saudações. Um tempo em que se podia festejar com portas abertas, amigos entravam e saíam, estranhos que passavam eram brindados. Não, nas casas também não parecia haver solidão. Comecei a procurar botecos e a entrevistar pessoas sozinhas diante de uma cerveja, um vinho tinto pesado, uma cachaça. Não havia muitas histórias. Um odiava natais, outro gostava mesmo é de beber em bar, festa para ele era aquilo, a cerveja no balcão.

Procurava algo a la Charles Dickens, grandiosos. Um drama. Queria encontrar órfãos dormindo pelas ruas, famílias embaixo de marquises. Pensei em inventar, mas na UH éramos obrigados a colocar nome completo e endereço, sacação não funciona. Na Rua Conselheiro Ramalho, vi uma bela moça à janela de um sobrado, com o olhar perdido, distante. Aqui está uma solitária, a espera do namorado que não veio tornou o seu Natal muito triste, pensei. "Posso falar com você?" E ela, sorridente: "Não. Meu bem. Hoje é Natal, não estou faturando, adoro o Natal porque não preciso trabalhar, agüentar os homens. Se quiser apareça outro dia, meu ponto é na Rua do Arouche. Feliz Natal". Não disse faturando, é gíria mais recente.

Andei durante horas. O Bexiga se acalmou e eu, sem história, acabei escrevendo sobre a busca de uma solidão não encontrada. Ou mal-investigada. Regressei à pensão com fome, Nina tinha ido com a irmã, dona de uma padaria na Rua Abílio Soares, não havia nada na geladeira, tomei água com açúcar para enganar o estômago.

Hoje, o Natal no Bexiga dá mais de uma crônica, dá um livro. É um Bexiga diferente daquele que conheci em 1957. Deformado, cortado por uma *free way*, ele resiste como pode, tentando manter a personalidade. O Armandinho que criou um museu e batalhou para que o bairro não se desfigurasse, está morto há dois anos. Os donos dos cafés do bairro do Bexiga andam desanimados com a decadência do pedaço, se diz até que Café do Bexiga pode ser fechado, após 18 anos. Essas informações me foram passadas pelo especialista, pelo seu historiador do pedaço, o Júlio Moreno, que escreveu sobre o bairro um livro de fazer inveja. Mas ali ainda há coisas muito boas. Como a Cantina Capuano que vai completar 90 anos. Ou o Bloco Esfarrapado que chegou aos 50. E tem um site na Internet: www.bixiga.com.br.

Porém, o mais importante é contar sobre Carlindo Pinheiro Júnior, 130 quilos, o único Papai Noel negro do Brasil que, ajudado pela Turma do Pedaço, comanda um passeio anual, a cada 21 de dezembro, distribuindo sacolas com balas e presentes. Em 1966 foram 3 mil sacolas. Um tom moderno na festa. Hoje eu não falaria de solidão, mas sim de solidariedade. Porque o solidário ajuda a anular o solitário.

22 de dezembro de 1996.

AMANHECER
NA CIDADE

Quem contempla o amanhecer nesta cidade? Nos últimos dias foi atordoante. O céu límpido clareia suavemente, sem uma nuvem. Os prédios parecem de papelão recortado, sem dimensão, reduzidos a um só plano como em quadro primitivo. O sol explode tímido nas fachadas e laterais dos edifícios e a luz reflete-se estilhaçada de vidro para vidro. Essa função é a única justificativa que encontro para a arquitetura vitralesca que domina o modernismo. Não entendo caixotes de vidro fechados num país quente.

Boêmios e os que se levantam cedo para o trabalho desfrutam o amanhecer. Sobrevivem ainda os boêmios poéticos que saindo de bares e boates caminhavam pela cidade a despertar, tomando um café forte – ou mais uma –, nos botecos e padarias? O que tenho visto, nas raras noites em que atravesso desperto, são jovens que saem das danceterias, mal olham para o dia, sobem nos carros e se arrancam em velocidade, pneus guinchando. Divertimentos mudam! Se não, estaríamos nas cavernas, ansiosos por um racha entre *velociraptors*.

Os que trabalham e usam trens e ônibus não podem desfrutar o amanhecer, encontram-se sonolentos e o amanhecer para eles é familiar, significa o corte abrupto no sono e uma corrida para não perder a hora. Esperam raivosos pelas conduções atrasadas. Amontoam-se em veículos clandestinos (cada vez em maior número) apodrecidos, espremem-se em trens que não garantem a chegada à próxima estação, enfiam-se no escasso metrô, que justifica o apelido de metro e meio, tão curto é, para tão extensa cidade.

Os que não olham o amanhecer nestes dias de novembro que lembram dias de maio perdem a cidade em um de seus momentos mais belos. Nestas manhãs tenho me reconciliado com São Paulo. Posso amá-la intensamente, ainda que esse amor se desgaste ao longo do dia, corroído pelo barulho, violência, medo, poluição, má-educação, buracos. O sol atinge minhas janelas, reflete-se nos vidros, incomoda, cega-me. Recuso-me a fechar as persianas, seria negá-lo, ofendê-lo, ele sobe tão alegre, bebendo o azul, satisfeito por essa súbita e inexplicável limpidez do ar. A luz se acomoda nos cantos das estantes, aquece e acaricia os livros. Posso sentir a alegria daquele exemplar de *Um amigo do mundo*, de Paul Bowles, de *A sabedoria dos idiotas*, de Idries Shah, *A invenção do nadas,* de Manoel de Barros (leram? Se não leram, corram comprar), *Com as horas no bolso*, de Judite Scholz, *O remador de Ben Hur*, de Nelson Rodrigues.

Entre minhas manias, ao abrir o jornal, está a de buscar, primeiro, o caderno *Cidades,* de *O Estado*. Olho o resultado da Sena e da Mega-Sena, resigno-me com a pobreza em que os números insistem em me manter, passo pelo obituário em busca de amigos e conhecidos. Essa seção é, para a maioria, o único instante em que seus nomes aparecem em jornal. Ela reserva singularidades. Quem não leu, sexta-feira, o escrito pela família de Yori Kiyoito Yonamine perdeu um daqueles raros momentos que a sensibilidade proporciona. Nele se pode sentir a diferença de cultura, filosofia, civilização e educação. Escrito por um poeta instintivo gostaria de vê-lo em ideogramas japoneses.

Um pai diz: "Enquanto esteve (ele, Yori) neste mundo, deve ter incomodado, procurado e pedido muitas orientações aos senhores que sempre o atenderam com muita cooperação, amor e carinho, enfim, sempre foram muito úteis ao meu filho. Na verdade, ele tinha que trabalhar bastante e agradecer o amor, carinho e cooperação que os senhores lhe deram, mas, por infelicidade do destino, meu filho não pôde cumprir neste mundo. Como pai, é muito doloroso, sentimental, ver que meu filho não pôde cumprir a obrigação de reconhecer futuramente e procurar a cooperação mútua, o destino infelizmente não permitiu". Se é necessário comentar a poesia, educação e emoção que permeiam esse texto cheio de dor tornou-se inútil transcrevê-lo. Queria ter essa atitude diante da morte de uma pessoa amada.

    O sol atinge a mesa, derramo o café sobre o tampo. Corro com um pano, há manchas de luz no café. Devo interpretá-las? Tolices. Passo lustra-móveis, essa mesa é meu xodó, ganhei-a em 1959 de Fernando de Barros, o cineasta. O único móvel existente na primeira quitinete que aluguei nesta cidade, na Praça Roosevelt, 168, apartamento 803. Quem mora lá, hoje? Era fácil encontrar e alugar quitinetes. Tão baratas! Os porteiros não deixavam entrar mulher, precisavam ser subornados. Essa mesa, fui buscá-la no escritório do Abílio Pereira de Almeida, a quem estava emprestada. Sem dinheiro para o frete, um amigo e eu a levamos, no braço, da Rua Marconi à Praça Roosevelt. Por que não se redescobre o teatro de Abílio, tão paulista, brasileiro?

    O sol firmou-se, a empregada, na cozinha, ligou o rádio... Elas adoram o volume máximo. Anuncia-se a próxima atração: "Deve a mulher cortar o membro do homem que trai?" Impressionantes as manifestações. Vocês vão ler na próxima semana. Neste mesmo lugar. Acima da coluna da Cecília Thompson que não sei como não se irrita com as evasivas que lhe enviam os que servem mal ao público. Devia mudar o título da coluna para respostas mentirosas.

                                     10 de novembro de 1996.

DETALHES QUE LEVAM AO AMOR

De vez em quando, me perguntam, imperiosos: me dê uma única razão para morar em São Paulo e defendê-la, como você faz. De chofre, embatuco. De chofre é bom, não? Há palavras que a gente nunca imagina que vai usar. Elas não se encaixam, não se ajustam. Tem palavras que tememos, por denunciar a idade. Expressões como epa, por exemplo. Embatucar é outra. Uma palavra velha, não muito usada. Mas pode voltar ao convívio do coloquial, de um momento para outro. Digamos, de chofre!

Num desses sábados, saindo do supermercado, dei com um (entre muitos) motivos para ficar na cidade: a água-de-coco gelada e saborosa. Empurrando o carrinho de compras, vi que minha mulher, automaticamente, se dirigia para o canto onde estava instalada uma das mais criativas invenções dos tempos modernos: a maquininha de gelar água-de-coco fresco. Quem inventou o avião era um gênio, assim como o criador da caneta Bic ou o do Prestobarba, o do sacarolha, o dos assentos almofadados de privada, o dos saquinhos de gelo vendidos em postos de gasolina, ou o do canudinho para refrigerante.

Já um desastre, para mim, claro, foi a invenção do copo plástico. Tudo que se bebe neles perde o gosto, perde a elegância. Pertenço a uma geração que tomava tudo em copos de vidro (sem fazer barulho, diziam nossas mães; aspirar o líquido significava má-educação ou velhice). Sou da geração que não viu os copos "feitos" de vidros de azeitona ou de requeijão. Ainda que nos anos 70, a moda era cortar garrafas para transformar em copos. Um dia, surgiram os canudinhos de palha e ficou prático, moderno, tomar caçulinha ou Coca-Cola, Grapete ou Crush. Ficávamos horas com a garrafa na mão, fazendo gênero (ou pose). Só não era possível tomar vitamina (no interior se chamava vitaminado), o canudo se via obstruído. Porque os liquidificadores, ainda incipientes, não trituravam como hoje a banana, o mamão, a maçã.

Intrigada, toda gente perguntava: existe plantação de canudinhos? Como é? De que planta são extraídos? Parecia-me admirável o cultivo de arbustos de canudos, imaginava algo como arrozais ou girassóis. Porque girassol é uma planta meio bruta, enorme, desajeitada, mas que, em conjunto, me dava uma sensação de infinito. Outro mistério: como o girassol girava? Girava durante o dia e, à noite, voltava à posição original? Porque, se girasse sempre no mesmo sentido, teria o tronco retorcido. Estas pequenas curiosidades da vida sempre me encantaram.

Outro enigma criado foi o dos canudinhos. Como eram plantados, colhidos, cortados? Que trabalho incrível deviam dar. E como eram cortados todos do mesmo tamanho? Então, surgiu o plástico e se desprezaram os canudos de palha, deu-se trégua à natureza. Entre um e outro, surgiram, por breve período, os canudos de papel encerado. O plástico e o papel deram um avanço, os canudinhos tiveram diferentes diâmetros. Alguém comentou comigo, um dia, que os canudos mais grossos eram imposição das multinacionais de refrigerantes. Leia-se aqui Coca-Cola, porque Pepsi não existia e a influência da Cerejinha era mínima, para não se dizer nula.

Cerejinha é outra palavra que denuncia idade. Cuidado! Sendo os canudos mais grossos, tomava-se mais rapidamente o refrigerante e pedia-se outro. A interpretação devia ser de um daqueles socioideólogos dos anos 60, influenciado pelos livros de Vance Packard que denunciava a sociedade do desperdício. Poucos podem imaginar que até o diâmetro dos canudos entrava nas discussões políticas dos anos 60.

Escrevia e buscava na cabeça outras invenções que mudaram o mundo. O ralador de queijo com manivela seria uma? *O long-playing?* O bastão de cola Pritt. As sandálias havaianas? O pão de queijo? A bisnaga para a mostarda ou o catchupe? Como certas palavras ficam horrorosas quando aportuguesamos. Por que aportuguesar? Sempre me dá ânsia quando ouço locutores de futebol dizendo juniores. O antigo juvenil era muito mais bonito. Além do mais, júnior em geral indica filho de. E os tais juniores não são necessariamente filhos dos jogadores de futebol. Prossigo com a lista de invenções: seria o cortador de unhas, o trim? Ou o saquinho de leite, a caixinha de papelão? Os dois eliminaram de nossas vidas um som poético: o dos litros de leite batendo musicalmente uns contra os outros na carrocinha do leiteiro. Ou mesmo no caminhão. Com toda a criatividade, com o avanço da indústria do plástico, com a inventividade aguçada, falta, no entanto, ainda um enorme aperfeiçoamento: uma caixinha de CD que se possa abrir e fechar durante um tempo, sem quebrar. Não existe nada mais frágil!

Voltemos à água-de-coco. Quem, um dia, talvez ao contemplar o sistema que há décadas gela o chope, decidiu aprofundar o processo? Inventores anônimos.

Tão admiráveis como os desconhecidos criadores de piadas, de slogans, ou de apelidos para gente e coisas. A nota de 50 tornou-se Roseana nacionalmente, não tem mais jeito. A de 1 real seria Pita ou Maluf? Tão por baixo, tão desprestigiados, no fim da picada. A maquininha de extrair água-do-coco eliminou o facão e o perigo de se decepar a mão ou um dedo. Sempre admirei a habilidade dos abridores de coco, ainda que a espinha me gelasse a cada golpe da lâmina. O novo sistema não eliminou um emprego, porque cocos não caminham sozinhos para a furadeira e depois para a serpentina. Um empregado sempre será necessário para a operação.

Assim, digo que São Paulo tem a melhor água-de-coco do País, comparável às das melhores praias. Gelada, fresca, apetitosa. Porque sempre me irritaram as águas vendidas em frascos nos supermercados. Não conheço nenhuma que não tenha o gosto de sabão, talvez em função dos conservantes químicos necessários. E aqui está um dos motivos por que gosto e fico nesta cidade, apesar dos 250 mil motoboys que infestam as ruas. Não é suficiente? Uma água-de-coco gelada no meio da tarde, no fim do dia? Pequenas razões não nos levam às paixões? Um olhar, um gesto, um cheiro?

5 de abril de 2002.

UM MODO DE OLHAR

O QUE É VIAJAR, HOJE?

Viajar é querer ver, concentrado e em silêncio, a Mona Lisa ou os impressionistas e encontrar pela frente um paredão maciço de gente com máquinas fotográficas alçadas. O viajante se coloca diante da obra de arte e alguém demora para enquadrar, diz mais para lá, afaste-se um pouco e a foto é batida. Mais tarde, esse viajante mostrará o troféu, explicando: esta é a Vênus de Milo. Só naquele momento ele estará vendo o que já deveria ter visto. Viajar é se postar, munido de resignação, numa fila quilométrica para entrar nas Basílicas de São Marcos ou de São Pedro, no Coliseu, no Louvre, na Galeria Degli Uffizi (espera, em pé, estimada em duas horas) ou na da Academia. A menos que você pertença a um grupo. Grupos furam filas, devido a um acordo qualquer, injusto para com viajantes solitários. Viajar é trombar com manadas que, para não se perder, vestem uma camiseta estampada, têm na cabeça um boné de cores berrantes, ou uma jaqueta que leva o logotipo da agência, seguindo o guia que ergue um caderno ou um guarda-chuva colorido.

Viajar é ter na cabeça o número do ônibus, para encontrá-lo entre centenas de *pullmans* que estacionam nas estradas de cidadezinhas medievais, cuja população prefere o antigo sítio dos bárbaros. Estes podiam ser rechaçados com azeite fervente sobre as cabeças. Viajar é contemplar milhares de pessoas consultando mapas (jovens sempre acompanhados por uma garrafa de água mineral) e guias, procurando câmbios que oferecem melhor índice para trocar dinheiro. Mas ainda existem os que se arriscam isoladamente, fazendo os próprios programas. Para estes, viajar é se divertir, olhando tudo isso e colocando nos lucros e perdas da vida moderna, que ao menos possibilita que se tenha chegado lá. Viajar é criar meios de fugir do clichê e ver, civilizadamente, o que se tem de ver. Porque dá, claro que dá, se você não é um sonso que anseia ver tudo no mínimo de tempo. Dá, se faz as escolhas certas e se estuda o roteiro antes. E lê os livros do Ricardo Freire (*Viaje na viagem*) e da Katia Zero (seus guias de Nova York são imbatíveis). Com estes dois se viaja direito, se desfruta. Se decidir por um dos guias tradicionais, escolha o Fodor's, aquele de capa cor de vinho. O problema da edição brasileira é que anda desatualizada. Mesmo na Europa, preços mudam de ano para ano, em muitos setores.

Viajar é acostumar-se, sem vergonha, ao hábito comum há décadas de caminhar, consultando o cardápio afixado na porta dos restaurantes para pesquisar preços e pratos. É se afastar dos circuitos turísticos, cheios de truqueiros, levando boas dicas de amigos ou da mídia confiável. A imprensa de hoje é serviço. Todo mundo quer a indicação do melhor lugar, do preço bom. Boas indicações a gente guarda, mas um súbito ataque de generosidade pode nos levar a contar um segredinho. Por que não indicar o Hotel Lea, em Siena? Uma casa de três andares, antiga residência senhorial, hoje aconchegante hotelzinho, serviço simpático, familiar, as chaves ficam penduradas no corredor. Com um jardim onde se pode tomar o café da manhã, ou trazer – na hora do almoço – frios, queijos, pão, vinho e panforte, especialidade da região. Das janelas da frente se avista o centro histórico, é uma bênção. Fica na Via XXIV Maggio, rua pequena, não tem como não encontrar. Entrando em Siena, cidade complicada, tome a direção do Estádio. Pronto. Estando na cidade procure a Osteria Il Tamburino, na Via Stalloreggi, 11. Perto do Campo do Palio. Chegue cedo, o lugar é pequeno, acolhedor e lota logo. A comida é divina. Se há o tagliatelle ao javali e a simples, porém saborosa, bisteca fiorentina, imperdível é o nhoque ao creme de tartufo.

Josimar Melo, o *expert*, daria quatro estrelas, garanto. Caro? Éramos cinco, comemos primeiro e segundo prato, sobremesa, café, e tomamos duas garrafas de Brunello de Montalcino. A conta deu 90 dólares. 170 reais. Trinta e poucos reais por pessoa. Em São Paulo, numa cantina mediana gastamos mais do que isso, se pedirmos um vinho (olhe lá) igualmente mediano. Somos o País mais caro do mundo. Nesse caro não inclua qualidade proporcional. Mas ainda quero falar de lugares emocionantes. Como o Zazá, em Florença, e o Othelo, em Roma, sempre revisto com emoção e o estômago agradecido.

11 de junho de 2000.

EMBARCANDO EM SONHOS PELA ESTRADA

*R*odovia dos Bandeirantes, 9 horas de sábado. Tráfego pesado. A rodovia não passa hoje de uma grande avenida que liga São Paulo a Jundiaí, tal o movimento. Grande parte vai para as chácaras, a região abriga centenas. É o paulistano fugindo da cidade para cair num semicongestionamento, desses de um dia normal, sem rodízio.

Na estrada, os motoristas sentem-se onipotentes. Os que dirigem carrões jamais se conformam se à frente segue uma modesta Elba, como a nossa. Grudam na traseira e dão sinais de luz, impacientes. Se acaso você não tem como dar passagem, eles costuram pela direita, passam para a pista do meio, ziguezagueiam, cortam pelo acostamento e assim vão. Devem chegar rapidamente aos destinos. E que São Cristóvão cuide deles!

A Bandeirantes é uma rodovia razoavelmente civilizada, tem boas pistas, sinalização eficiente e *guard-rails*. Faltam passarelas e, como há muitos conjuntos, vilas e pequenas cidades às margens, o habitual é vermos gente atravessando perigosamente. Mulheres com crianças no colo. Crianças de bicicleta, pedalando furiosamente, enquanto os carros não diminuem a velocidade. Parece que se dedicam a caçar os atravessadores de estrada. Também, quando as pessoas utilizam as passarelas, vem um caminhão maluco, com a caçamba levantada e derruba tudo. Lembram-se da Dutra? Aqui entre nós: que porcaria de construção! A lambada de uma caçamba derrubou tudo. Concreto ou isopor? Nos velhos tempos das estradas de ferro, quando passarelas, pontes e viadutos usavam trilhos, eu queria ver uma caçamba derrubá-los. Um trilho de bitola larga destroçaria um caminhão.

Há uma coisa simpática nessa rodovia: as bancas de frutas. Anos atrás, existia uma ou duas. Hoje são dezenas, cada qual oferecendo mais novidades que a outra. Frutas frescas, sucos de frutas, côco gelado. Súbito, aqui e ali, um vendedor solitário, em geral um velhinho ao sol tendo ao lado uma caixa de uvas, digamos, protegida por um panozinho. Em geral, compro desses, mesmo pensando que, ali ao lado, outras caixas podem estar escondidas. Ele vende uma a uma, na base da compaixão. Mais ou menos como aquela história do homem que queria comprar o pires e teve de comprar o gato junto.

Estão tornando-se usuais, também, os vendedores de suco de laranja. Ficam em pontos isolados, debaixo de uma árvore, com o carrinho imitando laranja. Tomei, são geladinhos. Passei por essa estrada mais de mil vezes, ao longo desses 40 anos. A cada viagem curto a paisagem, descubro novidades. Basta olhar, procurar. Claro, como não dirijo, é a Márcia que vai ao volante, adora dirigir. Às vezes, saímos de São Paulo de manhã, batemos no Arraial do Cabo às 3 da tarde, a tempo ainda de pegar um sol na Praia Grande.

Já prometemos que, um dia, vamos entrar à direita, perto de Rio Claro, e procurar Corumbataí. Há anos aquela placa nos desafia, imaginamos uma cidade boa, acolhedora. Pensamos: será que ali existe uma chacrinha para a gente passar o fim de semana? Ir pela estrada afora é embarcar em sonhos, viagens, jogando conversa fora. Entramos no Frango Assado, queríamos geléia de pinga. Na hora de pagar, adiantei-me um pouco, Márcia ficou para trás, correu, ia me entregar seu pacotinho, um gordo fechou a sua frente, não a deixou passar. Deve ter pensado que ela estava furando a fila. Olhou-me furiosamente. Deixei-o passar, devia estar com pressa. Mau humor no sábado de manhã? Tem gente que vive de mal com a vida! Atrás dele seguia um garoto que me empurrou com dois sorvetes na mão. Vai ser gordo e irritado como o pai.

    Penetramos na Washington Luís, bem estragada. Pagamos pedágio para quê? Em Araraquara, subimos pela Avenida São Paulo. Horror! As velhas tipuanas tinham sido guilhotinadas. Alegaram a presença de cupins. E os cupins no cérebro? Cem árvores desaparecidas. A rima, um deserto incandescente. Comerciantes adoraram. Soube que o curador do meio ambiente estava pescando fora da cidade na hora. *Não verás país nenhum* é livro atual, gente.

19 de outubro de 1997.

O BRASIL DESCONHECIDO DE PASSO FUNDO

A viagem para Passo Fundo, no Rio Grande do Sul, começou de maneira estranha. A Rio Sul avisou que o avião ia fazer escala em Curitiba para se abastecer, uma vez que a alta temperatura em São Paulo impedia o pleno abastecimento. Pensei: e como voam os aviões no calor do Amazonas? Isso aumentou em uma hora um vôo de duas e acabei chegando atrasado ao Circo da Cultura, que naquela noite abrigava Antonio Skarmeta e Carlos Heitor Cony. Em outras, teve Neide Arcanjo, Adélia Prado, Ana Miranda, Edla van Steen, Sabato Magaldi, Amir Hadad, Leopoldo Serran, Ziraldo e Ana Muylaert.

Nosso Brasília prosseguiu e aterrissou em Chapecó. Tivemos de descer por recomendação da comissária: "Medida de segurança, uma vez que o avião vai ser reabastecido e o aeroporto não possui corpo de bombeiros." Quer dizer, o tanque do avião devia estar furado para exigir tanto reabastecimento.

A cada dois anos, a Jornada de Literatura Brasileira de Passo Fundo agita o Sul. Professores e estudantes de todos os cantos e recantos, pampas e repampas, congestionam a cidade. Vem também gente de Vitória, Rio, Paraná, Manaus, Fortaleza, Campo Grande. Porque é o mais fantástico encontro de literatura do mundo. Nenhum outro atrai 4 mil pessoas para dialogar com escritores. Matthew Shirts estava abismado, quando o encontrei num CTG (Centro de Tradições Gaúchas) durante um churrasco (claro!). Feliz, ele circulava, olhando as prendas que fizeram um show típico. Shirts só não gostou mais porque, quando elas rodavam, as saias levantavam, mas ele pouco via. Prenda não pode exibir calcinhas, a tradição impede. Nada de coxas! Espantado estava igualmente Antonio Skarmeta, autor de *O carteiro e o poeta*. Ele, homem viajado, do mundo, nunca enfrentara assistência igual. Depois, sorriu surpreso ao conhecer o sistema rodízio, carne e mais carne passando. Uma hora, quis saber o que estavam servindo (alcatra, filé, picanha?), mas o garçom envergonhou o CTG ao reconhecer que não sabia. Saiu pela tangente: "É gado".

Tania Rösing, a organizadora do acontecimento, que tem *background* da universidade federal, é uma daquelas idealistas enlouquecidas que enlouquece Deus e o mundo, mas consegue colocar na cidade 20 escritores, outro tanto de ensaístas, diretores teatrais, professores realizando oficinas de criação, cursos, seminários e debates, durante quatro dias seguidos. Foi o segundo ano que tudo ocorreu num circo, agora cedido pelos Irmãos Power, que no fim apareceram e deram um show circense com palhaços e cachorros cantantes. Afinal, neste país, escritores não passam de equilibristas no arame da vida. E quatro mil pessoas ouvindo em silêncio (a não ser quando alguém fala de modo acadêmico, ou seja, pausado, sem emoção, sem erros), fazendo perguntas, rindo, participando com questões bem humoradas é coisa que emociona. E não é normal. Escritores serem abordados como ídolos é inegavelmente um sonho. E como se vende livro, como se tira fotografia, como se assina caderno, papel, papelzinho. Sem pentelhações, todo mundo contente. Esta gente, há quatro meses sabia quem ia, leu os livros, chegou ali conhecendo. E depois, a jornada prossegue por meio de todas as escolas gaúchas e outras pelo País afora. Claro, do governo federal (Ministério da Cultura etc., mais etc. que ministério) não apareceu ninguém. Melhor assim. Burocratas só atrapalham.

O que mais me comoveu em Passo Fundo foi visitar o Centro de Referência. Miniteatro de arena para crianças ouvirem histórias, biblioteca, internet e, num canto, numa espécie de vestiário, 20 bolsas repletas de livros. Os professores passam, apanham a bolsa, levam para as escolas. O centro tem uma função: trabalhar para que a criança adquira o hábito de leitura. Passo Fundo é um Brasil desconhecido, que faz um trabalho criativo, lindo, e faz quase que à própria custa. Um Brasil que Brasília, essa fortaleza medieval murada, ignora.

14 de setembro de 1997.

LIVROS E FÓRUM NA BELÉM DAS MANGUEIRAS

*B*elém, inverno na cidade. O termômetro bate nos 36 ou 37 graus. No entanto, os belenenses informam: quente mesmo é julho! A chuva diária, com horário, não existe mais. Desapareceu, assim como sumiu a garoa paulistana.

Dizem os paraenses que a culpa é dos desmatamentos, das agressões que o homem tem feito à natureza. Acabou, portanto, o folclórico encontro antes ou depois da chuva. Ah, ainda bem que as mangueiras permanecem. As ruas são sombreadas por imensas árvores, coalhadas de frutos. Suplício dos motorizados e alegria da meninada. Eu estava com Ivana, amiga jornalista da TVE, dando voltas e, cada vez que parávamos, eu dizia. "Estacione ali!" Era uma bela sombra. E ela. "Olha as mangas!" Os frutos caem sobre capôs e pára-brisas, produzem mossas, arrebentam vidros. Os moleques correm e comem. Portanto, a cidade vive o dilema: mangueiras ou carros? Muitos, fanáticos, já tentaram arrancar as árvores, uma vez que a solução predatória é a mais fácil, pensa-se no presente, azar do futuro. O bom senso prevaleceu, as mangueiras que tornaram Belém famosa no mundo continuam. Saiba que, ao estacionar, vai se aproximar um garoto, flanela nas mãos, informando: "Estou na área". Enquanto na região há muitas espécies em extinção, os flanelinhas (o pano é vermelho) têm proliferado. Peça ao seu para guardar a manga que cair no capô.

Belém começou a mudar de cara. Os casarões têm sido conservados, alguns em processo de restauro. A nova administração ainda luta com a limpeza das ruas. O cheiro do lixo é forte, invencível, por toda parte. Os habitantes de Manaus que me perdoem, mas Belém está dando de dez na capital do Amazonas. Que agora anda às escuras, o que mostra a incapacidade de planejamento dos que governam. Fui a Belém para a 1ª Feira de Livros (apoiada pela Câmara Brasileira do Livro) e para abertura do Fórum Pan-Amazônico, encontro promovido pelas Secretarias de Cultura, de Educação e do Meio Ambiente. O fórum – que envolveu Venezuela, Peru e Guianas – é resposta ao governo que, ao falar de Mercosul, exclui o norte do Brasil. Mercosul, disseram os paraenses, tem de envolver a América do Sul inteira, não pode ser excludente. Deste modo, está surgindo o Merconorte Cultural, um dos pilares do Plano de Política Cultural do atual governo do Pará, tendo à frente Almir Gabriel, que reconquistou seu posto, após a série de sandices cometidas pelo vice, que mais pareceu personagem da ficção do Márcio de Souza, autor do engraçadíssimo *Galvez*, do que um político de virada de milênio. Aliás, Almir Gabriel teve o rompimento de um aneurisma na aorta abdominal e ainda se recupera, mas governa. O Secretário de Cultura, Paulo Chaves – único não engravatado na cerimônia de abertura, estava com a camiseta do fórum – deu de presente ao governador um exemplar do *Veia bailarina*, livro que está se tornando de auto-ajuda, quem diria! A feira, bem montada no Centro, tinha 77 estandes e nela ocorreram oficinas, exposições de fotografias, contadores de histórias, espetáculos de bonecos, mostra de cinema (o cineasta Fernando Solanas estava presente), concertos. E entre os dias 13 a 15, discussões literárias e ambientais. Gostei mesmo foi do *insight* de Maria Regina Maneschy

Faria Sampaio, da comissão executiva e diretora de bibliotecas. Ela teve uma idéia que funcionou e poderia ser adotada nas bienais de São Paulo e Rio de Janeiro· o mini encontro autor-leitores, na entrada dos estandes. Fiquei na livraria Global em pé, respondendo a perguntas de um pequeno público que se aglomerou. Poderia ter repetido algumas vezes por dia este rápido encontro, que não cansa ninguém e promove o diálogo. Nada de palco, mesa, distância. Ali, cara a cara, informal.

Como ninguém é de ferro, à margem do encontro tivemos almoços e jantares com a comida local: filho de pai-de-égua (peixe que se dissolvia na boca) no espeto, de tambaqui, camarão cozido no molho de tucupi com jambu (anestesia a boca) e outros. Quem come filho-de-pai-de-égua no restaurante *Lá em Casa* ganha um prato de parede artesanal, dos mais simpáticos. Para não perder a viagem, abandonei os refrigerantes industrializados e passei aos sucos de cupuaçu, taperebá, bacuri, acerola fresca. Ah, o encantamento das sorveterias que se esparramam pela cidade, sempre cheias. O secretário de Educação, que antes de tudo é poeta e ensaísta (acabou de lançar *Cultura amazônica, uma poética do imaginário*), João de Jesus Paes Loureiro completou o festival de gastronomia, oferecendo um jantar em que o prato principal foi pirarucu ao forno com ervas – não me perguntem quais, deliciosas – seguido por um espesso sorvete de açaí, coberto por tapioca. Ah, a literatura pode não ter me dado dinheiro, mas me tem feito conhecer o Brasil.

19 de outubro de 1997.

A PEDRA NA RODA

Deixamos Porto Alegre às 8 da manhã, rumo a Passo Fundo. Seriam 300 quilômetros, primeiro por pista dupla, depois simples. Cerca de quatro horas de viagem através de campos e serras. O tempo fechado, em certos momentos a neblina envolvia os três ônibus que levavam cem escritores, entre romancistas, poetas, ensaístas, professores de letras, lingüistas, etmologistas. A maioria dormia. Na noite anterior, muitos tinham esticado na "vida noturna" portoalegrense. Fui primeiro ao Sanduíche Voador, tinha sido recomendado por Clarissa Schneider, gaúcha, que edita a *Casa Vogue*, é minha vizinha de redação. A casa é aconchegante, acolhedora, tem um belo astral, mas não conseguimos mesa. Fomos para o Jazz Café, que tem uma cara parisiense e garçons atentos.

Para um paulista, a novidade foi a salsicha Bock, gratinada, e os sanduíches abertos, coisa que só se encontra lá no Sul, feitos com delicadeza e sabor, como se fossem aperitivos.

A viagem para Passo Fundo prosseguiu até o momento que, próximo a Soledade, ouvimos um barulho assustador nos pneus traseiros. Como se tivessem explodido e a borracha continuasse a bater no solo. O ônibus parou. Os outros pararam também em solidariedade, para saber o que se passava. Já eram 11h30, tínhamos ainda uma hora e pouco de estrada, mais o almoço e a abertura da Jornada

Literária que estava comemorando 20 anos. Acontece que uma pedra de bom porte se meteu entre dois pneus traseiros. São rodas duplas e a pedra se enfiou, sabe-se lá como, entre os pneus da direita. Não dava para andar, a pedra rasgaria tudo.

Juntaram-se os três motoristas, buscando solução. Apareceu uma marreta, não havia como introduzi-la entre as rodas. Um formão entrou em cena. Muito pequeno. Uma chave de rodas começou a ser utilizada, tentando lascar a pedra. No entanto, ela era resistente, rocha da pesada. Os motoristas se revezaram, deitaram debaixo do ônibus, martelaram de um lado, de outro, de cima para baixo. A pedra, imóvel. Para dar o ar da graça e animar, soltou umas lasquinhas que encheram todos de esperanças. Ficou nisso.

A hora escorria. Celulares avisaram Passo Fundo do atraso. Problema, o governador Olivio Dutra estaria na abertura e tinha horário para voltar a Porto Alegre. Inquietação. Marteladas. E a pedra, nada.

Poetas, romancistas, lingüistas desceram. Fazia frio. Todos os homens de letras deram opiniões estapafúrdias. Escrever um romance ou fazer um soneto parece mais fácil do que arrancar uma pedra da roda. Um ensaísta discorrreu sobre a etimologia da palavra pedra. Não comoveu a própria.

Um macaco ergueu o ônibus, a roda foi girada, girada, não se encontrou uma posição para o problema. Os intelectuais discutiam em grupinhos.

Carlos Drummond de Andrade foi lembrado, por causa do poema da pedra no caminho. O tempo passou, chegamos a meia hora, que é como os gaúchos se referem ao nosso meio-dia e meia. Já tinha sido solicitado socorro pelo celular, mas o caminhão ia demorar, estava atendendo a outra ocorrência.

Bem, que se começasse a Jornada sem a intelectualidade vinda de outros Estados. Já havia em Passo Fundo um público enorme, 4 mil pessoas colocadas em seus lugares no circo que é montado a cada dois anos para o evento. Este ano, o evento foi dentro do campus da Universidade Federal que preparou toda a infra-estrutura, com grandes terraplanagens, asfaltando, erguendo os pavilhões. Tudo com aquela qualidade que o velho Caio de Alcântara Machado costumava imprimir às suas feiras industriais aqui em São Paulo. Coisa de Primeiro Mundo.

Estávamos nos aproximando das 13 horas, quando surgiu no acostamento um garoto pedalando sua bicicleta. Viu aquele amontoamento, olhou o ônibus, inteirou-se do assunto. Ficou olhando, os motoristas continuavam se revezando nas marteladas inúteis. Havia no ar certa desesperança. O garoto da bicicleta foi se metendo entre as pessoas, sem saber que ali havia gente como Affonso Romano Sant'Anna, Marina Colasanti, Salim Miguel, Antônio Torres. Para não falar de Antonio Skarmeta, autor de *O carteiro e o poeta*, hoje embaixador do Chile na Alemanha. Como quem não quer nada, o garoto disse: "E se desparafusarem as rodas, será que a pedra não se solta?"

Não consigo reproduzir o sotaque gaúcho da região, mas não importa. Todos se olharam. Os intelectuais sorriram. Os motoristas ficaram perplexos. Demoraram alguns segundos para começar.

Muito esforço na chave para desrosquear, enfim, as rodas se abriram, a pedra – enorme – caiu. Houve aplausos, alívio.

Voltamos ao ônibus, a viagem prosseguiu. Skarmeta escreveu um curto poema sobre a roda travada. Foi lido, mais tarde, no palco. Eu fiquei com o original, mas ao entregar um Caderno do Moreira Salles a Antonio Nobrega, o poema foi junto, perdi. Está em boas mãos. Nobrega – que fechou a Jornada de Passo Fundo – é um gênio. Cada um de nós tem a certeza que sabe escrever, possivelmente, coisas lindas e comoventes.

Mas quando uma pedra entra no caminho, não temos a idéia simples e brilhante de desparafusar as rodas, diminuindo a pressão. Talvez na vida possamos aplicar o mesmo método: desapertar um pouco o parafuso, deixar a pedra cair.

7 de setembro de 2001.

POR CAUSA DO COPA, RECONCILIEI-ME COM O RIO

Sempre impliquei com certos cariocas que, vindo para São Paulo, trabalhando aqui, reclamam o tempo inteiro da cidade. É aquela história. Sabemos que São Paulo é desajeitada, rude, brutal, mas fechamos os olhos. Moramos aqui e não queremos ficar deprimidos. Igual a varrer a sujeira para baixo do tapete. Quando o olhar do outro nos faz abrir os olhos, cedemos, mas nos irritamos.

Até que, de repente, contemplamos nossa cidade de fora e admitimos: como a suportamos? Por que não protestamos e nos conformamos em viver num lugar esburacado, calçadas podres, ruas sujas, poluição visual? Que sentimento masoquista é este? E por que não lutamos contra os que a tornam feia?

Vencendo uma resistência paranóica, passei um fim de semana no Rio de Janeiro. Bálsamo. Banho de descarrego. Basta entrar na cidade e o corpo sente que tudo muda. A sensação é física, forte, mexe com a pele, a musculatura, o sistema nervoso, o coração. Outro país, outro mundo, outro tempo, outro ritmo. Por momentos, nos sentimos tocados.

Um choque da cabeça à ponta dos dedos. Convulsão benéfica provocada pela luz e pelo ar, pelo cheiro, pela temperatura que nos envolve e nos faz transpirar sensualmente. Talvez o meu bloqueio em ir para o Rio se deva ao fato de que a cidade funciona como um contraponto violento para esta atração-rejeição que tenho por São Paulo. Não gosto de me sentir questionado, fico incomodado quando preciso dar o braço a torcer (tenho meus defeitos). Subitamente, passar um fim de semana e adorar o Rio de Janeiro, sentindo-me flutuar nessa atmosfera irreal, quase de delírio, mexeu comigo.

Perguntem se quero ir embora de São Paulo. Não quero.

Têm razão os cariocas que aqui sofrem. A transposição é violenta. São Paulo não tem escapatória. O olho é vergastado, não repousa, busca inutilmente um recanto mais bonito, ameno, um espaço aberto, horizonte aprazível. A tensão domina, o estresse é um colete de aço, a respiração fica ofegante. Não, este não é um canto de repúdio à minha cidade. E sim um lamento, murmúrio de dor. O que fizemos, o que fizeram, por que deixamos que a ruína, a feiúra, o desencanto, o cinza, ocupassem todos os espaços? Permitimos que prefeitos, vereadores, administradores regionais, incorporadores insensíveis, gananciosos, loteassem a beleza, conspurcassem a poesia do urbano paulista.

Fui ao Rio de Janeiro neste fim de semana. Há anos não ia àquela cidade. Uma trava neurótica. Entre todos os presentes que ganhei pelos meus 65 anos, um foi diferente, o de Cláudia Fialho, gerente de Relações Públicas do Copacabana Palace, que me deu um fim de semana prolongado no hotel. Coisa de velhos amigos.

Anos atrás, fiz para *Vogue* uma reportagem que me encantou: a história do Copa que, tendo mudado de mãos, se reergueu da decadência através de rigorosa restauração, para se tornar, outra vez, um dos mitos hoteleiros do mundo. Desde os filmes americanos com Cesar Romero e Carmem Miranda às chanchadas da Atlântida com Anselmo Duarte e Eliana, o Copa permeava meus sonhos. Para não dizer das reportagens de carnaval que via em *O Cruzeiro* e na *Manchete*, com mulheres seminuas deslumbrantes. Copa: o sonho.

No dia em que entrei, vi os dois lados, o que o hóspede conhece e os bastidores. Vantagens de ser jornalista. Quando Ricardo Boechat escreveu o livro sobre o hotel, morri de inveja. Era o livro que eu gostaria de ter escrito. Claro que ele fez melhor do que eu faria, com o olhar carioca, a vivência, a identificação. Aliás, na terça-feira, o hotel fez 78 anos e champanhe foi distribuído o dia todo aos hóspedes. Quando cheguei a uma suíte do anexo, na sexta-feira à noite, saí à varanda e pensei: "Vou passar dois dias olhando a piscina, a Pérgula, o mar lá em frente. Respirando o Copa, o Rio de Janeiro. Basta isso."

Modernizado, mas não vilipendiado, o hotel mantém sua serenidade e soberania, seu estilo e charme. Se você quiser, ele recende a nostalgia. No entanto, ele me deu a sensação de rejeitar memórias e lembranças, prefere viver o hoje, o amanhã. Por mim, continuaria na varanda, mas na manhã seguinte o sol, a luz, a brisa me empurraram para fora, misturei-me aos que andavam, corriam, pedalavam, tomavam cerveja e água de coco nos quiosques. Um mundo novo, gente nova.

Despreocupação nos rostos, disponibilidade nos risos. À medida que andava, uma grande calma me ocupou. Era como se a luz me empurrasse e uma espécie de bem-aventurança ocupasse todas as células do meu corpo. Andei de Copacabana ao Leblon.

Sensação de liberdade no cheiro do mar, no barulho das ondas, nos risos e nas conversas, no azul que se derramava sobre mim, no verde de montanhas, na fronteira rompida além-mar. Foi como uma revelação. Entendo agora o que sentem pessoas que dizem ter visto santos e madonas.

Exagero? Um pouquinho, confesso. Porque esse fim de semana num Rio de Janeiro sem buracos, com o asfalto liso como tapete, com a beleza se infiltrando pelo vão de edifícios, ruela, escada, aterros, gramados, praias, me tornou um homem feliz por 48 horas. Não peço felicidade o tempo inteiro, é impossível. Mas a gente pode atraí-la em certos momentos. Como este em que tive um grande entendimento e o Rio me abraçou e me deixei abraçar por ele.

17 de agosto de 2001.

ONDE FOI
O FESTIVAL?

Woodstock: A estrada serpenteava entre bosques que começavam a amarelecer, alguns a avermelhar. Vez ou outra, um amontoado de árvores violentamente rubras indicava que talvez tivéssemos chegado cedo demais. Ou a estação do vermelho em Vermont estava em atraso. Nem nos Estados Unidos tudo é perfeito. Riachos transparentes corriam em gargantas de pedra.

Despreocupados, dirigíamos rumo a Woodstock, pensando nas milhares de pessoas que teriam, naquele agosto de 1970, caminhado por essas trilhas em busca do festival. Nuas, tomaram banho nessas águas? Dirigíamos? Não dirijo nada. Quem estava ao volante era Márcia, minha mulher, num trecho, e no outro, Marilda, mulher de Zezé, um primo. Somos dois Brandão que não dirigem, fazemos parte dos homens século 21.

Olhando os caminhos bucólicos tentávamos imaginá-los ocupados pelo exército dos desbundados herdeiros dos anos 60. Combinavam com a paisagem. Eram tempos de *flower power*, paz e amor, faça o amor e não a guerra. Um bando de descolados, hippies, poncho e conga, bermudas, vestidos vaporosos e coloridos, floridos, viva a natureza, saias longas, blusas abertas, seios entremostrados ou de fora, medalhões no pescoço, jeans remendados, sandálias, bolsas, colares indianos, cabelos longos, costeletas imensas, levando bolsas, incenso, maconha, álcool, guitarras, pó, LSD, e tudo o mais que se ingeria por todas as vias, meios e canais.

    Tentávamos adivinhar que caminhos percorreram até a fazenda que abrigou o mais famoso festival de todos os tempos. O mais libertário, louco, fascinante, maravilhoso grito destinado a explodir o sufoco do mundo. Como esquecer as imagens que galvanizaram o mundo? Como não ter na cabeça a foto que percorreu mundo de uma jovem completamente nua, à vontade, sorridente, tranqüila, símbolo de nossa revolta contra a mesmice e a caretice? Os que não foram a Woodstock, frustrados, sonharam por décadas com ele. Como foi possível faltar? Por que me rendi ao conformismo do não-sobressalto, quando devia ter arriscado tudo e ido para lá, me meter na lama, no aguaceiro, no rompimento que se produzia, no raio produzido pelas guitarras de Jimmy Hendrix, pelas vozes de Bob Dylan e Joan Baez. E quem mais? Janis Joplin foi ou já tinha morrido?

    Entramos em Woodstock. Cidadezinha de filme, pacata, casas coloniais, tábuas de madeira sobrepostas, janelas vitorianas (seriam vitorianas?), varandas e cadeiras de balanço, ausência de muros, gramados, jardins, flores, limpeza, sol, cafés, lojinhas de antigüidades, os *drugstores*, o supermercadinho Gillingham, uma graça, vendendo o atual e tanta coisa com cara antiga, rótulo antigo, embalagens do passado. Há o tempo todo, nessas cidades, interação passado e presente, futuro e tradição, conservadorismo e tecnologia. Bem que tínhamos lido sobre as reações iradas da população de Woodstock quando os desbundados tomaram conta de tudo. Azeite que não se misturava com águas calmas e tediosas. Tudo lindo, mas provinciano, quadrado (termo da época). Um choque! E perdi isso!

    No entanto, nenhuma referência ao festival. Nenhuma foto, placa indicando a fazenda. A cidade preferiu esquecer? Um postal, uma revista, um livro sobre o assunto. Nada. Como? Americanos são reis do marketing, imaginem desperdiçar um assunto desses? Passamos dias procurando resquícios. Em férias, meu espírito de repórter adormeceu. Certa manhã, na livraria, ao comprar o segundo volume da correspondência de Jack Kerouac, recém-lançado, indaguei do velho livreiro sobre o festival. Ele riu, sarcástico: "Aquela é outra Woodstock! Vizinha a Nova York. Se veio por isso, perdeu a viagem. Milhares de pessoas perdem." Não perdi. A região, a comida, os vinhos, a paisagem, a descoberta de outro Estados Unidos que não Nova York, São Francisco, Los Angeles, compensaram.

15 de outubro de 2000.

UM MISTÉRIO FÁCIL, NA VERDADE

*B*rattleboro. O encanto pelo carro era mais meu do que dos outros. Carros americanos fizeram parte de minha juventude. Cadillacs, Oldsmobiles, Impalas, Studebakers, Pontiacs circulavam pelas ruas, coloridos, conversíveis, saia e blusa, pneus faixa branca. Nosso Oldsmobile, na viagem, era uma minivan e quase aplaudi quando as luzes se acenderam automaticamente dentro de um túnel. Coisas bobas me divertem. Portas que se abrem ao toque de um botão; carro que não dá a partida enquanto o cinto de segurança estiver desatado. E um aluguel de US$ 90 diários. Pechincha perto do que locadoras, aqui, cobram pelos carros de quinta que fabricamos. Dessa vez, a Avis funcionou. Diferentemente de quando estive na Europa, em abril. Ao apanhar o carro em Roma, o que tinha acertado em São Paulo não existia e o funcionário da Avis, na Stazione Termini, avisou: "O que tem está aí; pega ou larga! Na fila tem gente esperando". Tinha pedido um Renault Scénic e me deram um Marea Fiat, muito abaixo em matéria de conforto familiar.

A caminho de Nova York, passamos por Manchester, uma cidade-loja. Um *outlet* grudado ao outro, vendendo com reduções de até 75%. Consumidores babam. Ali, vizinhas, estão Donna Karan, Armani, Calvin Klein, Ralph

Lauren, Gucci, Dior, Kenzo, centenas de grifes. Muitos brasileiros circulando. Depois voltam, dizem que compraram em Nova York. Súbito, bati os olhos no letreiro Burberry. Seria hoje? Mais uma tentativa. Passei 31 anos usando uma capa dessa marca. Ela, agora, mostra-se cansada, vagamente desbotada, porém perfeita. Quantas roupas atravessam décadas mantendo a dignidade?

Sentindo-me Columbo (lembram-se do Peter Falk?), a cada viagem procurava renová-la. O meu sonho custava entre US$ 1.200 e US$ 1.500. Mas livros, discos, cadernos, canetas, vídeos, jantares, postais e uma falta de coragem me faziam adiar a utopia. Por isso, Glorinha Kalil e Eliana Tranchesi não se conformam com minha deselegância. Em Manchester, finalmente, arrematei a capa desejada por US$ 299. Tomei uma *rootbeer*, bebida americanérrima, com o gosto mais insólito que conheço. Chegamos a um condado bucólico no fim da tarde. Uma e outra casa, igreja, supermercadinho, correio, árvores, flores.

A cultura americana é de carro e estrada. Logo entrávamos em um casarão de 1894, transformado em pousada. Marilda Brandão, minha prima e idealizadora da viagem, tinha feito a reserva do Brasil. O senhor aceita um fumante? (Zezé, o marido dela). Até então, tinha sido um sufoco fazer reservas. "Já que vem de tão longe, aceito", confirmou a voz cordial do outro lado. O senhor confirma por *fax*? "Não tenho *fax*; você tem a minha palavra."

Harry Boardman, o proprietário, tem mais de 80 anos. Ele e a mulher cuidam do hotel. Pela manhã, ela, na cozinha, prepara ovos com bacon, panquecas, *muffins* que se desmancham na boca. Café americano, farto, substancial. Falante, ele serve a mesa com humor, orgulhoso dos *waffles* da mulher, levíssimos. Na noite anterior, queríamos um restaurante, ele indicou o Le Petit Chef. Ao sair, pedimos as chaves dos quartos e da porta da frente.

"Não tem; fica tudo aberto". Espantoso. Nesse mundo isso ainda existe?

Deixamos, nos quartos abertos, malas, *travellers*, passaportes. E a capa Burberry. Nem mantivemos o condicionamento brasileiro desconfiado. Coisas boas são assimiladas rapidamente. Um momento quase transcendental. A surpresa foi o Le Petit Chef, isolado no campo, longe de tudo. Excelente e lotado. Na volta, encontramos à nossa espera uma vasilha com ponche – receita tradicional – quentinho para rebater o frio que começara a baixar.

Na sala principal, as estantes abrigavam os bons americanos e Plutarco, Rabelais, Balzac, Gogol, Tolstoi, Dostoievsky, Kipling (ele viveu quatro anos na região, ali escreveu *O livro da selva*), Milton. Dei com uma foto linda da casa e uma dedicatória: "Para Harry, saudações de Avedon". Um dos maiores fotógrafos de todos os tempos. Emoldurado, um telegrama comunicando a Harry que determinado jantar oficial tinha sido suspenso em razão da morte do presidente Kennedy. Em uma foto, Ludwig Erhard, chanceler da Alemanha, estendia a mão para Harry. Quem seria Harry? Na hora de ir embora, uma pergunta e o prosaico enigma se desfez. Ele foi do Ministério das Relações Exteriores. Ao se aposentar, mudou-se para Vermont e abriu a pousada. Parece feliz, levando vida simples, conhecendo pessoas. Felicidade não é estar bem com a gente? Harry confessou. "Vocês foram os primeiros sul-americanos que chegaram até aqui. É um mistério como vieram, por que vieram". Deixamos no ar uma questão para o casal pensar nas noites frias que começam por lá.

22 de outubro de 2000.

A VELHA RUA 42 MUDOU, E COMO

Do mesmo modo como certa vez critiquei, agora preciso reconhecer. Os vôos da Vasp, ida e volta Nova York, saíram e chegaram no horário. Pontualíssimos. O orgulho da empresa é justificado. Estando em Nova York fui correndo a um de meus passeios prediletos, a Rua 42. Todo homem tem seu lado secreto, ainda que o meu esteja sendo público. Sempre adorei aquela rua, pela sua vitalidade, olhada do ponto de vista marginal. Em pleno coração da cidade amontoavam-se muquifos a vender comidas gordurosas. Centenas de lojinhas a exibir pornografia exuberante. Revistas de todos os tipos, marcas, todos os sexos, posições, perversões, inversões, taras. Jamais esqueci uma coleção que era um sucesso: revistas que exibiam apenas gordas peladonas. Gordas mesmo, obesas, mulheres gigantescas, desproporcionais. Ah, como nossas gordas respirariam aliviadas ao ver aquelas imensidões de carne transformadas em objetos do desejo.

Repositório da fantasia sexual reprimida pelo puritanismo, explodindo por todos os poros, a Rua 42 era uma síntese da liberação total. Néons anunciando *strips*, *shows* ao vivo, *peep-shows*, teatrinhos onde, por um dólar, o espectador podia enfiar a mão por uma estreita abertura e tocar na mulher nua que se exibia do lado de lá. E vídeos, filmes, fotos, objetos fetiches.

Pelas calçadas uma fauna diversificada. Traficantes de todos os tipos, oferecendo agressivamente seus produtos. E malandros, bandidões e bandidinhos, pivetes, prostitutas, *cáftens*, o que se pode imaginar de marginália à solta. Concentrava-se na rua celebrada em musicais de sucesso. Até o cheiro da 42 era diferente, repelente às vezes, fascinante outras, perfumes baratos e caros, maconha, óleos de fritura, poeira, porra, suores, álcool, mofo, fumaça, poluição.

Esta era a rua. Era. Tudo mudou. E como! Saindo do meu hotel na Rua 44, deixando o velho Algonquin, fui bater na 42, andei para lá e para cá, admirado. Olhei as placas. Era a 42 mesmo. Todavia, onde estava o movimento, a multidão, o pecado, a doideira, porralouquice, contravenção? O que encontrei foram portas fechadas. Os cinemões pornôs reduzidos a dois, três, nada, quase nada. Para onde foram os *shoppings* que conduziam ao paraíso em vida, ao inferno na morte? Gente, a Rua 42 hoje está limpa, *clean*. Pode-se passar ali e comungar em paz. Tive a sensação de estar numa aula de catecismo, tamanha a pureza que a rua exalava. Fiquei, no entanto, abismado ao deparar com dois lojões, dois *showrooms* imensos, sabem de quem? Do Disney. Do velho moralista dos desenhos animados, especialista em obras edificantes para crianças. Imensos *outdoors* anunciavam *Hercules,* a última a superprodução, acompanhada de todo *merchandising*, objetos, *gadgets*. Valeu a pena ter vivido para descobrir o mundo de Disney em plena 42. O mundo muda. O mundo gira e a Lusitana roda!

A mobilização dos comerciantes da Broadway e adjacências que investiram dinheiro pesado, principalmente em policiamento, e as operações Tolerância Zero reduziram a criminalidade na área. A mania do politicamente correto caminhou ao lado. Para onde mandaram o lúmpen não sei. Acamparam em outro lugar. Não se matam os vírus que a própria sociedade cria e alimenta.

Aliás, percebi, no segundo dia, que a atmosfera de tensão que antigamente nos acompanhava na cidade quase desapareceu. Quem vive em São Paulo carrega ansiedade ao se ver em meio à multidão. Teme-se quem se aproxima. Seguramos as carteiras. Mulheres agarram-se às bolsas, vigiam tudo em torno. No segundo dia em Nova York me vi despreocupado, tranqüilão. Andando de dia ou de noite. Sim, sei, não é o paraíso, a violência existe, pessoas são roubadas e mortas. Mas o condicionamento que levei de São Paulo cedeu lugar a um certo bem-estar, podendo desfrutar os passeios.

E se pensam que me impressionei com as lojas Armani, ou Versace, Bloomingdale's, ou Brook Stores, não me impressionei, não. Nem entrei. Sou um caipira. O que me deixa de boca aberta é o asfalto das ruas, liso, sem buracos, sem remendos. O transito pesado, ninguém fechando cruzamentos. O respeito ao pedestre que pode entrar na faixa, quando não há farol, sem medo dos carros. Estes param! É a ponte de Brooklyn firme há tantos anos. Pontes firmes, ah, que inveja!

22 de junho de 1997.

PODEM CALAR A BOCA?

*N*ão vão acreditar, mas depois desta viagem à Alemanha estou dando razão ao prefeito, na guerra contra os fumantes. Foi uma viagem de emergência a Hamburgo, para me encontrar com o diretor e coreógrafo Hans Kresnick. Viagem resolvida de última hora, deparei com um problema, o de vagas nos vôos para a Europa. Se existe crise, não está na classe média e alta, porque os aviões estão superlotados.

No final, arranjei o último banco, o 43, da classe econômica. Fundão, e bote fundão nisso. Se pensam que a proximidade da cozinha ajuda, enganam-se. As comissárias começam a servir lá na frente e vêm descendo. Não recebi os salgadinhos dos aperitivos. O café chegou frio. Não havia onde colocar a bagagem de mão, na minha gaveta encontrei extintor, cobertor e travesseiros. Atrás de minha poltrona as comissárias guardavam material de bordo, era um tal de enfiar a mão, retirar sacola, colocar sacola. E o banco não se inclina, bate na parede. Minha companheira de fila, uma senhora de meia-idade, ria muito, apontando para os sapatos. "Está vendo? Saí de casa, fui levar meu som para a vizinha guardar e, na volta, me esqueci de trocar os sapatos. Estes são de andar em casa". E me mostrou o furo na sola.

Êta viagenzinha! Só faltava frango com farofa! Os bonitinhos dos fumantes costumam dar um golpe. Reservam assentos no setor de não fumantes e na hora em que querem dar uma tragada o que fazem? Vão para o fundo, onde estão os fumantes. E se amontoam, as bocas como chaminés. Teve um que fumou três cigarros seguidos.

Ninguém respeita a proibição de se fumar em pé no corredor. Isto significa: na poltrona que fiquei, devo ter fumado involuntariamente, durante as 12 horas, oito maços de cigarro. Fumavam os sentados, fumavam os que estavam em pé, invadiam a cozinha e fumavam.

Fumacê por toda a parte. Havia momentos em que acordava sufocado, sem poder respirar, a garganta doendo. Na verdade, há locais em que o cigarro perturba, tira o prazer, atrapalha e prejudica. Ao descer do avião em Frankfurt, estava tossindo e a tosse me acompanhou por uma semana. As companhias de aviação vão ter de estudar o problema. Quem sabe permitir apenas três cigarros por pessoa durante a viagem?

Na entrada, ao passar pelo equipamento que faz a revista dos passageiros, apreende-se o maço de cigarros, devolvido ao final da viagem. Não fazem isso com canivetes? Arma por arma... Mal tinha desembarcado em Frankfurt, fui abordado por um indivíduo esquisito que me mostrou uma medalha. Acostumado ao Brasil, onde abordam para vender de tudo, olhei para o sujeito, mal ajambrado, jeito suspeito. Olhei para a medalha e disse que não queria comprar.

Ele insistiu, dizendo qualquer coisa em alemão, insisti: nein, nein. Então, ele gritou: Polícia, passaporte e bilhete. Levei um susto. O suspeito era eu. A medalha, o distintivo. Não era um camelô, ainda que aparentasse. Oh, Ja, ja, ja. Mostrei o que ele pediu. Quis saber o que ia fazer, quem ia ver, se trazia dinheiro. Depois, me liberou, mas não parecia com vontade de fazê-lo.

Dias depois, em Hamburgo, comendo no restaurante Strandhof, no bairro de Blankenese, com meu filho André, meu primo Zezé e o professor Carlos Azevedo, conversávamos alegremente. De repente, não mais do que de repente, um velho de uma mesa distante se dirigiu a nós: "Por favor, os senhores poderiam parar de falar? Ou falar baixinho, porque meus ouvidos estão sendo feridos por essa língua estranha e agressiva!"

Carlos Azevedo respondeu: "O senhor nos desculpe, estamos falando uma língua indígena, o Tupi, e os sons dela às vezes são um pouco fortes". E ele: "Não é verdade, reconheço palavras latinas. Mas o que me interessa é que falam demais".

O que o incomodava não era a altura e sim o não reconhecer a língua. Quem seríamos? Estranhos no ninho, principalmente na Hamburgo conservadora e em Blankenese (nariz branco), tão burguesa. Há no alemão o medo do desconhecido, daquilo que ele não consegue alcançar e que se torna misterioso. Ao mesmo tempo sempre geraram grandes aventureiros, fascinados pelos enigmas. Vá entender, exclamava Heine. O desconhecido pode ser ameaça. É preciso saber quem você é, o que faz, do que vive. Você precisa estar integrado à sociedade, fazer parte, não destoar. Não é à toa que desenvolveram um sistema de vigia e autovigia. Nos meus primeiros dias em Berlim, anos passados, meus vizinhos, depois de meses me ignorando, passaram a perguntar: "Mas quem você é? Por que vive aqui? Do que vive? Um dia, policiais investigando trabalho clandestino chegaram a minha casa (eu não era clandestino, tinha uma bolsa, uma bela bolsa). Revelaram saber de tudo a meu respeito: viagens, palestras, hábitos, telefonemas para o Brasil, número de cartas que recebia.

A Alemanha é um belo país, tem qualidades que todos gostariam de ter, uma certa ordem, limpeza, ainda que adorem ditar regras o tempo inteiro. Esta ordem anda alterada. Em Hamburgo vi sem-teto dormindo embaixo de marquises, viadutos e dentro de caixas de papelão. A diferença é que a temperatura estava dois graus abaixo de zero. Ou seja, por mais que se isolem, se resguardem, mandem os outros se calar, o mundo vai penetrando na Alemanha. Os problemas sociais, a violência e tudo o mais, se esgueiram como traças ou cupins, cujas bocas não são fechadas. Ao contrário, comem, comem.

26 de março de 1995.

PORTUGUESES AINDA TÊM O QUE ENSINAR

*L*ISBOA – Pedi o número do celular, minha amiga não entendeu. Súbito exclamou: "Ah, o telemóvel?" Estranho, mas justo, já que o celular não passa de telefone móvel. Na Alemanha é chamado de handy, na mão. Somente no Brasil essa designação: celular. Sei, envolve a palavra células, mas prefiro pensar que é porque ao falarmos nele nos encerramos em uma célula, nos desligando do mundo. Em uma semana, fiz igual a bola de tênis, bati e rebati. Mal chegado da Alemanha tive de voltar para o lado de lá, a fim de dar os acertos finais em um número da *Vogue* que tem Portugal como tema principal. Fazia 15 anos que não ia a Portugal. A última vez foi com um grupo de escritores brasileiros. O último que lá aportou, numa tentativa do poeta e agitador cultural Alçada Batista iniciar um intercâmbio que nunca se efetivou – e tantos portugueses como brasileiros indagam: acontecerá um dia? Do grupo, quatro não estão mais aqui. José Paulo Paes, que explicava Portugal de modo poético, Ricardo Ramos, com sua gargalhada e humor incomparável, Osvaldo França Junior, irresistível conquistador, e Julieta Godoi Ladeira, doce vítima das pilhérias que fazíamos, invertendo as piadas. Onde eram portugueses, colocávamos brasileiros. Percorri livrarias excelentes. As estantes de autores brasileiros ocupam metro e meio, e olhe lá. E aqui que espaço ocupam, a não ser José Saramago?

Lisboa me parece limpa, sem poluição visual, com ruas lisas e sem buracos (primeira coisa que observa um paulistano, este pobre órfão de prefeitos) e linda. A cidade tem um astral magnífico, batida de sol, com o Tejo se refletindo sobre ela. A parte histórica foi conservada e o inferno é o mesmo de todas as cidades modernas, o trânsito. Ainda mais quando ruelas se multiplicam, com nomes encantadores como a Rua das Fábricas de Seda, e os carros se dispõem em fila única. Todos se ajeitam sem buzinaços. Por sorte, não decidiram acabar de vez com as calçadas (passeios para eles), dando prioridade às máquinas. Temos de aprender a conservar nossa história e arquitetura. Nos bairros é uma vida quase brasileira. Nas pequenas padarias (diferentes daqui, vendem apenas pão, biscoitos, pastéis de nata às 5 e meia da tarde), as mulheres se reúnem para apanhar o pão fresco e se põem a conversar. Vida de cidade pequena em cidade grande. Não é nossa utopia? Em Lisboa me pareceu razoavelmente realizada.

Algumas coisas ainda não se compreendem. Também parecem obscuras aos lisboetas esclarecidos. Portugal tem no turismo uma bela fonte de renda. Afinal é um país bonito, agradável, onde se come e se bebe belissimamente. O que se pergunta lá é: por que não transformar o Paço do Município, imensa praça de frente para o Tejo, em algo como a Praça de São Marcos, de Veneza, com cafés e restaurantes e cadeiras para se sentar? Colocando-se ali museus importantes e galerias? Não fica nada a dever a Veneza como localização e beleza. Os políticos que lá estão instalados com suas secretarias e autarquias que sejam removidos para bem longe, sem aquela vista que convida ao não-trabalho.

A parte moderna se espalha pelos lados da Expo 98, construída sobre terreno que foi um lixão abandonado.

Tudo se recupera quando a vontade é fera. Os prédios da exposição estão sendo reutilizados como espaços para feiras (como o Anhembi, em São Paulo), enquanto conjuntos residenciais se ergueram, coloridos, mas pobres como *design*, feios mesmo, caixas amontoadas, irmãos dos nossos Cingapuras, esses tristes frutos de Maluf e Pitta, época de horror da política que gostaríamos terminasse de vez. A estação erguida na Expo encanta. Será uma central de transportes, metrô, subúrbios, trens de passageiros de toda a Europa. Lembra uma catedral gótica em aço e vidro, imponente e suave. E o Pavilhão de Portugal, com sua pala curva, assombra e assusta. Vai cair?

Se houve época em que brasileiros foram maltratados, talvez esse tempo esteja terminado. Só encontrei pessoas gentis e o serviço é bom, em toda a parte. Continuo a achar que pior do que brasileiros em viagem são os americanos. Não fazem o mínimo esforço para serem compreendidos na língua local. Todos autocentrados. Curiosamente, alguns dos melhores livros de viagens têm sido escritos por estrangeiros. Cito Peter Mayle sobre a Provence. Ou Patricia Welles sobre a cozinha francesa. Hemingway sobre Paris. Sem esquecer o clássico *O livro de San Michelle*, em que um sueco, Axel Munthe, fala da Itália. Ou as viagens de Goethe e Stendhal pela Itália. É verdade também que nenhum desses turistas arrogantes são Goethe ou Axel Munthe ou Stendhal.

2 de abril de 2000.

O PAVOR DAS
NOTAS DE 500

*P*aris – Sinto-me Hemingway. Escrevo à mão em um caderno e estou na cozinha de um apartamento em Paris. Sei, ele escrevia sentado nos cafés. Os únicos barulhos neste feriado de 8 de maio são os dos trens RER que passam a cada cinco minutos e o sibilar forte do gás do fogão. Fervo água para fazer um café. Sei, Hemingway bebia vinho tinto. O pó é da Colômbia e me produz um café expresso, de cheiro ardente e gosto estimulante. Todos dormem na casa.

Ontem tivemos o último jantar de toda a família, num pequeno restaurante do Quais de L'Hotel de Ville, o Le Trumilou. Ambiente simples, comida camponesa, gostos acentuados. Terrine de *campagne*, omelete *campagnarde*, coelho ao molho de mostarda, escalopes à normanda. E um bom vinho da Bourgogne. Aqui não há turistas, apenas franceses. Aqui se chega por indicação.

Sinto-me Hemingway pelo ambiente. Pelo caderno, pela caneta, pelo café. Mas sei que não tenho a força de suas frases, a exatidão de suas palavras. Ele dizia que o necessário era encontrar a palavra certa, verdadeira. A partir dela tudo fluiria. Estou num apartamento emprestado pela Annie Pereira de Queiroz, mãe de uma amiga. Uma delicadeza que nos permite viver não como parisienses, mas também não como turistas. Estamos em Saint-Mandé, a algumas quadras do parque e do Castelo de Vincennes. Compramos o pão, fazemos café, usamos a lavanderia da esquina, descobrimos onde há boas tortas salgadas e doces. Já sabemos evitar o supermercado ED, barato mas fuleiro. Não. Hemingway não usaria a palavra fuleiro.

Lembro-me que no restaurante, ontem, a garçonete era desastrada. Quebrou uma garrafa de água, derrubou pratos, quase derramou molhos em cima de nós. Seu rosto era tenso, crispado. Cansaço? Males do amor? Pensava em tudo menos na comida que era obrigada a servir? A cada gesto desastrado, olhava em torno, envergonhada. Essa garçonete seria uma boa história? Um conto simples sobre emoções, sentimentos? Um conto onde não houvesse ruídos informáticos, celulares, vídeos, mas apenas – talvez – um coração em sobressalto.

Os parisienses continuam duros, não gostam de dar informações. As quatro que pedi tiveram respostas erradas, de má-vontade. No entanto, o *patron* desse restaurante foi cordial e bem-humorado para com esses estrangeiros que falavam um francês não absolutamente correto, mas bastante regular. Cordial a ponto de nos fazer provar do *steak tartare* que preparava e ainda nos deu a receita.

Em Paris, afaste-se dos limites turísticos, esforce-se um pouco para falar a língua e a vida será suportável. Apenas evite pagar com notas de 500 francos. Há má-vontade geral. Sempre devolvem: "Falsificada, *monsieur*!" Não adianta dizer que saiu do banco ou do câmbio. Eles têm pavor dessas notas, como se estivessem tão envenenadas como as páginas do livro de orações que o frade assassinado lia em *O nome da rosa*.

O novo dinheiro é colorido, berrante, distante daquelas cores pastéis de antigamente. As casas de câmbio lutam pelos clientes. Enquanto algumas, irredutíveis, cobram 9,8%

de comissão, outras nada cobram. Há quem pague 7,36 francos por dólar e há quem pague 6,80 francos, mais a comissão. Vale a pena bater perna, porque na soma final da viagem as perdas se elevam. Uma dica: tente o câmbio Claridge, nos Champs-Elysées, próximo a Virgin. Paga alto. Você também pode usar o cartão de crédito, um dinheiro universal e cômodo. E rezar para que a moeda do país se mantenha ou se desvalorize. Se ela subir até a fatura chegar, pode significar um rombo. Talvez por isso muita gente entrega o cartão e faz o sinal da cruz. Entrega a Deus. Nunca vi o franco tão baixo. Leio que o Euro, a nova moeda da unificação européia, está em crise. Que a crise (deles) continue até eu pagar as faturas.

Sei que não escrevo uma história. Revelo informações. Sou mais jornalista que ficcionista. E como jornalista, sou superficial, não faço análises, me atenho ao cotidiano. Removo a xícara de café. Uso os cubos de açúcar de beterraba que adoçam pouco. Deveria ter contado mais da viagem, da chuva de granizo em Turim, cidade com trânsito pior do que o de Nápoles. Ou do passeio noturno de gôndola por canais desertos de Veneza. Ou falar de uma loja de salames e presuntos de Greve, na Toscana. Um lugar tão perfumado pelas especiarias que nos alimentava e excitava o apetite. Contar do sanduíche de presunto de javali de um bar de Capalbio, aldeia medieval no alto de montanhas. Transmitir cheiros e gostos e paisagens com as palavras certas. Certamente isto não é um conto. Mas são sensações.

14 de maio de 2000.

NO CAFÉ DE PARIS, O SONHO REALIZADO

Roma – Caminhávamos entre o Coliseu e as Termas de Caracala, em Roma. Queria mostrar aos meus filhos a apoteose mental arquitetônica dos Césares. São as ruínas mais imponentes e bem-conservadas da cidade. As termas são de tal dimensão que a multidão de visitantes se dispersa dentro das salas imensas.

Dentro daqueles muros altíssimos, feitos de tijolos delgados e compactos, comecei a ouvir um rock anos 50 cantado por Adriano Celentano, que foi o Elvis Presley da Itália. Apenas eu ouvi. A música tocou na minha cabeça assim que me deparei com o espaço no qual Fellini montou o cenário de uma boate, para a cena em que Anita Ekberg dança em *A doce vida*. No filme, Mastroianni, um jornalista de fofocas que trabalha para uma publicação tipo Caras (havia a *Novella 2000*, a *Oggi*), sem falar uma palavra de inglês, tenta seduzir a Anitona (assim era chamada pelos italianos, dada a generosidade de suas formas). Caricatura do *latin lover*, sarcasmos fellinianos. Já era um mundo em que as línguas se misturavam, cada um entendia (ou desentendia) à sua maneira o que os outros diziam. Princípios da globalização.

Ao sairmos, percebemos que o ar estava cheio de finos flocos que flutuavam, tocados pela brisa. Brilhavam ao sol. Desprendiam-se das árvores e caíam sobre nós, enchiam a rua como neve delicada. Le Manine, pensei. E quando se pensa em manine se penetra na primeira cena de *Amarcord*, quando a cidade de Rimini vê que a primavera chegou, porque os frágeis flocos flutuam no ar, as pessoas correm para agarrá-los, porém eles são sutis e delicados, escapam.

Mais tarde, levei a meninada (meninada? 27, 25 e 17 anos) para a Via Venetto, hoje decadente, ocupada por turistas que esperam reviver ali uma doce vida que não existe mais, na maneira como os filmes descreveram. Na ponta da rua, uma placa indica que a praça junto à Porta Pinciana se chama Federico Fellini. Anselmo Duarte tinha me pedido uma foto da placa, Fellini foi seu amigo.

No fundo, como minhas viagens são feitas de presente e passado, fui rever o Café de Paris que, em 1963, quando eu lá vivia, era o objeto impossível dos meus desejos. Caro e exclusivo. Nas mesas da calçada estavam príncipes e condes de uma aristocracia deteriorada, roteiristas e artistas, paparazzi e diretores, estrelinhas em busca de um momento de mídia, playboys caçando mulheres (um dos mais famosos era um tal Piacentini, ninguém escapava dele), gigolôs à caça de velhas americanas. Eu era um garotão recém-saído de Araraquara e deslumbrado ao ver naquela rua, apelidada a Boca da Verdade, Liz Taylor, Rossana Schiaffino, Walter Chiari, Ava Gardner, Ursula Andress, Virna Lisi, Antonioni, Elsa Martinelli. Certa vez, divisei Silvana Mangano, fiquei maravilhado. Nomes esquecidos, fazem parte da história do cinema.

Tudo custava os olhos da cara no Café de Paris. Então, eu mal podia tomar um campari soda, de modo que, agora, descontei. Podia pedir o que quisesse, me contentei com prosaicos tramezinis (os de lá foram famosos), uma taça de proseco, fechei os olhos e fiz de conta. Foi bom. Se hoje não dá para fazer uma coisa, amanhã vai dar.

De olhos fechados, senti como Fellini "destruiu" minha improvável carreira cinematográfica. Ele usurpou minhas idéias, meus temas, cancelou minhas possibilidades. Todos os filmes que eu deveria ter feito, ele fez.

Quando eu tinha 7 anos, em 1943, ele já era assistente de direção em *L'ultima carrozzella*. Quando cheguei aos 15 e li meu primeiro livro sobre cinema (Sétima Arte, de Mota da Costa), na biblioteca de Araraquara, ele estava trabalhando com um gênio como Rossellini no clássico *Roma, cidade aberta*. Como competir? Quando terminei o ginásio, em 1948, ele estava nas equipes de *In nome della lege* e *Il miracolo*, obras-primas do neo-realismo.

Aos 16 anos, descobri o teatro revista, as mulheres gostosonas e coxudas e decidi que aquilo era um tema, mas Fellini já tinha colocado tudo em seu primeiro filme *Mulheres e luzes* (Luci del Varietà). Depois que li *Encontro marcado*, de Fernando Sabino, e decidi escrever um romance sobre a minha geração, a do Bar do Pedro, vi que Fellini tinha feito *Os boas vidas* (I Vitelloni), mostrando o que eu queria mostrar sobre a vida provinciana, os sonhos de juventude, as desilusões. A morte de Fellini me deixou órfão, o cinema nunca será o mesmo. Gênios são necessários para nos obrigar a lutar, tentando ser como eles. Eles nos obrigam ao querer constante que nos mantém sonhadores. E em movimento.

21 de maio de 2000.

"ACASOS" DO COTIDIANO

ÓCULOS PRISIONEIROS NA VITRINE DE PARIS

Duas semanas atrás, uma das últimas visões que tive de Paris foi a dos meus óculos, prisioneiros na vitrine de uma pequena loja de decorações, na Rue du Cherche-Midi. Naquele momento pensei no destino dos meus óculos, ao longo de minha vida. A frase é imponente, mas em vez de tragédia encerra episódios pequenos e curiosos. Passei a usar óculos aos 41 anos, depois de montar a estrutura de um *Dicionário biográfico universal*, DBU, editado e vendido pela Editora Três, ainda que minha assinatura tenha sido excluída – sem que o Alzugaray soubesse – por um editor malandrão. Tive de ler 10 mil páginas da Enciclopédia Britânica, com seu corpo 6. No final, meus olhos tinham cedido, cansados de percorrer a história do mundo.

Em 1984, fui ao Rio de Janeiro para lançar, na Livraria Dazibao, *O verde violentou o muro*, sobre Berlim. Chovia. Acabei perdendo o horário da última ponte aérea e decidi voltar de ônibus, tinha um compromisso cedo, no dia seguinte, em São Paulo. Nenhuma bagagem, apenas uma sacola de livraria, com uma camisa, um caderno, livros. Nela, coloquei os óculos. Na hora de ir embora, uma amiga, Suzana Vieira, a atriz, pediu: "Já que vai para a rodoviária podia me deixar em casa, é caminho". Ela morava então na Rua Voluntários da Pátria. Apanhamos o táxi, deixei Suzana, segui. Comprei minha passagem, um jornal e fui ler. E os óculos? Revirei a sacola. A única possibilidade era ter caído no táxi Ou teria esquecido na livraria? No dia seguinte, liguei para a Dazibao. Não, não estava lá. Tinha perdido mesmo. Passei a usar o reserva, depois de ter mandado fazer outro.

Uma tarde, meses depois, me ligam da recepção do Hotel Eldorado Higienópolis. "Dona Suzana Vieira passou por aqui e deixou uns óculos para o senhor. Pode vir buscar?" Assombrado, liguei para o Rio, não encontrei Suzana, demorei a apanhá-la em casa, estava fora, gravando. Finalmente, consegui. E ela contou. Estava na Avenida Nossa Senhora de Copacabana e fez sinal para um táxi, ia para o aeroporto. Quando entrou, o motorista a reconheceu: "A senhora uma noite apanhou meu táxi com um amigo, um homem de cabelos brancos. Ele ia para a rodoviária, a senhora ficou na Voluntários da Pátria. Não foi?" Ela se lembrou, concordou. O homem abriu o porta-luvas e entregou meus óculos. "Encontrei no banco de trás, aquela foi minha última corrida. Fui algumas vezes à Globo, tentar falar com a senhora, o porteiro não me deu atenção, claro, achava que eu era um fã chato. Cada vez que passava pela Voluntários, tentava localizar o prédio, não consegui. Então, pensei: ela vai pegar meu táxi, um dia destes. E aí está a senhora."

Desta vez, ao voltar de Hamburgo, dei uma passada de quatro dias em Paris. Minha passagem dava direito, por que não? Andei que andei, vi nas livrarias e bancas todas as edições especiais comemorativas dos 100 anos do cinema (que os americanos ignoraram no Oscar, porque negam a patente de Lumière), percorri pequenas lojas de postais – uma de minhas manias –, fui a um concerto na igreja de Saint Julien-le-Pauvre. Uma tarde, sexta-feira, chovia, vi numa pequena papelaria, na Rue du Cherche-Midi, onde morava meu filho André, postais com cenas do filme *Quai des Brumes*, de Marcel Carnê, com Jean Gabin e Michele Morgan, um dos filmes que marcaram minha adolescência. Entrei, comprei, coloquei os óculos para pagar, saí, enfiei os óculos no bolso. Depois, verifiquei que não tinha enfiado no bolso. Voltei correndo à papelaria, imaginando ter esquecido lá. Não tinha. Olhei pelo chão. Nada.

Dia seguinte, sábado, saí para comprar uma baguete e quando olhei, inadvertido, para a vitrine da loja de decoração Gaston Borras, o que vejo na vitrine? Meus óculos, expostos. Eles devem ter caído na calçada, alguém os encontrou, entregou, a loja os expôs, prevendo que o dono poderia passar por ali e retirar. Era sábado, a loja só reabriria na segunda-feira, às 10 da manhã. Naquela tarde, eu embarcava de volta. Na segunda-feira, ao entrar na redação de *Vogue*, em São Paulo, pensei em meus óculos, prisioneiros de uma vitrine em Paris. Não estavam à venda, estavam me esperando. Até quando?

2 de abril de 1995.

PRESENTES
FELLINIANOS

Não sei o que me levou a apanhar a caixa que estava em cima da estante, tinha a certeza de que nela havia apenas velhas cartas. Remexendo entre os papéis encontrei um envelope com o logotipo da Cineriz. Intrigado, abri. A Cineriz não existe mais, era uma produtora/distribuidora dos filmes produzidos por Rizzoli na Itália. Ou era a firma que cuidava da assessoria de imprensa para Rizzoli? Não me lembro. Dentro havia um material precioso que ficou perdido por 20 anos: uma coleção de fotos do filme *8 e 1/2*, de Fellini. Fotos de cena e do *making of*. Certa vez emprestei-as a um jornalista e ele demorou dois anos para me devolver, invadi o escritório dele para recuperá-las. Eu tinha acabado de chegar a Roma em 1963, era um provinciano mal-habituado a São Paulo e estava percorrendo a Via Veneto e visitando Cinecittá. Uma tarde passei por um cinema próximo a Fontana de Trevi, entrei no meio de uma sessão e assisti *8 e 1/2*. Sem saber italiano, sem compreender os vários planos da narrativa, me senti no meio de um labirinto. Um dos mais fascinantes labirintos de minha vida. As imagens me envolviam, grudavam em mim, eu me sentia melado, fiquei para a sessão seguinte, a sala semivazia.

Existia tal força naquele filme que ele se solidificou em mim. Ao longo destes 32 anos, revi *8 e 1/2* dezenas de vezes. Somente de tempos para cá ele passou a ser reexibido na televisão. Nos cinemas, teve muitas reprises no velho Bijou. O primeiro cinema de arte de São Paulo, na Praça Roosevelt. Depois, o filme desapareceu. Recentemente foi lançado em vídeo. Uma ousadia lançar em vídeo um dos clássicos mais *cults* do cinema. Ainda hoje não é um filme de narrativa fácil. Fico a imaginar seu destino nas prateleiras, numa época em que se cultua Schwarzenegger, Van Damme, Chuck Norris, Robocops, efeitos especiais, explosões, tiros, em lugar de diálogos e emoções.

Não havia, para os inquietos de minha geração, como não aderir a Fellini. Éramos interioranos como ele, sonhávamos como ele, delirávamos. Só que ele nasceu na Itália e cresceu fazendo cinema com Rossellini, Lattuada, Germi, Alessandrini. Aqui nem cinema existia, nem nada. Também, não éramos Fellini. Que foi único! Mas fomos *sceicos biancos*, *vitellonis* e babamos com a doce vida. Ao menos, personagens podíamos ser. Sonhar ser.

Pois na segunda-feira, após ter encontrado as fotos, fui para a *Vogue* trabalhar. Começaram as coincidências. Ou acasos. Ou, seja lá o que for, acasos e coincidências parecem não existir, há um fio condutor em tudo. Sobre a minha mesa, um grande envelope da Editora Record. E dentro, o livro de Charlotte Chandler, *Eu, Fellini*, com as conversas que ela manteve com Fellini durante 14 anos. Conversas soltas, descontraídas, recordações, lembranças, invenções, mentiras. Um livro absorvente que se lê direto, um repasse total sobre todos os filmes, e com a gente com que Federico conviveu.

Pouco antes do almoço, um telefonema me arrancou da cadeira e me fez voar para um táxi. Patrícia Ribeiro, da LK-TeI, produtora de vídeos, me avisava que havia na assessoria de imprensa uma cópia de *8 e 1/2* à minha disposição, um presente. Patrícia sabia de minha paixão pelo filme, sabia que eu possuía uma cópia ruim, gravada durante a exibição do filme na TV Cultura. Cheia de intervalos. Se tem coisa que não entendo são os intervalos da Cultura, emissora não-comercial. Vícios arraigados da tevê. Estava achando o dia curioso, e bom, mas o ciclo ainda não tinha se completado.

Às duas da tarde, estávamos no almoço anual da Carta Editorial. Vieram os presentes entre amigos. E então, a Fernandinha Ambrosio, uma das *designers* da *Vogue* me chamou, com um belo pacote, pesado. Quando abri, me espantei. Era um volume com 455 páginas. *Federico Fellini*, por Lieta Tuornabuoni, edição da Rizzoli, magnífica, luxuosíssima. Cenas de todos os filmes, histórias em quadrinhos de quando Federico era colaborador do jornal *Marc'Aurélio*, em Roma, e desenhos para os filmes, centenas deles. O dia se encerrou e pensei nas coisas acontecidas num curto espaço de tempo e me indago qual o sentido de tudo, desse reencontro. Como se deram tantas convergências? Talvez não tenha resposta, não seja preciso ter. Termino contando um caso do livro da Chandler. Quando Fellini chamou Marcello Mastroiani querendo que ele aceitasse o papel de *A doce vida*, o ator pediu o roteiro. Fellini mostrou apenas umas páginas em branco e um desenho de um homem sozinho num barco, no meio do oceano, com um pênis enorme que descia ao fundo do mar, em torno do qual nadavam ninfas belíssimas. Marcello contemplou o desenho: "Interessante, fico com o papel". Foi o maior personagem de sua vida, mudou sua carreira, ficou famoso mundialmente, ele que então era conhecido apenas na Itália.

24 de dezembro de 1995.

A JOVEM E A
VIDA POR VIR

No dia em que os aviões mergulharam nas torres nova-iorquinas, ao sair à rua para vir trabalhar, dei com uma jovem, adolescente, grávida. Ela acariciava a barriga. Passava a mão ternamente sobre o próprio corpo, como se quisesse transmitir carinho ao bebê em seu interior. Lá dentro, a criança não sabia de nada. Não tinha informações sobre o mundo que virá habitar dentro de pouco tempo. Ao menos, me pareceu que faltava pouco para aquela jovem dar à luz.

Enquanto somos bombardeados, aqui fora, sem refúgios, proteção, abrigos e segurança, atingidos por milhões de informações e notícias sobre notícias, e comentários e interpretações e análises e avaliações que nos atordoam, aquela criança estava a salvo, nada sabendo ainda sobre a vida e o mundo. Se é que ela vai encontrar um mundo ao nascer. O que o bebê recebia eram os carinhos da mão alisando docemente a barriga, enquanto a quase adolescente sorria. Era feliz. Alguém era feliz no mundo, naquela quarta-feira, no dia seguinte ao da implosão das torres nova-iorquinas.

Se medo e pavor e insegurança e inquietação e angústia e temores e interrogações e dúvidas, questionamentos doessem, o mundo estaria urrando em torno daquela grávida que alisava a barriga numa tarde de setembro de 2001, na Rua João Moura, em São Paulo, Brasil, mundo, universo.

    A adolescente que acariciava sua criança sem rosto não tinha medo de nada. O mundo está em polvorosa? Qual! A palavra polvorosa não faz parte de seu vocabulário, é antiga, de gente velha. Gente que não acredita, não tem esperanças. O mundo, para ela, começou ontem. O mundo, para seu filho (ou filha), vai começar amanhã. Ruim? Que outro mundo aquela criança que vai nascer conhece? Nenhum.

    Este será o mundo dela! Portanto, normal. Se o mundo se acabar e essa adolescente grávida estiver viva e dar à luz, o mundo que a criança vai conhecer será vazio, deserto. Terá talvez prédios, casas, pontes, porque as bombas modernas não destroem construções.

    O homem é um gênio. Fabrica bombas que matam apenas humanos e, certamente, animais. Por que não poupar os animais, criando bombas que matem somente seres pensantes? Se assim for, quanta gente vai se salvar! Quantos pensam? Raros! Se alguém pensasse, as torres não teriam sido destruídas, governos não estariam à procura do inimigo invisível, aquele que não dá sintomas, como o aneurisma, que estoura de repente, matando ou provocando seqüelas agudas, provocando invalidez e cegueira, mutismo ou nos transformando em vegetais.

    Se o mundo se acabar amanhã no confronto Estados Unidos e seu inimigo, seja ele quem for, se acaso esse inimigo for descoberto, essa criança tem uma chance de nascer numa Terra desabitada e livre. Nascer sem saber o que é o mal e o bem, o que é ruim e bom, o que é feio e belo.

    Por minutos, naquela tarde, imaginei que eu estava diante da gravidez que vai produzir a criança encarregada de repovoar o mundo, reaprendendo a viver. Uma pessoa que vai formar conceitos de vida e de filosofia. E criar o bem e o mal, a partir do nada. Será que não estamos flutuando, agora, neste momento, sobre o nada? O que fizemos para dizer não a uma guerra, não à mortandade que se avizinha, não às crueldades, ao terror, ao horror, ao suicídio? Nada.

Estamos pensando, conversando, comendo, bebendo, fazendo amor, passeando e vendo televisão, à espera. Do quê? Do nada? Do zero absoluto? Da paz? Que paz? Queremos paz e que paz temos dentro de nós? Estamos em guerra conosco e ansiamos por paz. Enquanto não a encontrarmos dentro da gente, de nada vai adiantar. Paz é o que vive aquela criança no ventre de uma adolescente risonha, que acariciava a própria barriga, enquanto prédios implodiam e o mundo estremecia e sentia (sente) medo.

Medo que vem da esquina de nossas casas, vem do que acontece em Brasília que nos lança, a cada dia, ataques de terror, medo que vem da distante Nova York e nos chega pelas imagens da televisão, como se fosse novela. Só que amanhã não virá de lá, longe. Virá aqui do lado! Onde será que vai nascer aquela criança? Como se chamará? Vou ver de novo essa anônima adolescente que carrega dentro dela a vida por vir? Terei tempo de vê-la e ela de nascer?

5 de outubro de 2001.

OS LIVROS QUE
RETORNARAM À CASA

*P*ara os livros também há viagens sentimentais de ida e volta. Ao menos, para 11 deles que ficaram longe da origem por 34 anos e acabam de regressar ao mesmo terreno. Dias desses, o arquiteto Luis Alcino Teixeira Leite, de quem minha mulher é sócia, me mandou um recado: "Já que você conheceu e por um tempo foi amigo de mamãe, eu gostaria que viesse à minha casa e dos livros que restaram de sua biblioteca, após partilhas amigáveis e afetuosas, levasse os que desejasse. O que sobrar vou doar para a Biblioteca Helena Silveira, no Butantã". Luis Alcino é filho de Helena, uma das primeiras cronistas e críticas da televisão brasileira, mulher de espírito ágil, sarcástico, sensibilidade aguda e uma visão realista de um meio de comunicação que, 30 anos atrás, ainda rastejava. Romancista e contista, teve a admiração de Graciliano Ramos, para quem seu conto Delírio é "um dos grandes textos da literatura nacional" ou de Paulo Ronai que escreveu: "O que importa é o valor literário dos textos de Helena Silveira onde ressaltam obras-primas". Lembro-me de um romance de Helena, por volta de 1966, que me impressionou muito, *Na selva de São Paulo,* porque personagens que se agitam e tentam sobreviver nesta cidade me interessam, por serem aparentados com os meus. Também participei com ela de encontros literários e lembro-me de sua voz marcante e seus comentários ácidos e percucientes. Helena morreu em 1984.

Na casa de Luis Alcino, em uma tarde de sol, depois de comer um cozido em que carnes e legumes se desmanchavam perfumados nas travessas, desci para uma edícula e me entreguei às estantes. Um dos primeiros livros que puxei, *A luz do remorso,* de Jamil Almansur Hadad, estava dedicado à Helena. Jamil foi casado com ela e homenageou sua mulher, em 1951, com um livro de poemas que teve capa, nada mais, nada menos, de Oswald de Andrade Filho. Uma pequena preciosidade que me deixou numa saia-justa. Luis Alcino, no entanto, me colocou à vontade: "leve o que quiser".

Minhas mãos foram puxando das estantes, com certa emoção, uma edição de *Estrela da tarde,* de Manuel Bandeira, autografado pelo autor para Helena. O poeta foi rápido e simples: "A Helena Silveira a homenagem do Manual Bandeira". Pensar que nós, simples mortais da literatura, nos esfalfamos para produzir dedicatórias originais e complicadas, esperando que fiquem inesquecíveis. O livro seguinte era mais recente, de 1982 e uma segunda edição: *Mistérios*, de Lygia Fagundes Telles, que avançou bastante: "Para a querida Helena estes mistérios e este abraço desmisterioso". Recolhi em seguida a primeira edição, 1960, das críticas de Sérgio Milliet (De ontem, de hoje, de sempre). Tão esquecido anda o Sérgio Milliet que eu via todas as noites no Clubinho dos Artistas, na Rua Bento Freitas, ao lado de Rebolo, Polera, Clovis Graciano, Arnaldo Pedroso Horta, Mario Donato.

Críticos desse teor estão desaparecendo, restam-nos resenhadores e alguns acadêmicos herméticos que escrevem para os professores amigos e os alunos deslumbrados. No dia (ou quem sabe na noite) de 6 de julho de 1960, Luis Martins autografou para Helena o segundo volume de *Os pintores*, registro de alguns dos momentos mais importantes da história da pintura. Luis Martins, o célebre LM, que todos os dias publicava uma minicrônica em *O Estado de S. Paulo*. Ninguém registrou o pioneirismo de LM quando um jornal da cidade passou a publicar minicrônicas com alguns dos melhores autores de hoje.

Também esquecido, Luis Martins vai ter parte de sua obra republicada, principalmente suas cartas.

Saltou da estante um exemplar de luxo, *Damasco e outros caminhos*, da própria Helena, relato de uma viagem ao Oriente Médio, crônicas publicadas antes em jornal. Helena adverte sobre isso, em uma lição para todos nós, cronistas:

"O cronista de jornal filtra a vida através da epiderme, atira-a em laudas sem indagações e verificações maiores. Seus depoimentos têm o valor de instantâneos sem retoques. Evidentemente, trabalho de escritor sabe mais as pesquisas em torno de retortas e laboratórios". Neste volume, capa e ilustrações são de Emilie Abi-Haidar. Seria a mesma Emilia Chamie mais tarde, brilhante *designer?* Também de 1960 é a primeira edição de *Montanha russa*, de Cassiano Ricardo. Cada vez mais entusiasmado, eu recolhia os livros, mas a cada um me dirigia a Luis Alcino. Deveria fazer isso? Tinha direito? Ele tranqüilizava: "Melhor que fiquem com um amigo que sabe o valor". Em julho de 1968, foi a vez de Guilherme de Almeida escrever para Helena em *Os sonetos*: "Do seu eterno fã e muito amigo".

De Nelson Palma Travassos, outro que terminou no ostracismo, recolhi o *Minhas memórias dos Monteiros Lobatos*, uma primeira edição de 1964. Um livro que me deixou trêmulo foi a segunda edição de *Quase política*, de Gilberto Freyre, editado pela José Olympio. Freyre também foi rápido e colocou o tradicional "com admiração e amizade". Outra primeira edição imponente, a de *Poemas,* de Carlos Drummond de Andrade, pela José Olympio,

1959. Capa? De Aluísio Magalhães. De repente, o último foi uma curiosidade: *Eles herdarão a terra*, de Dinah Silveira de Queirós, irmã de Helena. Quando abri, me surpreendi. Está dedicado a Menotti Del Picchia, "com gratidão pela luz que nos deu". Que trajeto esse volume fez das estantes de Menotti para as de Helena? E não posso esquecer uma delícia: *Glorinha,* de Isa Silveira Leal, de 1958, uma autora infanto-juvenil de muito sucesso. Fazia um ano que eu havia chegado a São Paulo.

Fizemos um pacote com papel pardo e barbante comum, colocamos no banco traseiro do carro. Até chegar em casa não tirei os olhos do "meu" tesouro.

Quando transpusemos o portão do prédio, tive um estremecimento. Percebi que os livros estavam voltando para a casa deles. Daqui tinham saído há 34 anos, segundo o Luis Alcino. Helena mudou-se, o terreno de sua casa foi incorporado por uma construtora que ergueu o edifício onde hoje moro. O meu apartamento deveria ter sido de Helena. O estúdio onde tenho minha biblioteca foi construído para ser dela. Não foi. Ela acabou indo para outro lugar. No entanto, os livros que deixaram a casa moraram fora por um tempo e voltaram para o terreno, só que para um apartamento. De minha mesa posso vê-los, filhos pródigos, quem sabe contentes por este retorno, ainda que, agora, sob "nova direção". O que me emociona e faz pensar, sem nada concluir, sobre os caminhos da vida, os acasos que não são acasos, as coincidências que não são coincidências.

15 de agosto de 2003.

INTEIRAMENTE PESSOAL

MEU PAI E A PONTE
DA ESCÓCIA

Vou ser o único deste jornal a não falar de Olimpíadas. Acontece que a leitora Maria Lúcia me comunicou: "Passo na portaria: e deixo os livros com o zelador". Além de presentear, se deu ao trabalho de entregar em domicílio 20 volumes de *O tesouro da juventude*. Ela, como eu, pertence à geração que desfrutou dessa coleção rica, informativa e divertida. Era tão pobre nosso mundo editorial. Maria Lúcia não me deu o sobrenome. Desculpou-se pelo mau estado das capas. Exagero! O pano da encadernação estava um pouco solto. Pensar que resistiu por 40 anos.

Ansioso por retornar às noites estagnadas de Araraquara, quando lutando contra as luzes fracas eu folheava *O tesouro*, emprestado, abri o primeiro volume. Dei com uma reportagem que me fez viajar. A construção da ponte Forth Worth, em Edimburgo, Escócia.

Essa ponte era a menina dos olhos de meu pai, para usar expressão daquele tempo. Ele passava horas diante daquelas fotos e me explicava o moderno e formidável (palavra que usava com parcimônia e reservava para grandes situações) sistema desenvolvido para erguer os pilares de concreto dentro do rio. Obra de engenharia de alta tecnologia que o deixava abismado e de bem com a humanidade. "Monumental, arrojada, sólida e esmagadora", ele definia, garantindo: "Um dia, vamos atravessá-la". Vezes sem conta vi essa reportagem fotográfica, até me distanciar de *O tesouro*.

Pontes fascinavam meu pai. Ao viajarmos de Araraquara para Vera Cruz, quando o trem deixava Pederneiras, ele nos alertava: "Preparem-se". Disputávamos a janela, em minutos o trem ia atravessar o Rio Tietê. A travessia demorava uma eternidade, a ponte não tinha fim. Ficávamos hipnotizados. Dependendo do lado do vagão, podia-se ver, a distância, a velha ponte de madeira, pobre, frágil, ainda utilizada pelos automóveis. Tão insignificante. Era o melhor momento da viagem. Depois da travessia, meu pai ficava meditativo, contemplando a ponte que se distanciava.

Em São Paulo, nas raras (e inesquecíveis) vezes em que viemos com ele passear, havia dois programas essenciais: andar no bonde Penha–Lapa e atravessar os Viadutos do Chá e Santa Ifigênia. Íamos e voltávamos, a pé. Ao retornar, contávamos na escola sobre essas pontes nas ruas, diferentes, não cruzavam rio nenhum. Ninguém acreditava. Cinqüenta anos atrás o Brasil vivia na pré-história em transportes e comunicações.

Certa noite muito fria em Araraquara, o velho Brandão (velho? Tinha 35 anos) levou a mim e ao meu irmão para admirar a construção da ponte da Avenida Dom Pedro, que cruzava o Córrego da Servidão, apelidado o rio das bostas. Foi uma visão marcante os homens soltando bafos de fumaça pela boca, enquanto misturavam pedras e cimento e amarravam vergalhões de ferro iluminados por lâmpadas artificiais. Meu pai se esqueceu da vida, amanhecia quando voltamos, encontramos minha mãe desesperada. Coloquei o episódio em *O beijo não vem da boca*.

Em 1991, fui à Escócia produzir um especial para a *Vogue*. Viajei para Edimburgo. Súbito, antes de chegar à cidade o trem começou a atravessar uma ponte gigantesca, monumental. E familiar. Estremeci! Não acreditava. Era a Forth Worth. No dia seguinte visitei o museu, onde há uma exposição sobre a construção. Senti falta de meu pai. Comprei um livro grosso, enorme, com centenas de fotos, cheio de pranchas com os projetos, *folders* que se desdobram e viajei com ele para cima e para baixo, intuindo que era um livro-ponte no tempo. Ao voltar, corri a Araraquara para entregá-lo ao velho Antonio, agora com 86 anos e só então começando a desanimar um pouco.

Observei-o abrir o volume e senti a sua emoção. Era uma coisa elétrica. Seus olhos brilharam, suas mãos se agitaram. Estávamos rodeados por sua biblioteca, ele jamais se separou de seus livros, viveu aconchegado por eles e por instantes a infância foi revivida, em silêncio. Ele folheou lentamente, sorvendo cada ilustração, detalhes. Retornava, passava a mão sobre as fotografias, como querendo sentir o relevo. Foram horas em que não nos falamos, mas nos aproximamos muito. Mais do que em anos de conversas.

Ao terminar, Antonio Maria Brandão se levantou e me abraçou (era homem contido, não extravasava muito). Sorridente, com voz firme (até o final sua voz jamais fraquejou), disse três frases curtas. Não era preciso mais: "Você esteve lá! Desta vez, foi você quem me levou. Não esperava mais atravessar a nossa ponte". Morreu dois anos depois.

21 de julho de 1996.

(Publicado originalmente com o título *As pontes do meu pai*)

AS LUZES QUASE
NÃO ACENDERAM

*F*oi num cair de tarde, com todo mundo reunido no gramado diante da escola. Tinha feito muito calor o dia inteiro e olhando o céu nos angustiávamos: "Vai chover?" Havia uma alternativa para o caso de chuva; mas o impacto estaria diminuído: a festa sobre o gramado, tendo a escola como cenário ao fundo, era imponente, faustosa e, ao mesmo tempo, acolhedora. Fomos chegando e ainda havia sol, porém nuvens de um azul escuro intenso se amontoavam por trás do prédio. O abafamento aumentou. Aquela gente, conhecedora do campo e do tempo, olhava para cima e se entreolhava. "Se cair toda essa água que promete!" A Orquestra Sinfônica de Rio Claro nos envolvia em clássicos, acalmava a excitação. A mesa foi composta, os formandos, se alinharam. E por um instante foi engraçado lembrar que a maioria daqueles jovens, impecáveis em suas becas negras, tinha sido vista, ao longo dos últimos cinco anos, sempre de botinas sujas, jeans imundos, rostos suados, as mãos enfiadas na terra, empunhando uma enxada, dirigindo um trator. Não houve pai que, perplexo, não tenha dito para si mesmo: "Mas, foi ontem que ele se matriculou!"

Talvez para os estudantes tenha passado mais lentamente. Para nós, pais, foi um relâmpago. Ainda outro dia, corríamos para providenciar a matrícula do Daniel, uma "epopéia". Tendo sido aprovado em Lavras, em Botucatu e na Esalq (Escola Superior de Agricultura Luiz de Queiroz, Piracicaba) ele preferiu essa última. O prazo para matrícula era curto. Tendo estudado em Petrópolis, os papéis da escola não chegavam. No último dia, Daniel foi para Piracicaba tentar argumentar. Conseguiu autorização para se matricular por *fax*. Telefonemas nervosos, à medida que a hora fatal de encerramento se aproximava. Os papéis chegaram até Bia, a mãe de Daniel, aqui em São Paulo. Ela correu a uma amiga que tinha *fax*. Consegui do então prefeito da cidade, Machado (fiz para a Casa de Cultura uma oficina de criação, ficamos amigos), autorização para que Daniel recebesse no *fax* da prefeitura as cópias dos documentos. Um táxi esperava, os registros foram passados, Daniel voou para a Esalq, foi o último a se inscrever. Natural que recebesse o apelido de *Fax*. Naquela escola, ninguém conhece ninguém pelo nome. Simpaticamente, no convite de formatura, junto ao nome vem o apelido. E eles são os mais incríveis: Vossoroca, Cunta, Perverso, Iogurte etc.

Os cinco anos foram passados na República Jacarepaguá, a segunda mais antiga da cidade. Completou 50 anos recentemente. A cada ano, há a tradição do churrasco dos pais, confraternização alegre e divertida, com mais cerveja do que comida. Injustiça. Imaginem se as mães deixavam? Cada uma levava dois, três pratos, uma avalanche de salgadinhos, pãezinhos, cuscuz, tortas e doces. As mães se desesperavam ao ver a comunidade socialista que os estudantes estabelecem: tudo é de todo mundo. Ao menos, uma vez me assombrei ao ver um Himalaia de meias e cuecas sobre a mesa. Quem sabe o que é de quem?

Agora, quase de repente, ali estavam eles, ansiosos e nervosos encaminhando-se para a mesa para receber o diploma. As nuvens continuavam ameaçadoras, porém ficou nisso. O dia acabou e quando a noite começou veio um dos momentos bonitos da cerimônia. O prédio inteiro da escola se iluminou por trás da mesa, à nossa frente. Espetáculo de luz e som. Claro que se tentou três vezes, porque o funcionário "iluminista" não entendeu o código dado pelo mestre do ritual. Mas foi divertido, este ano vai ser lembrado pelo Daniel e sua turma como o ano em que as luzes se demoraram a acender.

Desculpem-me, leitores, se esta hoje é uma crônica tão pessoal. De um pai orgulhoso para um filho que se forma e que escolheu uma profissão tão bonita. A agronomia. Ainda que muito difícil, quase impossível num País como este. Porque aqueles quase 200 jovens lançados ao "mercado" encontram uma nação cujos governos jamais olharam para a terra, para a agricultura. Porque os estatutos sobre a terra e a produção são desprezados, não dão voto. Penso em Daniel e no seu idealismo, ele não quer ser um mero vendedor de adubos para uma multinacional. Tem carinho pelo solo, emociona-se com as plantas, com o germinar, com as experiências, com os novos métodos e técnicas. Tem sensibilidade principalmente pela condição dos homens que trabalham a terra.

Naquele momento, num fim de tarde, no gramado bem-cuidado da Esalq, envolvidos pela música, pela ameaça não cumprida da chuva, aqueles jovens (e nós) tiveram um olhar para o futuro, com uma indagação: vai mudar a situação política, vai cair o ranço, para que esses novos agrônomos, realizando o sonho, possam transformar o Brasil num País que produza comida, faça divisas, se acerte, tenha menos injustiças? Nossos governos têm sido cruéis, perversos, impiedosos e destruidores de gerações. Aqui vai o abraço a Daniel e seus companheiros para que lutem, sabendo que vão sofrer, terão desilusões. Mas saibam que este País precisa de vocês!

28 de janeiro de 1996.

O SORRISO DE MÁRCIA

Todos os dias pela manhã, trabalhamos lado a lado durante uma hora, antes que eu vá para a revista. Arquiteta, ela recém aprendeu a trabalhar com os complicados mecanismos do *autocad* em seu computador. De vez em quando paro meu texto e olho admirado o tanto de comandos para se fazer uma reta, uma curva, abrir uma porta na parede. Um dia ela viu que estavam se tornando obsoletos, a caneta rotring, o nanquim, réguas, esquadros, a velha gilete para raspar um erro. Juntamos economias e compramos outro computador. Determinada ela trouxe Katia, uma professora e, em poucos meses, dominou o sistema. Enquanto Márcia trabalha silenciosa fico constrangido com o meu tec tec tec que deve incomodá-la. De vez em quando a minha rapidez aumenta, ela se vira e sorri. Sei que é bobagem ser muito rápido, principalmente porque nesta velocidade muitas vezes bati o dedo em teclas mortais e o texto desapareceu.

Sorri, ah, o sorriso desta mulher! A primeira coisa que me cativou e, ao lado de centenas de outras, de milhares, ainda o que me mantém. O sorriso de uma pessoa que olha para o mundo de bem com a vida, disposta a enfrentar a adversidade, a combater o pessimismo. Sorriso que muda todo o ambiente a minha volta. Rasgado, iluminado, brilhante, verdadeiro. Quando ela sorri, sorri por inteiro, aberta, entregue. Todo o corpo participa, músculos, células, coração.

Uma vez, no período de alguns meses, roubaram duas vezes nosso carro, duas Paratis que ela adorava (agora mudamos, por ser um carro muito visado e pelo ágio que cobram os revendedores). Na segunda, quando ela me informou, já estava na delegacia, corri para lá, deprimido, pensando assim não é possível, fiquei para baixo, imaginei mil coisas terríveis. Encontrei-a saindo da delegacia com o BO nas mãos e o sorriso no rosto: "Mais uma! Estamos ficando experientes!" Em casa, descobrimos que o seguro estava vencido havia um mês, portanto, zero de indenização. "Vai se arranjar, você vai ver!" O seguro estava vencido porque o corretor, pela primeira vez em muitos anos, não nos avisara, e a seguradora – incrível – assumiu, pagou, e num prazo rápido.

Ela é assim, tem confiança que as coisas se resolvem. O que não quer dizer que seja passiva. Batalha, me empurra, é uma lição para mim, mais acomodado, reticente. E também tem sorte. Campeã de vagas. Ela tem uma certeza tão grande que vai encontrar uma vaga perto de onde devemos ir que acaba encontrando, é famosa na família e entre amigas por esta sorte. Nunca falhou.

Dia desses, rimos com a crônica do Ruy Guerra contando o dilema de dormir, porque a mulher costuma se enroscar nele durante a noite. "Você é que devia ter escrito esta crônica", disse Márcia. Porque é igual conosco, e deve ser com milhares. A nossa diferença é a temperatura. Tenho calor, não me incomodo com o frio, ela é friorenta, precisa se agasalhar bem, se encher de cobertas. Acordo suando no meio da noite, tiro devagarinho o cobertor, passo para cima dela. E então Márcia começa a suar. Quando será inventada uma coberta dublê, fina de um lado, grossa de outro?

No entanto, admirável foi a forma como enfrentou os dias que antecederam e sucederam a minha cirurgia. Centrado em mim, não percebi a angústia em que ela se encontrava. A pessoa que está de fora sofre mais, tem que se manter firme. E quando eu, no auge da tensão, olhava, recebia de volta o sorriso e a força. O mesmo sorriso que encontro todas as manhãs, ao acordar. E me deixa pronto para o dia. Soube depois o que significaram para ela as oito horas e meia de espera no apartamento, enquanto eu estava na sala de cirurgia. Anestesiado, não vi nada. Ela, não. Seguiu, minuto a minuto, todo o processo, com as notícias que um médico trazia, de vez em quando.

Vieram então noites mal dormidas, atentas ao meu sono. E quem dorme em hospital, com enfermeiras abrindo portas e acendendo luzes de tempos em tempos para medir pressão, dar comprimido, injeção? E em casa, ela organizou medicamentos, comandou o regime, tirava a temperatura, informava ao médico, tratava do curativo, algo parecido com fecho *éclair* na minha cabeça. Mulher é mais forte que homem. Confesso que trataria de um curativo dela, mas seria desconfortável para mim, aqueles pontos todos, passar povidine, água oxigenada. E Márcia ali, com um sorriso, me levantando. Porque houve um momento em que pensei: "deixa rolar". E se me recuperei tão rápido, se readquiri o gosto pela vida, foi porque emanava dela uma força muito grande, enorme, que me arrancou de minha acomodação e me fez reerguer. Ah, como é curta uma crônica!

Agora, ela está aqui ao lado, nos comandos do seu *autocad*. Lembro-me que o neurologista me disse ao descobrir o aneurisma: "O senhor teve sorte, acabou de ganhar a supersena acumulada". Mal sabia ele que eu já tinha ganho uma vez, no dia em que descobri Márcia e iniciamos esta jornada que dura 10 anos.

7 de julho de 1996.

QUARENTA ANOS
DE SÃO PAULO

*F*oi há 40 anos. No dia 11 de março de 1957, apanhei o trem das 6h05 e desci em São Paulo às 11h10. A pontualidade da Companhia Paulista era férrea, germânica, irritante. Mais tarde, o governador Carvalho Pinto estatizou e esculhambou, foram por água abaixo ferrovias que funcionavam. A Fepasa tornou-se um desastre, favorecendo os transportes por ônibus e por caminhões. Viajo, fujo do assunto. É que venho de uma família de ferroviários, vivi o esplendor da Araraquarense e da Paulista, entristece-me a deterioração de patrimônios incríveis.

Passei os últimos meses de 1956 na maior angústia. Louco para partir, deixar a terra que, dizíamos, era pequena para nós, não oferecia a chance de vencer. Ao mesmo tempo desesperado por partir. A vida era tão agradável, protegida. O cineminha, as tardes passadas na piscina da Ferroviária, jogos de futebol de salão, os clubes (27, 22 e Araraquarense), onde eu entrava com a carteirinha de *O Imparcial*, o jornal em que escrevia sobre cinema e fazia sociais, imitando, ao máximo, o Jacinto de Thormes, papa do colunismo. Ir embora significava a aventura, o desconhecido. São Paulo era fascinante, aqui tudo acontecia, a turma inteira tinha vindo embora, estava começando a cursar faculdades. Em Araraquara só tinha a Odontologia e não era coisa que me atraísse. O bom da odontologia eram os bailes de formatura, lotados, com as melhores orquestras do País, cheio de mulheres de fora.

Estava tudo combinado. Sebastião Campos, que repartia o estrelato no Teca com o Mário Barra e cursava a mitológica Escola de Arte Dramática, tinha jurado que iria me esperar na Estação da Luz. Deveríamos repartir um apartamento no Pari com o Geraldo Machado, parente meu, grande influência na minha vida. Como sou melodramático, passei metade da viagem pensando: e se o Sebastião não me esperar, o que faço? Nem sequer sabia como tomar um táxi. O velho Brandão tinha me dado o que podia: 3 mil cruzeiros para enfrentar os primeiros meses. Tenho um orgulho bobo, mas tenho. Foi o último dinheiro que meu pai me deu para a sobrevivência. Nunca mais precisei dele, um assalariado da ferrovia. Claro, mais tarde me deu cheques de presente, mas era para o supérfluo. Dava com alegria, eu recebia com prazer.

O trem entrou na Luz, desci com o coração na boca, não vi o Sebastião. Esperei que saísse o último passageiro e subi a escadaria pensando que começava mal. Sebastião estava no alto da escada. Não tinha descido, porque naquele tempo se pagava ingresso para entrar na plataforma. E era necessário economizar. Na primeira noite em São Paulo, atordoado com o barulho, o mundo de gente nas ruas e os prédios, fui jantar com Geraldo no Papagaio Verde, na Rua 24 de Maio. Comi omelete, estava torrado, tomei guaraná e me pareceu uma refeição dessas que se comem hoje no restaurante Massimo, de primeira. Tinham terminado os jantares caseiros, às 18h30, com a família inteira. Desde então, devo ter comido em mais de 7 mil restaurantes e confesso que o estômago é de ferro, suportou de salsicha empanada a lagosta.

Quarenta anos de São Paulo. Fui comemorar na casa de um amigo, a cantina do Giovanni Bruno. Ali no Il Sogno di Annarello, na rua do mesmo nome. Comemorei minha vida paulistana e ele comemorou a sua vitória no processo que lhe devolveu o nome. Estranha frase. Quase 20 anos atrás, sócios do Giovanni numa cantina venderam o restaurante, dando ao novo dono o direito de usar o nome Giovanni Bruno. De maneira que aquela cantina do centro da cidade não tem mais o direito de usar o nome Giovanni, italiano hoje paulistaníssimo.

Quarenta anos atrás, desci do trem cheio de medo, mas com uma vontade sem tamanho de fazer. Não sabia o que seria, para onde caminharia. Acho mesmo que fui encaminhado. A vida conduz, traça os rumos, aponta aqui e ali. Só temos de ter a coragem de topar, quando ela desafia: arrisque. Acho que me arrisco até hoje. Ainda que, à medida que a gente envelhece, vá ficando menos audacioso, mais rotineiro. Mas, vez ou outra, ao perceber a monotonia do cotidiano, o tédio da repetição, o horror da mesmice, a gente se arrepia. E dá um qual é. No dia em que não fizermos mais isso, a vida se acabou ainda que continuemos a viver. Puxa, que frase melodramática. É que me assustei: parece que foi ontem que cheguei e não reconheço mais aquele que desembarcou. O que aconteceu entre ele e mim?

23 de março de 1997.

REENCONTRO COM SARAPUÍ

*U*ma corrida com melancias levou-me ao passado. Não que alguma vez eu tenha disputado uma corrida tendo como adversários sujeitos carregando pesadas melancias. A corrida, segundo *O Estado de S. Paulo*, ocorreu em Sarapuí. No mesmo dia me chegava o convite para o lançamento em Sarapuí, do livro *Lá vem o trem*, de Armando Rodrigues da Silva. Estive ligado a essa pequena cidade por muitos anos. Ali meus filhos foram batizados e cresceram, passando fins de semana com tios e férias entre laranjeiras, mangueiras e um eucaliptal que eu povoava de seres misteriosos, benignos uns, malignos outros. Em Sarapuí devem existir ainda duas árvores importantes para o Daniel e André. O ipê que Chico Santa Rita (ao abrir a janela, ele exclamava: "Bom dia, dia!") levou à maternidade, no dia em que Daniel nasceu, e o pau-brasil que Cyro Braga, avô, deu ao André, no nascimento.

Sarapuí quer dizer rio do peixe-espada. Quem vai para Itapetininga pela Raposo Tavares, na altura do quilômetro 141 entra à esquerda, percorre nove quilômetros e chega à cidade. Esses nove quilômetros são asfaltados, mas no começo dos anos 70 eram terra pura e lama, quando chovia. Antigo pouso de tropeiros, é (deve ser ainda, não vou lá há 13 anos) um paraíso escondido, com céu límpido, silêncio avassalador e costumes que encantavam. Armando Gonçalves foi o primeiro a descobrir a vila, comprou uma chácara. Depois, chegou Fernando de Barros, reformou um casarão centenário e construiu lareira imensa, quando ele acendia o fogo, a cidade inteira esquentava. Comprei a chácara do Armando. Então vieram os fotógrafos Roger Bester e sua mulher Maureen (ele hoje tem estúdio na Quinta Avenida, em Nova York); Cláudia Andujar e George Love, cuja morte recente me surpreendeu, e Jorge Botsuem. Chegaram Humberto Pereira, o homem que criou o Globo Rural, e Hebe; José Pinto, o produtor de comerciais; Graciela Porro; Celso Doin e sua mulher, Cila, uma beleza, ex-manequim; Alberto Miranda, distribuidor de cinema; Lu Rodrigues, designer; o cirurgião Roberto Mastroti e Diva; Emeri Loreto, que dirigiu a *Casa Cláudia* por anos; a advogada Márcia Serra Negra; e por um curto período, Atilio Baschera e Gregorio Kramer.

Vivíamos vida de campo, sossegada, nenhuma badalação, cada um na sua. Em princípio turistas, aos poucos nos integramos. Éramos curiosidade, no começo, e provocamos uma febre de reformas, disputando os poucos pedreiros disponíveis. Vinte e seis anos atrás, manequins que se hospedavam na casa do Fernando espantavam ao se mostrar em biquínis reduzidos. Encontrávamo-nos em festas animadas por sanfonas e quentão, íamos a quermesses, comíamos pamonha verdadeira, essa sim puro creme de milho, não a mitificação das peruas que azucrinam com alto-falantes, aos domingos, aqui em São Paulo. Andar em Sarapuí era cumprimentar a todo instante. O cumprimento faz parte da educação, da cordialidade. Numa das primeiras vezes em que lá estive, circulava com o seu João e de repente ele me interpelou: "Por que o senhor não cumprimenta as pessoas?" "Mas, não conheço ninguém, seu João!" E ele: "O senhor está comigo, eles vêem que o senhor é meu amigo, e quando me cumprimentam, estão a cumprimentá-lo também. Não responder é sinal de soberba".

Quando terminei a reforma de minha casa, uma construção simples (mas tínhamos fogão de lenha, no qual Cida, a caseira, mulher do Antônio Mineiro, fazia doces com as goiabas do pomar), instalei um aquecedor de água, à gás, no banheiro. A notícia do aquecedor correu e passei um sábado inteiro atendendo gente que batia no portão: "Seu Ignácio, o senhor me faz o favor, pode ligar um bocadinho a água quente para a gente olhar?" Comovente a alegria daquela gente simples experimentando a água quente, fervente, morna. Só posso comparar com a primeira vez que vi televisão, computador, celular.

Armandinho Rodrigues Filho, casado com a Diula, filha do seu João, autor do livro *Lá vem o trem*, é apaixonado por ferrovias. Na casa dele, aos sábados, nos primeiros tempos, tomávamos café com bolo, depois ele saía, a nos apresentar o Ary Holtz, que vendia material de construção, o Frederico Holtz, dono de loja e do único táxi da cidade; o Romeu, cuja Kombi fazia transportes eventuais. Nunca mais comi arroz-doce como o que fazia a mulher do Romeu. Comprávamos de caderneta, tudo marcado, pago a cada 15 dias. Vimos Sarapuí mudar, as ruas receberam calçamento, iluminação. Por anos e anos a cadeia pública recebeu um único preso, um bêbado. Em junho, nas noites frias de lua cheia, as luzes eram todas apagadas e grupos percorriam a cidade fazendo serenata. Se cantassem diante de sua casa, o costume era abrir, oferecer bebidas, não importava a hora. Cada grupo fazia força para ter o Nino, seresteiro-mór, com sua bela voz grave.

Não sei como está a cidade. Não sei se devo voltar e encará-la na realidade de hoje ou se conservo a imagem de tempos marcantes. Entre mil coisas, conservo um momento que foi lição de etiqueta e educação. Conversava com o seu Zé Floriano, pedreiro excelente, grande amigo, e ofereci um café. Recusou com elegância e poesia. "Obrigado, seu Ignácio. Por favor, dê por tomado!"

8 de dezembro de 1996.

AUSÊNCIA DE
UM GATO

Sendo o primeiro a acordar, antes de o dia nascer, ao sair para o corredor ele estava à minha espera, na porta. Um miado breve, o seu bom dia. Eu passava pela cozinha, fazia o café (se a empregada não tinha chegado, Alzeni chega cedo), colocava ração no prato dele e subia. Ligava o computador, ele chegava e, num salto, pousava sobre a mesa, em cima dos papéis que sabia serem o meu trabalho. Tinha ciúmes. Antes de qualquer coisa, esperava afagos na cabeça, cócegas no pescoço. Dirigia-se à porta que dá para o terraço e me olhava. Para testá-lo, às vezes, eu demorava a abrir. Ele miava, imperioso. Se eu demorasse, ele se erguia nas patas e arranhava o vidro, impaciente. Uma vez liberto, no terraço, rodeava as plantas, miava para cada uma, principalmente para a romãzeira, saltava para o parapeito e esperava o dia nascer. De minha posição, o sol sai de trás da Avenida Paulista. Quando o sol subia, ele retornava, passava por cima da impressora com passos suaves e se instalava sobre o *fax*. Então, eu devia apanhá-lo e colocá-lo sobre o monitor. Duas vezes ele saltou, o monitor balançou inteiro, fiquei bravo.

Aprendeu. Era eu que o apanhava e o ajeitava suavemente. O ar quentinho do respiradouro deixava-o ronronando. Antes, ele ficava com a cara voltada para mim, observando a seta do mouse. Tentava apanhá-la com a pata, divertia-se. No entanto, a informática deve tê-lo aborrecido, porque, de uns tempos para cá, virava-se de costas, em absoluto desprezo aos textos, cortes e edições que se processavam na telinha. No entanto, deixava o rabo em frente do texto, o que me atrapalhava um bocado. Eu tirava, ele soltava, eu tirava de novo, até o dia em que aprendeu. Deitava-se sobre o rabo e estávamos satisfeitos os dois. Quando chegou em minha casa, filho de uma gata de rua adotada pelos meus primos Marilda e Zezé, o seu nome era Faísca. Irrequieto, movimentava-se sem parar. Tentei dar o nome de Fellini. Nada a ver. Frescuras. Por um tempo ficou Mico, porque em certos momentos parecia um macaquinho. Depois, mudou de nome, não me lembro qual. Certa noite, víamos Nosferatu no vídeo, ele tantas fez que conseguiu caçar uma pomba e trazê-la para a sala em oferta. Naquela noite, foi rebatizado Nosferato. No fundo, ele sempre atendeu por Gato. Nada mais. Um gato rajado, de rua, com o peito imaculadamente branco.

Um dia, ao entrevistar Carmem Mayrink Veiga para a *Vogue*, ela contou que, certa época, buscava gatos de rua, tratava, cuidava e repassava às amigas. Muitas torciam o nariz: gato sem raça? Carmem divertia-se. Tanto fez que conseguiu, no Rio de Janeiro, o registro de uma raça nova: Brasileiro pêlo curto, BPC. *Pedigree* para gato de rua! Escritores gostam de gatos. Hemingway criava 50 em Finca Vigia, sua casa em Havana. Há um cartaz da Cinemateca de Cuba que o mostra com um gato no colo.

Sempre vi fotos de Colette com gatos. No escritório de John Updike havia um no tapete. Paulo Francis e Sonia Nolasco tiveram uma, adorada. Morreu, deixando-os inconsoláveis. Terça-feira à noite, andando por um parapeito por onde sempre circulou com desenvoltura, o meu gato viu alguma coisa que o atraiu. Aliás, era comum encontrá-lo miando para uma parede branca, imaculada. Ou inquieto em busca de alguma coisa que jamais víamos. Gatos nos protegem, absorvem os maus fluidos, nos defendem da inveja.

    Súbito, o gato desapareceu do parapeito. Desci, voando, 13 andares. Milagre. Fui encontrá-lo no meio de uma touceira de bambuzinhos. Miava manso. Levado ao veterinário, no momento em que escrevo esta crônica está em observação. Tem as patas traseiras paralisadas. Se continuar assim, deverá ser sacrificado. Qual é o santo que cuida dos bichos? São Francisco? Há um vazio na casa. Este texto foi escrito sem que ele estivesse sobre o monitor, cheio de bom astral.

3 de maio de 1998.

ELE VEIO TRAZER A FELICIDADE?

*H*á algumas noites que não o vemos. Estará escondido? Terá ido embora? Para onde? Como? Ou terá morrido? Esta possibilidade nos entristece, acabamos nos afeiçoando a ele. Acostumamos a encontrá-lo no caminho, quando chegávamos à noite em nossa vaga na garagem. Tínhamos de entrar com cuidado. Parávamos o carro a uma distância razoável e um de nós saía na frente à procura dele. Aproximávamo-nos dos sensores eletrônicos, as luzes se acendiam e a busca se iniciava. Como esses sapadores que, nas guerras, caminham na frente do pelotão para detectar minas no caminho. Só que um sapador está tentando descobrir um objeto letal. Nós, um pequeno sapo que se instalou na garagem há quase dois meses.

Nossa vaga é externa, no térreo do prédio. Não é subsolo. No terreno ao lado há uma grande mangueira. Alta, robusta, nos enche o chão de flores. Na época das frutas, as mangas despencam e estouram nos paralelepípedos. A mangueira é a nossa aproximação com a terra, com a natureza.

O sapinho surgiu do nada. Todos os nossos raciocínios para desvendar o mistério de sua chegada foram inúteis. Aqui perto não há lagoa, não há charco, pântano, riacho. Não pode ter se materializado. Veio no carro de alguém?

Todas as ruas em torno são asfaltadas ou calçadas com paralelepípedos. Saiu de um esgoto e veio pulando pelas pedras quentes, abafadas pelo verão? Uma pessoa apanhou o sapo e soltou-o em nosso pátio? A propósito de quê? O que sabemos é que ele se instalou em nossa vaga. Gostou dela. Some durante o dia, refugiando-se talvez em uma pilha de lenha para lareira. À noite, como bom notívago, vem espairecer no caminho do carro. Fica paralisado com as luzes. Temos de chegar perto e tocá-lo: Sai, sapo! Sai! Ele dá dois ou três saltos e se encosta na parede. Podemos estacionar. Temos certeza de que já nos conhece. Sabe que somos três, que Márcia é a mãe de Maria Rita. Esta, até hoje vem tentando dar um nome ao bicho.

Que nome melhor convém? Não posso batizá-lo Shopenhauer. Nem Mimoso. Alderico? Agostinho? Aparecido? Afinal, ele apareceu. Eufrásio, que em grego quer dizer alegria? Afinal, ele trouxe contentamento. Márcia sugeriu Glauco que significa cor verde-azulada. O sapinho, na luz noturna, tem um jeito esverdeado. Na infância, nossas mães nos pediam para nos afastarmos dos sapos. Se ele mija no teu rosto, você fica cego. As meninas de nossa turma tinham horror deles. "Prefiro a miséria do que me transformar em princesa depois de beijar o sapo. Os sapos que fiquem com as sapas", confessava Leonice Borges, bailarina, hoje coreógrafa, com muita convicção. Os sapos serviam para as bruxarias. Uma vez, a Ferroviária de Esportes passou a perder todos os jogos, ia ser rebaixada. Cavaram em torno dos gols, descobriram dois sapos enterrados.

Sapo dava sorte. Também era bicho esperto, foi à festa do céu escondido na viola do urubu. E não é que apostou corrida com o veado e venceu? Ciganas que armavam tendas nos arredores da cidade anunciaram que liam a sorte por meio de sapos. Não que tivessem grande freguesia. Mais tarde, eu soube. Chama-se bactromancia essa arte. Para os chineses, o sapo é divindade ligada à Lua. Para algumas civilizações, o olhar frio do sapo intercepta a luz dos astros. Crianças dormiam ao som de sapo-cururu. Quem nunca ouviu: Mais feio do que um sapo? Ou sapo de fora não chia. Sapo não pula por boniteza e sim por precisão. Sapo que salta, água que falta. E quantas meninas se recusaram a beijar os namorados, com medo de pegar sapinho.

Lembramos de todas as histórias ligadas ao sapo. O animalzinho fazia parte do nosso cotidiano. Pensamos em colocar uma bacia de água, para ele se refrescar durante os dias quentes. Com as ameaças de dengue, desistimos. Água parada? Não. Agora, faz dias que nosso sapo desapareceu. Terá se mudado? Do que se alimentou o tempo todo? De mosquitos ou de lagartixas que percorriam os muros? Ele se foi, ficou o mistério de sua vinda. Preferimos acreditar que veio trazer sorte, já que na tradição européia, na cabeça do sapo existe uma pedra que traz felicidade.

13 de abril de 2001.

O MISTÉRIO DA RECEITA

No meio de uma reunião com Andrea Carta, discutindo a pauta de uma *Vogue* que vai abordar o novo poder no Brasil, o terceiro setor, a secretária me comunicou:
– Estão chamando de sua casa.
– Minha mulher?
– Não, sua empregada.

Levei um susto. O que estaria acontecendo para ela me ligar, interrompendo uma reunião? Um credor esquecido? Um acidente caseiro? Outro dia, eu estava fazendo o café da manhã, antes de ela chegar, e a gata Marieta saltou sobre o fogão, na beiradinha da panela de água fervente. Por um triz, como se diz em Araraquara, não se escaldou toda! Ou então, um dos gatos (agora temos dois, o Chico e a Marieta) teria caído? Mas, colocamos tantas redes em torno!

Atendi logo, a Andrea é paciente, dirige as reuniões com bom humor e tranqüilidade, mantém sempre uma atitude zen.
– O que foi Alzeni?
– O senhor pode me dizer o que significa enquanto isso?
– Enquanto isso?
– É.

Ela precisava interromper uma reunião para saber o que significa enquanto isso?

— Não entendo. Por que você precisa saber disso agora?

— É que estou fazendo a receita de sopa de abóbora e aqui está escrito enquanto isso.

— Sim. E depois?

— Depois nada. É o fim da página.

— Fim?

— Na outra página vem outra receita.

— Veja a numeração, procure a página seguinte.

— Não tem numeração.

Então, lembrei-me de que as receitas de sopas para o inverno tinham-me sido enviadas por e-mail pela minha nutricionista Heloisa Vidigal Guarita, que me fez perder seis quilos em tempo recorde, sem um único medicamento, sem nenhum sacrifício, sem me fazer passar fome. Claro que diminuí a espantosa quantidade de pastel de feira que ingeria semanalmente. O e-mail certamente tinha cancelado a numeração de páginas.

— Bem, o que quer dizer enquanto isso?

— Me leia a receita.

— Está aqui. Os ingredientes. 750 gramas de abóbora picada ou duas morangas de 500 mg. O que quer dizer mg?

— Tem a abóbora?

— Tem.

— Esqueça o mg da moranga. O que mais?

Ela foi lendo: leite desnatado, colher de chá de sal, uma cebola média picada em fatias bem finas, e assim por diante.

— Acabaram os ingredientes?

— Sim.

— O que vem agora?

— O modo de preparo.

— O mais importante. O que diz?

Ela continuou: coloque a abóbora ou a moranga numa panela grande junto com o leite e o sal e cozinhe em fogo médio. Então vinha a frase fatídica:
– Enquanto isso... e fim da página.
– Nada mais?
– Nada. O que quer dizer enquanto isso?

Meu professor de português, o Jurandir Gonçalves Ferreira, que seguia a gramática do Eduardo Carlos Pereira ao pé da letra, teria respondido: é uma conjunção temporal. Diferente era o pensamento do Machadinho, apelido do Joaquim Pinto Machado (costumava, no primeiro dia de aula para uma classe de mulheres, perguntar à aluna mais tímida: você apanha o Machado e corta o Joaquim. Fica com o que na mão?), que lecionava química e português e seguia o Silveira Bueno que, por sua vez, era o ídolo do terceiro monstro sagrado da gramática em Araraquara, o Machadão (para não confundir com o Machadinho), temível e exigentíssimo. Machadinho teria acrescentado que se trata também de uma conjunção proporcional ou uma conjunção conformativa. Eu ia dizer uma coisa dessas para a Alzeni?
– Bem... enquanto isso quer dizer ao mesmo tempo.
– Ao mesmo tempo o quê?

Boa pergunta. Claro que enquanto estava cozinhando ela deveria estar preparando de alguma maneira os outros ingredientes. Como? Em que ordem?

Deveria dourar o alho? Fazer o quê? Logo eu que não sei cozinhar, apesar de ter dezenas de livros de cozinha que leio como se fossem romances, é uma curtição. Ligar para um *chef*? Afinal, na revista *Vogue* conhecemos tantos, de tempos em tempos fazemos cadernos especiais. Chamar o Alex Atala, o Bassoleil, o Boseggia, o Quentin, o Laurent ou a Carolina Brandão, tão jovem e já na carreira, a Roberta Sudbrack? Seria ridículo, por causa de uma sopinha de abóboras que qualquer cozinheira tira de letra. Se tivesse

dito para a Alzeni: faça uma sopa de abóboras, ela teria feito do modo dela. Mas inventei de dar a receita, deixei-a em palpos de aranha. O que são os palpos da aranha? Por que a gente diz coisas que não sabe? Palpos. Ora essa!
– Enquanto isso, você vai fazendo outra coisa.
– Que outra coisa? Preparando outra comida? Limpando a cozinha? Arrumando a geladeira?
– Acrescente os outros ingredientes.
– Em que ordem?
– Ponha tudo junto.
– De uma vez?
– De uma vez!

Os outros participantes da reunião me ouviam dizer coisas estranhas, falar de temperos, alhos, cebolas, o tempo passava, o diretor comercial me olhava, o diretor de *marketing* sorria, o diretor de projetos especiais bocejava, o diretor de arte desenhava, o editor de textos tinha estampada uma expressão perplexa: e esta agora? Andrea Carta, ao celular, falava com uma agência.

Alzeni me deu um qual é.
– Coloco tudo junto?
– Coloca!
– O alho, o orégano, as folhas de louro?
– Coloca!
– Já se viu que o senhor não entende nada de cozinha. Esquece o enquanto isso, deixa pra lá, vou acabar a sopa. Mas providencie o resto da receita. Que se hoje não der certo, vou refazer.

Terminou do jeito dela e ficou ótima, porque quem sabe, sabe. Até hoje não pedi ainda à nutricionista a página faltante, nem conferi as outras receitas. Pode ser desbundado assim?

27 de junho de 2003.

A GENTE NÃO PROMETE MUDAR, A GENTE MUDA

*P*romessas para o começo do ano. Não há nenhuma. Mudar de vida? De ares? De emprego? Mudar de amor? De cidade? De país? De casa? Mudar meu temperamento? Meus cabelos? Meu ritmo? Mudar de partido político? Mudar o time para o qual torço? Mudar o jeito de vestir? De andar? Mudar meus hábitos? Mudar de bares e restaurantes? Mudar o número de telefone? Mudar as revistas que costumo comprar? Mudar de autores preferidos? Mudar de religião? Mudar a letra? A voz? Os dentes? As cores favoritas?

Mudar de casa? É uma trabalheira. Escolher transportadora, pedir orçamentos, suportar os embaladores em casa, pegando cada peça de sua intimidade, todos à vontade pelo quarto, banheiro, cozinha. Além do mais, gosto da minha casa, a Márcia, minha mulher, fez reformas que deram ao apartamento uma cara de sobrado de vila. Claro que não é nada para aparecer na revista *Caras*!

Mudar de emprego, então? De cara vão me barrar pela idade. Sessenta anos para as empresas, hoje, é mais do que hora de se aposentar. O que aprendi, o que sei, a experiência, nada disso vale. O que, talvez, provoque medo é que detectamos logo sacanagens que costumam fazer.

Mudar de cara demanda encontrar um bom cirurgião plástico e pagar hospital, porque os convênios não cobrem as melhorias do nosso rosto ou corpo. Também não faria plástica. Convivi tanto com este corpo e este rosto, me acostumei. Vou ficar como estou. Não que goste, mas também não desgosto. Gosto mais do que desgosto. Ainda que, ao ver a agenda simpática da *Attaché de Presse*, com fotos de Renato dos Anjos, mostrando redações e jornalistas, tenha me achado horrendo, com cara de ET. Vai ver, sou um ET. Aliás, a idéia da Daysi Bregantini foi divertida. Com quem tratam as assessorias? Com os jornalistas. E assim, estamos todos lá. Na abertura do mês de fevereiro, emoção e saudade ao rever Regina Lemos.

Mudar a maneira de vestir? Só ligando para a Glorinha Kalil, autora do manual *Chic,* e pedindo socorro. Glória sabe tudo de elegância. Ela jogaria fora meu mais que modesto guarda-roupa? Jogar tudo significa jogar nada, minhas poucas calças e camisas não combinam entre si, não combinam com coisa alguma, por isso não tenho problemas. Visto e saio. A doce Costanza Pascolato, quando me vê na *Vogue*, sempre tem um riso entre maroto e irônico. Sei que o importante é a cabeça, o que está dentro, mas uma roupinha um pouco melhor bem que ajudaria. E a preguiça? Se entro numa loja, morro de vergonha de pedir para ver mais de uma camisa, acho que estou dando trabalho, perturbando. Se bem que certas lojas nos dão exatamente esta impressão: consideram o cliente um chato.

Mudar demanda tempo e paciência. Para mudar a cor dos cabelos terei de ficar no cabeleireiro ouvindo conversa mole, fofocas, lendo um monte de revistas velhas. E teria de escolher a cor, o cabeleireiro diria que é uma, eu diria que é outra. Os outros adoram determinar o que é bom para nós.

Mudar de ares. Cada vez que deixo a cidade e mergulho numa atmosfera límpida, saudável, meus pulmões estranham, começo a tossir, tenho pigarro. Vício é vício, poluição vicia, o organismo estranha. O silêncio me mantém acordado, eu que me acostumei com buzinas e sirenes. Ou seja, estou condenado, e aceito a minha cruz como dizia Maria, minha mãe. Que não é cruz coisa alguma. Gosto desta cidade. Detesto, mas gosto, não a abandono, tem coisas aqui que não se encontram em nenhuma outra parte. E tem coisas difíceis de se encontrar aqui. Como tamarindo ou pitanga. Ou troco nos ônibus.

Promessas de fim de ano. Nenhuma. Continuar como estou. Vivo. Porque descobri este ano o que significa estar vivo, poder continuar por aqui, em meio a todos os problemas, preocupações, ansiedades. E prazeres. Os prazeres assumem dimensões inusitadas, pequenas coisas oferecem grandes prazeres. E nem ligamos por escrever lugares-comuns como estes. As promessas são prisões, temos de cumpri-las, ou então nos autoflagelamos por não mudarmos.

Aliás, a gente não promete mudar. A gente muda. Assim. De um momento para outro percebe que, como está, não dá mais. E então, parte para outra. Para mim, a outra é viver.

29 de dezembro de 1996.

364 SMOOTS E UMA ORELHA

A Harvard Bridge sobre o Rio Charles, que separa Boston de Cambridge, mede 364 *smoots* mais uma orelha. Atravessando-a chegamos ao Massachusetts Institute of Technology, MIT, a universidade mais poderosa da cidade, ainda que Harvard receba melhores holofotes. Apesar de o MIT ser o maior centro de tecnologia dos Estados Unidos, a medida não foi criada em laboratórios sofisticados e existiu somente para medir a ponte. Ela nasceu em uma das muitas repúblicas da cidade (ali existem 80 universidades e colégios), há 50 anos, quando um grupo de veteranos criou um trote original. Escolheram um grandão, de nome Smoot, e obrigaram os calouros a medir a ponte, tendo Smoot como padrão. Dessa maneira, o pobre sujeito foi sendo deitado sobre a calçada, enquanto se faziam as marcas. Deu 364, mais uma orelha. Exatamente no meio há uma inscrição: *Hatfway te hell* (Meio caminho para o inferno). Todos os anos, as medidas são repintadas. Lá, até estudantes conservam medidas tradicionais; aqui no Brasil, não se cuida nem das estruturas das pontes! Conselho de amigo: não tentem atravessar a ponte a pé, em dia frio. Bate um vento encanado que congela. É infernal! Nada mais louco que a temperatura em Boston/Cambridge. Existe um ditado: *Se não gostou do clima, espere um minuto*. Frio, calor, vento, chuva, gelo, garoa, há de tudo.

Senti isso, sentado numa das 7 mil cadeiras que o MIT dispôs no Killian Court para os convidados à formatura das turmas de 1997. O Killian é um gramado imenso, entre árvores e os prédios principais do instituto. Chegamos às 7h15. O grande dia para André, meu filho. Formou-se engenheiro mecânico, após 6 anos de Estados Unidos. Às 8 horas, cinco filas se estendiam ao sol, organizadas. Gente bem-vestida. Gente chique e gente simples. Cada família recebe apenas quatro convites. As caras eram pequenas para risos que extrapolavam limites. Atrás de mim, um casal simplérrimo, bem interiorano, arrebentava-se de orgulho. Quarenta minutos depois, a fome bateu, a maioria tinha deixado os hotéis sem o *breakfast*. Fosse Brasil, ali estariam os vendedores de cachorro-quente, churrasquinho, águas. Alguns arriscavam um pulo à cafeteria do campus, mas era preciso andar um bocado e, se a fila andasse, perdia-se o lugar. Nove horas, nos instalamos. Agora, o sol tinha desaparecido e um friozinho dolorido penetrava pelo terno leve de microfibra. Cada um de nós com o programa nas mãos. Duzentos e trinta e cinco páginas, sendo 212 com o nome dos 2.300 formandos, pós-graduandos e mestres em arquitetura, engenharias, administração, humanas, ciências. Preparei-me para longa cerimônia. Em Piracicaba, na Esalq, quando Daniel (que ali em Cambridge circulava procurando um bom lugar para fotografar o irmão) se formou, eram 150 e tudo durou 3 horas. O sol reapareceu, a temperatura subiu. O conjunto *The MIT Brass Ermsemble* tocava Hirndemith, Mendelssohn, Conversi, Bonelli.

O presidente do MIT, Charles M. Vest, liderou a "procissão" de professores, ex-alunos e alunos, enquanto ouvíamos Purcel, Haendel, Gabrieli, Bach, Mouret. O patrono dessa turma foi Kofi A. Annan, secretário-geral da ONU. Falaram os representantes dos alunos e então os *speakers* começaram a chamar os alunos. Tudo corria natural, descontraído e em absoluta organização. Nada de receber o diploma, cumprimentar este, aquele, beijar uma professora, ir até a ponta da mesa, dar um abraço e se retirar. Fosse assim como é aqui, teríamos 24 horas de ritual. Ali, ouvia o nome, apanhava o diploma e caía fora, rápido. O brasileiro estranha a falta de aplausos, os gritos da torcida organizada. Em poucas horas, sem que percebêssemos, suavemente, os 2.300 tinham recebido os diplomas. Os verdadeiros. Quando André nos reencontrou, exibiu: cada qual recebe o definitivo, com nome e tudo, não tem aquela de pegar um canudo vazio, para buscar o verdadeiro seis meses depois.

O dia esquentou. O céu claríssimo, azul, contrastava com o verde que nos rodeava e com as becas pretas de uma turma excitada e feliz. Ao meu lado, um casal da Tanzânia; à frente, dois chineses. Entre os formandos, incontáveis negros, hispânicos, brasileiros, asiáticos, africanos. Graduados e pós-graduados. E me lembrei do discurso do presidente Vest, dizendo que a democracia americana se solidifica por meio da educação. Que a nova sociedade é constituída por essa mistura de povos se integrando e a universidade não pode dar as costas a esse fato. Que, se der, vai criar problemas no futuro, ameaçando a democracia.

André, por sua conta, ao terminar um intercâmbio, tentou o MIT, um sonho. Ganhou a vaga, conseguiu bolsa, trabalhou para pagar uma parte, emprestou outra, ajudei com uma quantia semelhante à que despenderia para mantê-lo aqui. Fica difícil definir a emoção ao ver um filho de 22 anos descendo com o diploma na mão após 6 anos em que estudou entre 10 e 18 horas por dia. Circulamos pelos departamentos. Nenhuma parede grafitada. Visitamos duas das 12 bibliotecas, passamos pelo prédio em que o radar foi desenvolvido durante a guerra. No corredor infinito, que secciona o prédio principal, e é inteiramente tomado pelo sol dois dias por ano, cruzamos com os veteranos de 1947. O passado apontando sempre em direção ao futuro. Voltamos ao Brasil no dia seguinte. André quis, e já está, trabalhando. Aqui! No país dele!

15 de junho de 1997.

DE UM CADERNO DE ANOTAÇÕES

POR TRÁS DE CADA FRASE, UM MUNDO

*E*sperando a comida. O restaurante cheio. As mesas muito juntas. Um desses restaurantes médios, comida honesta, digestão segura. Onde fica todo mundo grudado. Hoje em dia, se você não é apanhado pelo *fast-food*, pela comida por quilo, acaba num recinto onde as mesas se amontoam, o garçom passa esbarrando. Dormiu no ponto, o vizinho come da sua comida ou você a dele. Pequenos tabiques separam fumantes de não-fumantes. De que adianta a separação, se do outro lado o sujeito solta baforadas na minha cara? Fume quem quiser, mas me poupe, não me despeje fumaça na cara. E que necessidade é essa de acender um cigarro à mesa antes da comida chegar, um no meio e outro no final? Se você quiser privacidade, conforto, silêncio, vai ter de desembolsar os tubos, para ir a um quatro estrelas. Quantas vezes por ano vamos a um quatro estrelas?

Aqui um conta um caso, outro responde. Todas as mesas falam ao mesmo tempo. O volume das vozes aumenta e, súbito, estamos no meio de um alarido infernal. Por sorte, o restaurante não é daqueles que tem som. A praga do final do milênio é o som. Ele está na rua, no carro, nas lojas, banheiros, feiras, bares, galerias, lanchonetes, carrinhos de pipoca. Algum tempo atrás no prédio em que eu morava, houve uma reunião de condôminos para decidir a colocação de som na garagem. Achei demais, mudei-me. Aliás, descobri uma coisa engraçadíssima. Quem não conhece o famosíssimo *Pamonhas, pamonhas, pamonhas. Pamonhas de Piracicaba.* É o puro creme do milho? Eu ficava admirado, porque ouvia sempre a mesma voz, entonação, modo de falar, em São Paulo, Campinas, Araraquara, Santos. Puxa, pensava, será o mesmo sujeito que vende pelo País? É o que eu supunha. Na verdade, trata-se de uma fita gravada. Uma espécie de *franchising*. Incrível o sistema capitalista, a imaginação corre solta, cada um encontra seu meio de ganhar dinheiro. Este, para ganhar dinheiro, não foi pamonha.

Há gente de todo tipo no restaurante, homens, mulheres, meia-idade, jovens. Vou tentando captar frases aqui e ali. Teria eu uma síntese do que se pensa e se fala num dia? Aparentemente, nada faz sentido. Mas cada trecho de conversa é parte de um pequeno mundo, reflete interesses e pensamentos de pessoas, grupos, famílias. E se um dia fizéssemos um livro apenas de frases ao acaso incompletas? Como:

– Vovó vai querer dar os bordados.

– Tomara a eleição se resolva no primeiro turno, para a novela voltar ao horário normal.

– Duas, de hora em hora, uma a cada quatro horas. Menos a azul.

– Você nem sabe o logaritmo de 876.975.853.

(E por que aquela criança deveria saber? O que havia por trás desta frase?)

– Não gosto de trabalhar em banco pequeno.

– Reservatório de tinta para um ano? Não dá para acreditar. E a grossura dessa caneta?

(Também queria ver a caneta)

– Pedimos arroz para dois ou para quatro?

– Não entendi nada do livro do Paulo Coelho.

– Vire à esquerda, depois três vezes à direita.
– Um gato, gato, gato.
– Malu Mader nem tanto, Fagundes bastante, Patrícia Pilar também.
(Nesta fiquei intrigadíssimo)
– Escorregou, veio deslizando, o vestido todo levantado.
– Comprei duas lixas para unha, minha pele está ressecada.
– Posso olhar um pouco dentro do seu nariz?
– Nem imagina onde estava o sapato perdido. Que bolo deu!
– Igual calendário de oficina mecânica.
– Sempre que toma chope, tosse. Vive tossindo, tossindo, toma um xarope. Xarope com chope dá dor de barriga, vive com disenteria.
– Paris, nada. Nem Roma. Poços de Caldas mesmo. Mentirosa.
– Implantou o dente, ficou de outra cor, era dente de outro paciente, não tinha mais como tirar.

Se fosse uma peça teatral, não teria o mínimo sentido. Assim como está, também não tem. No entanto, cada um sabe por que disse uma frase dessas. Aqui começa um caminho cheio de curiosidade e fascinação sobre o que conversava cada uma daquelas pessoas.

9 de outubro de 1994.

A CONTINÊNCIA, O CAUBÓI E OS PEDIDOS DE ALMOÇO

Dia desses, li no *Caderno 2* a história de Goorges See, que passou 54 anos de sua vida se perguntando por que um oficial alemão que cruzou com ele, certa manhã em Paris, em 1942, ao vê-lo, portando a estrela amarela que o qualificava como judeu, parou e bateu continência. Mais de meia vida esse homem passou com essa inverossímil situação em sua cabeça. Nada mais incompreensível que um oficial alemão saudando a estrela que representava o que ele mais odiava.

See contou a história a um neto e este lembrou-se de um trecho do diário do escritor Ernest Junger morto recentemente aos 102 anos. Havia episódio semelhante. See escreveu a Junger, que confirmou. Era ele o oficial. Sempre reverenciava a estrela amarela e lembrava-se do episódio em Paris. Junger foi oficial, porém não nazista. É um episódio controvertido da literatura alemã. Contei esta história, apenas para fazer um contraponto em uma situação que vivi e não me saía da cabeça. Meados dos anos 80, fui a Paraty. Uma noite, decidi conhecer a pousada de Paulo Autran, o Pardieiro, lugar aconchegante. Sentei-me no restaurante tomando um Campari-tônica refrescante e sem me decidir quanto ao que comer. Vi entrar aquele homem com cara de americano, jeito de americano e botas de caubói.

Pensei: é um americano. Era. Ele sentou-se, os garçons colocaram o *couvert*, ele beliscou uma azeitona, apanhou o cardápio, virou e revirou, sorriu. Sem perder a fleuma. Tinha um jeito bom, afável, e revelava a perplexidade de quem quer comer e não entende uma palavra do que está escrito.

Poderia ter se decidido na forma clássica e clicherizada de apontar o dedo em qualquer coisa e esperar, torcendo para que não seja o *couvert* ou a sobremesa. Não, o homem, que deveria estar com 80 anos, depositou o cardápio, olhou para mim, viu a minha ansiedade, (e por que não ajudei?), fez um gesto: Espere só! Quem seria o homem? Teria parentes aqui? E os parentes? Como o abandonaram, sem que falasse português? Como ele ia se virar? Esperei, o garçom esperou, o caubói não se perturbou. Tranqüilo como Gary Cooper ao enfrentar os ladrões em *Matar ou Morrer (Hign Noom)*. Abriu os braços e soltou um cocoricó que encheu o restaurante. Se Paulo Autran estivesse lá teria ficado impressionado com a empostação de voz. Bateu os braços como se fossem asas e cantou outra vez: cocoricó. O garçom, inteligente, anotou o pedido. Voltou da cozinha com o frango e o caubói comeu regaladamente. Os outros comensais aplaudiram. Há anos atrás trago essa imagem na cabeça, não sei porque não escrevi uma crônica antes. No Sábado de carnaval li aqui a crônica do Mathew Shirts, desfiz o mistério. Era o avô dele o caubói.

Esta cena, por sua vez, lembrou-me uns brasileiros que estavam nos Estados Unidos. No restaurante, um deles pediu um doce e queria canela. Mal sabia falar inglês. Pensou e chamou o garçom. Mostrou a canela da perna, bateu nela com a mão três vezes, dizendo: *powder, powder, powder*. Ou seja, canela em pó. O garçom, claro, não entendeu nada. Vocês podem comentar que faltou ao americano a esperteza do garçom brasileiro. Convenhamos, é mais fácil pedir frango do que canela em pó.

Na *Última Hora*, anos atrás, trabalhava o Flávio Porto, apelidado de *Fifuca*, era irmão do Sérgio Porto (Stanislaw Ponte Preta) que assinava a coluna *Dona Yayá* com fofocas da cidade, do teatro rebolado e da noite. As coisas que gostava e freqüentava. Sujeito alto, boa praça, bonitão, fazia o maior sucesso com as mulheres. Viajava para a Europa e ao voltar perguntávamos: em que restaurante foi? O que comeu? Adorávamos saber de comidas. Para sonhar. E o Flávio, tranqüilo: "Só como filé com fritas! É o que sei pedir. Nunca erro, vem direitinho".

Um grupo de mulheres de Araraquara foi a Miami. O lugar ainda não estava na moda, elas estavam adiantadas no tempo. Duas não falavam sequer *good morning, thank you, please, water*. Foram se virando, até o dia em que uma deu um basta:

— Agora chega. Não agüento mais

— Não agüenta os Estados Unidos? Não está gostando?

— Estou adorando. Não agüento é comer ovos com presunto.

E por que não pede outra coisa?

— E eu sei pedir? Ele é quem pede.

— E por que só pede ovos com presunto? E como é que ele pede se não sabe falar?

Descobri que basta dizer: não me negues.

Tinha razão. Ham and eggs é quase a mesma coisa que não me negues. Os garçons entendiam.

A história de See e Junger é verdadeira. A do caubói americano foi narrada para deixar o Mathew Shirts com a pulga atrás da orelha. Ele é que contou no jornal, a história do avô dele, Wesley, que esteve em Paraty e pediu frango fazendo a mímica e o som. Recortei a crônica dele, mudando o ponto de vista. Não, Mathew! Não estive lá naquela noite memorável, mas seu avô devia ser legal.

1º de março de 1998.

NADA É O QUE PARECE SER

*E*ncontrei a pedra perto de uma falsa banca de jornais e achei que ia dar sorte. Em São Paulo, elas estão por toda parte. Descobri por causa da minha ingenuidade ao passar por uma falsa banca e perguntar se tinha o primeiro volume da coleção Érico Veríssimo que está sendo relançada. A morena vestindo um bustiê e um jeans apertadíssimo olhou-me espantada. A boca exibia um batom preto, excitante.

— O que o senhor quer?
— O primeiro volume da coleção do Veríssimo.
— Não entendo.

Do chão da banca vinha o som, em volume razoável, de Elba Ramalho cantando *Chameguinho,* primeira faixa de seu último CD, Flor da Paraíba.

— Veríssimo? É o motorista do ponto da esquina, o português careca que buzina sem parar?

Talvez ela não fosse jornaleira e sim a amiga que ficou tomando conta da banca enquanto o dono foi tomar café.

— Você é da banca?
— Sou. Por quê? O que há, está invocando comigo?
— Só quero um livro que não encontro em lugar nenhum.
— Se não encontra, não tem. Aqui não é banca de livro.
— É livro vendido em banca. O *Incidente em antares*.

— Aconteceu um acidente na Antártica? Toma Brahma. Qual é a sua? É tira?
— Tenho cara?
— Ninguém mais tem cara de nada. Tira parece padeiro, banqueiro parece jornaleiro, médico parece advogado. Todo mundo dando trambique, vejo isso na hora de pagar. Ninguém quer pagar.
— Pagar o quê?
— O senhor é de onde?
— Moro na esquina.
— Na esquina desse ou do outro mundo? Pensa que esta banca é o que?
— De jornal.
— Está vendo algum jornal aqui?
— Tem revista.
— Olha bem!

Tudo refugo, revistas antiquíssimas, poderiam estar em qualquer consultório de dentista, médico. Gibis amassados, Manchetes desbotadas, Seleções manchadas.

— Não vendo revistas... Pô, cara, tirou o dia para me encher? Comecei mal a segunda-feira!

Acontece que na segunda-feira sempre acordo sonso. Tenho ojeriza pelo dia. A segunda-feira não devia existir, devia funcionar como uma câmera de descompressão. Começar a semana na terça, mais aliviado. Aliás, a semana nem devia começar, devia se compor apenas por dois dias, o sábado e o domingo. A morena de batom preto inclinou-se, seu bustiê abriu, me ofereceu visão total, Elba Ramalho cantava. Eu dou a minha face para bater.

— Pode me dizer então para que é essa banca?

Nesse momento me assustei. E se fosse um ponto de droga?

— Quer o quê? Fazer uma milhar?
— Milhar? Ah. É isso. Vou fazer uma milhar.
— Que número?

— Bem, acabei de achar uma pedra. Bonita!

Era uma pedra transparente, brilhante, lilás. O que seria?

Corresponderia a algum número?

— Quer me dar?

— Não. Quero que me diga um número que corresponda a ela.

— Pode ter caído com a chuva de ontem à noite. Foi granizo.

— Granizo é gelo.

— Minha mãe disse que, para engravidar de mim, deixou um monte de pedras debaixo do travesseiro do meu pai. O senhor acredita?

— Bem, você nasceu.

— Me dá a pedra, te faço um jogo. Barato, mas faço.

— Jogo em que número?

— Quando o senhor nasceu?

— 1936.

— 1 + 9 + 3 + 6 dá 19. 1 + 9 é igual a 10. 1 + 0 é igual a 1.

Ela fez cálculos, assinalou uma série de números, não entendi, nunca tinha jogado no bicho, só sei que no dia seguinte ela me pagou 200 reais. Desde esse dia ando procurando pedras pelo chão. Talvez se comprar uma picareta e começar a cavar pelas calçadas. Já se cava tanto nas cidades, as ruas estão cheias de buracos. Serão outros caçadores de pedras?

22 de novembro de 1998.

E SE FÔSSEMOS CRIATIVOS?

Gosto de histórias que revelem a criatividade humana. Duvido que existam pessoas que não gostem. Elas mostram que o mundo vai para a frente, em constante evolução. Nos deixam diante da interrogação: por que certas idéias que nos vêm à mente não são desenvolvidas? Quem já não teve uma solução para alguns impasses, mas deixou passar por esquecimento ou por pensar: ora, não vai dar certo! Quer dizer, não acreditamos em nossa capacidade de modificar uma situação, nos subestimamos. Essa é a diferença entre o homem comum e o criador, o empreendedor. Ou uma das diferenças. O criador tem a idéia e vai em frente, não questiona, tenta.

Por exemplo, muitas pessoas foram almoçar e, na hora de pagar a conta, se viram sem dinheiro, a carteira esquecida em algum lugar. No bolso, apenas um cartão de visitas. O que fizeram? Chamaram o gerente, negociaram, deixaram alguma coisa empenhada, uma pessoa da família ficou esperando – como refém – enquanto se ia buscar dinheiro em casa ou no escritório. Aqui está a diferença. Em 1950, um homem chamado McNamara almoçou com amigos e, na hora da conta, tinha deixado carteira e cheques no escritório. Apanhou o cartão de visitas, assinou, colocou a quantia devida e entregou ao gerente, garantindo que, mais tarde, ele ou um boy viria pagar. Aconteceu em Nova York, McNamara voltou ao trabalho, pensando no que tinha feito. Então surgiu na sua mente uma pequena idéia: por que uma pessoa não poderia pagar deste modo, com um cartão que a identificava com profissão e endereço e telefone? Estava inventado o primeiro cartão de crédito do mundo, o Diners.

Histórias assim deliciam. Ou os almanaques não fariam sucesso. Penso nelas porque passei uma semana ouvindo casos e mais casos. Uma das vantagens da profissão de jornalista. O que ouvimos de histórias. Estou fazendo os textos para um caderno especial da revista *Vogue* sobre grandes marcas como Volkswagen, Lycra, Kibon, Diners, Nestlé, Avon e outras. Descubro coisas inesperadas. Provas da imaginação humana, das fantasias, eternos sonhos. Alguém associa a Avon, empresa de cosméticos, a Shakespeare? O que tem a ver cremes e loções e colônias com o autor de *Romeu e Julieta, Sonhos de uma noite de verão, Ricardo III, Hamlet*?

Pois no final do século passado, um vendedor de livros, chamado McConnel, para incrementar as vendas, passou a distribuir perfumes como brinde. Os perfumes fizeram sucesso e ele, com intuição para o *marketing*, mudou de profissão. Passou a fabricar perfumes e a vender de porta em porta, como era seu hábito. Sua empresa cresceu, mas tinha um nome longo e regional, Companhia de Perfumes Califórnia. Era preciso criar uma marca, sintetizar, deixar um nome sonoro, fácil de ser memorizado. McConnel adorava Shakespeare, um dos autores mais vendidos em seu catálogo. O que fez? Onde nasceu Shakespeare? Em Stratford on Avon, na Inglaterra. O Avon vem daí. Portanto, agora, quando a Avon chamar, lembrem-se de Shakespeare e leiam *As alegres comadres de Windsor* ou *A megera domada* ("Quando ouvimos um desgraçado gemer oprimido pela adversidade, pedimos que se cale; mas se houvéramos que carregar o mesmo peso de dor, nós nos queixaríamos tanto ou mais do que ele". *A comédia dos erros*. Sei de cor? Que nada, corri à estante, abri o livro!)

    Não sou forte em História Geral e não sabia que, 120 anos atrás, a Suíça era subdesenvolvida e a mortalidade infantil enorme. Portanto, o Brasil tem chances, em um século, de virar primeiro mundo. E havia um homem chamado Henri preocupado com isso e que, um dia, depois de muito pensar, apanhou biscoitos, reduziu a pó, acrescentou leite e deixou secar. Esta farinha vitaminada, acrescentada ao leite, era energética. Nascia a farinha Láctea da Nestlé, o mais antigo produto da empresa. Por que Nestlé? Simples, o sobrenome de Henri era Nestlé. Quem ia imaginar? Nestlé quer dizer pequeno ninho, de onde a marca da companhia, mundialmente reconhecida. Se os brasileiros soubessem falar inglês, não existiria o Leite Moça, mas simplesmente leite condensado. Quando passou a ser fabricado e vendido no Brasil, era Milkmaid (A leiteira), o nome original. Mas o povo olhava aquele desenho da leiteira com seus baldes e não conseguia pronunciar Milkmaid. Então, pedia: "Me dá o leite da moça!"

    Aliás, o Leite Moça provocou um impasse em Curt Meyer-Clason, o tradutor do meu romance *Zero* para o alemão. Ele escorregou e traduziu: leite de moça, o que fez uma frase perder o sentido. Implicado com aquilo, me mandou um telegrama: Que raio de leite de moça é esse? Expliquei, ele se lembrou, tinha esquecido de alguns detalhes do cotidiano brasileiro, pois Meyer-Clason viveu no Brasil.

    Se quiserem, podem contar estas historinhas aos amigos, no jantar. Porque a minha turma não me agüenta mais, narrando e renarrando estas pequenas descobertas que fazem parte da adorável e necessária cultura inútil. Mas, de qualquer modo, o mundo seria um pouco diferente sem McNamara, McConnel, Nestlé e outros!

27 de março de 1994.

SEGREDOS DAS JANELAS

Recortei a reportagem do caderno *Cidades* e colei no caderno. É um hábito. A história dos três homens que "construíram" sua casa no vão da ponte é um conto, poderia ter sido escrito pelo Plínio Marcos ou pelo João Antônio. Um desses homens foi cabo eleitoral do Maluf. Triste destino de alguém que ajudou um prefeito a se eleger a alguma coisa, nas poucas em que foi eleito pelo voto. O detalhe da matéria está no empenho que os três homens tiveram para instalar uma janela. Não se vive sem uma janela para o mundo, a janela é essencial ao ser humano. Os homens do viaduto têm uma tevê em cores, mas sonhavam com a janela e a fizeram. Eram obcecados por ela. Uma necessidade vital. Quer dizer, a televisão não é divertimento suficiente. Sem uma janela, aqueles três eram infelizes. Ao abrirem a janela, o mundo veio para dentro de casa.

Não importa que esse mundo seja restrito, traga somente uma avenida e uma das diversões seja olhar os carros. Quando éramos crianças ficávamos entretidos, à espreita, apostando: "Agora vem um Ford azul. Agora, é um Chevrolet preto. Um Studebaker". Lembram-se do Studebaker? Diziam que era carro para toda a vida, o dono nunca conseguia vender. Injustiça ou não, foi o desenho mais aerodinâmico que existiu. Mas e a janela? Nossas tias se acomodavam nela no começo da noite e ali permaneciam horas. Conversavam com quem passava, vigiavam quem saía, criticavam quem namorava. Os olhos acesos, ouvidos atentos, vigilantes sobre a quadra. Felizes. O mundo restringia-se a 100 ou 200 metros, mas quem queria saber de mundo grande? Os cotovelos pareciam anestesiados. Algumas mulheres faziam almofadinhas especiais. Havia quadras que evitávamos, nelas se postavam as piores línguas. Um personagem memorável da literatura e das novelas foi a moça da janela, vivida por Ana Maria Magalhães em *Gabriela,* de Jorge Amado. Janelas podem ser dramáticas. Um menino viu um crime através dela em *Ninguém crê em mim (The window),* filme dos anos 40 com a Ruth Roman, e passou maus bocados com os assassinos. Poucos filmes foram tão famosos como *Janela indiscreta (Rear window),* de Hitchcock, com James Stewart, um fotógrafo com espírito de comadre que assesta sua teleobjetiva para a casa do vizinho.

Na juventude, em Araraquara, nosso grupo passava a noite no Bar do Pedro, como chamávamos o bar do Hotel Municipal. O hotel está lá, mas o bar se acabou, infelizmente. Era um bar clássico, com lambris de madeira, e reservados. Tomávamos chope com genebra, observando Nelson Rossi, o dono da banca de revistas, que todas as noites comia um misto frio, e o Carlos Armando Vaz, que possuía imponente Jaguar que tinha uma luz violeta no painel, coisa chiquérrima para o tempo. Cerca de uma da manhã chegava o amigo que apelidamos o "janeleiro".

Por anos e anos, o "janeleiro" cumpriu seu ritual. Pelas dez horas, ele se punha em campo. As ruas eram desertas, a cidade devia ter quantos, 50 mil habitantes? Não havia televisão, dormia-se cedo. O "janeleiro" andava quilômetros, infatigável, ouvidos atentos às venezianas. Os quartos em geral davam para a rua. Onde ele ouvisse rumor, conversinha, riso, choro, gemido, parava, ansioso. Tentava olhar pelas frestas em busca de moças trocando de roupa.

Ou casais se amando. Buscava segredos. Incansável. Noites e noites chegava frustrado, nada de interessante tinha sido registrado. Outras vinha excitado, a caça valera a pena, fazia relatórios incríveis.

Ah, o que descobrimos! Sabíamos coisas que ninguém mais sabia. Como aquela senhora respeitável, admirada pela integridade e intolerância, que, ao fazer amor, pedia ao marido: "Me jogue o guarda-roupa em cima!" Ou as quatro lindas irmãs que dormiam sem uma peça de roupa. Nunca acompanhamos o "janeleiro" no cerimonial obscuro, algo doentio. Não que fôssemos moralistas ou tivéssemos embutidas noções arraigadas de certo e errado. Era mais divertido o chope e a masturbação intelectual. Era mais divertido o relatório que o "janeleiro" trazia, às vezes aumentado. Assim, nosso grupo penetrou no segredo de muitas famílias respeitabilíssimas que diziam e faziam coisas curiosas. As pessoas passaram a ter, para nós, duas caras, duas vidas. A cidade noturna, através das janelas, era diferente. A maioria está viva, algumas muito velhas, outras casadas, bem-casadas, desquitada, em boa posição. Porém, esses segredos das janelas vão morrer conosco, não somos indiscretos.

10 de março de 1996.

MUNDO GRANDE E FASCINANTE

*P*recisei desocupar espaço numa estante. Encontrei cadernos amarelados. Neles coloco recortes, fotografias, descrevo situações, existe o embrião de histórias, sugestões de títulos. A curiosidade me levou a abrir um de abril de 1987. A delícia de rever as coisas disparatadas que anotamos:

1 – Entrevista de Glauber Rocha em Portugal. *Jornal do Brasil,* agosto: "Mas ser cineasta hoje é uma coisa lamentável. O ambiente intelectual do cinema foi corrompido pelo comercialismo. Então, eu me defino como um intelectual independente que, entre outras coisas, faz cinema. Mas posso encenar uma peça de teatro, abrir um consultório de psicanálise ou me tornar um conferencista literário. Fiz televisão no Brasil. O intelectual moderno é um comunicador múltiplo. A época dos especialistas acabou".

2 – *Jornal da Tarde:* "Leslie Cowern, um inglês de 50 anos, tinha tanto medo de ir ao dentista que a primeira vez acabou sendo a última. Cowern morreu de medo, literalmente, ao sentar-se na cadeira do dentista. Segundo sua mulher, ele era um homem perfeitamente são e seu único problema era a boca, tal o seu pavor de ir ao dentista. Cowern sofreu um ataque cardíaco fulminante, tão logo se sentou na cadeira do dentista, pela primeira e última vez na vida".

Pois me lembrei de um parente chegado que, ao saber do cardiologista que teria de fazer cateterismo, sofreu um enfarte e morreu dias depois.

3 – Terpandro (Esparta), poeta e músico, estava cantando e bebendo, quando um dos ouvintes atirou-lhe um figo no rosto. A fruta entrou pela boca desceu pela traquéia e asfixiou-o em pleno canto.

4 – Anacreonte morreu aos 85 anos, engasgado com a semente de uma uva.

5 – Estava no ginásio, anos 40. Ronaldo Bertoldi, meu melhor amigo, me avisava: "Prepare-se, vai passar filme com Virginia Mayo". Era o máximo para nós em matéria de pernas. Ela sempre dava um jeito de mostrar as coxas, mesmo que fosse num faroeste. Onde andará Virgínia?

6 – Não suporto mais ouvir a expressão: Agora deu para sacar outro contexto!

7 – Alguns nomes de uma relação que me foi dada por uma funcionária da IBM de Fortaleza. Ela sabia de minha paixão por nomes. Anoto todos, consulto dicionários, listas telefônicas. Preciso de nomes, vou até a túmulos. Pois aquela moça também fazia sua lista e me cedeu. Veja só uma parte: Adrizio, Altarisa, Ardonio Auridéia, Aurineuda, Cassunde, Cleidson, Derlania, Dorvélio, Erilandia, Francinélio, Francislurdes, Jocileuda, Josemil, Osmidio, Rondoande, Salenilson, Sefora, Siglinda, Sirliane, Sorleangela, Venelouis, Verolandia, Karisia, Kerginaldo, Lagildo, Lucielma, Neutemir. Desta relação retirei o nome de Lindorley para a faxineira apaixonada pelo Padrinho no meu romance *O anjo do adeus*.

8 – Filadélfia, Estados Unidos: "Uma das cinco mulheres algemadas e estupradas pelo falso pastor Gary Heidnik em sua casa de horrores no norte de Filadélfia depôs à polícia, dizendo que ele forçava todas as presas a comer carne humana moída e misturada com ração canina.

9 – Notícia: "Morreu ontem, atropelada, Madame Yolanda, que lia as mãos e previa o futuro. Não previu o automóvel que a esmagou". Talvez fosse parente daquela vidente do PC Farias que não previu a polícia chegando para prender seu cliente.

10 – De uma carta de Dostoievsky para M.N. Katkov, em setembro de 1865: "Com demasiada freqüência, tenho sido obrigado a escrever textos muito fracos por ter de cumprir prazos. Mas esta história em particular vem sendo escrita sem pressa e com ardor. E eu tentarei – tomara que consiga – fazer a conclusão logo que puder". Referia-se ao romance *Crime e castigo*. Conseguiu uma obra-prima.

11 – Na cidade ucraniana de Donetsk, os médicos se defrontam com os estranhos poderes de Luhlia Vorobiova, que enxerga os órgãos humanos internos e realiza surpreendentes diagnósticos, noticiou o jornal *Isveztia*. "Operadora de guindastes num armazém de madeira de uma mina, em março de 1987, com 37 anos, Luhlia sofreu acidentalmente um choque elétrico de alta voltagem. Ao recuperar-se do estado de coma constatou-se o fenômeno da visão interna". Olhar de raios-X do super-homem.

12 – De uma entrevista com Paulo Autran: "Quando se atinge a maturidade descobrimos que, nem nós, nem a crítica, nem ninguém tem a menor importância e isso torna a vida mais fácil, mais bela e mais digna de ser vivida".

Grande e fascinante é o mundo.

5 de maio de 1996.

ALGUNS PERSONAGENS

POR QUE BENTO XAVIER CORRIA TANTO?

*E*stava assistindo ao jogo Inter, de Porto Alegre, e Corinthians e ouvia o locutor dizer, a todo momento, Bento Xavier. Nossa, esse nome tão em meu passado, revivido ali? Logo descobri, o jogador do Inter se chama Clayton Xavier, o Bento foi a minha mente que colocou, influenciada pelas nuvens que se fechavam negras sobre a cidade, ameaçando temporal. Porque Bento Xavier era um homenzinho seco, rijo, meu padrinho de crisma. Parente chegado. Sendo Xavier de Mendonça, estava ligado ao meu avô José que, nascido Xavier de Mendonça, a certa altura da vida mudou para Brandão, sobrenome do padrasto. Descobri isso recentemente, por meio de um irmão, o João Bosco, que se dedica, entre outras, a escarafunchar armários da família, em busca de documentos, fotografias, papelórios.

Nunca descobri a profissão do Bento Xavier. Parentes dizem que, certa época, ele teria trabalhado na estrada de ferro, destino ao qual todos nós estávamos condenados, por tradição. Outros falam de uma breve estada em um cartório, talvez do Dorival Alves, um dos personagens da cidade. Dorival conhecia tudo e todos. Célebre por saudar cada um que entrava no seu cartório nomeando a árvore genealógica e alguma particularidade do pai, do avô. Sempre de suspensórios, voz estentórea. Modelo ideal para um personagem, porque a vida real e as pessoas estão aí, não precisamos inventar nada. Não por ser meu padrinho, mas eu achava o Bento Xavier um homem incrível. Dava-me a sensação de liberdade, desprendimento. Não estava preso a nada, ninguém.

Ele circulava o dia inteiro por Araraquara inteira. Sempre a pé, num passo rápido, homem miúdo e veloz, subia e descia, não parava. Corria, corria. Na cidade, subir e descer é terminologia própria, poucos entendem, porque a cidade é plana. Quando se vai para o centro, se diz: Vou descer. Você sabe, saindo do centro para os lados da Santa Cruz ou da Fonte Luminosa (como esquecer o lugar que deu nome ao estádio da Ferroviária, hoje um time relegado à quarta divisão, cada vez mais afundado, como o próprio futebol brasileiro?). Bento jamais usou o ônibus. Deslocava-se a pé, esperto como vento, voando da casa de um parente para a do outro. Por que a pressa, nunca se soube. Era coisa dele, uma vez que o tempo todo do mundo estava à sua disposição. Chegava sempre na mesma hora, nunca na hora do almoço ou do jantar. Não era de filar comida. Raras vezes eu o vi sentar-se à mesa conosco, voltava para a casa dele. Aceitava o café de praxe, porque não se ia à casa de ninguém sem tomar um café, eventualmente comer um bolinho de chuva, arroz-doce, rosca doce, doce de leite em barras, doce de leite mole, broa de fubá, rosquinha de polvilho, fritela, bolo de milho verde e curau (se fosse tempo de milho; dava no quintal), titirata, canaricoli, aqueles bolinhos duros embebidos em mel. Ninguém fazia regime, as casas, mesmo as mais pobres, eram fartas. E não me lembro de gordos ou obesos como hoje!

Bento andava. Sentava-se, colocava o chapéu mole sobre um dos joelhos e conversava, balançando as pernas vigorosamente, o que deixava minha mãe nervosa. Contava histórias e mais histórias, levava de uma casa para a outra as notícias, fofocas, mexericos, dores, alegrias. Tinha a imaginação fértil. Um canteiro de alface, tornava-se uma horta, uma chácara, virava sítio, logo era fazenda produzindo café, milho, arroz, batata, melancia. E Bento programava festas em que todos os parentes seriam convidados, passariam dias e dias a comer e beber e dançar. Eu ficava rondando, maravilhado com as fantasias que minha mãe, mulher prática, de pé no chão, derrubava com um ríspido: Para que mentir tanto? No entanto, mesmo ela surpreendia-se com os sonhos e os delírios do Bento e sorria, complacente.

Bento sempre foi um solitário. Nunca soube de uma namorada, uma noiva, um romance desfeito. De vez em quando, alguém citava um caso misterioso, um drama, um casamento desfeito, mas ninguém afirmava nada com segurança, eram conversas veladas, nebulosas. No fundo, sempre senti Bento como um homem triste, desamparado na vida, sem destino. A andar, andar, sempre num passo rápido, velocíssimo. Muitas vezes, ele levava recados de um parente para o outro, substituindo o inexistente telefone. Curiosamente jamais soube sua idade. Podia ter 50 ou 60, quem sabe 70, tinha um tipo físico indefinível.

Um dia, Bento Xavier morreu. Por alguma razão eu estava na cidade e fui ao velório. Os corpos eram velados nas casas que ostentavam na porta ou portão panos negros ou roxos para indicar a presença da morte. Cinco da tarde – sempre se marcava o funeral para essa hora – os homens pegaram na alça do caixão e saíram para a rua. A última homenagem era feita nos braços dos amigos. No mesmo instante, o céu escureceu, nuvens se juntaram, ameaçadoras, prometendo um temporal daqueles. As pessoas começaram a se apressar. Por sorte, Bento era franzino, seu caixão não pesava. E as nuvens se fecharam, virou noite. O vento passou a fustigar com violência as árvores e a turma começou a correr. Caíram alguns pingos. E faltavam ainda cinco quadras para o cemitério.

Ninguém estava com guarda-chuva, afinal o dia estava claro, nada indicava chuva. E agora, o toró estava sobre as cabeças, todos dizendo: Vai acabar o mundo. Gente orando para Santa Escolástica, pedindo a intervenção de Santa Bárbara. Poucas vezes se viu tal maratona em direção ao cemitério. Perdeu-se a compostura, pode-se dizer. Tratava-se de chegar ao cemitério antes que a água desabasse, ia inundar tudo, um horror. O caixão de mão para mão, numa solidariedade comovente. Assim se chegou ao pé do túmulo. O padre – a família de Bento Xavier era catolicérrima, patrona de muita coisa na Santa Cruz, bela igreja gótica – olhou para o céu e não teve dúvidas. Jamais na vida um morto foi encomendado tão vertiginosamente. O caixão desceu, os coveiros baixaram as pedras, rebocaram, jogaram terra, deram o acabamento. No mesmo momento, o céu se abriu, o sol reapareceu, a chuva se dissolveu. Os amigos olharam uns para os outros: "Bento tinha de correr até na hora do próprio enterro".

25 de abril de 2003.

AJUDEI A FAZER CHOVER SOBRE ARARAQUARA

*M*inha primeira idéia era escrever sobre uma escola da Rua Cristiano Viana que há três dias polui tudo com uma barulheira dos diabos, preparando, imagino, uma festa junina. Na quarta-feira à tarde, uma professora se esgoelou ao microfone durante cinco horas, sem parar. A esta altura, o bairro inteiro sabe como dançar quadrilha. Também pensei em responder cartas, porém duas referências sobre a mesma pessoa em breve espaço de tempo me levaram a mudar. Linhas se cruzam na vida, sem que saibamos as coordenadas. Dias antes da cirurgia, meu médico revelou que tinha vivido curto período em Araraquara. E que o pai dele era amigo do Dr. De Marco, figura à parte dentro daquela cidade provinciana dos anos 40 e 50. De Marco, com seu consultório na Rua 1, vizinho do edifício da Lupo, por estar anos à frente de tudo, era o excêntrico, gênio de plantão, admirado, mas também ironizado.

Com um terno cinza, de *tweed* ou casemira, colete e o chapéu borsalino que escondia parte da careca, mas revelava melenas brancas pelos lados, era um elegante e um diferente, imune ao diz-que-diz-que da cidade. Tinha clientela fiel, mas dedicava-se igualmente a duas coisas inusitadas para seu tempo. Operava cabeças e fazia chover.

Estava sempre nas páginas de *O Imparcial,* por meio de um admirador, o jornalista João Ferraz que estava escrevendo sua biografia.

De Marco era amigo de Picard, um explorador do fundo dos oceanos, hoje eclipsado pela mídia que assestou o foco em Cousteau, mas se esqueceu de Picard e seu batiscafo. Louco só pode ser amigo de louco, comentava-se. Quando editei a revista *Planeta* nos anos 70, meu tio José Maria escreveu um belo artigo sobre De Marco, um dos primeiros sérios sobre o professor. Quanto ao livro do João, nunca mais tive notícias.

Pois não é que logo depois da cirurgia recebi um bilhete de um velho amigo, um gozador, o arquiteto Nusdeu: "Como é? Trepanado? Coco perfurado por uma blequideque de impacto? Não chamaram o Dr. Frederico que devia usar um arco de pua, tão distante do instrumental de hoje, facultativo dado a estas façanhas e amigo do professor Picard. Rogo ao lá de cima para que o escritor da Morada do Sol retome as atividades com o mesmo impacto. Vai ficar elegante de borsalino. Pena que sem as melenas brancas sobrando na nuca, reviradas sob a aba do chapéu, como o Dr. De Marco." Criança, eu era coroinha e às vezes Bepe Gasparetto, o sacristão, avisava: "Venha hoje à tarde ajudar o professor." Bepe é outro que merece biografia, foi sacristão por quase um século na Matriz de São Bento. Ele sabia mais de missas e liturgias que muito padre, era quem comandava todo o cerimonial da Semana Santa. Não há mais sacristãos? É profissão em extinção? Ajudar o professor significava esperar De Marco na sacristia com as chaves da torre. Um privilégio. Nosso sonho era sempre penetrar na misteriosa torre. O médico chegava com seu instrumental e iniciávamos a subida. Primeiro o coro, depois um lance de escadas por trás do órgão e abria-se a porta para outra série de escadas na penumbra. Uma aventura, clima de filme de terror, teias de aranha, morcegos voando para todos os lados. Contornávamos o imenso mecanismo do relógio que ocupava todo um andar (o que foi feito daquele relógio, quando derrubaram a matriz velha?) e subíamos ainda mais, passávamos pelos sinos (outra especialidade do Bepe era o repique dos sinos, digno de um músico de tino ouvido), atingíamos o topo.

Havia a cúpula de ardósia, grades, a vista da cidade era fantástica. Acima de nós, a cruz, iluminada por pequenas lâmpadas. Trocar as queimadas era uma temeridade, somente o Bepe era autorizado a subir na cruz, flutuava nela como um pássaro sobre a cidade. Quando descobri as comédias do Harold Loyd, sempre solto no espaço, me lembrei do Bepe naquela torre, um herói.

De Marco levava enigmáticas caixas pretas que dispunha em torno da torre. Consultava o céu e acertava a posição de cada caixa em determinados ângulos. Um dia me atrevi a perguntar (apesar da figura insólita, pesada, era um homem gentil):

– Para que estas caixas?
– Para acionar os raios cósmicos.

Calei-me, não queria mostrar ignorância, mas sabia-se na cidade que De Marco fazia chover, utilizando-se do poder dos raios cósmicos. Que diabo era um raio cósmico? Às vezes, ele saía de avião, num dos poucos teco-tecos do aeroclube local, para bombardear as nuvens com seus raios, a fim de produzir tempestades.

Pois aqui está um personagem que devia ser restaurado na história da minha cidade. Um desses homens ao qual a revista *Seleções* dedicava uma seção, *Meu Tipo Inesquecível*.

Hoje que há tantas faculdades, será que não existe ninguém disposto a verificar a contribuição do Dr. Frederico (acho que devia ser Federico), um pioneiro? Porque ninguém arrisca uma tese sobre ele, em vez de ficar preocupado com o subjuntivo em Fernando Pessoa? De Marco, um ousado que lutou contra tudo e todos, pensando em fazer o mundo progredir. Dessas pessoas que investiam contra o estabelecido buscando novas formas para mudar tudo, mesmo sem os meios, o instrumental. Gente rara hoje, tempo de massificação.

16 de junho de 1996.

A ALMA DE VIDRO
DE MARIO SEGUSO

*M*omentos de encantamento, descobertas. Cada cidade tem seu segredo. Ou preciosidade. Tantas vezes fui a Poços de Caldas, mas somente no sábado passado penetrei num recanto fascinante, os domínios de Mario Seguso. Lugar para se entrar e se deixar ficar. Nunca mais sair, como aqueles personagens do filme de Buñuel que não conseguiam deixar a sala do banquete. Poços é a única cidade brasileira a abrigar um mestre vidreiro cujas raízes estão fincadas em Murano, de onde emana toda a arte do vidro feita no mundo. No entanto, mestre vidreiro é pouco para Seguso, porque ao contemplar as criações que ele guarda ciosamente em uma sala nos fundos da Ca d'Oro, percebemos estar diante de um gênio. A sala na penumbra, os vidros destacados pela perícia de um iluminador teatral, cada peça é uma emoção que faz parar o tempo, até que as contemplemos de ângulos variados, porque elas, as visões, se modificam à medida que mudamos de posição. Se você tiver a sorte de ser contemplado com uma visita a essa mostra particular, lembre-se de procurar logo *O beijo*. São três peças em cristal e nos vemos diante de Seguso escultor. Os três casais que se beijam no interior dos frascos nos remetem à intemporalidade da arte e sua permanência. Somos conduzidos à beleza e à perfeição absolutas.

Esta visita demorou dez anos para ser feita. Ela começou no dia em que na DBA, editora de livros institucionais de primeira linha, escrevi o texto para a história da Vidraria Santa Marina. Foi meu primeiro contato com o vidro, sua trajetória e mistério (nunca se determinou, realmente, a sua origem), seus caminhos. O vidro foi tão precioso quanto as pedras mais raras e o ouro. Elemento exclusivo de reis e imperadores, depois para os muito ricos. Foi posse sagrada das igrejas e os vitrais serviram para contar a Bíblia aos analfabetos. Naquele livro da Santa Marina foram vistas várias criações de Seguso, o homem que se "escondia" em Poços de Caldas. Refúgio escolhido. Na sexta-feira passada, ao entrar no Instituto Moreira Salles, naquela cidade, para uma conversa sobre literatura, fui recebido por um jovem que foi me entregar o livro *O vidro*, por Mario Seguso, textos de Silvia Avanzi, e me convidar para visitar seu ateliê na manhã seguinte. Mario estava agradecido pela sua presença no livro da Santa Marina, quando, na verdade, o Brasil é que deve estar agradecido por ele viver aqui, tendo deixado a ilha de Murano em 1954, para jamais voltar.

Quando entramos no *sanctum sanctorum* de Seguso, deparamos com sua árvore genealógica na parede, porque é coisa para se orgulhar, uma vez que sua família está entre as primeiras inscritas no Livro de Ouro da Magnífica Comunidade de Murano. Os Seguso têm mais de sete séculos na arte vidreira.

Eles lá estavam quando Veneza, no século 13, transferiu os artesãos do vidro para a ilha, a fim de proteger a arte e preservá-la, impedindo que os segredos passassem para mãos estrangeiras. Era sabido que a França sempre tentava seqüestrar artesãos de Murano ou enviava espiões para ali aprender o ofício e regressar com os mistérios resolvidos. Assim, o que Poços – digo, o Brasil – recebeu como doação generosa de um homem decidido a mudar de vida é algo que, ao longo de séculos, foi questão de Estado, lutas, prisões e até mortes.

Mario Seguso chegou a São Paulo em 1954. Convidado pela Cristais Prado para produzir as peças comemorativas do IV Centenário da cidade. Certamente, foi além daquelas peças, desde o momento em que decidiu ficar no Brasil. Formado no Regio Istituto d'Arte, ele estava à frente de um ateliê disputado pelas grandes marcas do seu tempo. Entre os fornos desde criança, seus brinquedos eram de vidro. Quando se percorre a Ca d'Oro na linha de utilitários – porque é preciso sobreviver para a arte viver –, damos com traços familiares que se tornaram tradição em São Paulo e nos remetem aos Prados, cuja loja fechou há não muito tempo, naquele declínio gradual que a Rua Augusta vem sofrendo, sendo comida pelas beiras.

No entanto, São Paulo desiludiu Seguso. Muito movimento, badalação, superficialidade, crescimento desordenado, trânsito maluco. Ele sentiu que não era o lugar em que desejava ver seus filhos Adriano e Michel crescerem.

Seu olhar repousou em uma cidade entre montanhas, interior de Minas Gerais, uma estância de águas, com um turismo interno tranqüilo e intenso. Pessoas que tinham calma e tempo "a perder" numa loja de vidros, principalmente em uma que oferecia um produto pura arte sobre a mesa, nas cristaleiras (lembram-se delas?), aparadores. Seguso foi introduzindo a arte e o bom gosto na vida cotidiana, ao se apanhar uma jarra, o copo, a licoreira, o vaso. Por mais insensível que a pessoa seja, há uma transfiguração que se produz ao contemplar e apanhar uma jarra que é algo mais do que mero objeto de uso prático. Traz a alma de uma arte que atravessou o milênio e teima (felizmente) em existir em uma era de industrialização e máquinas e computadores.

Quando percorremos uma fábrica de vidros (e a denominação me parece prosaica), sentimos o calor que emana dos fornos de bocas alaranjadas, cor intensa, hipnotizante. Há silêncio e concentração, principalmente quando Mario cria uma peça que exige seis ou sete auxiliares, que nos lembram instrumentadores em uma sala cirúrgica. A operação é delicadíssima porque alia técnica e criatividade. O artista precisa trabalhar rápido, tem segundos para atuar sobre o vidro incandescente, seja para uma gravação, seja para esculpir formas delicadas, complicadas, ternas. Como existe ternura nas figuras em vidro! Porque se não houver paixão nem coração e não se colocar a alma, como faz Seguso, não se consegue nada.

Ele é robusto, bonachão, exuberante, envolvente, risonho, feliz quando percorre comigo o *sanctum sanctorum*. Levo o livro na mão e meus olhos vão das páginas para as estantes. Paro diante das garrafas que compõem o conjunto *O encontro* e estas mulheres podem ser tanto três nobres venezianas, como três caboclas mineiras. Seguso internacionaliza sua arte, ao mesmo tempo que ela é regional. Temos aqui o universal a partir da própria aldeia, celebrado por Chekhov, o contista. Somente um gênio consegue dar a sensação de movimento em uma simples linha. Aqui há Brasil, mas há Itália, Egito, Mesopotâmia, Japão. Visões lunares, noites de luar, labirintos, onda do mar, peixes, faunos, baianas, árvores espaciais (árvores espaciais? Sim), árvores amazônicas e crateras. Não por acaso, em 1978, quando o Brasil participou pela primeira vez de uma exposição internacional de obras de arte em vidro, a New Glass, em Nova York, no The Corning Museu of Glass, quem foi representar o País? Mario Seguso.

Tranqüilo, sereno, seguro de si, modesto, ele circula entre as centenas de turistas que lotam sua loja e nem sequer podem imaginar que aquele homem seja o criador da beleza que ali está e que eles levam nos olhos ou nas bolsas para os recantos mais diversos. Aquelas pessoas que descem de um ônibus não podem imaginar que percorrem a ponta de uma linha que começou em Murano, ao lado de Veneza, sete séculos atrás. Ao verem Mario, que gosta de observar gente, também não supõem que daquelas mãos, daquela cabeça inquieta e febril, daquele coração, daquela figura humilde e simples, nasce tudo o que as rodeia e as encanta.

20 de junho de 2003.

A MORTE DO MILIONÁRIO

Domingo, antes de lamber a cria, gíria de escritor que significa ler o que se escreveu, passo pela coluna dos que morreram. Minhas reações diante dos que se foram, principalmente se são amigos ou conhecidos, é de maior apego à vida. Quantos têm ido mais cedo do que eu? Estou aqui, vivo, trabalhando, amando, me divertindo, tendo enorme prazer em viver, sejam quais forem as dificuldades para se existir. Ver que outros morrem me reafirma dentro da vida. E me traz tranqüilidade. Há momentos em que sinto tal plenitude que digo: se a morte viesse agora me levaria apaziguado. Meu único pavor é morrer em decadência, deteriorando física e mentalmente.

Ao passar os olhos pelas colunas de falecimentos, vi duas linhas: Octaviano Augusto Souza Bueno Filho. Então, esse era seu nome? Sessenta e sete anos. Entre parênteses, o apelido: Guite. Não dava para acreditar. O "ídolo" de uma geração transformara-se em duas secas linhas. Quase 50 anos atrás, a notícia corria por Araraquara entre nós, moleques pobres de 14, 15 anos: Guite chegou. Sabíamos que tinha chegado, porque o Cadillac rabo-de-peixe ficava estacionado na Rua 3, em frente do Araraquarense, ou diante da confeitaria do Chafic. O único Cadillac que se via na cidade. Eles existiam no cinema, nas revistas e nas mãos do

Guite. Conversível, branco, bancos de couro vermelho. Demais! Um deslumbramento, de babar. Todos babavam. O carro se via adorado como o bezerro de ouro bíblico. Girávamos em torno, comendo o lanche de estudante pobre, pão com molho de tomate, especialidade do Chafic. Esperando para ver o Guite.

Admirado como figura de cinema, ídolo do futebol, astro da canção popular. Afinal, um milionário! O primeiro milionário que vi em carne e osso. Empolgante vê-lo dirigindo seu Cadillac, o maior objeto de desejo dos anos 40-50. Em Araraquara, havia alguns ricos, no entanto, milionário mesmo, apenas um. Ele, que aparecia de vez em quando, diziam que a mãe tinha uma fazenda monumental. Tudo em torno de Guite era envolvido pelo exagero.

Guite tinha nossa admiração, porque as mais belas da cidade se atiravam aos seus pés. Transariam com ele? Mistérios. Havia épocas em que ele exibia um bando de jovens paulistanas exuberantes, decotadas, calças justas. Digamos, as Adriane Galisteu da época. Mulheres de cinema, capa de *O Cruzeiro*. Ou eram as lentes de nossas óticas, predispostas a se encantar com tudo o que o milionário fazia? Difícil me fazer entender, hoje há tantos milionários, a palavra perdeu o sentido. Se aparecesse agora um trilionário em dólares não seria espantoso? Pois é isso, ver um milionário era um assombro.

Guite podia tudo. Entrar sem paletó no cinema ou sem gravata no Tênis nas noites de domingo. Andar sem meias e com sapatos mocassim. Trazer os jeans sujos de bosta de vaca, o que parecia fazer intencionalmente para chocar, sentando-se na escada do clube. Ficaram comentadíssimas as festas dadas na fazenda. No Estádio Municipal, se havia demonstrações de hipismo, Guite e sua turma apareciam em cavalos imponentes. Tudo era exacerbado em tempos de inocência. Um dia, a notícia correu, paralisou a cidade. Ao realizar uma tourada na fazenda, Guite tivera o olho arrancado pelo chifre de um boi. Internado na Santa Casa foi objeto de diz-que-diz-que. Os comentários aumentaram no momento em que ele teria fugido do hospital, escondido no meio de um bando de mulheres magníficas. Em seguida, foi visto circulando, com óculos escuros (usava também à noite, imaginem) e um copo de uísque na mão. Para mim, Guite era alto, forte, uma grande presença. Assim, muito antes de sonhar com ser maquinista de locomotiva, roteirista de cinema, bailarino como Fred Astaire, cantor de rádio, piloto comercial, sonhei ser milionário.

Passaram-se dezenas de anos. Em 1991, convidado por Nick Lunardelli, comecei a escrever um livro sobre o jogo de pólo. Certo dia, na Hípica Paulista, Nick me apresentou um polista apaixonado: este é o Guite! Gelei. O passado reexibiu seu filme. Guite me estendeu a mão, sorrindo. Um homem magro, de minha altura, óculos sem aros, pouco falante (ao menos, naquele momento), quase tímido. Onde estava a lenda de minha adolescência? Na verdade, nunca soube quem foi Guite, sequer sabia seu nome, apenas criei um personagem? O Guite real estava a minha frente. E o outro? Por momentos, quis conversar sobre aquele passado. O que havia de verdade e de invenção? O que se passara entre o contestador de valores provincianos e o Guite atual? Ele saberia do mito que encarnou? Nada falamos. Nunca mais o revi. Lá atrás, na memória, uma gaveta de vidro estilhaçou.

5 de março de 2000.

UM DOM-JUAN
DO COMÉRCIO

No Frevinho, estava recebendo o cardápio, quando ele chegou. Pontual. Basta eu começar a escolher comida, ele se aproxima, senta-se ao meu lado. Não sei como se chama. Em geral, na hora do almoço, as mesas estão cheias, fico no balcão. Nem se acomodou e já me pergunta:
– Viu a morena que saiu?
– Como posso ver? De costas para a porta?
– Um estouro!
Ele usa gírias antigas. Deve ter uns 57 anos. Informa:
– Trabalha na H. Stern. Estou para descobrir o nome.
Peço o tradicional beirute do Frevinho. A lanchonete que está igual desde os anos 50, quando era *point* dos *boys*.
– Olha ali! Fotografa a loira em frente ao Bob's. Sabem quem é? Trabalha na loja de tecidos, duas quadras acima. Cleonice, 23 anos, vai mudar de emprego. Uma gatona!
O beirute vem, ele fica olhando. Tão gulosamente que me sinto mal, ofereço. Ele aceita um pedacinho, já almoçou.
– Queria é almoçar a morena que trabalha na loja 24 da galeria.
– Que loja 24?
– De cabeça, não sei! Marco as lojas pelas funcionárias. Tem loja que nem passo em frente, por causa dos buchos.

Estouro, gatona, bucho, almoçar a mulher. Pergunta se pode dar um gole no guaraná, digo que sim, ele pede ao garçom copo com gelo e uma rodela de laranja.

– Se quiser subir a Augusta, vou te mostrar a mina nova que trabalha nas Lojas Brasileiras. De fechar o comércio. Já passei por ali três ou quatro vezes, ela se impressionou com a pinta do papai. Finjo que não vejo. Mulher quando sente que o homem não dá bola, fica alucinada. Caiu na minha.

Estou no segundo pedaço do beirute, ele continua olhando o que ainda está no prato. Esse não dou! Mina, de fechar o comércio, pinta de papai, não dar bola, caiu na minha. Ele hoje está demais. A cada dia, senta-se ao meu lado e é a mesma conversa. Conhece o comércio inteiro da Rua Augusta e transversais.

– Se quiser andar aqui com o papai, vou te mostrar as minas que trabalham nas lojas de importados.

Desfila uma série de nomes. Abre uma cadernetinha. Tem mulheres da Pastelândia, da Rose Beef, do Bob's, das lojas de informática, livrarias, papelarias, casas de jóias, fantasia, de maiôs e biquínis, butiques de traquitanas, cabeleireiros. De repente, ele estende a mão para o pedaço de sanduíche.

– Não vai comer?

– Vou, claro que vou. Como devagar.

– Pois como depressa, é o meu mal. E tomo muito líquido nas refeições. Por isso a barriguinha.

Barriguinha era modéstia. O barrigão não o deixava se aproximar do balcão.

– Espera, espera! Olha que pedaço de mulher está entrando. Chama-se Nereide, trabalha num antiquário; só sai com homens que tenham carrões.

– Portanto, nenhuma chance para você?

– Vou devagar! Conquisto pela conversa, gentileza, com flores, chocolates Godiva, bilhetinhos com poemas.

— E as mulheres ainda gostam dessas coisas?
— Adoram, adoram. Mulher é sempre mulher.
É mentiroso, sempre mentiroso, penso comigo. Onde esse sujeito vai arranjar dinheiro para chocolates Godiva? Não tem nem para um Sonho de Valsa, ou um Prestígio rançoso de camelô que passa o dia ao sol escaldante. Sol escaldante? Estou parecendo o sujeito aqui, com seu pedaço de mulher.
— Estou pensando em mudar de região. Passei 12 anos nesta, passei todas as mulheres na cara, tenho uma agenda incrível. Se você tivesse minha agenda, sairia todo dia com uma mulher diferente.
A cada dia eu estaria esperando na porta de uma loja diferente, uma butique, uma galeria. Seria conhecido como o dom-juan do comércio. Dom-juan? Essa foi boa. Nunca mais vou deixar o cara, digo o sujeito, o tipo, o camarada (Por que não encontro palavras novas, atuais?), nunca mais vou deixá-lo se sentar ao meu lado. Entrego a ele o pedaço do sanduíche, que faça bom proveito.

8 de março de 1998.

MANTER ACESA A CHAMA DA ALMA

Coordenando mentalmente a crônica que queria fazer sobre a nova Berlim, de onde acabara de chegar, parei diante da casa da Rua Guaianases, no centro velho de São Paulo. Ela se acomoda afastada no terreno, rodeada por um muro.

Talvez tenha 50 ou 60 anos, sua arquitetura é peculiar, tem as linhas de Warchavchik. Gasta e cansada, ostentava o ar soturno dos contos de Allan Poe, naquela hora da tarde, com o céu encoberto. Casas antigas me atraem.

Fico imaginando quem mora nelas, como são as pessoas, o que fazem, que histórias viveram. Rondei, tentei espiar pelo portão apodrecido. As portas estavam fechadas, havia somente uma janela entreaberta no andar de cima (é um sobrado). Sem chance de adivinhar o que havia por trás.

Desde criança um sonho me persegue. Estou diante de uma casa abandonada, plantada em meio a uma calçada, coberta por folhas secas. Há um cheiro de chuva. Existe uma cerca alta, o terreno fica no centro de Araraquara.

Circulo ao redor da cerca e não há uma única abertura por onde eu possa entrar, me aproximar, experimentar as portas podres. Alguma coisa me espera dentro da casa. Num dos sonhos, uma mulher insinuante, a Nena Porto, adornada com colares de contas coloridas psicodélicas, me avisava. "Num dos quartos há uma vela acesa. Essa vela é a sua alma. Você tem de entrar e conservar a chama acesa, porque há pessoas querendo arrombar as portas, deixando o vento entrar. Se a vela se apagar, para onde irá sua alma?"

Quando passei pela casa da Rua Guaianases, achei que sua arquitetura se aproximava daquela da casa dos sonhos. Considerei que tinha chegado o momento de proteger minha alma. Era entrar e pôr a vela em lugar abrigado onde o vento não pudesse apagá-la. No entanto, não podia invadir, havia indícios de que ali moravam pessoas. Depois de longo tempo, porque adoro jogar tempo fora, jogando pensamento fora enquanto todos correm apressados, decidi ir embora. A chama de minha alma é um risco permanente. De uma casa vizinha, o som do CD de Rubem Gonzales, velho músico cubano dos melhores, sucesso do momento em Berlim, me lembrou dias passados em Cuba, em 1978.

Neste momento, duas mendigas pararam a minha frente. Tinham os cabelos embaraçados e sujos, vários vestidos se sobrepondo. Carregavam sacolas de grife, encardidas. Por que carregam tantas tralhas os mendigos? Ouvi um celular tocando. Campainhas de celular são únicas. Estamos cansados de ouvi-las em restaurantes, bares, teatros, cinemas, qualquer parte. Praga do século. A campainha tocou uma segunda e terceira vez. De onde viria o som?

Então, a mendiga mais alta, espigada, cabelo em tranças finas e longas, enfiou a mão na sacola, puxou o telefone. Ela pediu ajuda.

– O que faço?
– Atende, respondeu a amiga.
– Mas não pode ser para mim. Quem sabe que estou aqui?
– Deus.
– Deus não me liga, nunca ligou.
– Veja para quem é.
– E como atendo?

O celular tocando. Um senhor calvo, de terno azul-marinho e gravata amarela, abriu o celular para a mendiga, ela atendeu.

– Quem é? Como quem é? Sou eu? Você ligou para mim, deve saber quem sou. Como não sabe? Então, para quem ligou? Quem sou? A Deusdede. Deusdede, o senhor ouviu bem. Pare de rir. Chamar quem? Que dentista? Que número, sei lá que número é esse? O senhor tocou, atendi, diga o que quer. Falar com o dentista? De quem é o telefone? Meu! De quem podia ser? Eu que atendi. O número é esse que o senhor ligou. Que polícia o quê? Que polícia, malandro?

A segunda mendiga parecia absorta, o celular foi passado a ela.

– Alô, Alô, a Deusdede não pode mais falar. Já usou as palavras a que tinha direito hoje. Aqui é a amiga dela, a Eloína. Teve o quê? Uma Eloína o quê? Vedete. O que é isso? O senhor quer desligar? Pode desligar que tenho de ligar para o médico! Que dentista, que o quê. Põe dentadura! Liga para a sua irmã, sem-vergonha. Como diz uma coisa dessas para uma mulher como eu...

– Como?

Ficou com o fone na mão. Olhou Deusdede.

– O que será que ele queria?

– Nada! Os telefones estão sufocados por palavras que não significam nada, são vazias.

– O que vamos fazer?

– E se a gente trocar por um aparelho de pingar colírio no olho?

E se foram. Não protegi a minha alma que talvez esteja numa vela acesa. Não sei como as mendigas tinham o celular. Seriam mendigas? Mistérios de São Paulo. Deusdede afastou-se, arrastando a perna direita e cuspindo com força e escárnio nos muros cheios de *outdoors* rasgados.

26 de março de 2000.

UM HOMEM NÃO SABE O QUE É *RÉVEILLON*

Naquela casa, à beira da praia, a família estava reunida, como fazia todos os anos. Tinham passado o dia no mar, estavam acalorados e, soltos nas poltronas, curtiam a fresca da tarde, no horário de verão, tomando chá gelado, tônica com limão, passando gelo sobre a testa, pela nuca. A televisão ligada, começou o noticiário. As festas do *réveillon* no Rio, no Edifício Chopin, no dúplex da família Peres, nas mansões e nos condomínios, nas favelas, na praia, a queima de fogos. *Réveillon* na Bahia, os trios elétricos, os artistas, a movimentação nas praias. *Réveillon* no Recife, em Porto de Galinhas; em Fortaleza (com Ciro Gomes e sua musa, Patrícia Pillar, a primeira estrela brasileira a ser, talvez, primeira-dama); em Manaus, nos afluentes do Amazonas. *Réveillon, réveillon, réveillon.*

A palavra foi repetida à exaustão. Ninguém prestava muita atenção, o assunto chegara às raias do paroxismo, nenhum de nós suportava ouvir falar em milênio ou fim do século, mentiras criadas pelo *marketing*, pela mídia, pelo consumismo. Estávamos sonolentos, mas desligados, a quase mil quilômetros de distância de nossas casas, de nossos trabalhos, sem problemas, com as cabeças enevoadas, os estômagos cheios de batidas de limão e maracujá, sorvidas a um sol de 40 graus. De repente, aquele senhor, pai de um parente, agregado novo à família, homem simples, caladão, observador, interessado em tudo, fez uma pergunta que nos fez dar um salto. Seu filho é professor dos mais estimados em um colégio secundário de alto porte em São Paulo e catedrático em uma universidade. Ele, o pai, porém, manteve a simplicidade do caboclão, que arregalou os olhos maravilhado ao se ver pela primeira vez numa lancha, quebrando ondas do mar gelado de Arraial do Cabo. A mesma simplicidade que o deixou em dúvida diante de uma tabuleta: Pé de Cure. Aqui se fala assim? indagou ele, um sulino. Não, respondemos. Aqui se erra assim, a tabuleta quer dizer: pedicure. E ele compreendeu que era um pedaço de outro Brasil, que FHC não conhece nem compreende. Então, ele se voltou para nós e indagou:

– Podem me dizer onde é esse reveilon?

Não afrancesou a palavra – réveion. Pronunciou todas as letras.

– Como?

– Onde vai ser esse reveilon de que falam tanto e para onde todos querem ir?

Nossa ficha caiu. Devia ser o estado nebuloso em que nos encontrávamos.

– *Réveillon* é uma festa, não é um lugar.

– Uma festa? ...

– É a passagem do ano.

– E por que dizem reveilon?

– Porque... porque ...

Nenhum de nós sabia. Perguntem de repente de onde vem essa palavra, quando se meteu pela nossa linguagem coloquial. Não se surpreendam se as pessoas abanarem as cabeças, com expressão de dúvida. Talvez os etimologistas possam responder, pesquisam de onde vêm as palavras.

– Sim, alguma explicação há de haver... afinal só se fala nessa festa, todos querem ir ao reveilon. Não pode ser uma simples festa de fim de ano. Afinal, no fim de ano, a gente se abraça, deseja feliz ano-novo, bebe um copo e espera pela vida que há de ser boa, mas que não vai melhorar muito só porque um ano acabou e o outro começou. A vida da gente, muitas vezes, muda mais no meio do ano. Ou em março, ou outubro. Agora, esse reveilon parece uma coisa mágica. Reveilon, reveilon. Como se fosse abracadabra.

Calou-se, como que envergonhado. Pilhou-se a falar, falar, ele sempre calado e cauteloso.

– Desculpem... falei bobagem... vocês estão calados.

Estávamos. De vergonha. Não tínhamos o que dizer. Ele estava certo. Que *réveillon*? Por que ficaram todos loucos? O mundo está fora de si. Será que não basta um aperto de mão, um abraço, um beijo, uma taça de vinho ou um copo de cerveja erguidos num brinde suave e terno, cheio de sinceridade? Não basta querer, delicadamente, desejar, como estou desejando a vocês, leitores: feliz ano-novo? Vamos continuar a caminhar juntos?

2 de janeiro de 2000.

O HOMEM QUE ASSINAVA

*F*ascinado, eu contemplava o funcionário do cartório assinando o reconhecimento de firmas e outros documentos. Não conseguia tirar os olhos. Coisa incrível. Com uma Bic azul – de tempos em tempos, ele limpava a ponta –, o homem olhava o papel com atenção, conferia identidades e outras carteiras que estavam sobre a mesa e começava a assinar. Seria ele o bacharel Valdir Gonçalves que li no meu documento? Afinal, eu estava ali no 20º cartório, na Praça Benedito Calixto. A assinatura era um ritual ao qual ninguém parecia prestar atenção. Os do cartório, porque estão habituados, aquele é o dia-a-dia. Os clientes, porque poucas pessoas olham como as outras trabalham. Assim, perdem. Pois cada um de nós, em nossos ofícios, obedecemos a um cerimonial com normas próprias e ritmos. Nem percebemos os vícios, maneirismos.

Aquele homem tinha a mão firme, o olhar atento, como um animal pronto a desferir o bote. Ele parecia mirar a linha em que deveria assinar, linha essa que conhece de olhos fechados. Então começava, a caneta girava, girava, girava, subia e descia e fiquei imaginando que desenhos se formavam. Contei mentalmente o tempo que cada assinatura demorava. Em um momento, a contagem foi até 14. Em outros chegou a 22. Contava pausadamente, cogitando se haveria diferença entre um reconhecimento e outro. Quantas assinaturas ele tem? É sempre a mesma? E quando ele precisa reconhecer a firma de sua assinatura, ele pode se auto-reconhecer ou vai a outro cartório?

Eu o surpreendia, vez ou outra, erguendo os olhos para o balcão, atento a um ruído, a um perfume que trazia atrás de si uma mulher. O olhar deslocava-se do papel, porém a mão continuava assinando. Porque ela sabe o que fazer, como fazer, que desenho formar, para onde se dirigir, contornar, subir, descer, parar. Quando erguia os olhos, em que ele pensava? Gosta do seu trabalho? Sonha com aventuras, movimento, adrenalina? Seu desejo seria bater papo, saltar o balcão? Eu só olhando o movimento do cartório, com suas velhas mesas, o pessoal tranqüilo atendendo, a absoluta ordem na fila. A pessoa à minha frente recebeu seu trabalho exatamente antes de mim. Os números corriam honestamente. Aquele cartório é um instante de tempo que não existe, mas está inserido dentro de nossa história. Os computadores pareciam destoar, mas estavam auxiliando. Felizmente, não é um lugar inteiro informatizado, com botões para apertarmos. Tipo selecione a sua preferência. Eu seleciono reconhecimento de firma, o computador confere, dava o *ok*, a firma sai do outro lado. Não! Trabalha-se com gente. Os rapazes moviam-se de um lado para o outro, falando, perguntando, recebendo, entregando, conferindo. O próprio cheiro do cartório era diferente.

Imóvel, contemplava o assinante (que nome dar a esse ofício?) assinando sem cessar, o tempo inteiro. Um trabalho que me deixaria louco. Mesmo porque tenho um trauma. Se preciso assinar um documento na frente de alguém, fico nervoso, erro. De onde virá essa neura?

Uma vez, nas vésperas de uma viagem, naquele tempo em que a gente levava *travellers*, carregando aquela bolsinha na cintura, dentro da roupa, porque os cartões de crédito ainda não funcionavam com eficiência, passei no banco para assinar os meus cheques. O banco só tinha cheques baixos, de 20 dólares. Foram dezenas de assinaturas. Uma hora bloqueei. Esqueci-me como assinava. A mão sabia, não obedecia. Surgiram garranchos, a mão fazia o que ela queria, a cabeça mandava, ela ria. Resultado: os primeiros cheques foram fáceis de descontar. Os outros mais complicados.

Desta maneira, deslumbrado, observando o homem do cartório, orgulhoso em seu ofício, dentro de uma máquina do tempo, não percebi quando meu número foi chamado na caixa, onde um senhor apanhava um papel azul, conferia, recebia e acionava a velha máquina registradora, em plena forma.

Ao sair, pensava: e quando a Bic – uma das maiores invenções do século – não existia, os assinantes usavam caneta tinteiro? E nos cartórios chiques, as canetas são Mont Blanc? E os calos nos dedos? Eu, em noites de autógrafos, depois de 200 já vejo o calo surgir. Abençoado calo! Sinal de que apareceu gente.

1º de junho de 2001.

A DOR DOS
ANÔNIMOS

Tenho um personagem que vive obcecado com o anonimato. Com exceção de sua família pequenérrima e dos poucos amigos – ele tem dificuldades de relacionamento – ninguém o conhece. Dia desses, ele teve uma frase curiosa. "Sou tão anônimo, tão anônimo que não existe no mundo pessoa mais anônima que eu. Poderia ir ao *Guinness* solicitar entrada no recorde dos anônimos. Então talvez me tornasse célebre." O mais famoso anônimo do mundo, um paradoxo agradável, num mundo cheio de paradoxos. Desde então, meu personagem tem se dedicado a uma pesquisa singular. Tenta localizar na história do mundo, anônimos que determinaram mudanças, que poderiam ser famosos e não o foram, por circunstâncias. Exemplo: manhã de 29 de junho de 1936 (aliás, um mês antes do meu nascimento). Um Graciliano Ramos "espezinhado fisicamente, magro, sem cabelos e com olheiras profundas (conta Denis de Moraes em *O velho graça)* deixa o presídio de Ilha Grande, após 11 dias de ignomínias. Está sendo recambiado para o Rio de Janeiro".

Depois de um diálogo com o diretor, ele se despediu de dois bandidos, *Cubano* e *Gaúcho.* "E, então, um dos soldados de escolta, com pena do seu estado lastimável, o levaria na garupa do cavalo até a lancha, sob chuva fina e intermitente". Este soldado entra para a galeria dos anônimos da história. Ele teve piedade ao ver um dos maiores escritores da literatura brasileira em condições deploráveis. Não devia ter a mínima idéia de quem era Graciliano. Apenas um dos muitos presos que lotavam a ilha. Talvez soubesse diferenciar entre os comuns, os bandidos e os políticos, que estavam ali pelas suas idéias.

Teria ele lido, mais tarde, *Memórias do cárcere,* identificando então a sua ação? Se isto aconteceu, teria sido tocado? Alguma transformação nele, alguma decisão de mudar de vida? Ou tratava-se de mais um dos milhares de semi-analfabetos que viam na polícia o único meio de subir na vida? Mas um homem de compaixão, com algum senso de humanidade. É um detalhe significativo dentro da biografia de Graciliano. Alguém, do lado de lá, entre os inimigos, lhe estendeu a mão. Ação registrada, sem o nome. Uma boa ação, anônima. Uma pessoa que merecia ter o nome fixado, mas que se perdeu. Nada sabemos deste bom soldado que levou um molambo glorioso na garupa.

Em 1862, na madrugada, uma cantora saía de um pequeno cabaré de Paris, quando foi abordada por um pintor. Ele queria que ela posasse, ela recusou, ele insistiu, ela se descartou apressada e caminhou. Mergulhando no anonimato e na obscuridade da história. Perdeu a chance de se imortalizar. Porque depois, este mesmo pintor, Manet, passeando pela IIe de la Cité, viu outra jovem, "linda, vibrante, cheia de vida" (descreve Otto Friedrich em *Olimpia — Paris no tempo dos impressionistas)* e ficou impressionado com a "aparência original e o jeito decidido desta moça". E Victorine-Louise Laurent aceitou o convite. Manet usou-a como modelo por algum tempo, até retratá-la em *Olimpia,* tela que provocou explosão no Salão Oficial de 1865. Considerada grosseira, ridícula, repugnante, fascinante e poderosa, Manet jamais conseguiu vendê-la.

Hoje, *Olimpia* é um dos tesouros nacionais da França, espécie de Mona Lisa pelas polêmicas que levantou e levanta e pelos estudos contraditórios que causou. Desse modo, um simples e idêntico convite transformou a vida de duas mulheres, condenando-as: Victorine-Louise à imortalidade. Enquanto a outra, a cantora, desapareceu, nem seu nome ficou registrado. Aquele jovem "loiro e bem-apessoado" não era um galanteador comum, em busca de uma aventura. Era, isto sim, o elo que faria a ligação daquela mulher com o futuro, com a história da pintura, Manet estava ali para retirá-la do anonimato, resgatá-la de sua efêmera vida para lançá-la à eternidade. Um gesto ou uma palavra mudam a nossa vida, determinam nosso destino. Porém, como saber?

No filme *Gilda,* um clássico de Hollywood, há uma cena em que Rita Hayworth canta *Put The Blame on Mame* num cabaré. Há dezenas de figurantes, em mesas, olhando para Rita. Estão numa seqüência antológica, das mais famosas do cinema. No entanto, são desconhecidos. Tornaram-se atores? O que foi a vida deles, depois daquele filme? Nada se sabe. Apanhem as fotografias que são publicadas diariamente em jornais e revistas. Vejam os jornais. Atrás, ao lado, junto de pessoas conhecidas, existem os desconhecidos, que passam para a posteridade sem que se saiba quem são. Boa parte vem identificada nos álbuns do futuro apenas como anônimos. Famosos e melancólicos anônimos.

18 de junho de 1995.

FICÇÃO OU QUASE

O PRAZER DOS
PREOCUPADOS

Na cidade, eram conhecidos como os *preocupados*. Alusão irônica e divertida, porque se existiam pessoas despreocupadas eram eles. Aliás, havia uma preocupação. A de inventar, criar situações novas, gozar os outros. Espremiam as imaginações e corria entre eles, solta, a competição para ver quem possuía mais engenho e arte. Nas brincadeiras permeava uma inocência que mostra as diferenças de gerações, mudanças de usos e costumes. Nas "loucuras" dos preocupados não existia violência, eram trotes constantes que levavam as vítimas a rir também. Claro que a cidade – ou parte da cidade – se divertia junto, muita gente ansiava fazer parte do grupo. Aprontavam com todos, qualquer um poderia ser a próxima vítima.

Como o ceguinho que vendia bilhetes de loteria. Vez ou outra, chegava a um preocupado e pedia: "Me leva para a zona?" Era levado. Até o dia em que ele passou e pediu, foi colocado dentro de um carro e dispararam para a casa que o ceguinho freqüentava habitualmente, era freguês do fim da tarde. Ajudaram-no a descer, bateram, alguém abriu a porta e o ceguinho entrou, ergueu a bengala, girou-a feliz, acima da cabeça, gritando: "Prepare-se putada, que o ceguinho da farra chegou!" A bengala foi arrancada de suas mãos e ele levou uma surra. Os preocupados tinham deixado o ceguinho dentro da sua casa. A mulher dele o moeu.

Outra vez, por causa de uma dívida, um preocupado teve uma discussão – fingida – com um alfaiate, o Blundi, que era uma das maiores vítimas. Bate-boca, vozes alteradas, o preocupado exclamou: "Você será castigado por isso que está me fazendo. O sangue de Cristo há de correr de sua torneira". O alfaiate: "Ah, vai, vai, que sangue de Cristo coisa nenhuma, vai trabalhar e me pagar". À noite, a operação sangue de Cristo foi executada. Os *preocupados* subiram até a caixa d'água da alfaiataria – as caixas ficavam no quintal, em cima de uma pequena torre – e despejaram quilos de kisuco de groselha, misturando bem. No dia seguinte, ao abrir a torneira para lavar o rosto, o "sangue de Cristo" escorreu vermelho pela torneira, o homem fugiu gritando.

Aliás, eles entravam na alfaiataria e retiravam a linha das agulhas das máquinas. Ou limavam a ponta da agulha, de modo que o furo para a linha desaparecia. Da porta, se divertiam vendo o homem, míope, tentando enfiar a linha, xingando, sem conseguir.

Numa das casas havia belíssima laranjeira, mas o dono não dava, não vendia, não emprestava, só de pirraça. Certa noite, baixaram os preocupados e silenciosamente colheram todas as laranjas da árvore, substituindo-as por frutas de plástico. Depois, passaram para ver os resultados.

Outra vez, sabendo que uma figura estava na casa da amante, eles alugaram uma perua com sistema de som. Postaram-se a 50 metros da casa e, com o som no máximo do volume, anunciaram: "O senhor – e vinha o nome do homem, com todas as letras – foi descoberto. Está cercado. Saia. Todo mundo sabe que o senhor está aí. Saia imediatamente. Saia como está. Não queira fugir pelos fundos, as ruas estão ocupadas e sua família foi avisada!" O homem não se moveu, parece que ficou uma semana dentro da casa. Outros garantem que está lá até hoje.

Um deles morava ao lado de um senhor, cujo filho

estudava fora. Cada vez que o preocupado queria ir para a rodoviária, sem pagar táxi, ligava para o vizinho, dizendo: "Aqui é da empresa tal, tem uma encomenda do seu filho, mas o senhor precisa retirar pessoalmente". Em dois minutos, o homem estava ligando o carro e o *preocupado* aparecia com sua mala: "Para onde vai? Para a rodoviária? Pode me dar uma carona?" O homem sempre caía.

Outro preocupado tinha bar e sempre aparecia gente que comia ovo cozido. Ele punha o pratinho de ovos na mesa e esperava, o pessoal ia apanhando, quebrando a casca. Só que um dos ovos era cru, no que batia, a gema se esparramava pela roupa. Todos os dias, passava pelo bar um catador de ferro velho. Pedia um fernet, tomava um gole só. Descobriu-se que ele deixava a bebida na boca e ia embora, engolindo aos poucos. Uma tarde, o homem pediu o fernet, o preocupado encheu o copo, o homem tomou, foi, chegou na esquina, engoliu e voltou aos berros. Tinha posto café sem açúcar, em lugar de fernet.

O zelador de uma igreja morava com a mulher e dois filhos num cômodo único. De vez em quando, levava as crianças ao vizinho preocupado e pedia: "Pode ficar um pouco com elas?" O preocupado sabia que era a hora do homem levar a mulher para a cama, precisava estar só. Não foi uma, nem duas, mas dezenas de vezes. Nem dez minutos tinham se passado, o preocupado mandava a criança bater na janela, gritando: "Papai, a igreja está pegando fogo". Ou coisa semelhante. O homem saía vestindo as calças.

Ainda hoje, lá estão eles. Amadurecidos, bem mais velhos. Aprontam menos, o pique esmoreceu. O grupo tem *O Quinteto Irreverente* como filme símbolo. Porque, na verdade, gente como eles faz parte da história de todas as cidades. Retratos de uma época romântica em que, se conseguia prazer em situações inocentes, bem humoradas, onde a fantasia era matéria-prima e o sonho vinha do prazer que se pode tirar de capricho simples.

19 de março de 1995.

A SINA DE UM
CORNO MANSO

*T*raições, de maridos e mulheres, andam na ordem do dia. A imprensa vem falando no assunto e, agora, as pessoas se abrem. Confessam terem enganado ou terem sido. Empresas fazem pesquisas sobre o assunto. Há entrevistas, nomes, endereços. Faltam os telefones. O que não falta é bom humor e sobra o *fair-play*. Pôr ou levar chifres (onde nasceu essa expressão?) é uma situação encarada com naturalidade. Mundo surpreendente o de hoje. Melhor, mais descontraído. Onde uma pessoa pode admitir, com a cara impressa, debaixo do título "traída", que o foi um dia, e como resolveu. Libera-se a carga.

Trinta anos atrás – o que é nada historicamente – isso seria espantoso, inadmissível. Ser traído era contrair Aids, ter câncer, tornava-se estigma que isolava o indivíduo da sociedade. Se a mulher fosse enganada, era normal, fazia parte das normas de uma sociedade dominada pelo homem. Este até ganhava honras devido à esperteza e à capacidade de seduzir. Era um título que o habilitava a outras aventuras. A mulher ganhava a solidariedade das amigas íntimas.

Mas se fosse o homem o enganado e não tomasse providências, valha-me Deus! (para usar expressões da época). Voltava-se o mundo contra ele. Tornava-se o palerma, tolo, babaca, frouxo. Nada mais difamante que ser *corno manso*. O sujeito era olhado de viés, riam dele à socapa (epa!), apontavam-no pelas costas. Ficava na berlinda, exposto numa vitrine. Objeto de comiseração geral, por um lado, e desprezo pelo outro. Misturavam-se os sentimentos, confusos.

A mulher que traía era rotulada, classificada como aquelas que viviam na zona. Outro dia, falei em zona para os meus filhos e eles riram, assim como gargalham com a palavra inferninho – coisas cada dia mais distantes.

Traidora não tinha perdão.

Formavam-se lendas em torno delas. Lembro-me de uma que tinha – segundo as línguas do povo – preferência por guardas rodoviários. Outra era tarada por médicos, contava-se que se apaixonou pelo ginecologista na hora em que deu à luz o terceiro filho. Uma terceira, argentina, era louca pelos jogadores de baralho do clube. Assim por diante. Histórias verdadeiras ou imaginação popular?

Quando essas mulheres passavam na rua, olhávamos com encanto, fascinados. Muitos imaginavam que um dia teriam a chance. Porque no conceito vigente, mulher que enganava com um, estava disposta a enganar com dois ou três. Era fácil, predisposta a aventuras. Jamais se cogitou de paixões, amores, problemas conjugais. Eram cobiçadas e, se saíam, eram abordadas. No cinema, sempre alguém se sentava perto e tentava a aproximação. Um inferno para elas!

Existia também o corno manso. Era um homem de certa posição que, aos poucos, perdeu clientes. Provocava curiosidade quando saía à rua, seguido pelos meninos. Alguns atiravam pedras na sua janela à noite. Não tinha ou perdeu os amigos. No final do dia ia direto para casa. Não era visto no cinema. Freqüentava a missa das seis no Carmo – ainda que fosse longe de sua casa. Chegava com a missa começada, ficava no último banco, retirava-se antes que o padre dissesse em latim "Vão com Deus". Não comungava porque era incapaz de enfrentar a fila. Murmurava-se que tinha sido excomungado.

Muitas vezes segui esse homem, tinha curiosidade de saber como era e vivia. Sabia o que a cidade pensava dele. Importava-se? Era verdade? Ou, em algum momento, alguém tinha criado uma grande mentira que acabara por se tornar verdade? Como conviviam ele e a mulher? Enclausurados naquela casa com janelas amarelas, o jardim cheio de hortênsias, como se comportavam entre eles?

Ela era bonita, vistosa, sempre com vestidos de seda. Uma vez por mês descia a Rua Três, ia ao Bazar 77, comprava tecidos, apanhava o ônibus e ia até uma casa da Vila Xavier. Casa do amante? Anos depois, descobri. Era a casa da costureira. Mas não tinha escapatória, se comentava que a costureira acobertava aventuras da "infiel". A verdade é que marido e mulher tinham se transformado em personagens e não se livrariam desta condição. Um dia ela morreu. Jovem, não tinha 40 anos. Apenas dois amigos ajudaram o marido a conduzi-la ao cemitério. Não tinham parentes ou era vergonha? Logo circulou que o marido tinha envenenado a mulher, cansado e psicologicamente devastado. Vim embora, não soube mais dele. No lugar de sua casa, existe um prédio. Estará vivo? Hoje, aquele drama vivido durante anos não existiria. Ele iria à imprensa, se declararia traído – se o fosse – abandonaria a mulher e iria comer um bauru no bar. E todos ririam com ele.

14 de janeiro de 1994.

(Publicado originalmente com o título *Traição engana drama e namora o bom humor*)

SÁBADO É DIA DE MONTAR ESTANTE

A mulher disse: "É esta!". O marido, pela expressão do olhar, compreendeu que a longa peregrinação tinha terminado. Alívio. Não precisaria mais perder os sábados correndo de loja em loja, *shopping* em *shopping*, da Zona Norte à Zona Leste. Não estaria mais em brechós que vendem tranqueiras de segunda mão, cheios de poeira, dominados pelo cheiro de verniz velho. Na verdade, nem era tanto assim. Ele apenas estava cansado de olhar prateleira, estante, estantinha e a mulher a dizer: "Não, não é esta!". Nem sabia mais o que ela queria. Imaginava que seria fácil. Tudo o que necessitavam era de uma estante que também servisse como escrivaninha para a filha que estava começando o colegial. Tinham mobiliado o quarto da menina, pequeno, mas bem ajeitado, com razoável divisão de espaços. Tanto quanto é possível dividir os espaços exíguos que se oferecem hoje.

A loja era uma daquelas em que você compra, leva e monta. Se quiser que entreguem em casa, paga um adicional e ainda não sabe quando vai receber a mercadoria. Pura jogada para evitar despesas com um departamento de transportes e entregadores etc. Mas há gente que gosta de se dedicar a estes pequenos jogos caseiros de montar móveis, brincando de carpinteiros. São certamente aqueles que compram caixas de ferramentas coreanas nos cruzamentos das ruas. São Paulo é recordista mundial neste tipo de comércio. Na Avenida Rebouças com a Brasil existem mais vendedores de ferramentas por metro quadrado do que em toda Rua Florêncio de Abreu, tradicionalmente especializada neste comércio.

E lá se foi o casal com a estante que mal coube no banco traseiro do Fusquinha. Os dois, excitados. Loucos para fazer uma surpresa para a filha. Sete da noite de sábado, a menina estava em uma festa num *fast-food* qualquer e ao voltar encontraria a escrivaninha-estante montada e reluzente, gritaria de felicidade, era o que mais queria. Marido e mulher abriram a caixa. Separaram tábua por tábua. Num saquinho plástico, parafusos de diversos tamanhos, cavilhas, sustentadores, dobradiças, buchas, sapatas, suportes, borrachinhas. Esparramaram pelo chão e apanharam o gráfico de montagem.

Não passava de uma folha de papel sulfite, xerocada. Talvez uma das últimas cópias, não se lia direito as instruções, as letras borradas. Tentaram identificar as tábuas. "Esta deve ser a base inferior", "Não, parece mais o tampo superior, olhe os furos." Ocorreu que o natural seria haver uma etiqueta presa em cada peça. Não havia. Foram pela intuição. Lateral direita ou esquerda? Divisória 1, 2 ou 3? Apenas uma certeza: aquele compensado torto, a maior peça existente, era o fundo.

Alguns minutos de perplexidade diante daquele quebra-cabeças. "Temos que ter calma", disse o marido conformado. Já tinha mesmo perdido a transmissão do jogo do Corinthians pela televisão, um dos seus prazeres do final de semana. Foram fazer um café, apanharam o gráfico. Para economizar papel os desenhos vinham amontoados no verso das instruções. Cada um numa posição, de maneira que não se percebia se o início devia ser por baixo, pelos lados ou por cima. "Você vai lendo, vou tentando me arranjar", disse ele, cônscio do papel de homem de casa. Fixe a base (2) na lateral direita (1) através de cavilhas (4), trapézios (14) e parafusos (15). Observe detalhe A. Ele virou, virou, apanhou uma e outra peça. Passou a bola. "Mulher é melhor para estas coisas. Você tem a cabeça mais descansada". Homem vive fora de casa, não tem idéia da labuta doméstica. Foi a vez dela. Fixe o tampo superior pequeno (8) da mesma forma que foi fixado o tampo (5). Encaixe o fundo (9), deslizando-o nos canais existentes na base (2).

"Espantoso", comentou ele. "Uma coisa tão pequena, simples, e nós aqui, incompetentes". Continuaram, sentiram-se desafiados. Quando terminaram, se viram diante de um monstrengo assustador. Estavam suados, havia parafusos e cavilhas sobrando e não houve jeito de adivinhar onde colocar uma tábua fina e comprida. A filha devia estar chegando. E a surpresa?

Por que não telefonar para a loja? Conseguiram falar com um montador. O homem iria, assim que o expediente terminasse. Cobrava 8% do valor do móvel. Tudo bem. Ele apareceu, pouco depois das 9 horas, olhou, riu. "É sempre assim", disse. Desmontou o monstrengo e em cinco minutos organizou uma bela escrivaninha. Igual à da vitrine. O marido acompanhou-o até a porta. Desolado e humilhado, trazia nas mãos o gráfico de montagem. "E isto?" O montador rasgou em pedacinhos, devolveu: "Joga no lixo". O domingo inteiro o marido passou tendo a certeza de que os gráficos são desenhados pelos montadores que, depois, ficam à espera. Ou por alguém que, na loja, jamais montou um móvel.

16 de outubro de 1994.

OS CADÁVERES DOS MORTOS

*F*oi real, presenciei. Ele descia a Rebouças e cruzou com a morena espigada, mochilinha às costas. A mulher pareceu interessante e ele teve aquela atitude normal em homens. Virou-se e olhou. Gesto que irrita feministas, mas que, em geral, agrada às mulheres, é sinal de que atraíram a atenção. Se bem que há pessoas curiosas que se vestem sedutoramente, com saias mínimas, grandes decotes, roupas justas. E quando alguém olha, se irritam. Ainda que, muitas vezes, o gesto seja um charme, um código: "Não pense que, pela minha maneira, sou fácil!" A moça que descia a Rebouças também se virou e deu com o sujeito olhando. Ele ficou constrangido, porém ela sorriu. E perguntou:

— Gostou dos meus peitinhos?

Ele hesitou, surpreso:

— Como?

— Gostou dos meus peitinhos?

Era isso mesmo! Ele ouvia a pergunta, todavia estava pasmado. Homem fica assim, quando mulher "ataca". Se bem que nem parecia "ataque", talvez fosse gozação. Ficou de pé atrás.

— São bonitos, me parecem, olhando assim...

— Assim como?

– Bem, não prestei muita atenção, estava olhando outra coisa.
– Que outra coisa?
– Teu jeito! Você vinha toda alegre. É difícil ver as pessoas andando alegres pela rua.
– Como elas andam?
– Aqui em São Paulo?
– Não, em Bangladesh.
– Nesta cidade, todo mundo anda olhando para baixo, rosto fechado, olhos hostis. Ninguém olha para cima, para as janelas, para o alto dos prédios.
– Nem para os peitinhos das moças. Os meus são lindos. Tomo cuidado. Não deixo ninguém colocar a mão. Faço massagens, passo cremes.

O rapaz observava atentamente. Tudo que sai fora do estabelecido assombra, não se aceita nada fora da normalidade. Todavia, num mundo como este, num país assim, o que é normal? Ali estava o moço, diante de uma situação inusitada, porém simples.

– Você está bem, moço?
– Estou.
– Quer vir comigo?
O outro acendeu:
– Para onde?
– Até ali em cima. No IML.
– IML? O que é isso?
O grau de informação do jovem era pouco.
– Instituto Médico Legal.
– Fazer o quê? Não é lá que ficam os cadáveres do mortos?
– Cadáveres dos mortos? Não, não é lá.
– Acho que é, ouço as notícias.
– Os cadáveres dos mortos devem ficar em outro lugar. Em um lugar onde os mortos morrem duas vezes.

– Está me gozando! Está me gozando desde que perguntou pelos peitinhos. Qual é a tua?
– Cadáver, meu querido, já é morto. Cadáver do morto não existe, a não ser, quem sabe, no filme *Ghost*. Você viu *Ghost*?
– Vi, adoro a Demi Moore.
– Meu peitinho é igual ao dela.
– Então, vamos?
– Ao IML? Não. Não gosto de cadáveres.
– Pois eu gosto. Quero ver tudo o que aconteceu de ontem para hoje. Quem morreu atropelado, esfaqueado, degolado, enforcado, envenenado, com tiros, drogas.
– Para quê?
– Porque sim. Se me quiser vai ter de me aceitar como sou!
– Se te quiser?
– Sei que me quer. Os homens ficam loucos quando digo que vou ao IML. Louquinhos de tudo. Estou vendo nos teus olhos. O desejo. Vamos?
– Não, claro que tenho o que fazer! Vou embora!
– Quer saber de uma coisa? Quer? Pois vai saber. Não tenho peitinhos coisa nenhuma. Sou uma tábua. Pode passar roupa em cima de mim. Gostou? Vocês homens são uns tontos. Tontos. Ainda vou encontrar um homem que goste de peitos como tábua. E de visitar o IML. Juro que vou!

8 de outubro de 1995.

(Publicado originalmente com o título *Encontro na Rebouças*)

ENCONTRO DE RUA

O gordo de óculos pulou à minha frente, diante do Conjunto Nacional. Abriu um dos braços, o outro estava ocupado com jornais e uma sacola de perfumaria:

— Brandão!

Levei um susto pelo grito e me surpreendi com o Brandão. Ninguém me chama pelo sobrenome, nem em Araraquara. Lá Brandão era meu pai, os pais é que contavam, os filhos eram chamados pelo diminutivo, Brandãozinho, ou apenas se referia a nós jovens como o filho do. O gordo foi ao assunto:

— Não gostei do seu livro!

Direto, na lata (por que na lata?)

— Por que não gostou?

E ele categórico:

— Não é o velho Loyola!

De certo queria dizer que não era o jovem Loyola, o de antes. Enfático (desculpem-me, os adjetivos são necessários) acrescentou:

— Não se incomoda por eu ser sincero?

— Claro que não! Até gosto de saber quando não gostam. Se gostam, tudo bem, o livro deve ter seduzido. Se não, quero saber o porquê.

— Achei o início arrastado.

— E depois?

— O final é bom. Gostei do final mesmo. Ah, gostei! Era reiterativo, parecia satisfeito.
— E do meio? O que achou do meio?
— Tem coisas interessantes e desinteressantes.

Certo de que tinha me dado uma explicação plena se apresentou:
— Sou... (disse o nome)... primo do (um publicitário famoso)... Já nos encontramos uma vez, mas eu era magro, bem magro, não usava óculos, tinha cabelos lisos.

Agora, faltavam-lhe os cabelos. Insisti:
— Fale mais do livro. Os personagens. Alguns o agradaram? Qual o pior? De que livro você fala?
— Desse que você escreveu. Esse aí, todo mundo sabe qual.
— Sim, mas o título?
— Olha, li o livro há 15 dias, não me lembro direito. Deu um bloqueio. Mas tenho em casa, se você me ligar, te digo tudo. Me liga.
— Está bem, te ligo.
— Então anote o telefone.
— Não tenho onde.

O gordo não hesitou, estendeu o braço, parou um senhor que vinha de braços com uma jovem de minissaia curtíssima. O gordo babou nas pernas da moça e pediu ao homem:
— Me empresta a caneta. E um pedaço de papel.

Surpreso com o inesperado o homem tirou um pequeno bloco e uma caneta, o gordo escreveu o telefone e me entregou.
— Gostava mais quando você falava da banca de jornais da esquina da Bela Cintra.

Mistério! Que banca seria essa? Em que livro está? Ele não me deu tempo, voltou à carga.
— Li *Viva o povo brasileiro*, do Darcy Ribeiro, não gostei. Você leu? Quem sou eu para criticar Darcy, mas ele

dedicou apenas quatro linhas aos imigrantes. Tanto você quanto eu sabemos a importância da imigração.

Será que eu sei? Pensei cá comigo (E como será pensar contigo?) E se o João Ubaldo souber que foi o Darcy que escreveu o livro dele?

— E a biografia do Garrincha? Leu? Conhece o Ruy Guerra? O Ruy não sabe nada de futebol, o livro dói escrito com base na leitura de jornais. É só resultado de jogo. E depois aquela de defender a Elza Soares! Me poupe!

Se o Ruy Guerra escreveu Garrincha, o Ruy Castro deve ter dirigido *Os cafajestes*, pensei, sempre comigo. Não podia pensar com o gordo.

— Então, Brandão, me telefona! Telefona mesmo! Vou cobrar esse telefonema. E me liga. Vai fazer algum lançamento?

— Não.

— Pena! Mas quando pretende voltar ao romance?

Não esperou a resposta, mesmo porque resposta eu não tinha a dar. Foi embora levando o mistério: que livro leu, se é que leu? E será que sou o Brandão que ele pensava ou seria o Ambrósio Fernandes Brandão? Mas, se é esse, porque ele não gostou do *Diálogo das grandezas do Brasil*, um livro de 1618? Ou imagina que o *Diálogo* foi escrito pelo Brandão, o falecido técnico do Corinthians? Estou com o telefone na mão. Disco para o gordo?

26 de novembro de 1995.

A VIDA DE PONTAS
DE AREIA

Todos os sábados, desde os 12 anos, Etevaldo descia para a praia. Primeiro acompanhava a família. Quando cresceu, ia sozinho. Não tinha carro e viajava de ônibus. Na praia, passava o dia a catar grãos de areia. Não qualquer grão. Para isso bastava enfiar a mão e encher a pequena caixa preta, 20 x 30, que carregava sob o braço. Escolhia grãos de cor amarelo-amanhecido e formato triangular. A pequena lupa, presente do vizinho relojoeiro, ia no bolso da calça do paletó, para a eventualidade de melhor reconhecimento. Muitas vezes se enganara, levara pedras que pareciam triangulares e se revelaram redondas, portanto inúteis, na conferência.

Conferia tudo, ao voltar. Esse homem, pobre sonhador, não jogava fora os pequeninos grãos de areia errados. Guardava-os em outra caixa, cinza, também 20 x 30. Explicava a Andréia, sua mulher, uma ruiva despachada: "Foram os enganos de minha vida. A caixa cinza contém meus erros, tenho de conviver com eles".

A vida de Etevaldo prosseguia, teve promoções, aflições, medos, alegrias. Fez uma bonita festa no casamento do filho, levou os colegas do escritório, beberam chope, comeram churrasco no espeto (o chefe da Contabilidade,

Jorjão, assumiu a tarefa. "Churra é comigo!"). Os convidados xeretas queriam saber o que eram as caixas pretas e cinza no cômodo dos fundos. Em lugar de estantes com livros de coleções, ele tinha as caixas. "Aqui está o objeto de minha vida." Mais não dizia e não adiantava perguntar à mulher, ela se mostrava vaga. "Coisa de homem. Quando nos conhecemos ele tinha suas caixas, nunca me meti, melhor isso que andar pelos bares se metendo com mulheres. Meu marido nunca teve amantes. Sou a única mulher de sua vida. Se ele foi meu único homem? Segredos nossos!" "Que moderno", comentaram Irene Cristina e Luciana Bernadete, secretárias de diretoria, amigas chegadas.

Todos os finais de semana, feriados, feriados prolongados, férias, eles desciam para a praia. Enquanto a mulher tomava sol e o filho se divertia jogando areia na cara dos que dormiam, Etevaldo circulava com a caixa preta. Não se cansava. Não tirava o terno azul listado (Casimira no inverno, tergal no verão). A lupa no bolso da lapela. Com o passar dos anos, a vista foi ficando cansada. No verão, o sol brilhava sobre a areia branca, ele sentia os olhos arder no começo da tarde. "A retina foi se queimando", explicava ao Jorjão na hora de assinar suados vales.

"A gente com a vida apertada e você insistindo em comprar as caixas de madeira. Por que não compra de papelão? Na papelaria tem umas de plástico, azuis, lindas. Podia comprar uma de cada cor, ficava uma coisa bonita, esse preto e cinza me deprimem, isto me mata aos poucos, não sinto mais alegria de viver". Andréia estava entrevada na cama, atacada por um vírus inidentificável pelos médicos do convênio. "As caixas têm de ser de madeira para abrigar coisas do mar", retrucava ele. "Foi o que aprendi e quero transmitir a você e ao meu filho esta experiência. Vou deixar estas caixas para vocês, é uma coleção única no mundo, ninguém tem outra, sonho de uma vida." Irene

Cristina e sua amiga Adriana Cláudia de Nazaré (miss escritório, paquerada por todos os homens, sonho de todos os *boys*) passaram a ficar inquietas, ao ver Andréia na cama. "Não presta trazer coisa do mar para casa. O que é do mar ao mar pertence. Devolva."

Etevaldo continuava indo ao mar, catando pontos. A vista turva, a lupa aumentando em tamanho e grau, os enganos mais freqüentes. O marceneiro que fazia as caixas morreu, o filho fechou a banca, trabalhava com computadores. Andréia não falava, não enxergava, era alimentada por Renato, um bom vizinho, de uma entidade de assistência, as Irmãs de Judite. O filho tinha se separado e vivia conduzindo turistas sacoleiros para compras no Paraguai, estava enricando – explicava –, quase não aparecia.

Um sábado, Etevaldo não desceu para a praia. Não teve vontade. Não sentiu a compulsão que o tinha levado todas as semanas, por 53 anos. Olhou o jornal embaixo da porta, apanhou-o e colocou na mesinha de centro. Não lia. Recebera por 32 anos, porque Carelli, amigo fiel, vendia assinatura. Jamais abrira um jornal na vida. Lá queria saber de notícias econômicas? Foi para a edícula dos fundos, construída com sacrifício, e contemplou as caixas pretas e cinza, iguais, uniformes. Não tinha cedido ao plástico, eram todas de madeira. Perfeitas. Ficou contente com seu rigor. Um homem sem concessões. Indagou-se porque dedicara a vida a pontas de areia. Um sonho. O *Fantástico* tinha falado de um livro inglês sobre recordes. Ele era o recordista das caixas com pontas de areia triangulares. Buscou na memória lembranças, motivos, razões, objetivos que o tivessem conduzido às praias, todos os finais de semana.

Passou o sábado. O domingo. A segunda e a terça-feira. A quarta-feira encontrou-o ali, de pé, contemplando as estantes de retângulos cinza e pretos e murmurando: "Por quê?" Começou a levar as caixas para o pequeno quintal ladrilhado com cacos de cerâmica. Despejou todas, lentamente. Não tinha pressa. Depois com o rodo da cozinha esparramou as pontas de areia, perfeitas, escolhidas uma a uma. Tirou a roupa e deitou-se ao sol. Ali ficou estendido sobre a própria vida.

15 de setembro de 1996.

O HOMEM QUE PENETROU NO VAZIO

Amava o vazio. Seu apartamento não tinha um único móvel. Nem cama, apenas o colchão no meio do quarto. Coberto por impecáveis lençóis de seda. Mania de usar seda branca na cama. Dizia que era estilo. As roupas ficavam pelo chão, os pratos descartáveis atirados ao lixo após cada refeição. A faxineira passava dia e noite limpando, era bem paga para limpar, à exaustão. Ele não suportava poeira, não queria ver o mínimo risco nas paredes.

Gostava de garrafas vazias. Comprava bebidas, tomava um cálice e, em seguida, esvaziava o resto na pia. Um cálice de vinho, de cerveja, martini, vodca, grapa, refrigerante, suco, água, licor, aguardente, rum, tequila, pisco, pernod, vermute, anis, bagaceira, uísque (detestava bourbon), San Raphael (foi a única pessoa que conheci que tomava San Raphael), Fogo Paulista, Kümmel, Licor de Ovos, FQF, arak. Mas você gasta uma fortuna dessa maneira, argumentei. E ele, calmo, sempre foi pessoa serena: "Ninguém sabe que ganhei 200 vezes na Sena, bicho, Telesena, Quina, Federal, bingo, nas roletas de quermesses, nos cassinos clandestinos. Deus me ajuda! Entrego os volantes vazios, não aposto em nenhum número. As acumuladas não passam de números vazios".

Certo dia, subi ao terceiro andar para ver sua biblioteca. "Completa. Aqui está o resumo da história da humanidade. Você vai ter em mãos o fundamental da cultura. Possuo tudo o que o homem de saber necessita", me acenou ele. Fiquei ansioso, a cada degrau antecipava o prazer de completar obras raras. Pensei na biblioteca de Alexandria, na do Prefeito Ferréol, nas bibliotecas de Jorge Luís Borges, Wilson Martins, Fidelino Figueiredo (e por que o Fidelino me veio à cabeça?), Soares Amora. Abriu a porta, penetrei num espaço incomensurável. Sala gigantesca que me deixou surpreso. O edifício não parecia tão enorme, quando entrei. Contemplei as estantes. Nem um sinal de poeira. Estantes vazias. Num canto, onde a parede formava um ângulo de 45 graus, havia urna cômoda sem gavetas, os buracos parecendo bocas vorazes e banguelas. Sobre a cômoda, um livro. Bem, pensei, há um livro! E grosso.

"Este é o primeiro volume, obra fantástica, sintetiza o pensamento universal, condensa o homem atual, define a mente da era globalizada. Setecentos volumes, a maior enciclopédia já publicada na história. Jamais viverei o suficiente para ler a obra completa, mas a vida é assim mesmo." Abri o livro, encadernado em percal marrom. Trabalho delicado, os encadernadores são raça em extinção. As páginas estavam em branco. Folheei em busca de um texto. Deveria haver um, em algum ponto. Nada, páginas e páginas. Fui contando, perdi o sentido das horas. O tempo vazio nem parado nem andando, achei estranho, mas considerei que, recentemente, ao me separar de minha mulher, após 23 anos de casamento, eu me sentira nem parado nem andando. Cheguei à página 1.700 em branco, sentindo-me confortado, invadido por uma paz enorme. Percebi que era isso o que eu desejava. Nenhuma letra, nenhuma palavra, nenhum conceito de filosofia, política, religião, nenhum dogma, nenhuma reflexão, informação. Aquele livro era o absoluto.

"Polêmico, não acha? Tem ocasionado discussões agitadas, as mentes fervem. Grandes cabeças aqui vêm. Não são muitos os que têm acesso a ele. Foi a recomendação que me deram no dia em que o comprei. Encontrei-o ocasionalmente na banca de jornais da estação da Noroeste em Bauru. O jornaleiro disse que um homem comprou jornal e esqueceu o livro em cima das revistas. Tomou o trem e se foi, fazia um ano. Era tempo de se desfazer, ele sentia necessidade de se desfazer. Eu podia levá-lo, desse qualquer coisa a título de armazenamento. Mesmo porque não tinha entendido nada do que aí está. Havia um bilhete dentro: cuidado com os que lêem. A estação de Bauru, o senhor conhece? É um templo de iniciação, veja a sua estrutura em forma de catedral. Os trens que entram, nunca saem. Os que saem são outros que nascem e crescem à beira das plataformas. Trens surgidos por geração espontânea."

Não, não estava espantado, ainda que devesse estar. Assimilava tudo de modo natural. Não há razão para espantos neste mundo, todas as coisas são possíveis. Era isso que eu pensava, invadido por grande calma. Há anos não me via assim, sem ansiedades, tensões, sem um nó na garganta. "Ouçamos música", disse ele, colocando um CD. Apertou o *start* e se concentrou. Nenhum som saía do aparelho. O disco girava, eu podia ver o seu brilho metálico. "Atenção a esta, é lindíssima, murmúrios do pensamento." Não havia som. Olhando pela janela, busquei a cidade, meus olhos contemplaram o vazio.

24 de agosto de 1997.

A MULHER COM DORES ABDOMINAIS

O sujeito colocou-se à minha frente, a mão em meu peito:
– Não pense que me escapa!
– Nem pensei em escapar.
– Vai me dizer. Agora! Com todas as letras. Como se escreve um livro? Como se começa, continua, como devem ser os personagens, quantos capítulos, quantas páginas cada capítulo, quantas mortes deve ter, quantas cenas de amor, de sexo, a hora de rir, de chorar. O título. Como se edita um livro? Quero escrever, editar, e você vai me contar. Não me escapa!

Certa vez perguntei a um alergista se não existe *spray* contra chatos, assim como há repelentes contra mosquitos. Ele considerou a pergunta séria, porque médicos costumam ser abordados com freqüência. Basta saber que se tem à frente um médico e a pessoa faz sua consulta, desfia dores, incômodos, perturbações. Ele me contou de um amigo, excelente gastroenterologista, que, em um jantar formal, teve à sua frente uma paciente-gratuita. A conversa não deslanchava, a mulher não deixava, o assunto eram suas mazelas, especialmente uma dor no abdome que não a deixava, tinha feito todos os exames, estivera internada, tomara toneladas de remédios (vai ver, falsos). Até que o médico, bem-humorado, interrompeu-a.

— Conheço casos como o seu. E resolvi todos! É uma síndrome.

— Que alívio! Que bom! Finalmente, meu Deus! O que devo fazer?

— Primeiro, consideremos que se trata de consulta. E deve pagar.

— Pagar? Isso é uma conversa.

Todos, solidários com o médico, deram apartes.

— Ele tem razão. É consulta.

— Aqui não é consultório! Nunca vi tal coisa.

Um deles explicou:

— Tem pessoas que pensam que onde o médico está é o consultório. Sou psiquiatra e as pessoas me conhecem. Em festas, para falar comigo sobre neuroses, conflitos interiores, traumas, paranóias, complexos, rejeições e similares, precisam pagar. Trago até cronômetro, cobro de acordo com a tabela.

Os outros comensais (jamais imaginei que iria usar essa palavra) concordaram.

— Mais do que justo! Deve pagar!

A mulher não se deu por achada. Aliás, a expressão devia ser deu-se por perdida.

— Só que o assunto não são neuroses, paranóias, não tenho nenhuma. São dores intestinais e estou falando com ele. Aliás, pode me dizer o que quer dizer similares? Novidade em psiquiatria?

— Similares? Ah, sim! Vem de símios. Imitar. Fazer igual.

Ela tentou pegar o médico de jeito:

— E se eu pagar? O senhor dá recibo? Por causa do Imposto de Renda.

— Mando pelo correio.

— Pelo correio? E acredito?

— Só dou o recibo depois de compensar o cheque!

— Desconfia de mim?
— A senhora desconfiou de mim.
Irada, ela abriu a bolsa, tirou o talão.
— E quanto é a consulta?
— R$ 300,00.
— R$ 300,00? No consultório custa R$ 150,00.
— Mas aqui, neste clube, em tão bela mesa, com pessoas tão ilustres, tão lindo salão, luzes, música, bom vinho e comida, todos a rigor, convenha, é uma consulta especial.
— O senhor garante? Fico boa?
— Nunca errei em casos como o seu! Fiz até comunicação na revista médica.
Ela estendeu o cheque.
— Aqui está. Quero ver. Dê o seu famoso diagnóstico. A receita! Quero ver se vale. O que preciso fazer?
— Muito simples. A senhora erga o bumbum da cadeira uns 10 centímetros.
— Ah, é uma ginástica?
— Erga.
Ela ergueu.
— Agora, solte um peido. Forte.
— O quê?
— Solte um peido. Dois, três. Sonoros. Espantosos. Cheirosos.
— O quê? Louco! Desaforado! Charlatão! Vou reclamar na associação médica. Processar! O que está dizendo? Não ouvi! Não entendo!
O médico rasgou o cheque em pedacinhos.
— Entende! Estou dizendo para a senhora soltar um peido gostoso.
A mesa aplaudiu.

13 de dezembro de 1998.

INCOMPETENTES NÃO GANHAM A MEGA-SENA

Mal tinha acordado, Andréia, filha do Zequinha Barbosa, sacudiu Pequeno, o marido. Estava ansiosa.
— Acorda! Sabe que dia é hoje?
Pequeno era calmo. Tranqüilo ao extremo, conhecia o espírito da mulher, sua inquietação, a excitação em que vivia, o medo de o orçamento estourar no fim do mês ou de o dinheiro não entrar no mês seguinte. Diga-se que Pequeno era um trabalhador autônomo e os tempos atuais não permitem contemplações otimistas. Diga-se mais. Pequeno gostava de trabalhar à noite, fazia serões prolongados, era o seu biorritmo. Agia, enquanto os outros dormiam. Andréia, quando estava de bom humor, porque se diga a favor dela, tinha bom humor, mostrava-se cínica, adorava lançar um olhar zombeteiro sobre tudo. Outras vezes, no auge de uma irritação, ria dela mesma e do que estava dizendo.
— Que dia é hoje? Que dia é? Segunda-feira.
— Segunda... E daí?
— Corra! Vá ver o resultado da Mega-Sena acumulada. Quem sabe ganhamos R$ 24 milhões!
Pequeno subiu ao estúdio. Chamava de estúdio a sua biblioteca, com uma prancheta onde desenhava coisas

incríveis. Apanhou o jornal de domingo, porque sabia – e Andréia não – que a edição dominical já anunciava os números vencedores. Ao conferir os números, sentiu o golpe. Mais uma semana de pobreza. Pobreza em relação à riqueza que poderia ter em mãos. Não tinha, porque um sujeito da cidade de Natal ganhou tudo sozinho. Ele odiava os vencedores da loteria. Não chegava a entrar em depressão, porque era um sábio. Ganha-se quando se tem de ganhar, perde-se quando se tem de perder. Em geral, acrescentava, com FHC a gente perde sempre. Pequeno voltou ao quarto. Andréia olhou para a cara dele e compreendeu.

– Não ganhamos nada.
– Nada.
– Você é incompetente. Não acerta nunca.
– Não depende de mim.
– Claro. Não sabe escolher um só número.
– É tudo sorte.
– Sorte! Sorte! Você tem de agarrar a sorte. Correr atrás dela. Você é mole. Se depender da sua sorte, vamos morrer de fome.

Pequeno sorria. Calava-se, conhecia a mulher. Os Zequinha Barbosa eram assim. Ela insistia.

– Me diga. Em que números jogou?
– Nos de sempre.
– E quais são esses números infelizes, os de sempre?
– O seu aniversário, o dos meninos, o dia em que você fez aquela viagem a Boiçucanga, e o 13, você adora o 13.
– O meu aniversário? Aqui que acredito! Olha se tem guaraná no meu olho? Aposto que foi o daquela loirinha louraça que trabalhou com você.
– Loirinha? Que loirinha louraça é essa?
– Sei lá, chamava-se Lu, ou Dani, ou Eva, ou Pat. Cada vez você dizia um nome.

– Ah, meu Deus! Começou bem a minha segunda-feira.
– Além do mais, quer saber? Quer? Tenho certeza de que se a gente ganhar você vai ficar estressado.
– Estressado?
– Vai pensar que o motorista do táxi quer roubar o volante. Vai ter medo que o gerente da Caixa suma com ele. Vai pensar que será seqüestrado assim que pegar o dinheiro, vai me enganar no total do prêmio e dar um tanto para aquela loirinha.

Ela continuou falando, enquanto Pequeno, como fazia todas as segundas-feiras, saiu de casa e foi para a lotérica da gaúcha Clarissa. Era uma superstição. Gostava de ser o primeiro a fazer o jogo na semana. Estava escrito no livro do destino que era essa a forma de ganhar. A sorte viria, não se pode apressá-la.

31 de janeiro de 1999.

O PRESIDENTE
VAI AO LIXÃO

*N*aquele país, os lixões começaram a proliferar como cogumelos *shitake*, favorecendo a vida de milhares de pessoas em cada cidade. "Inexplicável, inexplicável", vociferava o presidente da nação. Enormes terrenos nos subúrbios eram ocupados pelos restos deteriorados das mesas, cozinhas e despensas: carnes, peixes, frangos, macarrão, arroz, feijão, leite, frutas, iogurtes, queijos, salsichas, salames, pães, biscoitos, latas, embalagens plásticas, papéis velhos, plantas. Quando tudo chegava, trazido pelos caminhões, os viventes da imundície estavam a postos.

Lutavam entre si na disputa do pódium. Esse era o monte maior de coisas podres e fedorentas que se amontoavam no momento em que as carroçerias inclinadas se abriam. Quando os primeiros viventes avançavam, recebiam sobre a cabeça os restos úmidos de tudo o que a cidade rejeitava. Pouco importa. O essencial era tentar resgatar preciosidades, o que tinha validade, o que podia ser comido (o começo era difícil, depois se acostumava) e o que podia ser vendido. Lutavam homens contra homens, mulheres contra homens, crianças contra crianças, velhos contra crianças.

Batalha sem trégua, acordos, sem convenção de Genebra, sem ética. Os pés enrolados em plásticos, metidos em tênis furados, botas encontradas em outros lixos, calças imundas, quando acabavam a recolha estavam lambuzados, enlameados e caminhavam até riachos próximos, nos quais se lavavam como podiam, tiravam o grosso. Dentro da aparente selvageria, muitos eram pessoas simples que odiavam aquela maneira de viver; a única possível para eles, naquele país líder do Mercosul.

Como a cada dia havia menos inflação e menos empregos e menos dinheiro e menor proteção a cada cidadão e mais fome e mais violência e mais despudor, os lixões ficavam mais lotados, com batalhas cada vez mais intensas. As disputas passaram dos simples sopapos e tabefes às facas e aos revólveres e corpos começaram a ser encontrados debaixo dos restos apodrecidos. A vida passou a ficar difícil para aqueles que até então tinham vivido (confortavelmente, asseguravam) dos lixões.

A mídia ocupou-se do assunto. Só que, como os fatos se repetiam, e como o lixo passou a desgostar os mais bem estabelecidos e a imagem no estrangeiro estava ficando conturbada, o governo decidiu intervir. Todos foram avisados de que o presidente (em pessoa) iria ao maior dos lixões anunciar as medidas tomadas para atenuar a tragédia prestes a explodir.

O maior dos lixões preparou-se. Correram todos para limpar o local. Separou-se o que havia de melhor e mais atraente, o menos pobre, o mais apetecível. Para o presidente sentir que estava mesmo no melhor. Conseguiram um pano vermelho para ser estendido como tapete.

O presidente foi conduzido a um palanque de plástico retirado do lixão (cor local e autenticidade). E em pronunciamento por rede nacional, afirmou:

"Povo, bom povo! Você que vive agora em um regime de estabilidade, deve saber que meu governo está atento e que o problema dos lixões começou a ser resolvido. O ministro da Fazenda determinou que o Banco Central libere financiamentos a juros baixos, para que as classes média e alta possam comer melhor, comprar produtos de melhor qualidade, importar mais latarias de primeira, adquirir queijos italianos, presuntos espanhóis (o Pata Negra é maravilhoso). Que as classes média e alta possam ter produtos excelentes, a fim de que tudo aquilo que for ao lixo possa proporcionar a vocês vida digna. Melhorando a vida dessas classes, que são o esteio da nação, vocês serão beneficiados. Dentro de um mês, este lixão será o melhor, comparável aos melhores do Primeiro Mundo. Assim, no Brasil inteiro. Fiquem com Deus, ainda que eu não acredite nele."

20 de junho de 1999.

A DESCOBERTA DA CÂMARA ANTIGA

No ano de 2082, arqueólogos encontraram, debaixo de camadas de lama ressequida, transformadas em gesso, os restos de cômodos, que pareciam ter sido uma repartição oficial, porque os paletós estavam nas cadeiras e os cartões de ponto se mostravam imaculados, a maioria era de funcionários comissionados. Manuscritos encontrados estavam em código. Na época, afirmaram analistas, era a forma de esconder roubalheiras, torpezas e vilezas, enfim a corrupção desbragada que grassava naquela megalópole, desaparecida com as inundações, arruinada pela violência e impunidade que dominaram o fim do século.

Nem se sabe o nome da cidade, sua memória foi apagada. Queima de arquivo, leu-se em um documento, um disquete esquecido numa gaveta, por alguém consciente (ou descuido?) que também revelou: os cômodos constituíam uma Câmara Municipal. A tradução desvendou que a camada dura que recobria o prédio era a lama podre expelida pelos vereadores que tinham legislado em época que a história preferiu sepultar, tão hedionda. Documentos raros registram que, quando investigações sobre atos pusilânimes tinham resultado num acordo para salvar a pele de todos, os edis começaram a sentir ânsias.

Ânsias dolorosas. Eles suavam e gritavam, ninguém socorria. Paredes à prova de som, eles não ouviam os clamores que vinham das ruas e os que estavam nas ruas nem ouviam as imprecações, impropérios e insultos que costumavam colorir as sessões de baixarias. O que ocorria naquele interior não era sabido, conhecido, divulgado. Alarmes preveniam quando o perigo rondava a casa.

Perigo era a imprensa, que registrava o que ocorria nos plenários criados para gerar leis para todos se locupletarem. A partir do ano 2041, jornalistas e visitantes foram impedidos, de vez por todas, de entrar na casa. Cada vez mais os vereadores se isolavam, ninguém os via, sabia onde moravam.

Tempos complexos. Os parlamentares reuniam-se entre eles, decidiam tudo em grupos fechados. Na hora da campanha eleitoral, colocavam na propaganda clones que exibiam acintosamente o falso lado bom. Clones produzidos com elementos químicos, uma vez que as células retiradas dos corpos dos vereadores estavam mortas, apodrecidas, sem resquícios de honestidade, ética, vergonha e escrúpulos.

Um dia, os edis começaram a vomitar a lama doentia retida por dezenas de anos (alguns tinham mandatos perpétuos) nas mentes, estômagos e fígados. Lama que começou a inundar o plenário, escorrer pelos gabinetes dos assessores, salas das comissões, encher os corredores. Fora, ninguém soube. Uma coisa parecia estranha. Porque um cheiro insuportável exalava do prédio. Ao passar perto, todos sentiam náuseas. Mais uma semana e a Câmara inchou, brechas abriram-se nas paredes de concreto, a lama malcheirosa começou a sair. Um mês depois, o edifício estava coberto.

Era de tal forma nauseabundo o cheiro que ninguém ousou se aproximar. Os que tentavam, morriam envenenados. A Defesa Civil isolou, ergueu altos muros. Dizem os que conseguiram ultrapassar os muros, que a lama endureceu de tal maneira que ficou impossível saber onde estava o prédio. Restou, por décadas, a montanha, conhecida como a "mais fedida".

Passaram-se 90 anos. Ninguém mais se lembra da última Câmara daquela cidade. Nunca mais se soube. Até o momento em que os arqueólogos venceram as camadas endurecidas. No prédio, os corpos mostravam-se bem conservados, misteriosamente. Fediam. Explicaram os cientistas que o fedor dos corpos não se vai extinguir. É que morreram não pela lama expelida, mas pelo vazio dos cérebros, a ausência de coração e de estômago. Raça rara. Criada sem caráter. Raça que, contudo, sobrevive. Deixou representantes em várias partes. Difíceis de serem reconhecidos, parecem humanos. Que nenhum se atreva a aparecer em São Paulo. A nossa Câmara cassará todos, inapelavelmente. Sabemos disso!

27 de junho de 1999.

O MUNDO ACABOU
NEM ME DEI CONTA

Levei uma cadeira confortável para o terraço, um naco de queijo branco curado, brusquetas e uma garrafa de suave pro seco, convenientemente refrescado, presente de Miguel Juliano pelo meu aniversário. Sentei-me à espera do fim do mundo. Estava barbeado, com minha melhor roupa, um sapato confortável e levei livros favoritos. Preparei-me para um pequeno cerimonial, afinal eu iria contemplar o fim do mundo. Sendo o meu primeiro fim de mundo, julguei necessário assistir de forma digna. Nesta sociedade regida por manuais, não publicaram um que oriente sobre como agir diante do fim do mundo.

Admito que me via dominado por certa melancolia com as notícias chegadas de Araraquara. Elas contaram da devastação sofrida pelo Largo da Santa Cruz. Testemunhas garantem que o lugar hoje dá a impressão de Kosovo depois dos bombardeios. Perguntei: e qual o projeto para uma praça tão tradicional? Estacionamento? Ninguém soube responder. E foram dezenas de pessoas que me ligaram.

Será que o fim do mundo começou pela destruição de uma praça em minha cidade natal? Permeia por lá acirrada neurose em relação às árvores, adoram vê-las no chão. Curioso! Existe na cidade um secretário do Meio Ambiente que me parece tão inútil quanto o Ministério da Marinha da Bolívia. Ou seja, a Bolívia não tem mar. Bem, o mundo estava agonizando. Fiz força para diluir lembranças tristes. Percebi que era cedo para tomar vinho, deixei-o por perto como símbolo, busquei um suco de pitanga. Fiquei mentalizado em coisas alegres, afastei os pensamentos do governo, da CPMF, da horrenda Câmara Municipal, do letárgico Pitta. Sorvendo gulosamente o suco, olhei para o relógio. Quando seria a hora final? Como se daria? Maior curiosidade. De um momento para outro o mundo se desintegraria? Ou sofreríamos terremotos, maremotos, furacões, seríamos soterrados por geleiras? Com a reeleição do FHC, o Brasil já não terminou? Todavia, não se tratava apenas do Brasil, era o mundo inteiro.

Márcia veio me dizer que o eclipse tinha começado e deveríamos realizar a simpatia recomendada pelos astrólogos na reunião informal da livraria Spiros, na noite anterior. Acender uma vela branca e olhar na direção do leste. Lendo num papel os nomes das pessoas queridas. A lista foi difícil, a seleção complicada. Prometemos mentalizar todos. Quando o eclipse estava acontecendo, pensamos em todas as coisas boas para o mundo, para a vida, para nós, para os amigos.

O pequeno ritual terminou e o mundo não. Um fracasso como espetáculo. Qual o prazo estabelecido? Nenhuma informação concreta. Comecei a me sentir imbecilizado. Como é que um jornalista não se informa sobre detalhes tão essenciais? E se telefonasse para alguém? Para um astrólogo? Estariam todos ocupados observando as conjunções dos astros. Ali sentado, não percebi o tempo passar. Estaria acabado o eclipse? O mundo continuava ou o que eu via era alucinação, delírio? Deixei o terraço. Estava na hora de trabalhar. Se o mundo tivesse acabado eu não teria de trabalhar.

No táxi, perguntei ao motorista: "O senhor imaginou se o mundo tivesse acabado e somente o senhor tivesse sobrevivido?" Ele arregalou os olhos. "É mesmo! Nem pensei nisso! Se acontecesse uma coisa dessas eu estaria bem despreparado." Agora, me respondam: acabou? Tudo mudou e não me dei conta?

15 de agosto de 1999.

FOI PRECISO MEDIR AS PALAVRAS

Os telefones passaram a funcionar mal. Telefones normais, celulares e equipamentos de escritórios engasgavam, vozes saíam retorcidas, ninguém reconhecia a voz de ninguém, o que provocava situações constrangedoras.

Maridos imaginavam que a voz de baixo profundo que estavam ouvindo não podia ser a das mulheres, devia ser a do amante, que apanhara o aparelho por descuido. Mas as mulheres não seriam loucas de levar o outro para a própria casa. Ou estavam descuidadas? Mulheres ligavam para os maridos e ouviam vozes femininas, ficavam de orelha em pé. Amigos achavam que outros amigos estavam estranhos, porque ouviam vozes tênues, educadas, sendo que eram grosseirões.

De nada adiantavam as reclamações. As concessionárias desligavam os fones, assim que alguém começava a protestar. Ou se ouvia uma gravação: "Não temos nada a ver com isso, vão reclamar com Jesus Cristo". Em seguida, uma gargalhada sarcástica. Houve quem permanecesse dias inteiros em frente do prédio da concessionária, disposto a matar o primeiro que aparecesse. Não aparecia ninguém, tudo no edifício era informatizado.

De qualquer modo, as concessionárias entraram em pânico. Os melhores técnicos repassaram o sistema, colocando milhares de quilômetros de fibras óticas, trocando peças mesmo que estivessem ainda no prazo de validade de uso. Tinham contratado técnicos em países nos quais o sistema telefônico era altamente desenvolvido, como o Cabutão, onde nem eram necessários aparelhos para telefonar. Cada um carregava em si chips de transmissão de maneira que bastava pensar na pessoa a ser chamada e a ligação era feita, você andava e conversava. Por esta razão se diz que os cabutões são loucos, o povo que mais fala sozinho na rua. Não é verdade! Eles andam e telefonam, como os brasileiros fazem com os celulares. E aqui, onde todos falam nos restaurantes, dirigindo o carro, nos cinemas, teatros, nos confessionários, assistindo à televisão, tomando o café da manhã, no banheiro, nos leitos onde se transa?

Os cabutões chegaram, examinaram, consideraram tudo obsoleto. Imaginem fios, postes, fibras óticas, aparelhos de discar. Mas descobriram. Os cabos condutores e os aparelhos estavam saturados, afogados, entupidos pelas palavras. Falou-se demais, concluíram, o que levou ao colapso do sistema.

Agora, numa primeira fase, seria necessário limpar tudo, esvaziar o equipamento das palavras apodrecidas. Como no Cabutão, existiam ainda alguns aparelhos sucateados, porque sem uso há muitos anos, foi feita uma concorrência fraudulenta, com uma firma indicada para ganhar.

Os equipamentos começaram a faxina, inédita. De todas as casas as palavras jorravam pelas janelas, inundavam as ruas, enchiam bueiros, subiam com o vento, formavam nuvens escuras ou escorriam como enxurrada. Palavras saltavam aos borbotões dos fones. Palavras belas e palavras feias, palavras poéticas, delicadas e palavras horrendas. Havia quem sentisse uma grande pena ao ver tantas palavras indo para o lixo, destinadas ao esquecimento.

Havia os que, remexendo montes, catavam palavras bonitas para guardar. As palavras não tinham dono, eram de todo mundo. Até o dia em que, estando limpos todos os fones, foi decretado que, por causa do estado de calamidade, daí em diante cada pessoa teria direito a determinado número de palavras para serem ditas ao telefone. Um número restrito, nem mais, nem menos, sob pena de ter o aparelho desligado. As contas passaram a ser cobradas pelo número de palavras, assim como as contas de água e luz.

O que levou a uma discriminação. Ricos podiam esbanjar falação. Classe média teve de medir as palavras. Mas se diz que muita gente abriu falência por falar demais, não medir o que falava.

16 de julho de 2000.

PONTO DE INTERROGAÇÃO SOBRE A CABEÇA

Comecei a sentir mal-estar, leve tontura desagradável e notei que as pessoas, ao passar, me olhavam espantadas. Observava nelas um ar de surpresa e admiração que, muitas vezes, se transformava em riso debochado em uns, cínico e divertido em outros. O diretor de criação de uma agência de publicidade passou a mão pela minha cabeça comentando: "Não estou entendendo. Será uma holografia?" Um planejador de mídia foi cordial:

"Parece-me um belo início de campanha." Uma pesquisadora, dessas que vivem pelas ruas fazendo perguntas, me deu um beijo no rosto: "Entendi! E como!"

"Meu lindo!" Por que tantos cumprimentos? As pessoas continuavam a me olhar, a apontar e murmurar. Foi quando um sem-teto me abordou: "Ô, meu! Qual é? Uma fantasia? Em cima de sua cabeça."

Nesse momento, duas mulheres com jeito de devotas apanharam minha mão, beijaram. "É um santo! Santo!" Passei pela vitrine de uma loja de decoração e vi. Impossível! Alucinação! Acima de minha cabeça flutuava um ponto de interrogação. Grande, de 40 centímetros, dourado. Como estaria ali? Andei, percebi que a interrogação me acompanhava, não importava o ritmo do caminhar. O mal-estar crescia, enjôo indefinível. As devotas vieram atrás. E logo um executivo com sua pasta Samsonite. Dois *boys* desceram de suas motos e se juntaram. Um livreiro barbudo. O vendedor de *hot-dog*. O cobrador de ônibus. Todos imploravam: "Queremos uma igual!" Respondia: "Se eu soubesse..."

Um professor que, pela televisão, ensina a escrever em bom português e estava na esquina sonhando com belas palavras, teve a atenção despertada. Deu com a interrogação. "Sei o que é uma interrogação. Mas como o senhor colocou-a aí?"

– Nasceu de repente. Cresceu de um momento para outro. Com ela me veio um nojo intenso.

O professor, homem vivido e de experiência no trato com símbolos gramaticais: "Nenhuma interrogação surge subitamente. Ela germina alimentada pelas dúvidas e se transforma em pergunta indignada. Vai ver o senhor tem perguntas sem respostas e com o tempo, pressionadas, elas se transformaram em uma grande interrogação. Como são tantas devem ter-se materializado. O enjôo é a incapacidade de compreender". E eu: "Bonito. Mas o que faço?"

Ele: "Posso explicar algumas coisas. Agora, não me pergunte o que fazer, como fazer. Minhas dúvidas também são muitas. Sinto a mesma náusea". Nesse momento, percebi tênue luz sobre a cabeça do professor. Em segundos estava criado outro ponto de interrogação. "Ah, somos dois, agora!" O professor ficou surpreso, mas pareceu gostar. Como se sentisse enorme alívio. Sentia bílis vindo do estômago e amargando a boca. Então, outras interrogações começaram a se cristalizar sobre as cabeças do executivo, das devotas, do cobrador, de todos. O executivo ficou um segundo constrangido:

"Como vou trabalhar assim?" Logo se recuperou. "E o que me importa?" Cada pessoa que se aproximava era contemplada com a interrogação. Como uma coroa real, ou auréola. Ninguém se preocupou, mostravam-se contentes.

Horas depois, havia uma multidão caminhando de mãos dadas. Sobre as cabeças, o mar de interrogações em raios fúlgidos, resplandecendo ao sol, fulgurando como um florão da América. No fim da tarde, as avenidas de São Paulo se encheram com o povo todo na rua. Todo não! Havia gente que não sentia enjôo.

A televisão informou que em cada Estado, cada cidade, cada casa, tinha nascido o movimento interrogatório. Cujo sintoma é uma náusea intensa. Ninguém sabe no que dará ou como terminará. Ou se vai terminar. Receio não ter cura!

6 de agosto de 2000.

(Publicado originalmente com o título *A estranha peste que assola o país*)

O HOMEM QUE NÃO SOUBE SER FELIZ

Chegou cedo ao sanatório. Os primeiros dias de maio eram límpidos e um vento frio penetrava pelos corredores. O diretor caminhou com ela, incomodado com a sua presença.
– Ele está mal?
– Não fala, não come, não dorme.
– Não falar não é novidade. O terapeuta tirou alguma palavra dele?
– Fez poucas sessões. Mudo. Mostrava-se hostil, odiava o analista.
Atravessavam corredores intermináveis, brancos, o piso branco. O sanatório tinha acabado de ser reformado. As paredes nuas a deixavam sufocada.
– Nos últimos meses passou a fugir, disse o diretor.
– E eu nunca soube?
– Fugia e voltava. Parecia fazer bem para ele! Fingimos que não sabíamos, deixávamos.
– Como fazia bem?
– Voltava em horário certo, feliz, até conversava com os outros. Ele sempre se recusou a falar com dementes, dizia que eram todos loucos por estar aqui, sem se revoltar. Como se ele não estivesse aqui. Ao voltar, seu rosto parecia iluminado, a boca perdia o rictus amargurado e duro.

Ela estava abismada. Por que o sanatório não a tinha comunicado? Por que tinha sido mantida à margem de tudo? Atravessaram um salão enorme, a brancura doía nos olhos, os loucos comiam o lanche da tarde. Havia música no ar, vinda de alto-falantes camuflados.
– Ele escrevia muito! Cartas.
– Leram? Podem ajudar?
– Ninguém entende a letra. Escrevia e pedia que colocássemos no correio. Um dia, disse: "Mandem para aquele navio".
– Para quem? Qual o endereço?
– Nunca deciframos. Guardamos tudo. Quer ver?
– De que vai adiantar?
– Enquanto escrevia parecia tomado de fúria e alegria. Todos os dias perguntava se havia carta para ele. Entristecia com a negativa. De tarde, fugia.
– Nunca seguiram?
– Ele desconfiava, despistava. Deve ter lido muito livro policial, visto filmes.
– Adorava filmes. Verdade, lia romances policiais. Presenteava.
– Perdíamos de vista. Quando ele não conseguia despistar voltava ao manicômio, enraivecido. Abatido.
Dos alto-falantes vinha agora uma rumba. Ela reconheceu a música por causa de um CD que ele estimava. Era o dele, tinha colocado na mala a coleção. Devia ser uma concessão do hospício aos internos. Como forma de terapia, deixava que ouvissem suas canções prediletas. Agora, era tarde.
– Essas fugas... coisa misteriosa...
– Mais misteriosa era a volta. Podia sumir.
– Até na loucura se mostrou controlado. Responsável. Era uma mania que me deixava irritada, muitas vezes. Tinha vontade de matá-lo, sacudi-lo, furá-lo de faca, nem sei o quê. Mudo, subjugado aos deveres, cativo, passivo diante

das normas. Não transgredia nunca. Esse controle, essa não-rebeldia, a não-insubordinação, essas coisas o colocaram aqui.

– Nessas voltas, no meio da tarde, ele era surpreendido falando sozinho.

Gritava: "Os números vermelhos! Tenho de apagá-los. Estão me destruindo. São meus donos." Sabe o que isso significa?

– Números vermelhos? Alguma rifa, Mega Sena, número de uma casa, idade? Não tenho idéia.

– Nem nós. Os números o transtornavam. Gritava: "Me roubam o prazer, odeio esses números."

Citava algum em particular?

– Um e outro. Acho que ouvimos o 93, o 8, o 101, o 15... Alguns de nós até apostaram na Mega Sena, eram chamados os números do louco... Desculpe a grosseria, afinal, ele sofria!

Ela percebeu que estavam se aproximando da porta, onde ele se encontrava. Catatônico, segundo o diretor.

– Sabemos que ele está inteiro dolorido, os músculos e nervos tensos, esticados, prontos a estilhaçar, segundo o neurologista, e ele deve sofrer dores atrozes. Antes de mergulhar nesse estado, ele murmurou aos ouvidos da enfermeira Vilma, a que melhor o atendia: "Aqui é tão bom! Aqui vou ficar. Não sei ser feliz, não sei fazer ninguém feliz, espalho dor e angústia." Fechou os olhos, se imobilizou.

11 de maio de 2001.

NÃO MENTIR
AOS LADRÕES

Vinha pela Avenida Paulista, levou um empurrão, perdeu o equilíbrio, conseguiu se recompor, sentiu que alguém enfiava a mão no seu bolso. O ladrão não alcançou o dinheiro, era uma dessas calças antigas, bolsos fundos. Também, não era tanto dinheiro assim. Mas era dele. Logo, ouviu alguém ao seu lado, indagando:
— Roubaram?
— Roubaram.
— Era muito?
Por que o sujeito queria saber? Era um tipo miúdo, cara de raposa, olhos ávidos. Por um momento, teve vontade de tranqüilizar o outro. Mas por quê? E se fosse da gangue? Se tivesse vindo saber para informar os outros? Teve um repente.
— Era bastante. Dinheiro da empresa.
— Puxa... Mas quanto?
— Dez mil reais.
— Dez mil? No bolso? Você é louco?
— Era a melhor maneira de carregar. Saí do banco, se estivesse com uma pasta ou pacote, ia chamar a atenção.
— O senhor marcou bobeira.
— Fazer o que, agora?

O outro deu uma olhada firme, trazia uma expressão carregada. Ele fez uma cara de pasmado.
— Não me olhe assim. Fazer o quê?
— Nem adianta ir à polícia. A Paulista está um perigo.
O homenzinho se afastou, ele seguiu com o olhar, o sujeito virou a esquina. Ele teve vontade de ir atrás, ficou com medo. Pensou um pouco e seguiu, na esquina olhou para todos os lados e descobriu, a 50 metros, perto de uma banca de camelô, o homenzinho com cara de raposa dando uma dura em dois tipos mal encarados. Os três gritavam muito. Queriam se pegar. Meu Deus! O que tinha feito? Estava certo?

Seguiu para o cursinho, mal prestou atenção nas aulas, foi mal em uma prova. Na saída, avaliou bem a sua volta, antes de pegar a rua e correr para o ponto de ônibus. A condução demorou uma eternidade, à noite os ônibus são um inferno, chegam quando querem. Entrou, foi para perto de um bolo de gente. Sempre olhando pela janela, tentando ver se havia alguém seguindo. Passou uma moto, diminuiu a velocidade, dois caras olharam para dentro do ônibus, atentos e se foram. Ele tinha se abaixado no banco. Tremeu. Teriam descoberto? O que fariam?

Uma borboleta entrou pela janela aberta – na verdade, o vidro estava quebrado – e veio pousar no banco. Borboletas voam à noite? Dizem que elas dão sorte. Aquilo o acalmou um pouco, pensou que amanhã deveria jogar no bicho. Num cruzamento, havia uma batida, dois carros arrebentados, o pessoal do Resgate trabalhando concentrado. Duas motos emparelharam com o ônibus, os motoqueiros olhando para dentro. Agora são eles! Desta vez entrei bem. Por que fui fazer aquilo? Será que mataram o ladrão que enfiou a mão no meu bolso? Quando está na hora de repartir o bolo, eles são uma fúria.

Repartir o bolo. Uma expressão das seções econômicas do jornal. Bandido reparte o bolo? Ou ajusta contas?

Estava mesmo preocupado com a provável morte do ladrão. Ele teria sido o causador, era culpado. Nunca mais poderia voltar à Avenida Paulista. Como? Era lá que trabalhava, amanhã teria de estar atendendo o pessoal às 9 horas. Melhor seria não sair para comer, durante uns dias. Pedir em algum *delivery*.

Na verdade, costumava comer numa dessas vans de esquina, que existem aos milhares pela cidade. Que besteira ter dito aquilo! Dez mil reais! Imagine! E se os caras acreditassem na palavra do ladrão? Descobrissem que tinham sido enganados?

E se tivessem matado o companheiro? Isso era insuportável. Saber que tinha sido responsável por uma morte. Na hora, imaginou que fosse uma doce vingança. Ficou tenso. Não dormiu. Ligava a televisão, a maioria das emissoras estava fora do ar. Não tinha TV a cabo. Não tinha comprimidos para dormir. Suava. O estômago revirava. Vomitou.

O dia amanheceu, ele tomou um longo banho frio, um café forte. Apanhou o ônibus, desceu na Paulista. Olhou em torno, a avenida estava meio vazia. O escritório não estava aberto, tinha chegado cedo demais. Caminhou até o lugar onde tinham enfiado a mão em seu bolso. Pouca gente. Não! O sujeito com cara de raposa não estava lá. Caminhou até o ponto onde os três tinham discutido. Olhou para o chão, procurando manchas de sangue. Andou para lá e para cá. Nenhuma mancha. Será que teriam morto o sujeito à noite, na periferia? Comprou jornais. Nenhum dos mortos estampados era um dos três.

Sentiu-se aliviado, entrou numa lanchonete, matou a fome. Tudo estaria bem. Os ladrões hoje estariam atrás de outros bolsos, nem se lembrariam da cara dele. Fez hora, até ter a certeza de que o escritório estava aberto. Trabalhou normalmente e saiu com a turma para comer na Van, na esquina da Ministro Rocha Azevedo. Os amigos se foram, queriam jogar na dupla sena acumulada, ele pagou e seguiu ainda tomando o suco de uvas. Sentiu um empurrão, percebeu que enfiavam a mão no bolso, tiravam o pouco dinheiro que trazia. O bolso, nesta calça, era raso. Que vacilada! Então, ouviu uma voz sarcástica: "Dez mil, hein, pé de chinelo? Dez mil. Te cuida. Não vai passar um dia sem que você não seja assaltado aqui, até a gente chegar aos 10 mil..."

18 de outubro de 2002.

QUALQUER LUGAR NÃO É UM LUGAR QUALQUER

Veio andando pelos trilhos do bonde, parou diante do cinema. Sabia que era cedo, mas entrou, gostava de escolher lugar. Cedo demais, a sala estava deserta. Não esperava pelo luxo do cinema, as poltronas em veludo vermelho eram resplandecentes, novas. Intimidado, perguntou ao lanterninha:
— Onde posso me sentar?
— Em qualquer lugar.
— Qualquer? Onde fica qualquer lugar?
— Como onde fica?
— Em que fila?
— Qualquer fila.
— De que lado?
— Qualquer lado.
— Para a frente ou para trás? Quem sabe no meio?
— Em qualquer posição.
— Por que não me dá a informação correta?
— O que estou fazendo?
— Me desconsiderando.
— Apenas respondi às suas perguntas.
— Me deixou confuso.
— Por quê?

— Onde é qualquer lugar?
— Num lugar qualquer.
— Está vendo?
— Meu Deus! Qualquer lugar é qualquer lugar.
— E se eu estiver sentado e alguém chegar reclamando que aquele lugar é dele?
— O senhor diga para ele se sentar em qualquer lugar.
— Ele vai perguntar onde fica.
— O senhor aponta para a frente e para os lados.
— E se o qualquer lugar dele ficar para trás?
— O mais fácil é o senhor fazer com as mãos um gesto abrangendo toda a sala.
— Quantos quaisquer lugares existem nesta sala?
— Pensando no número de poltronas vou dizer que são 367.
— Todas são qualquer lugar?
— Todas.
— Acho que o cinema é novo, não vai pegar, vai ficar a maior confusão, principalmente se a sala lotar.
— Nem um pouco. Faz uma semana que estamos abertos e ninguém reclamou. Tudo correu bem.
— E cada um sentou em qualquer lugar?
— Todos se sentaram em qualquer lugar.
— Me explica! Se cada lugar é um lugar qualquer, como é que isso não perturba?
— Até agora não perturbou.
— As pessoas são muito acomodadas.
— Ou não são como o senhor.
— Como eu sou?
— Um qualquer que não quer ser qualquer um.
— Como? Sou um qualquer?
— É.
— Não me conhece. Como pode afirmar isso?
— O senhor é um qualquer. Está na cara!
— Você nem sabe o que significa qualquer.

— Claro que sei.
— O que significa?
— Segundo o Aurélio, é uma palavra que vem de qual mais a terceira pessoa singular do presente indicativo do verbo querer.
— Qual + quer? É isso?
— É.
— Então, significa qual o senhor quer? Estou certo?
— É por aí. O senhor quer qual poltrona?
— A sua resposta deveria ser uma afirmação. Porém, qualquer indica pergunta e o senhor não me respondeu. Respondeu com outra pergunta.
— Fiz o correto.
— Não! Respostas que se transformam em perguntas anulam-se automaticamente.
Se pergunto: qualquer uma? O senhor não pode me responder com qualquer, porque a frase perde o sentido. Não obtive resposta, fiquei na mesma.
— Qual o quê!
— Espere, não comece a desvirtuar. Qual o que é afirmação ou pergunta?
— Exclamação.
— Mas qual o que está muito próximo de qualquer! Viu como o senhor espalha confusão?
— Por favor, sente-se! As pessoas estão chegando, preciso indicar lugares. Sou o lanterninha.
— O senhor indica no escuro. E agora as luzes estão acesas. O senhor é desnecessário. Para não dizer inútil na sala iluminada.
— Nunca pensei nisso, minha função é apontar a poltrona.
— Então, atenda esse casal!
O lanterninha se voltou:
— Pois não?
— Onde podemos nos sentar?

— Em qualquer lugar.
— Qual poltrona é qualquer lugar?

O lanterninha fez um gesto largo com os braços, abrangendo a sala inteira. Olhou para o casal e a mulher protestou:

— Não entendi. Onde é esse qualquer lugar? Não vou ficar de pé.

O lanterninha deu as costas, um aposentado que pagava meia entrada chegou:

— Onde posso me sentar?
— Em qualquer lugar.
— E onde fica essa poltrona? Só porque pago meia não precisa me tratar dessa maneira! O senhor é um mal-educado, inútil!

O lanterninha entregou sua lanterna ao velho: "Segure aí!" Correu para a rua, gritando: "Hoje é meu dia." O porteiro corrigiu: "Sua noite". O lanterninha deitou-se nos trilhos do bonde, ficou à espera. O porteiro foi atrás:

— O que está fazendo?
— Quero me degolar. Não entendo nada. Ninguém me entende. Sou um inútil.
— Vai demorar. Tiraram os bondes da cidade, aqui não passa mais nenhum.

Tenho todo o tempo do mundo!

9 de maio de 2003.

SOBRE OS
IMPOSTOS CRIADOS

O fiscal da prefeitura tocou a campainha, identificou-se:
– Vim pesar o lixo para saber se a sua declaração está correta.
– Desconfiam de mim?
– Desconfiamos de todos. Mas estamos fazendo por amostragem.
Trazia uma balança antiga – a prefeitura está defasada tecnologicamente – e nos acompanhou até a área de serviço onde estava o pequeno saco plástico, contendo o lixo do dia. Ele colocou um peso num dos pratos da balança e o saco na outra, olhou atentamente o ponteiro, como se estivesse a pesar uma preciosidade. Digamos, uma porção de trufas brancas. Virou-se para nós e seu olhar era acusador.
– Vocês estão ultrapassando a cota declarada.
– Verdade? É que não temos balança em casa.
– Deveriam ter, é instrumento de primeira necessidade. Obrigatório.
Aliás, vai ser obrigatório, a prefeitura começou uma compra enorme, vai revender à população.
– Estamos muito além do limite?
– 178 gramas.

— Não é muito.
— O suficiente para a multa.
— Nem 200 gramas.
— 200 aqui, 180 ali, 300 acolá, e a prefeitura acaba tendo enorme prejuízo no imposto do lixo.
— Sendo a primeira vez, não dá para ser advertência? Se reincidirmos, então, multam!
— Não posso! Lamento, mas não posso. Sou da ala radical do partido.

Sacou o talão, aplicou a multa e avisou:
— Saibam que, de hoje em diante, cairão na malha fina todos os meses. Vocês devem declarar pelo máximo e não pelo mínimo. Declarando pelo máximo, poderão se exceder.
— Nem 200 gramas. Não é muito rigor?
— É a lei.

No dia seguinte, um outro fiscal, pedindo comprovantes do pagamento da Taxa da Luz do Poste da Rua.
— Ainda não pagamos. Mas nem sabemos se vamos pagar, afinal a lâmpada está queimada há dois meses e ninguém trocou.
— Não é da minha competência. Sou das taxas. O senhor precisa ligar para os Desrosqueadores de Lâmpadas, para que venham tirar. Depois, para os Rosqueadores, para que venham colocar.
— E trazem a lâmpada?
— Não! A lâmpada deve ser solicitada ao Departamento de Cessão de Bulbos que vai verificar a necessidade e então autorizá-lo a solicitar a mudança da lâmpada queimada.
— Demora?
— Depende da fila. Se tiver sorte, quatro a cinco meses. Enquanto isso, o senhor deve pagar, para que possamos montar os vários departamentos: o dos Desrosqueadores, o dos Rosqueadores, o da cessão de Bulbos, o dos Testes Para Determinar se as Lâmpadas Estão Boas, o dos Treinos Para Subir na Escada e Colocar o Bulbo Sem Levar Choque.

Para os Desrosqueadores estamos contratando funcionários entre os ex-jogadores de basquete. Porque eles têm agilidade no agarrar a lâmpada que é jogada de cima do poste.

Quatro dias depois chegaram os formulários para que preenchêssemos, dizendo quantas palavras estaríamos utilizando nas conversações diárias. Um Imposto Sobre as Palavras Ditas entraria em vigor no próximo mês. Passamos uma semana, minha mulher, eu, meus filhos, computando quantas palavras usávamos nas conversações normais. Por sorte, temos um filho formado em engenharia mecânica e ele conseguiu contabilizar tudo, demos uma estimativa ao fiscal das Palavras Ditas.

Não tinham se passado dez dias quando chegaram os carnês. Um para pagar pelas Palavras Ditas e outro para pagar pelas Palavras Ouvidas. Cada pessoa da família recebeu o seu, sendo que no meu trabalho recebi outro carnê, cobrando pelas Palavras Ditas em Serviço. Daquele dia em diante, cancelaram-se as reuniões inúteis, descobrindo-se no final que todas as reuniões são inúteis. Quanto às Palavras Ditas nas Ruas, Bares, Restaurantes, Transportes Públicos, Praças, Igrejas, Aeroportos, a prefeitura ainda não sabe como fazer para taxá-las, porém há estudos em andamento, com a formação de comissões formadas pelos apadrinhados dos vereadores e por consultas às bases.

Acabo de ouvir em um telejornal que breve teremos novos impostos como o dos Passos Dados nas Calçadas, o dos Andares Subidos em elevadores (e conseqüentemente os descidos), o das Voltas Que Cada Pneu do nosso carro dá nos limites da cidade, dos Copos de Água de Torneira tomados, da Porcentagem Sobre Cada Real Jogado na mega sena, na dupla sena, na quina, sobre Cada Número Discado no Telefone, sobre as Palavras Lidas em Jornais, Revistas e Livros (a taxa é menor, para incentivar a leitura). Quanto ao caminhar pela cidade, há duas facções em luta. Uma quer cobrar mais de quem anda pela direita, outra de quem anda pela esquerda. O fulcro da discussão é saber o que é direita ou esquerda, dado que num sentido é uma coisa, e no outro, outra.

Estes impostos não poderão ser abatidos nas declarações de renda. Agora mesmo, um amigo acabou de passar para me avisar que virá o Imposto ao Pé da Letra, pago pelos cronistas, jornalistas, escritores, professores, digitadores e escriturários sobre cada letra digitada. E que talvez se forme uma comissão para mudar a ortografia, trazendo de volta as letras duplas (facção, secção etc.) destinadas a fazer com que se pague mais por cada frase. Portanto, se algum dia vocês abrirem a página e meu espaço estiver em branco, saibam que nada escrevi, porque estava duro, pronto, sem um tostão no bolso. A expressão é outra, não é tostão, mas deixem para lá.

23 de maio de 2003.

VIDA QUE PODERIA TER SIDO

No jantar entre amigos, Laurentino comentou que, certa vez, aos 20 anos, um sujeito tinha entrado em um bar e atirado no sujeito ao seu lado no balcão. Um tiro na testa. Um atirador profissional. Sorte, porque em caso de bala perdida ele teria sido o alvo. No entanto, 30 anos atrás, as balas perdidas não tinham entrado para a linguagem coloquial. O caso permaneceu misterioso, o morto não possuía identificação, ninguém reclamou o corpo, foi sepultado como indigente. A conversa passou a girar em torno dos assassinados anônimos, em uma cidade deste tamanho há dezenas deles. Não se sabe quem são, de onde vieram, o que faziam e por que morreram. Aquele homem devia saber e também quem o matou. Quem mais? Uma mulher, amante, namorada? Um filho? O fascínio dos que existem sem parecer existir. Os que terminam a vida sem que se saiba de alguém que sentiu a ausência, chorou por eles. Seria a solidão total? Como se sentem os solitários absolutos?

A mulher do quase assassinado no bar, com a sagacidade feminina, ou talvez porque de vez em quando pensasse no assunto, levantou um tema.

– E se aquela bala tivesse acertado você, com quem eu estaria casada agora? Onde estaria? Teria conhecido esta mesma turma?

A conversa tornou-se um jogo. Memórias acionadas, nomes lembrados. "Imaginem, ter me casado com o Rodrigão? Viram a barriga dele? Fica a meio metro da mesa". "Nem posso pensar que namorei a Edileuza. O rosto é uma ruga só, fez plástica e vive indagando: não fiquei maravilhosa? Se soubesse quem é o médico, eu processaria." "Deus me salvou do Arnaldo. Tem alguém que fale mais errado? Menas é a palavra mais certa que ele emprega." "E a Clara Lúcia? Fala pelos cotovelos e a cada duas frases solta um por zemplo, no lugar de por exemplo, a propósito de qualquer coisa e por coisa nenhuma." Os defeitos dos outros encobriram os próprios, fizeram esquecer chatices pessoais e idiossincrasias cotidianas. A mulher do quase assassinado recolocou o tema: "Quem é que teríamos, a certa altura da vida, conhecido, que nos teria desviado desta turma, desta cidade, de nossos empregos? Em que momento a nossa vida teria sido diferente? Gostaríamos desta vida diferente?".

Edwiges, outra mulher, sempre elas, mais atiladas do que os homens, levantou nova questão. "Imaginemos que nossas vidas tivessem sido outra, por alguma razão. Morte, separação, abandono ou por não termos encontrado uma pessoa. Estaríamos em um grupo diferente, sentados a uma mesa de bar e alguém se lembraria que estava quase noiva do Laurentino, quando um homem entrou num bar para matar um desafeto e, por engano, matou o Laurentino. Passada a dor, a vida recomposta, essa mulher encontrou outro homem com quem se casou. Passados os anos, em um jantar, ela perguntaria: como teria sido a minha vida se eu tivesse me casado com Laurentino? Ou você, Assumnção, com M antes do N, não tivesse se casado com o Deonísio? Com E depois do D. Ou que a Soila não se chamasse Soila e sim Sueli e tivesse se casado com aquele gaúcho de nome curioso, Hohlfeldt? Ou que a Tânia não tivesse engordado, tornando-se essa mulher engraçada, divertida e loucona que todos amam e tivesse se casado, em vez do Alemão que todos adoram, com alguém de nome Gastão que a fizesse magra, anoréxica, insuportável?"

Laurentino retomou o tom. "Acabamos de inventar um jogo para animar grupos. Pode ser perigoso. E se nesse jogo se revelasse que a Sonia gosta mesmo é do Alberto? Ou que a Assumnção não se chama Assumnção e sim Hermenegilda e se envolveu, aos 20 anos, em uma situação escandalosa que a obrigou a sair de casa e a se mudar de Estado? E se o Fernando, que sempre teve uma aura mística, chegasse à conclusão de que odeia ser publicitário e seria mais feliz vendendo amendoim torrado em estádio de futebol? Daqueles que levam o saco na mão, oferecem amostras e depois repassam com a canequinha buscando freguês. Fernando sempre teve um lado sentimental que o leva a sofrer pelos outros, estendendo a mão." Entrou no assunto o José Luiz: "E se de repente todos aqui descobrem que seus sonhos se tornaram pesadelos e que a vida não é nada disso?" Ficou um silêncio, quebrado pela Amarílis: "E se, em vez de caminhar pelo dramático, a gente se lembrar, realmente, de um momento da vida que, se aceito, nos teria transformado em outra coisa, levado por outro caminho bem mais interessante, quem sabe divertido?"

Nova rodada de Tarapacá, vinho chileno que está causando sensação e me veio o dia em que cheguei a São Paulo com várias cartas de recomendação. Saí à procura dos destinatários e demorei a achá-los, porque não sabia andar pela cidade, parava para olhar prédio, ver bonde passar, apinhado de gente no estribo, olhar mulher bonita e perfumada. Entrei no prédio de A *Gazeta* na Avenida Cásper Líbero, me fiz anunciar, esperei duas horas e fui recebido.

– Então, quer emprego?
– Para isso estou aqui.
– A carta fala bem de você. Olga é uma grande figura.

Falava de Olga Ferreira Campos, personagem de minha cidade nos anos 50, mentora do teatro de arena local, professora de português exigentíssima. Um que teve aulas com ela foi Celso Lafer, o ex-ministro das Relações Exteriores.

– Não vejo nenhuma vaga agora... a não ser...

Fiquei em suspense. Então, havia uma?

– A não ser como assistente do nosso cruzadista.

– Cruzadista?

– Sim, o criador das palavras cruzadas.

– Cruzadas...?

– É uma das seções mais lidas.

– Sei... e o que terei a fazer?

– Ajudá-lo a criar os conceitos... a cobrir as férias dele.

– E quanto se ganha?

– Por três meses, estágio não remunerado. Depois, se aprovado, estudamos o salário.

Fui salvo pelo meu pai. Quando deixei a cidade, ele me deu 3 mil cruzeiros. Era tudo o que podia me dar, produto de economias para me ajudar. Portanto, eu seria obrigado a arranjar um emprego, rapidamente. Não podia me dar ao luxo de fazer estágio por três meses. Se tivesse mesada, teria aceito. O que eu seria hoje? Um cruzadista? Teria feito carreira em jornal, escrito livros? Nada contra as palavras cruzadas! Não foi Guimarães Rosa que um dia comunicou a uma filha que estava ficando famoso? Ele tinha sido um conceito em uma palavra cruzada no Rio de Janeiro. Continuei pela vida a usar palavras. Mas em lugar de cruzá-las, passei a colocá-las umas diante das outras, criando histórias.

13 de junho de 2003.

OS EXÓTICOS PALADARES DOS BOTECOS

*N*ersão saiu de casa e passou no botequim, sentia-se desanimado para enfrentar a segunda-feira. Chamava-se Nersão mesmo, assim tinha sido registrado em cartório, nunca se soube se por capricho do pai, se por sacanagem do cartorário. O garçom se aproximou com seu jaleco branco manchado.
— Média de café preto com chapado de margarina, como sempre?
— Não, hoje vou mudar. Estou deprê. Me dê Caracu com ovos. Para levantar o ânimo.
— Só ânimo, Nersão? Viu ontem a novela? Aquele sujeito está descendo a mão na mulher.
— Se dou de cara com ele na rua, arrebento de porrada!
— Caracu com um ou dois ovos?
— Um.
— Se está deprê não é melhor ovos de codorna?
— Boa idéia, Altamiro. Pode colocar quatro ovinhos.
A Caracu bateu por minutos no liquidificador, até os ovos se dissolverem em uma pasta negra espumante, que ele sorveu com avidez, limpando o canto da boca com a língua, para não perder nada. Esperou uns minutos.
— Me sinto melhor. Me dê agora uma salsicha empanada para forrar o estômago.

"O senhor sabe o que é bom!", exclamou o garçom que corria de um lado para outro para atender os peões da obra ao lado, já que todos chegavam no mesmo horário. Nersão deixou o bar, esperou o ônibus do Jaçanã, desceu no centro da cidade, apanhou suas tabuletas de "homem sanduíche" e foi para o ponto na Rua Barão de Itapetininga. Duas tabuletas, uma nas costas e a outra sobre o peito, anunciavam a compra de ouro e prata, colares, brincos e pulseiras.

Não fazia mais do que andar para lá e para cá, atravessava o Viaduto do Chá coalhado de camelôs, passeava até a Sé, distribuindo folhetos, dando informações. Vez ou outra devia acompanhar o sujeito até o escritório de compras e se o sujeito efetivasse a transação, ganhava uma comissão. Mínima, quase nada. Era uma maneira de incentivar.

Por volta de meio-dia, ele costuma descer para um boteco na Rua Capitão Salomão e almoça um reforçado churrasco grego regado com bastante gordura, porque acredita que isso ajuda a trazer calorias ao corpo. Toma meia cerveja e, na saída, come uma fatia de abacaxi gelado ou de melancia, depende da época. Às vezes, chupa uma laranja descascada naquelas maquininhas que giram velozes e nos deixam com uma fita sumarenta e perfumada nas mãos. No verão os vendedores se sucedem e as frutas se revezam, mangas, pêssegos, kiwis, sapotis, jabuticabas (meio murchas, claro). Antes de voltar para a Barão, ele compra meio litro de água-de-coco gelada, para tomar devagar, enquanto a tarde escorre.

Quatro da tarde, hora do lanche. Ele caminha para a pastelaria da Avenida São João. Pode decidir entre pastel de carne, o de frango ou o de pizza.

Escolhe sempre o especial, com 20 centímetros de comprimento – um ajantarado. Dentro tem ovo cozido, carne, azeitonas, tomate, queijo, presunto, salsinha. É dos mais pedidos. Estão sempre meio frios e borrachudos. Com um deles pode trabalhar mais três horas, nunca deixa o "serviço" antes das 8 da noite, na esperança de arrebanhar mais um cliente.

Aliás, nessa hora, fica quase somente ele na rua com as tabuletas, os outros já se recolheram: os que oferecem dinheiro emprestado, os que compram vale-transporte ou refeição, passes de ônibus e metrô, os que anunciam convênios médicos, os que promovem liquidações ou lojas de R$ 1,99. A cidade está coalhada deles.

Depois de entregar as placas, ele passa pelo boteco do Martins Carneiro, na Avenida Ipiranga, pede torresminho, pururucas e toma rabo-de-galo. Rebate com uma asinha de frango no molho de tomate. Se a fome continua forte, consome ovos empanados ou ovos coloridos. Nersão conhece todos os botecos e suas especialidades. Já andou por todas as biroscas e varia comendo ora lingüiça calabresa, ora salsichão com queijo, ou miúdos refogados num pratinho de plástico, ou fígado em tiras acebolado, costelinha de porco oleosa, carne enrolada em bacon, pepinos em conserva.

Dessa cozinha popular e barata, o que ele adora mesmo é parar em uma dessas vans transformadas em lanchonetes portáteis, para pedir cachorro-quente completo. Baba de prazer quando vê o homem besuntar o pão com a maionese, colocar a salsicha imensa e acrescentar purê de batata, cebola frita no *shoyo*, tomate, milho, ervilha, mostarda, *ketchup* e batata palha sequinha. E o cheeseburgão que tem carne, fatia de presunto, queijo, maionese, salada, cebola, batata, bacon? Para beber, um suco alaranjado com remoto gosto de acerola. Comer um desses é ficar de bem com a vida e agradecer a Deus por ter um trabalho ao ar livre, com liberdade, sem precisar estar de terno e gravata dentro de um escritório, como tinha acontecido havia anos, muito antes de ter perdido o último emprego e passado a viver de biscates.

Alimentado, pede o cafezinho requentado que vem

fervendo no copinho plástico e sai para voltar ao ponto de ônibus que, a esta hora, está mais vazio.

    Nersão sonha com o dia em que vai poder entrar num restaurante e pedir coquetel de camarão, coisa mais chique. Ou melão com presunto. Outro dia, um amigo gozou: "Melão com presunto? Você come é melancia com mortadela!" Nos dias de pagamento, Nersão dispensa o ônibus, prefere pegar uma perua, chega mais rápido em casa para ver o programa do Ratinho. Caminhando, agradece pela vida boa que tem, sente-se um brasileiro privilegiado.

11 de julho de 2003.

MANHÃ A BORDO
DE UM TÁXI

Saí do dentista, apanhei o táxi, dei o endereço.
– O senhor mora aqui?
– Não! Aqui é o meu dentista!
– Mora onde?
– No endereço que dei.
– Tão longe! Por que vem ao dentista aqui?
– Porque ele atendia perto de mim, mas mudou-se para cá e como estou há anos com ele, mantenho a fidelidade.
– Por que ele mudou?

Claro que a pergunta deveria ser feita ao Luis Paulo Restiffe, o dentista, e não a mim. Mas o homem estava engatando outro assunto:
– Sabe quanto custa uma fechadura nova?
– De quê?
– De porta, claro!
– Da casa?
– Não, do carro!
– Que marca?
– Esta aqui.
– Que marca é?
– Não vê que é um Santana?
– Não conheço marcas de carros. Inclusive era um problema quando meus filhos eram pequenos. Morriam de

vergonha do pai. Eu dizia: olha o Passat, eles corrigiam: é um Del Rey. Não acertava uma.

— Sabe quanto custa a fechadura?
— Não tenho idéia.
— 90 paus! 90, pô! Pode? Quebrou a molinha, fui consertar, não dá, preciso trocar a fechadura inteira. Acredita? Sacanagem! Pensei que a molinha ia custar 3 reais, tenho de desembolsar 90. Ainda por cima não tem na cor branca, vou precisar pintar. Mais dinheiro! A gente só paga, paga. Imposto, conta, taxa de banco, IPVA, IPTU, não tem dia que não pago uma conta!

Dirigia indo para a direita e para a esquerda, mas não estava bêbado.

Virava-se para o lado, descuidava-se do trânsito.

— Olha como temos de dirigir. Tanto buraco. Só dá buraco. O que faz essa prefeita?
— Administra.
— O quê?
— A cidade.
— Viu como a cidade está?
— Vi.
— Para o senhor, qual foi o último prefeito bom de São Paulo?
— O Faria Lima.
— Aquele que morreu?
— Foi.
— Mataram ele no mar.
— Não. O Faria Lima morreu do coração.
— E aquele que morreu no mar, caiu entre os barcos?
— Foi um delegado dos tempos da ditadura.
— Chamava Faria Lima?
— Não. Fleury!
— Era dono dos laboratórios?
— Não.
— Mesmo nome, então?

— Sim!
— O Faria Lima fez a 23 de Maio, não foi? Lembra-se como criticaram, disseram que era um absurdo uma avenida com aquela largura. Se vissem hoje, congestionada. Faria Lima foi melhor do que o Jânio?
— Depende do ponto de vista.
— Com o Jânio não tinha caminhão de entrega fora do horário, não tinha motorista queimando faixa de pedestre, não tinha carro estacionado em lugar proibido. Lembra quando ele multou os carros dos convidados das netas na festa de inauguração da escola que elas abriram? O homem tinha autoridade. O senhor não acha que o problema hoje é de autoridade?
— Pode ser.
— Ou é de religiosidade?
— Pode ser!
— Ou é de corrupção?
— Quem sabe?
— Ou é a falta de caráter?
— Vamos por aí!
— Quanta imoralidade se vê! O senhor gosta de mulher pelada na televisão?
— Depende...
— Só dá peito, bunda, coxa, só dá homem sem camisa em novela. O senhor pode me dizer se os homens das novelas são gays?
— Não me consta!
— Cada mulher gostosa que mora neste bairro. Reparou? Acho que a maioria quer homem. Muita mulher sozinha na rua. Hoje mulher dá sopa, sobra pra todo mundo. Pego quantas quiser aqui no carro.
— Sorte a sua!
— O senhor já tomou Viagra?
— Ainda não!
— Não precisa?

– Acho que não!
– Tem medo?
– Do Viagra? Não. Por quê?
– Dizem que se a gente toma, não pára mais.
– Muita lenda.
– O que é lenda?
– Uma coisa que dizem que é, mas não é. Uma coisa muito falada, muito repetida.
– O que me encatiça não é o Viagra, é a Mega-Sena. Acha que sai para alguém?
Ou é truque? Sacanagem?
– Deve sair. De vez em quando um acerta uma acumulada!
– O senhor conhece alguém que ganhou?
– Quem é louco de dizer que ganhou?
– Não acha estranho?
– Penso na segurança!
– O senhor já ganhou?
– O máximo que consegui acertar foram dois números. Nem quadra, nem quina.
Nada!
Brecava quando via o farol verde, dava um jeito de chegar devagar e apanhar o farol vermelho, assim ganhava uns centavos a mais no taxímetro. No cruzamento, veio uma jovem entregar um folheto.
– Isso é que dá dinheiro. Aqui em Santana tem um sujeito que distribui folhetos de cinco firmas. Ganha 10 paus de cada uma, por dia. Trabalha de segunda a segunda, faz 1.500 reais por mês. Mais do que eu. E não paga imposto! Só dá um folheto por pessoa. Não adianta pedir um monte, para ajudar a descartar. Ele te entrega um e vira as costas.
– Honesto.
– Besta! A maioria joga no bueiro e pronto, vai buscar o dinheiro. Viu o que está acontecendo com as notas de 20 reais?
– Não. O que acontece?

– Sumiram. Por que será?
– Nem sabia que tinham sumido!
– Não é um mistério? Por que somem notas de 20? Este país é engraçado. Tudo muito louco, nada funciona, os serviços são de quinta, a comida envenenada, o ar é poluído, juízes roubam no futebol, a feira está pelo olho da cara, os perueiros compram os fiscais. Sabe quanto cada perueiro dá para os fiscais?
Eu sei! Sei onde eles se reúnem em Santana. Sei que a fiscalização avisa onde vão fiscalizar. Só avisa quem paga, os outros entram pelo cano. Como? O doutor quer descer aqui? Não ia descer perto da Rebouças? Mudou? Vai descer já? O que há? Aconteceu alguma coisa? O senhor não tem mais trocado? Não tenho nada, comecei agora! Posso ficar com o troco? Como muito? O doutor parece bem de vida!

18 de julho de 2003.

BREVE ENCONTRO
NA RUA

A mulher se assustou, ameaçou gritar, ele fez um gesto tranqüilizando-a. É que costumava chegar de repente, saindo do vão de um muro, do umbral de uma porta. Gostava de provocar surpresa, olhar o espanto das pessoas:
— Esta rua vai para lá?
— Para lá onde?
— Nessa direção.
— É só olhar para ver que vai.
— E o trecho de rua atrás de você?
— O que tem?
— Vem de lá?
— Vem.
— Quer dizer que vem de lá ou vai para lá?
— Não estou entendendo.
— É claro! Se vem de um lugar não pode estar indo para esse lugar.
— De um lugar você vem e para o outro vai.
— Mas os dois estão designados como lá. E onde é o lá?

A mulher ficou desconcertada. Procurava compreender, não queria dar a perceber que estava perplexa, podia ser pegadinha de televisão, podia ser algum programa de prêmios. Uma vizinha dela tinha sido abordada na porta do supermercado. Compradora número um milhão tinha ganho cem mil reais em mercadorias, uma cama, tapetes, panelas, varais e um rolo compressor que estava até hoje atravancando a sala. Precisava ir com cuidado, todo mundo está a fim de pegar todo mundo, uma rasteira pode vir de seu melhor amigo, principalmente se ele for invejoso e mentiroso. As traições e infidelidades, o apunhalar pelas costas estão na ordem do dia, ninguém liga mais para essas coisas.

– Como onde é o lá?
– Digo melhor. Qual é a distância entre aqui e lá?
– Depende.
– Do quê?
– De onde se localize o lá.
– Estamos na estaca zero. O lá é mais longe do que o acolá?
– Não se trata da mesma coisa?
– Não me responda pergunta com pergunta. É o costume mais irritante que existe.
– É que uma pergunta tem de conter o leque completo de informações que se deseja. Para isso deve ser completa, exata, arredondada em seus conceitos.
– Ah, meu Deus! Tinha de pegar um tipo como a senhora.
– Como eu? O que significa?
– Perda de tempo.
– Para se perder alguma coisa é preciso tê-la ou ter ganho. O senhor tem tempo? O senhor ganhou tempo?
– Tenho todo o tempo do mundo.
– E quem lhe deu todo o tempo do mundo tinha autorização para lhe dar?
– Tem alguém que nos dê o tempo?
– Ele pode ser conquistado.
– Como se conquista o tempo?
– Eliminando o trabalho e todos os afazeres.

— Afazeres ou fazeres?
— Que diferença faz um A a mais ou a menos em uma palavra?
— Muita. Pode alterar todo o significado.
Ela, que tivera medo, agora sabia que podia desarmá-lo pela palavra. A uma pergunta bastava colocar outra pergunta em sentido inverso. As pessoas não gostam de perguntas, porque são obrigadas a dar uma resposta que não sabem ou têm medo de se comprometer.
— Como?
— Agressão e gressão.
— Tem razão. Agressão é uma coisa. E gressão outra, bem diferente.
— Ou acatar e catar.
— Acautelar e cautelar.
Ficaram em silêncio, ela achou que o homem tinha desistido. Olharam-se, ela fez menção de ir embora, ele colocou-se à frente dela.
— Ainda estou desorientado.
— Estamos todos. Não existe um brasileiro orientado.
— Pouco me importa se os outros estão, eu não gosto de estar.
— Mas vai ficar, não há saída. Fecharam tudo.
— Preciso estar lá e ainda não sei quanto falta.
— Todos estamos precisando ir para lá, não dá mais para ficar aqui.
— Foi pior para mim encontrar a senhora. Estava indo, talvez estivesse certo, agora estou em dúvida, posso ter errado e começado a voltar, em lugar de ir.
— Nenhum brasileiro tem certeza. Estamos todos em dúvida, não sabemos se estamos indo ou voltando. Quando tudo indica que vamos, na verdade voltamos.
— Ir e vir. Uma letra de diferença e completa alteração de significados.

— Percebeu o poder das letras isoladas? Aqui um V faz a diferença.
— Como fico?
— Eu é que sei? Não vim ao mundo para dar respostas. Vim para perguntar.
— Se todos perguntam, quem dará as respostas?
— Como responder a sua pergunta se não sei a resposta?
— Agora, você também pergunta e digo a mesma coisa. Não sei!
— Alguém saberá?
— Alguém pensa que sabe?
— Será que o mundo é uma pergunta só? E se as perguntas já são as respostas?
— Perguntas talvez sejam respostas. Vou ficar com isso, me consola, me orienta, me acalma. Venha comigo, vamos para lá.
— Não tenho nada a fazer lá, fico aqui. Adeus.
— Adeus, ainda que eu saiba. O adeus nunca é adeus.
— Como?
Tire o A. O que fica?

31 de outubro de 2003.

QUEM SÃO OS QUE DIZEM?

Sempre vinham contar: dizem que ela está apaixonada por fulano; dizem que o gerente do banco deu um golpe; dizem que apareceu um remédio novo contra o câncer; dizem que a mulher do Emanuel é sapata; dizem que o professor Deoclécio foi processado por assédio sexual na faculdade; dizem que... Há semanas ele tinha começado a se preocupar com o verbo dizem. Assim, na primeira vez que um amigo chegou começando pelo dizem, ele foi rápido:

— Dizem mesmo?
— Dizem.
— Quem diz?
— Me contaram.
— Alguém contou a esse alguém.
— Claro! Se não, como a pessoa ia me contar?
— Qual é a cara de quem diz?
— Não tem cara. Quando se diz dizem, é porque mais de uma pessoa disse.
— Quem são essas pessoas?
— Como quem são? Um monte.
— Um monte? Quantas? Como são?
— Não tenho a mínima idéia!

— Por que você não construiu a frase assim: fulano me disse que...? Nomeando o fulano.
— Sei que ele só repetiu o que disseram a ele.
— Um repete o outro e os que dizem não têm cara?
— Não.
— Não foi uma pessoa só?
— Não.
— São muitas?
— Não vê que dizem é plural?
— Fulano ouviu de uma pessoa que ouviu de outra, que ouviu de uma terceira, que ouviu de uma quarta. Então, quando é assim se diz dizem?
— Agora entendeu! Quando todo mundo está dizendo, é porque aconteceu alguma coisa que todo mundo sabe.
— Eu não sabia.
— Acabei de contar.
— Por que não me disse: soube que...?
— Por que implicou com o dizem?
— Dizem. Só não se sabe se é verdade? Dizer dizem não compromete ninguém, atribui-se ao outro a responsabilidade pela informação!
— Nem sempre.
— Pode ser mentira?
— Pode.
— Um repete o outro sem averiguar?
— Temos de averiguar tudo o que dizem?
— Acho que sim! Para saber onde e como começou.
— E de que maneira saber como começou?
— Fazendo o caminho inverso. Indo na marcha à ré!
— Qual é?
— Se vou contar a alguém que você me disse, em vez de dizer: dizem, eu digo: fulano me contou.
— Qual é a diferença?
— Se digo dizem e repasso, assumo que acredito. Digo que fulano me contou, transmito a informação e não me

responsabilizo por ela. O dizem refere-se a uma entidade abstrata. Abstratos não têm responsabilidade, são como os loucos. Refazendo a cadeia do dizer, chegamos ao primeiro, ao que viu acontecer, presenciou, sabe a verdade. Ou criou! Inventou!

– Precisa complicar tanto?
– Não estou complicando, quero a verdade.
– Já te disse mentiras?
– Me disse tantas coisas. Nem sei quais foram mentiras ou não.
– Sou teu melhor amigo.
– E não pode mentir para mim? Há tantos melhores amigos que se revelam os piores, nos invejam, traem, são falsos, duas caras!
– Por que razão faria isso?
– Há sempre uma razão. Pode não gostar de mim e dissimular. Pode me invejar. Querer ser o que sou. Quando eu repetir a informação que você me deu, vai correr ao outro e me apontar: 'viu? Ele é mentiroso'. Você pode não gostar dessa pessoa sobre a qual está dizendo uma coisa.
– Nem a conheço! Me contaram, te contei!
– Quem te contou ouviu de quem? E este quem recebeu de qual quem? Indo contra o fluxo se chega ao primeiro. Você foi?
– Não.
– Então?
– Então, o quê?
– Repassa e tira o seu da seringa. Com o dizem, você cai fora: não inventou, só repassou.
– E é verdade! Nada tenho com isso.
– Tudo o que me interessa é saber onde nasceu.
– Impossível.
– Vamos nós dois a quem te contou.
– Não me lembro, foi no balcão da padaria.
– Não conhece o sujeito?

— Estava atrás de mim contando para o relojoeiro.
— Vamos ao relojoeiro.
— Precisa?
— Não quer saber a verdade?
— Eu, não! Você sim!
— É uma obrigação!
— Minha, não! Você ficou obcecado de repente.
— Não é obrigação nossa saber a verdade?
— Não neste caso!
— Há casos em que uma coisa deve ser verdade e em outros não?
— Nesse caso não precisa. É só uma coisa que dizem por aí.
— Quem diz?
— Todo mundo!
— Quem é todo mundo?
— Todo mundo é todo mundo.
— A frase certa é todo o mundo. Tem o artigo.
— Dá na mesma.
— Não dá! Quem são as pessoas que compõem todo esse mundo ao qual você se refere? Todos os brasileiros, os argentinos, chilenos, uruguaios, paraguaios, bolivianos, franceses, americanos, ingleses, italianos, austríacos, monegascos. Que palavra, hein? Monegascos. Será que os equatorianos também estão dizendo? Os afegãos? Os neo-zelandezes? Se não estão, não é todo mundo.
— Sabe o que acontece? Você ficou pancada! Não bate bem. Deve estar com mal de Alzheimer. Bem que tinham me avisado. Dizem que você virou chato, pé no saco, enfadonho, aborrecido, maçante. Um fardo, flagelo.
— Dizem?
— Sim?
Dizem é? Vamos lá: quem são os que dizem?

12 de setembro de 2003.

O HOMEM QUE DESEJAVA UM SONHO

Ele se aproximou do balcão da confeitaria. Vestia uma calça surrada e a camiseta estava limpa, mas indicava ter sido lavada e não passada. Tinha o rosto arranhado e os braços estavam lanhados.
– Quanto custa um sonho?
– R$ 2,10.
– Caro! E um copo de groselha?
– Groselha?
– Isso. Groselha misturada com água.
– Não vendemos groselha por copo. Só em litro, o xarope.
– Ah! E o recheio do sonho é do quê?
– Doce de leite ou creme de baunilha.
– Pode deixar um sonho por R$ 1,00?
– Não!
– Nem pedindo pelo amor de Deus?
– Nem pelo amor de Deus nem pelo amor dos meus.
– Por quê?
– Tenho de fazer a comanda e colocar o produto e o preço para você pagar no caixa. O patrão confere tudo no final da noite.
– Diz que era sonho de ontem e você deu abatimento.
– Aqui não existem sonhos de ontem.

— Como não?
— A confeitaria é famosa pelos produtos frescos. No fim do dia, recolhem todos os doces, doce estraga fácil, fermenta.
— O que fazem com os doces recolhidos?
— Não sei, vai tudo numa caixa que o patrão leva. Acho que dá para caridade, distribui à noite para os sem-teto.
— Sabe onde distribuem?
— Não, não sei dessas coisas. Qual é, ô meu? Olha a fila! Vai comprar?
— Só tenho R$ 1,00.
— Pede a alguém para completar!
— Não sou mendigo.
— Qualquer um completa, é pouco!
— O senhor já pediu alguma vez?
— Não!
— Não conhece a humilhação pelo olhar. As pessoas parecem ter nojo.
— O senhor exagera.
— Não. Já pedi. Senti. Dói mais do que a fome. Do que a vontade.
— O senhor é orgulhoso!
— Não, sou gente.
— Para que quer um sonho e um copo de groselha?
— Para minha companheira.
— Onde ela está?
— No hospital. Foi atropelada por um motoqueiro.
— E o senhor? Também foi atropelado?
— Não!
— E esses machucados?
— Apanhei dos motoqueiros. Quando briguei com o motoqueiro que atropelou, pararam cinqüenta motos. Nem quiseram saber, caíram de pau em cima de mim, depois fugiram.
— E sua companheira?
— Está internada e queria comer um sonho, é o que

mais gosta. Naquele pronto-socorro do SUS não dão nada, é uma miséria.

    O vendedor se afastou, chamado por uma mulher de avental impecável. O homem de rosto lanhado contemplou a vitrine, havia bolos de chocolate com cobertura envernizada, tortas mostrando recheios vermelhos, amarelos e brancos, polpudas, sensação de serem macios, desmancharem na boca. A confeitaria era grande e havia mesas onde as pessoas tomavam café, comiam sanduíches de pão branco, sem casca, havia pratinhos com minicoxinhas, empadas, croquetes. A mulher de avental branco impecável estava a segui-lo, com olhar desconfiado, mas ele não percebeu. O que fazer para ter o sonho? Se alguém acabasse, levantasse e deixasse alguma coisa intocada em um daqueles pratinhos, ele teria coragem de apanhar, disfarçando. Deixariam? Um homem de terno preto, camisa preta, gravata preta aproximou-se.

— Vamos lá, companheiro! Não vem pedir aqui.
— Não estou pedindo! Não pedi nada!
— Veio comprar, não comprou. O que queria?
— Um sonho.
— Por que não levou?
— Meu dinheiro não dá!
— Então, quando der, volta.
— Preciso do sonho hoje.
— O sonho pode ficar para amanhã.
— Nem sempre! Sonhos precisam ser realizados na hora.
— O senhor é cheio de falatório. Cai fora.

    O vendedor que atendera o homem lanhado no balcão se aproximou. Fez um sinal para o segurança se afastar.

— Tenho uma idéia. A casa fecha às oito. O senhor fica por aí, faltam duas horas. Antes das oito, volta, fico de olho nos sonhos, se sobrar algum o senhor leva. Sempre sobra, deixa comigo!
— Valeu! Obrigado.

Saiu, escritórios despejavam secretárias e funcionários, pontos de ônibus se enchiam, passavam perueiros gritando destinos, bares se enchiam para o *happy hour*, cervejas abertas, chopes com colarinhos, cheiro de lingüiça calabresa com cebola, os caça-níqueis se viam rodeados por homens barulhentos. Quarenta minutos depois, ele voltou, restavam seis sonhos na vitrine. Andou mais um pouco, estava inquieto, entrou em um supermercado para se distrair olhando pessoas comprando, observando o que havia nas gôndolas. Às sete e meia os sonhos eram três. "Fique calmo", disse o funcionário que o atendera, "sempre sobra. Estamos começando a fechar, volte em meia-hora". Ele entrou em uma locadora de filmes, havia tantos que gostaria de assistir, um dia compraria um vídeo para ver *O pagador de promessas*. Voltou correndo, com medo da padaria fechar, olhou para a vitrine, restava um sonho, o funcionário que o atendera fez um sinal e mandou-o encaminhar para o balcão. Ao chegar, havia duas senhoras à frente dele. Uma levou dois pãezinhos de leite. A outra apontou o prato e pediu: "Me dê aquele sonho. Todos os dias preciso de um sonho quando a noite começa".

24 de outubro de 2003.

CORTES

PROIBIDO DE MORRER

*E*stou deixando de existir. Aos poucos um indício aqui, outro ali, mostram que a sociedade possui artifícios com os quais isola pessoas, cercando-as e condenando-as a um limbo. A este lugar onde não sou, mesmo sendo. Onde não existo, mesmo pensando. Cogito, ergo. Uma citação assim me torna intelectual profundo. Depois dizem que crônica é gênero superficial. Em lugar de elucubrações de ensaísta universitário, vamos aos fatos. Recebi da escola onde minha filha estuda um folheto que me interessou. São poucos os panfletos que não vão para a cesta, nesta sociedade de malas-diretas. Diretas a quem? Ao lixo? Vale a pena gastar tanto papel?

Desvio-me, como sempre. Os leitores estão acostumados. O folheto era da seguradora. Propunha, caso eu morresse ou me acidentasse, encarregar-se de completar os estudos de minha filha, mediante o pagamento de uma quantia anual. Mensalidades, material escolar, extras, o necessário. Como educação é o primeiro problema que angustia um pai (e por que o governo não se angustia?), estava começando a preencher os papéis, quando minha mulher chamou a atenção para um detalhe. Somente pais até 55 anos podem segurar os estudos dos filhos. Depois dessa idade, somos considerados mortos. Como tenho 59, caminhando para os 60, estou enterrado, sou esqueleto na tumba, podem guardar meus alvos ossos.

Até este momento e fiz recentemente um *check-up*, minha saúde é excelente, a não ser os inevitáveis estragos que a idade produz aqui e ali. Pressão que se altera, insônia numa e noutra noite, má digestão se durmo depois de um jantar pesado, menos cabelos, vista cansada. Nada que possa me causar a morte imediata, vamos convir. De vez em quando, olhando necrológicos de jornal (epa! Lendo necrológio?), vejo um número imenso de pessoas mais jovens, mas muito mais, morrendo. Morrer vamos todos, diz o clichê da vida.

Só que me condenam à morte antes. Uma pessoa de minha idade, se cair no desemprego tem dificuldades imensas de trabalho. Para as seguradoras somos carta fora do baralho. Somos risco. É como se tivéssemos Aids. Sofremos os preconceitos. Não temos mais direitos. Quero e posso pagar o seguro-escola, o que me deixaria um pouco mais tranqüilo. Só que não me aceitam. Tenho um mal incurável que se chama 59 anos. Não adianta fazer plástica, mostrar o rosto rejuvenescido. O que conta é o RG implacável. Tempos atrás, quando estava em busca de financiamento para casa própria, deparei com uma cláusula em que, pela minha idade na época, declarava aceitar financiamento sem o seguro. Ou seja: todo mundo que compra imóvel, se morrer de repente, fica com a propriedade quitada perante o agente financiador. A viúva amparada não precisa pagar prestação.

Mas como tinha 57 anos no momento do pedido e como solicitava 15 anos de prazo (a fim de ter mensalidade razoável), eu ultrapassaria os limites de idade permitidos pelas seguradoras. Porque há uma fronteira concreta que me cancela do mundo vigente. Desde então, todos os dias me belisco para saber se estou vivo. Estou, muito bem. Se me acontecer essa chatice de morrer, se por acaso, para pentelhar os outros, eu vier a faltar, a Márcia vai ter que se virar para pagar prestação. Tudo porque tenho 59 anos.

E com esta peste de idade não me permitem segurar os estudos de minha filha. O que me obriga a viver. Nem pensar em fugir da raia. Segurar-me com unhas e dentes, pés e mãos, nariz e olhos e orelhas nesta vidinha que possuo. Tenho de viver, no mínimo, até os 72 anos. Não existe possibilidade de ir embora sem mais nem menos. Tentarei transplantes de coração, fígado, estômago, pulmões, braços e pernas, olhos. Recorrerei a tudo para estar vivo.

Todavia, refletindo melhor, vejo o lado positivo das coisas. Não sou tão amargo como me acusam. Talvez as seguradoras pensem nisso: impedindo pessoas de minha idade de serem seguradas, provocam um apego desmesurado, infinito pela vida. Sabemos que não podemos morrer, temos de estar aqui para pagar as prestações das casas e as mensalidades das escolas, as contas de luz e gás. Mesmo quem esteja no fundo do poço e não encontre nenhum sentido na vida, acaba se agarrando a este: a necessidade de pagar. Ah, benditas seguradoras que nos prendem à vida!

10 de dezembro de 1995.

LINDOS NOMES
DE REMÉDIOS

Apareceu em minha mesa um livro curioso: *Guia do paciente,* da BPR. Fascinante. Despertou imediatamente um meu lado hipocondríaco que eu desconhecia. Como resistir a um manual com informações sobre 3 mil remédios. Não é de delirar? Flutuar no paraíso? No fundo, basta um amigo ter uma gripe para relatarmos a nossa, mais violenta. A dor de cabeça do outro não é nada, comparada com a nossa enxaqueca. A operação que a amiga sofreu é fichinha perto da cirurgia que fizemos. Uma dor de garganta nos deixa em pânico. Pode ser um câncer, trazido pela poluição do ar ou pela química das comidas e bebidas. Uma azia que pode ser debelada com sal de frutas, acaba sendo sintoma de um enfarte. O melodrama faz parte do cotidiano.

Adoro meus amigos hipocondríacos. Eles possuem todos os tipos de medicamentos. Sabem tudo sobre doenças. Lêem revistas como *Saúde* e colecionam listas de remédios. Subornam farmacêuticos para saber novidades e tendências. São "médicos" que resolvem meus pequenos problemas, me indicam o que e como tomar. Perigo? Sei disso, mas a gente vive perigosamente. Os médicos andam caros, os convênios não funcionam? Acione o seu hipocondríaco de plantão! Só tenho medo do conselho regional me dizer que estou induzindo à prática ilegal da medicina.

O *Guia* me tomou horas. Deslumbrantes os nomes dos remédios. Gostaria de conhecer o processo que leva ao batismo dos produtos. As razões que determinam o surgimento de Naaxia, Wintomylon, Balupiro Pupirol (Já tomou seu pupirol hoje?), Ursacol, Hismanal, Azactam (parece palavra mágica – shazam – ou cabalística), Akineton (vagamente egípcio), Peptulan, Bufedil, Capoten, Slow K, Iskevert, Hidrea, Danilon (em homenagem ao pai que se chamava Danilo?), Tigason, Famox, Gardenal (Gardel?), Sibelium (e o compositor Sibelius?) Teoremin (vagamente matemático), Isossorbida (não é para gagueira). Claro que tem o lado sério, há razões até etimológicas, porém não faz mal olhar o lado bem-humorado.

Conheço pessoas que têm como *hobby* ler e colecionar bulas. Pois agora, aqui está um livro de bulas. Delicioso. Pena que não utilize termos como posologia. O *Guia* traz tudo em português normal. O que é, para que serve, como se usa e cuidados especiais. E as contra-indicações? Quando lemos numa bula as contra-indicações, temos vontade de atirar o medicamento fora. Pois tem um – tomei por causa da pressão que pode provocar – vejam só: angina no peito, alteração do paladar, cãibra, confusão mental, depressão, desmaio, diarréia, formigamento, fraqueza, cor amarelada na pele ou nos olhos, zumbido nos ouvidos, manchas nos olhos, nervosismo, palpitações, impotência sexual, má digestão, dor na barriga, dor de cabeça. Não ficaria mais fácil enumerar o que ele não provoca? Quem é louco de tomar tal remédio? E se me der tudo isso de uma vez? Será que já me veio a confusão mental? Na próxima, deixo a pressão estourar.

Entendo os hipocondríacos. Basta a gente ler as reações que o produto pode ocasionar para começar a sentir tudo, é fatal, é humano. A doença borbulha. Tem de tudo, para todos os gostos: coceiras, bolas nas mãos, fraqueza nas pernas, inchaço generalizado, cólicas, convulsão, respiração curta. Há os que ocasionam parestesia, angioedema, hemiplegia, neuropatia periférica, dor epigástrica. A vantagem ao deparar com esses nomes é que eles são enigmáticos para os comuns. Como saber o que é parestesia? Não sei, não sinto, não tenho. Se as bulas fossem nessa linguagem cifrada muita doença seria evitada!

Divirto com um assunto sério, mas não resisto à tentação. Porque é uma verdadeira viagem (se usarmos a fantasia e a imaginação) atravessar as 916 páginas do *Guia,* organizado pelo doutor N. Caetano. Ele provoca duas reações: sentimos tudo e nos enfiamos na cama ou descobrimos que somos sadios.

Jamais imaginei que existissem tantos medicamentos. Sou advertido de que estes são os principais. Quer dizer que tem mais. Cada produto alcança duas ou três doenças em média, dos pequenos distúrbios às enfermidades complexas. Significa que existem mais de 10 mil moléstias, mal-estares, complicações. Isto a quatro anos do próximo milênio, com tanta tecnologia à disposição. Estamos andando parar trás? De qualquer modo, mesmo técnico e especializado, recomendo. Este *Guia* será meu livro de cabeceira.

14 de janeiro de 1996.

ORTOGRAFIA, PRONÚNCIA E MESTRE NAPOLEÃO

*S*ei que cometo erros tenebrosos, muitos deles corrigidos em tempo por uma invisível boa alma que se esconde no anonimato da redação. Quem será essa boa alma que, aqui no *Estado,* me salva de vexames, acertando concordâncias, regularizando meu caos de pronomes e ortografia? Por falar em ortografia, há pouco entrevistei uma pessoa conhecida que se desculpou: "Perdoe-me, é que, quando falo nunca sei se a palavra é com dois esses ou com cêcedilha". Que ouvido sutil eu deveria ter para captar na pronúncia a diferença entre esses e cedilhas.

Súbito me ocorre que houve tempo em que havia professores cujos ouvidos para a língua portuguesa eram capazes de perceber erros ortográficos na pronúncia. Ainda deve haver por aí, eu é que ando por fora das aulas. Professores de português não contam pontos. Aliás, o Ministério da Educação está mais preocupado em comprar computadores do que em aumentar salários de professores, levando-os a respirar aliviados e a abandonar os quatro ou cinco colégios em que trabalham, ficando com apenas um, ganhando tempo para preparar aulas.

Os computadores, agora, trazem dicionários e revisões ortográficas, basta acionar teclas. Todavia, as máquinas não ensinam a colocar uma palavra diante da outra na ordem certa. Não ensinam que a oração tem sujeito, verbo, objeto. Dia desses, o professor Napoleão Mendes de Almeida, de 86 anos, ativo, indignado, lúcido, deu uma entrevista ao *Idéias*, do JB, e disse que o computador é a "confissão da formação precária dos brasileiros". Napoleão disse coisas simples, e terríveis. "Até hoje não vi, não li, não ouvi nenhum representante do povo que ridicularizasse o número de horas de aula por dia no Brasil. Se os alunos brasileiros voltassem a ter oito horas de aula por dia, ainda assim seriam necessárias três gerações para que se falasse corretamente."

Certa época, em Araraquara, havia três monstros sagrados do ensino de português. Cada um com seguidores, com sua legião. Jurandyr Gonçalves Ferreira, Machadão, d. Olga. Temidos, respeitados. Instituições. Palavras definitivas. Jurandir lecionava no Ieba (hoje Eeba) e o Machadão no São Bento (hoje Uniara) e na Escola de Comércio (que pertencia ao pai do Zé Celso, o do teatro Oficina). D. Olga Ferreira Campos, temida e intransigente corria por fora, dando aulas particulares. Até o Celso Lafer, que foi ministro das Relações Exteriores no governo FHC teve aulas com ela. Jurandyr era doce, magérrimo, cultuava a gramática do Carlos Eduardo Pereira. O Machadão – aparentado comigo – era robusto, bravo e seguia a linha do Napoleão Mendes de Almeida.

Os alunos se dividiam entre os que conheciam (ah, se conhecêssemos, teria sido bem melhor) o Pereira e os que se alimentavam nas mãos do Napoleão. Como Machadão era intolerante e severo, julgávamos também que a gramática do Napoleão fosse igual e, portanto, chata. Assim nascem os preconceitos. Só vim a tomar melhor contato com Napoleão anos depois, lendo sua coluna no *Estado*. Então, vi o tempo que perdi. Cheguei a colecionar as *Questões vernáculas*. Acho que se o professor me ler vai se irritar: "Leu, colecionou, não aprendeu".

O autor da entrevista afirma que Napoleão parou no tempo, mas fez isso de propósito. O professor continua a dar cursos de correspondência de português e latim. Não é boa idéia darmos uma parada no tempo? Nem que seja de tempos em tempos. Coisas acontecem tão rapidamente. Situações, o acúmulo de informações e as descobertas se processam em tal velocidade que nem conhecemos as novas nem aprendemos as velhas. Será que pessoas como Napoleão Mendes de Almeida não são necessárias, marcos, consciências de nosso tempo, pontos de referência?

O professor continua aberto e atento. A uma pergunta sobre a linguagem dos jovens, contra a qual sempre há tanto preconceito, ele acentuou: "Fala-se em linguagem dos jovens porque os jovens é que mais se fazem ouvir nas ruas. Mas quantos pais não falam de igual forma? O problema está na formação dos pais em primeiro lugar. Os pais não estão mais em casa... E os filhos vão para a escola onde ficam três, quatro horas. Depois? Vão para a rua".

Pena que no curto espaço de uma reportagem Napoleão não possa ter dito tudo. Mas foi uma delícia ouvi-lo investir contra expressões do tipo *a nível de*. Tudo virou *a nível de*. Uma série de expressões vindas dos meios acadêmicos invadiu o cotidiano, tomou conta. *A nível de, enquanto, colocação, proposta, leitura, contexto, metalinguagem.* Ficam por um tempo rondando na boca do povo, são divulgadas erradamente pela televisão, pelos entrevistadores, conquistam locutores de rádio, jornalistas e desaparecem, substituídas por leva. E há também a questão da pronúncia e da assimilação de palavras inglesas que são um despropósito, segundo Napoleão. Ele denuncia recorde (pronunciada récorde) e performance. Quem usa recorde nem sabe o significado. Quer dizer registro. Machadão, o bravo, adoraria ler esta entrevista brava do seu mestre Napoleão Mendes de Almeida.

Para encerrar, Napoleão adverte que os paulistanos devem saber que a flor-símbolo da cidade não se chama azaléa, com acento no e", e sim azálea, com acento no "a". Respeitemos ao menos a pronúncia do nome, já que não respeitamos as flores nos jardins.

2 de março de 1997.

PLAYBOYS, MILIONÁRIOS E ACIDENTES

As ruas de Paris têm sido impiedosas com os *playboys*. Al Fayed, namorado da princesa Diana, é o terceiro que encontra a morte em acidente automobilístico. A lista inclui apenas os *playboys* de grande monta, os que pertencem ao primeiro *ranking*. Porque existem *playboys* de terceira categoria, de fama local, provincianos. De qualquer modo, deve-se reconhecer que Al Fayed não estava no mesmo *ranking* que os outros dois que também morreram na cidade: Aly Khan e Porfirio Rubirosa. Não possuía o mesmo charme, carisma, era muito mais um milionário esforçado que engatinhava no assunto. A era dos *playboys* parece ter passado, com a globalização e o número enorme de milionários que surgiram pelo mundo. Houve tempo em que a palavra milionário envolvia admiração, bocas abertas de pasmo, inveja. Hoje, qualquer aplicador maluco na bolsa pode-se tornar milionário da noite para o dia. Ou, então, um tipo começa a construir prédios, um atrás do outro, um financiando o outro, enquanto o dinheiro de quem compra é desviado. Enchem as burras!

Aly Khan era filho do Aga Khan, imã que comandava a religiosidade de 15 milhões de muçulmanos ismaelitas da Ásia e da África. Homem que teve papel preponderante na formação da Liga Muçulmana Panindia e foi presidente da Sociedade das Nações. Dizia-se que o Aga, todos os anos, no dia do seu aniversário, recebia dos fiéis o seu peso em ouro e diamantes. Era robusto, equivalia a dois Faustões. Ele afirmava que descendia diretamente de Fátima, a filha do profeta Maomé. Aly viveu à sombra do pai, mas acabou por fazer a própria fama. Criador de cavalos, excelente cavaleiro, apaixonado por corridas automobilísticas, caçador, piloto (seu avião particular chamava-se O Vingador) e conquistador. Tinha muitos amigos no Brasil, convivia com o então célebre casal 20, Didu e Teresa Souza Campos, e com Jorginho Guinle.

Enigmático, gastador, sedutor, aos 37 anos, Aly Khan apaixonou-se por Rita Hayworth, a Sharon Stone da época (com mais charme, elegância e porte), casou-se com ela, transformou-a em princesa. Continuou todavia a levar uma vida de *playboy*, seduzindo mulheres pelo mundo. Os *playboys* eram tão famosos quanto os artistas de cinema. Ocupavam a mídia com desenvoltura, quanto mais apareciam, mais aprontavam, mais excitavam as mulheres. Na noite de 12 de maio de 1960, ao volante de seu Lancia, tendo ao lado a manequim Betina, sua namorada de plantão, Aly Khan bateu de frente com outro carro, quando se dirigia a um jantar em Paris. Betina sofreu escoriações leves. Ele morreu aos 48 anos.

Porfirio Rubirosa pertencia a outra estirpe. Enquanto Aly Khan tinha o dinheiro do pai e dos fiéis (uma versão do Edir Macedo), Rubirosa foi fazendo seu pé-de-meia à custa de casamentos com milionárias como Barbara Hutton, herdeira da rede Woolworth. Rubi, como era chamado na intimidade, foi também um diplomata a serviço, creio eu, da República Dominicana, mas não se conhece sua folha de serviços no setor. O mesmo país, pobre, forneceu ao mundo outro *playboy*, o Trujilinho, este de quinta. Se não morreu, deve ser hoje um velho impotente. A diplomacia de Rubi era infalível para levar mulheres para a cama. Moreno, boa pinta, elegante, impecável. Conta-se que Rubi costumava, nos jantares, apanhar a mão da mulher que estivesse ao seu lado, conduzindo-a para baixo da mesa, diretamente ao assunto, sem sutilezas. E como, segundo as lendas, era incrivelmente bem dotado, tinha metade do caminho andado. Fazia o marketing direto, exibia o produto, montava a expectativa para o desempenho. Devia ser bom, porque teve amantes sem conta. Sua última mulher foi Odile, uma lolita linda, de rosto sensual e delicado, com quem o *playboy* parece ter se aquietado, acalmado o facho. Odile domou-o, mas não teve sorte. Certa madrugada em Paris, o carro de Rubirosa atracou-se a uma árvore do Bois de Boulogne, se não me falha a informação.

Lendários, mitológicos, os *playboys* pregavam o hedonismo em seu mais apurado grau. O que me fascina, o que eu gostaria de saber é sobre o cotidiano de um homem desses. Como preenchem aquelas horas do dia entre as quatro paredes de suas casas, porque ser *playboy* não me parece uma atividade de 24 horas seguidas. Agora, tivemos a meteórica trajetória deste Al-Fayed, que, apesar de multimilionário, de ter produzido filmes como *Carruagens de fogo,* e ser dono da Harrods e do Ritz, era nebuloso, apagado para a mídia. Apareceu a bordo da princesa Diana, e teve pouco mais que quinze minutos de glória, como dizia o Wharol. Apagou-se no rastro de um bando de paparazzi e nas mãos de um motorista embriagado e, ao apagar, levou consigo a luminosidade de uma princesa que revolucionou a Inglaterra. Eu gostaria de repetir aqui uma frase que foi dita (por quem, meu Deus?) a propósito da morte de Tom Jobim: Eu nem sabia que o Tom podia morrer. Pois o mundo não imaginava que Lady Di pudesse morrer.

7 de setembro de 1997.

QUE CIDADE É ESTA AGORA?

*B*erlim – Enquanto vocês lêem a crônica no Brasil, estou em Berlim. Cheguei ontem. Foram anos sem voltar à cidade que me abrigou entre 1982 e 1983 e na qual vivi feliz. Faz 18 anos que desci numa cidade que guardava restos do inverno. Quando saí, deixei com pesar uma das cidades mais alegres da Europa. Abandonei Araraquara num 11 de março para tentar a vida em São Paulo. Vinte e cinco anos mais tarde, num 11 de março, desci no Aeroporto de Tegel. Quando entrei em São Paulo, a cidade era imensa, assustadora, eu não sabia dar um passo, me perdia, me assombrava. Quando desci em Berlim, penetrei numa cidade desconhecida, não sabia uma palavra de alemão, me perdia e me encontrava, era como renascer. De tempos em tempos, renasço. Tenho medo e fascínio por esse renascer.

Agora, outra vez Berlim. Num 11 de março. Terá significado? Tais coisas precisam de explicação? Deixemos os mistérios, eles alimentam e me levam para a frente, nas tentativas de decifrá-los. Agora, não existe o muro. Caiu há dez anos. De Frankfurt, continuei num avião da própria Lufthansa. Um dos primeiros sinais da unificação. Antigamente, o vôo Frankfurt-Berlim era monopólio da Pan Am, por força dos tratados de ocupação. A Berlim em que eu vivi desfaz-se. Dela restarão memórias. Não que eu fosse favorável ao muro. O raciocínio não é por aí. É que ele conferiu a Berlim uma aura particular de cidade única, singular e excitante, original e louca, nervosa e adorável, independentemente de todas as especulações a respeito de sua problemática existência.

Dissolveu-se a redoma em que Berlim Ocidental vivera. Gaiola de ouro, na definição de Antonio Skármeta, autor de *O carteiro e o poeta*, que nela viveu exilado. Cidade que bocejava num sono histórico, para o sociólogo Winfried Hammann. Para o cineasta Wim Wenders, "em Berlim, a pessoa sempre tinha o pressentimento de que, muitas vezes, mais que em nenhum outro lugar do mundo, atrás de cada uma de suas pequenas cenas, podia-se ocultar o início de uma história, o começo de outra aventura".

Para mim, quem definiu a cidade melhor do que ninguém, e na forma como eu a sentia, foi o escritor Joseph Pla: "Passei tardes em Berlim como se estivesse no interior de um campanário submerso. O silêncio proporcionava uma sensibilidade de convalescente. Às vezes, éramos assaltados por uma onda de loucura e nervosismo à qual se sucediam horas de lassitude e abandono".

O ar provinciano e tranqüilo diluiu-se, congestionamentos fazem parte do cotidiano, veio a poluição, a industrialização exacerbada, a violência explícita. Cidade amada e odiada pelos alemães. "Não rever Paris é uma catástrofe, não rever Berlim não tem a mínima importância", escreveu o jornalista bávaro Dieter Mayer-Simeth.

Havia nela intensa atividade criativa. Festivais de teatro, dança e cinema. Concertos clássicos, de *rock*, música popular alemã, *pop* ou *heavy metal* nos auditórios de sociedades musicais, salões paroquiais, igrejas, bares, parques, no imponente Waldbühne que os nazistas construíram ou na luxuosa filarmônica. Leituras de escritores nacionais e internacionais nas livrarias, bibliotecas, cafés.

Prédios ocupados, bancos alternativos, museus magníficos (no Egípcio, Nefertiti, beleza que o tempo não dissolve, repousa em caixa de cristal, provocando hipnose). Manifestações, avenidas espaçosas, transporte perfeito, integrando trens, metrô e ônibus, prédios baixos, árvores, florestas, rios, lagos, canais, parques, imensos gramados que, no verão, abrigam alvas mulheres nuas ao sol, centenas de cinemas, teatros, universidades, cafés, bares, restaurantes, imbiss em cada esquina, cabarés, *peep shows* e cachorros, cachorros. *Punks* e *skinheads* de roupas negras e metais cobrindo o corpo convivem com velhas impecáveis, de luvas e chapéu, a caminho de chás e bolos cremosos nas konditorei.

Clima de aldeia substituído pela efervescência de cidade grande. Ruínas recentes, fantasmas, miasmas, *zeitgeist,* o espírito do tempo, passeatas, choques com a polícia, minorias ensandecidas, arte escorrendo por todos os poros. Tardes de verão, silenciosas, límpidas e intermináveis, estendendo-se até as 11 da noite. Cidade que não necessitava dormir. Agitava-se insone, ansiosa, sonhando com a utopia: a queda do muro. E agora? Entre uma palestra e outra (é por isso que estou aqui, convidado) vou conferir. E contar.

12 de março de 2000.

BIOGRAFIA

Jornalista e escritor. Nasceu em 31 de julho de 1936, em Araraquara, SP. Estudou inicialmente em uma escola particular, depois no Colégio Progresso e fez ginásio e científico no Instituto de Educação Bento de Abreu. Foi para São Paulo em 1957, fazer jornalismo, profissão que exerce ainda hoje.

Trabalhou no jornal *Última Hora*. Depois, na Editora Abril: *Claudia, Setenta, Realidade*. Em seguida, Editora Três: *Planeta, Ciência e Vida, Status, Vogue, Homem Vogue, Lui*.

Entre 1979 e 1990 abandonou a imprensa, vivendo apenas de livros e palestras.

Atualmente dirige a redação de *Vogue*. É colunista do caderno Cidades do jornal *O Estado de S. Paulo*, todas as sexta-feiras, no Caderno 2.

Escritor, publicou 26 livros, entre romances, contos e viagens: *Depois do sol*, 1965; *Bebel que a cidade comeu*, 1968; *Pega ele, silêncio*, 1969; *Zero*, 1975; *Cadeiras proibidas*, 1976; *Dentes ao sol*, 1976; *Cães danados*, 1977; *Cuba de Fidel*, 1978; *Não verás país nenhum*, 1981; *É gol*, 1982; *Cabeças de segunda-feira*, 1983; *O homem do furo na mão*, 1984; *O homem que espalhou o deserto*, 1985; *O verde violentou o muro*, 1985 (a nova edição, ano 2000, fala da cidade sem o muro); *Manifesto verde*, 1985; *O beijo não vem da boca*, 1986; *A rua de nomes no ar*, 1986; *O ganha-*

dor, O menino que não teve medo do medo, 1995; *O anjo do adeus*, 1995; *O strip-tease de Gilda*, 1995; *Veia bailarina*, 1997; *Sonhando com o demônio*, 1998; *O homem que odiava a segunda-feira*, 1999. Em 2002, ao completar 50 anos de jornalismo (começou aos 16 anos), Loyola lançou seu novo romance *O anônimo célebre*. Pela Editora Ática publicou uma coletânea de crônicas, intitulada *Calcinhas secretas*.

Na Bienal do Livro do Rio de Janeiro, em 2003, foram distribuídos, gratuitamente, como brinde aos visitantes, um *pocket book*, escrito por Loyola, com o título *A conferência*, editado pela Edusc de Bauru.

Além destes, existem aqueles que Loyola chama projetos especiais. São trabalhos no campo da biografia e na vertente da memória de empresas como *Olhos de banco* (biografia de Avelino Vieira, fundador do Bamerindus); *Itaú 50 anos*; *Cem anos de transparências* (história da Vidraria Santa Marina); *A oficina de sonhos* (história das indústrias Romi, de Santa Barbara d'Oeste); *A universidade do coração, de Bauru*; *A história do Teatro Municipal de São Paulo*; *Crônicas da vida lindeira*; *Dez hidrelétricas brasileiras*; *Dutra, 50 anos*; *O teatro municipal de São Paulo*; *Vidros e vitrais no Brasil*; *Pinheiro Neto – 60 anos* e outros.

Seu livro mais vendido é *Não verás país nenhum*, que está na 23ª edição e vendeu cerca de 600 mil exemplares em exatos 23 anos, tendo sido traduzido para o inglês, italiano, alemão e norueguês. Depois vem *Zero* com 300 mil exemplares vendidos, traduzido para inglês, alemão, italiano, coreano do sul e francês. *O verde violentou o muro* vem a seguir com 260 mil; *Manifesto verde* com 200 mil, sendo muito adotado em escolas, por ser uma cartilha sobre o meio ambiente. *Veia bailarina*, outro *best-seller*, ganhou o Prêmio da Associação Paulista de Críticos de Arte (APCA) como o *Melhor Livro de 1997*. É um dos livros que mais provocou reações, sendo que Loyola recebeu e continua a receber cartas e faxes de todo o Brasil. Este livro tem sido muito lido por médicos e circula nos hospitais entre pacientes. *O homem que odiava a segunda-feira* ganhou o Prêmio Jabuti 1999, como o melhor livro de contos do ano.

Premiado com o Prêmio Governador do Estado pelo melhor roteiro de filme em 1968, com *Bebel que a cidade comeu*; Prêmio Melhor Romance do Ano com *Zero*, em 1976, pela Fundação Cultural do Distrito Federal; Prêmio APCA com *O ganhador,* romance de 1987; Prêmio Pedro Nava com *O ganhador;* Prêmio Instituto Italo-latino-americano, Roma, com *Não verás país nenhum*, como o melhor livro latino-americano publicado na Itália em 1983-1984.

Obras do Autor

Depois do sol, contos, 1965
Bebel que a cidade comeu, romance, 1968
Pega ele, silêncio, contos, 1969
Zero, romance, 1975
Dentes ao sol, romance, 1976
Cadeiras proibidas, contos, 1976
Cães danados, infantil, 1977
Cuba de Fidel, viagem, 1978
Não verás país nenhum, romance, 1981
Cabeças de segunda-feira, contos, 1983
O verde violentou o muro, viagem, 1984
Manifesto verde, cartilha ecológica, 1985
O beijo não vem da boca, romance, 1986
O ganhador, romance, 1987
O homem do furo na mão, contos, 1987
A rua de nomes no ar, crônicas/contos, 1988
O homem que espalhou o deserto, infantil, 1989
O menino que não teve medo do medo, infantil, 1995
O anjo do adeus, romance, 1995
Strip-tease de Gilda, novela, 1995
Veia bailarina, narrativa pessoal, 1997
Sonhando com o demônio, crônicas, 1998
O homem que odiava a segunda-feira, contos, 1999
O anônimo célebre, romance, 2002

Projetos especiais

Edison, o inventor da lâmpada, biografia, 1974
Onassis, biografia, 1975
Fleming, o descobridor da penicilina, biografia, 1975
Santo Ignácio de Loyola, biografia, 1976
Pólo Brasil, documentário, 1992
Teatro Municipal de São Paulo, documentário, 1993
Olhos de banco, biografia de Avelino A. Vieira, 1993
A luz em êxtase, documentário, 1994
Itaú, 50 anos, documentário, 1995
Oficina de sonhos, biografia de Américo Emílio Romi, 1996
Addio Bel Campanile: A saga dos Lupo, biografia, 1998

Cecilia Almeida Salles é professora titular do Programa de Pós-Graduação em Comunicação e Semiótica da PUC/SP, Pontifícia Universidade Católica de São Paulo. É coordenadora do Centro de Estudos de Crítica Genética. É autora do livro *Gesto inacabado – Processo de criação artística* (São Paulo, Annablume, 1998), *Crítica genética – Uma (nova) introdução* (São Paulo, Educ, 2000) e do CD-ROM *Gesto Inacabado – Processo de criação artística* (Lei de Incentivo à Cultura do Estado de São Paulo, 2000).

ÍNDICE

Apresentação 7

PRESENTE DA MEMÓRIA

Desespero dos gatos, alegria dos barbeiros 19
Memórias e reflexões sobre táxis e taxistas 22
Pedaços da infância revividos no almanaque 25
Mundo sem sacolas 28
Brigando pelo Sacy 31
Ah, se a gente envelhecesse como você 34
O brilho que se foi com o hotel Jaraguá 37
Os santos perdidos 40
Adolescentes do ano 2000 43
O isqueiro de um sedutor 46
A anônimo que registrei 49
A verdadeira Vera Cruz 52
A noite em que reencontrei Abílio 56
E Deus criou a mulher 60
Khoury vai ser cult. Agora? 64
Com a navalha no rosto 68
Quem conserta guarda-chuvas? 71

As telefonistas sabiam de tudo 74
Bazares de fim de ano 77

ARARAQUARA COMO FOI

O menino e a moça da papelaria 83
A tristeza da sexta-feira santa 89
Momento de poder 93
Carnaval e mulheres livres 96
Doces pecados carnavalescos 99
A sessão de cinema se repetiu 102
A livraria embaixo do relógio 106

NAS RUAS DE SÃO PAULO

As piores calçadas do mundo 113
Vontade que pode levar ao desespero 116
A missa do paulistano 119
Pastéis de feira 122
Inferno de uma cidade 125
Só quero um pouco de silêncio 128
Fascínio por monstrengos 131
A magia da música na rua se foi 134
Coragem de não ser carnavalesca 137
Passeando na terça-feira 140
Solidão de Natal no Bexiga 143
Amanhecer na cidade 146
Detalhes que levam ao amor 149

UM MODO DE OLHAR

O que é viajar, hoje? 155

Embarcando em sonhos pela estrada 158
O Brasil desconhecido de Passo Fundo 161
Livros e fórum na Belém das Mangueiras 164
A pedra na roda 167
Por causa do Copa reconciliei-me com o Rio 171
Onde foi o festival? 175
Um mistério fácil na verdade 178
A velha rua 42 mudou, e como 181
Podem calar a boca? 184
Portugueses ainda têm o que ensinar 188
O pavor das notas de 500 191
No café de Paris, o sonho realizado 194

"ACASOS" DO COTIDIANO

Óculos prisioneiros na vitrine de Paris 199
Presentes fellinianos 202
A jovem e a vida por vir 205
Os livros que retornaram à casa 208

INTEIRAMENTE PESSOAL

Meu pai e a ponte da Escócia 215
As luzes quase não acenderam 218
O sorriso de Márcia 221
Quarenta anos de São Paulo 224
Reencontro com Sarapuí 227
Ausência de um gato 230
Ele veio trazer a felicidade? 233
O mistério da receita 236
A gente não promete mudar, a gente muda 240
364 smoots e uma orelha 243

DE UM CADERNO DE ANOTAÇÕES

Por trás de cada frase, um mundo 249
A continência, o caubói e os pedidos de almoço 252
Nada é o que parece ser 255
E se fôssemos criativos? 258
Segredos das janelas 261
Mundo grande e fascinante 264

ALGUNS PERSONAGENS

Por que Bento Xavier corria tanto? 269
Ajudei a fazer chover sobre Araraquara 273
A alma de vidro de Mario Seguso 277
A morte do milionário 282
Um dom-juan do comércio 285
Manter acesa a chama da alma 288
Um homem não sabe o que é *réveillon* 291
O homem que assinava 294
A dor dos anônimos 297

FICÇÃO OU QUASE

O prazer dos preocupados 303
A sina de um corno manso 306
Sábado é dia de montar estante 309
Os cadáveres dos mortos 312
Encontro de rua 315
A vida de pontas de areia 318
O homem que penetrou no vazio 322
A mulher com dores abdominais 325
Incompetentes não ganham a Mega-Sena 328

O presidente vai ao lixão 331
A descoberta da Câmara antiga 334
O mundo acabou nem me dei conta 337
Foi preciso medir as palavras 340
Ponto de interrogação sobre a cabeça 343
O homem que não soube ser feliz 346
Não mentir aos ladrões 349
Qualquer lugar não é um lugar qualquer 353
Sobre os impostos criados 357
Vida que poderia ter sido 361
Os exóticos paladares dos botecos 365
Manhã a bordo de um táxi 369
Breve encontro na rua 374
Quem são os que dizem? 378
O homem que desejava um sonho 382

CORTES

Proibido de morrer 389
Lindos nomes de remédios 392
Ortografia, pronúncia e mestre Napoleão 395
Playboys, milionários e acidentes 399
Que cidade é esta agora? 402
Biografia de Ignácio de Loyola Brandão 405
Bibliografia 409

Impressão e Acabamento
Bartira
Gráfica
(011) 4123-0255